人生归处

魏天作 著

天津出版传媒集团
天津人民出版社

图书在版编目（CIP）数据

人生归处 / 魏天作著. -- 天津 : 天津人民出版社, 2018.8（2025.4 重印）

ISBN 978-7-201-13971-5

Ⅰ. ①人… Ⅱ. ①魏… Ⅲ. ①长篇小说—中国—当代 Ⅳ. ①I247.5

中国版本图书馆CIP数据核字（2018）第186009号

人生归处

RENSHENG GUICHU

魏天作 著

出　　版　天津人民出版社
出 版 人　黄　沛
地　　址　天津市和平区西康路35号康岳大厦
邮政编码　300051
网　　址　http://www.tjrmcbs.com
电子邮箱　tjrmcbs@126.com

责任编辑　张　凯
封面设计　马晓琴

制版印刷　三河市兴国印务有限公司
经　　销　新华书店
开　　本　660×960毫米　1/16
印　　张　19.75
字　　数　254千字
版次印次　2018年8月第1版　2025 年 4 月第 3 次印刷
定　　价　59.80元

目　录

第一章　深院有佳人

那是一个初夏的傍晚。

村街上很静，水塘前那片苇地也很静，静得仿佛连一丝风儿都没有。牛三牛走到水塘边，随便地把目光越过如镜的水面，搭到葱茏苇地上。恰在这时，心里忽然莫名地悸动了一下，紧接着小腹鼓胀起来，一股热尿刻不容缓地就要排泄。他慌忙放下担子，匆匆走进苇地，大约也就走进去五六步远，前边不远处突然“呼呼啦啦”如飓风般席卷而过，苇丛动荡起伏中，两团耀眼的白光闪烁而去、眨眼而逝……

牛三牛不禁惊呆了，直直地站在那里，热尿顺着裤腿流到脚面全然不知。事情来得太突然了，也太不可思议了，一时间，真是怀疑遇上了鬼怪。从前曾不止一次地听人讲过鬼怪的故事，鬼怪常于暮色苍茫时分，出没于村头、树林、水塘、苇地，然而还从未听人说过像今天这样白得耀眼、逃遁如飞的鬼怪！

渐渐地，他醒悟了，当他意识到那两团白光很可能就是人的某一部位时，内心深处的震动犹如山崩地裂，令人头晕目眩，浑身仿佛抽去筋骨，抖得就要站不住了。然而那两团白光，却像浮雕一样悬挂在眼前了。

有一天，牛三牛经过小角门，忽然看见里边有个姑娘正在掐花儿。里边种着各式各样的花儿，从前经常看到，却从未看见过这姑娘。姑娘长得细条条的，脸蛋儿很白净，一双水灵灵的大眼睛，辫子黑又长……不知不觉中，牛三牛站住不动了，全然忘记了担水的事，心像一只欢快的小鸟儿，“扑棱扑棱”飞到姑娘身边，问她叫什么，从哪里来？

姑娘看见他这样，不禁一阵惊羞，慌忙躲藏在花丛中，又好像有什么事情不放心，非要看仔细不可，轻轻拨开几蓬枝叶向外张望，那小心翼翼的样子，活像一只觅食的麻雀。

初夏的阳光已经很暖和了，何况又是中午，何况肩上还担着一担水？牛三牛渐渐出了许多汗，起初全然不知，后来觉得脸上、身上有许多小虫子似的东西在爬，爬得很痒很难受，伸手抓一把，竟然抓出许多汗。同时也恍然了，自己站在一个不该站的地方，幸好是中午，大家都在休息，不然给人看见了还不知道要说什么呢？

他不敢久留，慌忙往前走，发誓再不往里看了。水从筲里洒出来，一路种下许多转瞬即逝的花儿。可是再经过小角门时，还是禁不住往里看，想看看姑娘是否还在里边，现在正在干什么？谁知刚一扭头，姑娘就在小角门下边呢！手里捏着一朵花儿，不经意地摆弄着，待牛三牛走近了，轻轻一掸，正好落在他脚下，拦住去路。牛三牛“咯噔”站在那里！

姑娘气呼呼地问：“刚才，你为啥看我？”样子虽然认真，却也没有多少恼意，牛三牛放下心来。况且，这种事情本来就滑稽：我看你，你不是也在看我吗，有啥好说的？他想，这一定是哪个屋里的丫头，闲极无聊出来找话说。于是鼓起勇气，挑衅地说：“我看你面熟，好像在哪见过！”

本来是一句玩笑话，谁知姑娘却当真了，矢口否认：“你见过我？不可能，你一定认错人了！”牛三牛想笑，却忍着没有笑出来。这姑娘未免太实在，看没看见过又有啥呢，不就是随便说话儿吗？他大胆走近了一些，像煞有介事地说：“告诉我，你叫啥名字？”

姑娘不回答，只是发急地问：“你说实话，到底看没看见过我？”牛三牛故意卖关子说：“你不告诉我名字，我就不说！”姑娘无奈，只好以商量的口吻说：“我说了，你就说？”牛三牛狡黠地笑一下，怂恿道：“你说吧！”姑娘如实相告：“我叫叶儿。”

“叶儿？”牛三牛嘴上重复着，心里却想，“她怎么叫叶儿呢？她应该叫花儿，你看她长得多像花儿！”不禁好奇地问：“你在这里是掐花儿吗？掐花儿就是你的活吗？”叶儿提醒道：“你还没有说呢？”牛三牛故意装糊涂：“说啥？”叶儿恍然上当了，急得差点哭起来：“你……你骗人！”

牛三牛一惊，后悔不该这样逗她，才想说些安慰的话，瘸腿老五从后边跑过来，大声呵斥道：“三牛，你变成木桩了吗？我还等着你担水淘草呢！”牛三牛答应一声：“知道了！”回头再看叶儿，已经没有影儿了。四周一片寂静，日光流金般铺洒下来，人在其间，恍若做梦，唯脚下一朵鲜花，似乎还在讲述曾经的往事……

现在，牛三牛眼前不仅有了两团晃动的白光，而且心里还有了一个谜样的叶儿。他两眼望着白光，一心想着叶儿，犹如掉进无边的泥潭不能自拔了。只几天工夫，整个人就变得无精打采，仿佛丢了魂儿。

有一天，再经过小角门时，忽听一个声音喊：“三牛！”尽管很轻微，轻微得如琴瑟随风飘过，却还是清晰地听到了，而且立即辨别出那就是叶儿的声音，是叶儿在叫他！牛三牛一阵惊喜，可是等了很久很久，也不见叶儿出来，心里一急，捏着嗓子喊：“叶儿，你在哪里，快出来啊！”

瘸腿老五怕牛三牛再次变成木桩，悄悄跟在后边！听见这样的喊声，顿时吓得魂都飞了，慌忙拖着一条腿，一瘸一拐地跑上来，冲着牛三牛就是一耳光，压低声音吼：“傻小子，找死啊！”

牛三牛觉得很委屈，面子都给丢尽了。担水回来，看见瘸腿老五一手叉在腰间，一手扶着门框，金鸡独立又虎视眈眈的熊样子，气便不打一处来。也不倒水，“咣当”一声把担子摔在地上，怒气冲冲地走上去，大声质问：“你为啥打我？”

看他牛犊子似的，天不怕地不怕，瘸腿老五不敢正面交锋，只好把叉在腰间的手换个位置，端在胸前，像招魂儿似的一招一招，压低声音说：“傻小子，你不会小声点？快过来，五叔有话问你。”牛三牛不管不顾，越发提高声音喊：“你为啥打我？”

瘸腿老五生怕给人听见，向四周张望着，几近哀求地说：“我的小祖宗哎，你是真不知道还是活腻歪了找死？叶儿能是你随便喊的吗？她是田家大小姐！”田家是这一带首富，其威势妇孺皆知。顿时，牛三牛像给寒风噎住了，大嘴巴张了又张，却说不出一句话。

瘸腿老五轻轻缓出一口气，拉牛三牛坐在门槛上，像哄孩子似的哄着说：“快告诉五叔，你咋知道她的名字？”牛三牛眼睛直勾勾的，木雕泥塑般坐在那里，良久缓过劲儿来，理直气壮地说：“是她自己告诉我的！”瘸腿老五迟疑一会儿，又问：“你都跟她说啥了？”牛三牛依然振振有词地说：“我啥都没说，是她问我！”瘸腿老五强忍怒火，再问：“她都问你啥了？”

牛三牛不耐烦了，梗着脖子说："问的多了，不信找来当面对质！"看一眼对方的脸色，缓和些语气又说："她先问我为啥看她，又问我从前看没看见过她……"瘸腿老五冷冷一笑，不无讥讽地说："你编瞎话骗谁呢？这瞎话鬼都不相信！"牛三牛又气又委屈，大声反驳说："我没有编瞎话！我为啥要编瞎话？"

看样子还真不像编瞎话，瘸腿老五糊涂了，这是怎么回事呢？一个大小姐咋会跟一个穷帮工主动说话？若说是美女爱英才，牛三牛算啥英才呢？论模样没模样，论才能没才能，连句囫囵话都不会说，只会呆头呆脑地往淘草缸里担水；若说是阴谋，人家一个大户人家小姐会对一个穷帮工要啥阴谋呢？真是百思不得其解！

可是凭经验，这肯定不是好事情：穷人跟富人攀亲戚，就好比羊跟狼交朋友，羊迟早都会被狼吃掉的！于是提醒说："赶快跟她断了，癞蛤蟆别想吃天鹅肉！我的话记住了？"牛三牛迟疑一会儿，只好点头说："记住了！"

然而没几天，就在一个彩霞满天、如梦如幻的傍晚，牛三牛竟然带回来一块绣花方巾。很显然，那是姑娘的心爱之物，上边不但绣着花，还熏着浓浓的香。瘸腿老五正在水缸前淘草，忽然看见有个生灵样的东西鲜鲜活活地从牛三牛怀里钻出来，顿时惊得目瞪口呆。一把将方巾抓在手里，犹如抓住一块炙手的炭火，抑或抓住一条咬人的毒蛇，悚然一抖，抛到牛三牛脸上，指住他大骂："你……你真是作死啊！"

牛三牛反倒嬉皮笑脸地说："五叔，我又没去扳石碑，咋是作死呢？这块方巾是叶儿小姐送的，叫我干活时擦汗，不要就往手里塞，我总不能给扔到地上吧？"瘸腿老五给人揭了短，顿时恼羞成怒，斗架公鸡似的冲着对方，想破口大骂，结果却又忍住了，无可奈何地说："算了，我不管了，跟我见你爹去吧，把话给他说清楚，免得日后有个好歹叫我跟着背黑锅！”

牛三牛支吾一会儿，突然往地上一蹲，双手抱头“呜呜”哭起来。瘸腿老五冷笑着说：“咋，害怕了，不敢去了？”牛三牛申辩说：“五叔，我不是害怕，我是不知道啊，不知道我为啥要那样，也不知道她为啥要那样。本来，我听了您的话，发誓不再见她了，谁知一经过小角门就管不住自己，就想往里看。还有叶儿，在小角门等我，一回一回的，都等了好几回了。五叔，我知道您是为我好，可是我没有办法不见她！”

瘸腿老五看见这样心就软了，同时也为难了。他拉牛三牛坐下来，像哄一个迷路的孩子，极有耐心地说：“孩子，你别急，跟五叔慢慢说，到底是咋回事儿？”牛三牛不答瘸腿老五的话，急切而无奈地问：“五叔你说，平白无故的，这都是为啥啊？”不待对方回答，自己断言说：“她这是对我好，一定是对我好！五叔，我千遍万遍地想过了，穷人也不一定都是羊，富人也不一定都是狼，天上的七仙女还下凡嫁给一个砍柴郎呢！”瘸腿老五点点头，又赶紧摇摇头，末了只好叹息道：“唉，我也糊涂了，没有主意了，还是跟我见你爹去吧，看他有啥好主意？”牛三牛担心地说：“我爹不会相信！”瘸腿老五鼓励地说：“我帮你说！”

果然，三牛爹不相信。不等儿子把话说完，就给打断了，没好气地说：“好了好了，别大白天说梦话了！”牛三牛拿出绣花方巾做证，三牛爹一把夺过去，看也不看扔进灶中烧了，然后指着儿子大骂：“没有出息的东西，不好好做帮工，还敢偷人家东西，看我不打扁你！”

瘸腿老五插话说：“三牛没有撒谎……”不等瘸腿老五说完，三牛爹反问："人家跟他说的话你都听到了？给他汗巾时你也看到了？"瘸腿老五摇头说："这倒没有，不过三牛在小角门喊叶儿，我是听得真真切切的！"三牛爹不无讥讽地说："我看你也糊涂得差不多了，他那是发烧说胡话你也信？"

从此，三牛爹不叫儿子去做帮工了，叫他下地锄草。田间风吹日晒，比做帮工辛苦许多，这倒没有什么，只是不去田家做帮工，就进不去田家的门，就见不到叶儿了。叶儿长得实在太好看了，看一眼就记在心里忘不了。

几天不见叶儿，牛三牛心里空落落的，仿佛丢了魂儿。他在地里锄草，常是盯住一棵高粱愣半天，细长的高粱秆幻化出叶儿窈窕的身影，牛三牛便对着那身影自言自语，说些没头没脑谁都听不懂的话，倘若真有人要跟他说话时，却又缄口不语了。眼看着一天天消瘦，身上的肉仿佛风一吹就化去一层，雨一淋就散掉一块。

三牛娘心疼儿子，暗里不知哭过多少回，也曾多次冒着炎炎烈日，走十几里泥泞土路托大姨给儿子说媳妇，可是去了七八趟，说了四五家，连一个沾边的姑娘都没有。说媳妇不比赶集买小羊，只要舍得花钱就成。说媳妇不但要讲究门当户对、属相相合，还要讲究郎才女貌，难哪！

然而，牛三牛的心思却不在说媳妇，而是会叶儿。有几次，他试图混进田家，结果都失败了。守门人老吕把守得特别严，还离几步远就给拦住了，喝问找谁？牛三牛不敢说找叶儿，支吾半天只好扫兴而归。后来想起瘸腿老五，谎称找五叔。守门人老吕还是不许进，叫在门外等。他哪里敢等？守门人老吕往里走，他就往外跑。

翻墙更是不可能，田家的院墙不但高，而且四周围着一条又深又陡的护院壕，根本翻过不去……思来想去，最后只有一个办法了，那就是不怕神灵的惩罚，不怕千刀万剐，冒着滔天大罪去扳倒村前那座神秘的石碑！

关于石碑的传说很多很多。

瘸腿老五即是其中一个。

这念头刚在牛三牛脑海中一闪现，心里就“咚咚”跳个不停，后悔不该生出如此邪念。周围有那么多人，万一给人看破还了得？现在的人都特别精，能从一个细微眼神就看出人的内心。他觉得远远近近散散落落的人，已不似先前那样专心劳作了，甚至有人开始对他指指点点了……

收工的时候，牛三牛不敢走大道回家，专行偏僻无人的坎坷小路，生怕给人问长问短。小路上长满杂草藤蔓，偶有蟒蛇、蛤蟆踩在脚下，吓得他浑身颤抖。好在小路不长，翻过一道壕沟就是杏林，越过杏林就到家了。

眼下正是杏子成熟的季节，空气中弥漫着浓郁的芳香。他不敢多看，只顾低头走路。正行走间，突然一个声音喊：“三牛，看你慌的，躲谁呀？”三牛定眼一看，原来是白羊。白羊和牛三牛差不多大小，他正在城里读书，今天怎么回来了？三牛这么想着，便试探地问：“你，咋回来了？”对方傲慢地说：“过礼拜！”

牛三牛忽然想起来，白羊经常回家过礼拜，而且每一次过礼拜都往田家跑。叶儿娘是白羊二姑母。他心里一动，于是脱口问：“你见过叶儿了？”本想从侧面打听点情况，谁知白羊却恼了，咬牙切齿地说：“叶儿是我表妹，你敢胡说八道，小心我剥了你的皮！”

护林人当是出了什么事，一边往这边跑，一边虚张声势地喊：“咋了？咋了？”白羊挥一挥手，没好气地说：“没有你们的事！”待护林人退走后，白羊接着问：“我的话，你听清楚了？”牛三牛回答：“听清楚了。”再问：“都记住了？”回答：“都记住了。”

牛三牛回到家，一头钻进屋里，躺倒在床上蒙头大睡。娘叫他吃饭不吃，说头疼。也不下地锄草了，气得爹大骂，说他偷懒！其实，牛三牛也不想这样，他知道父母疼爱他，对他寄予了深厚的期望，自己也不想叫他们失望，更不想惹他们生气，可是身不由己，自己管不住自己，要与叶儿完成那段情缘的念头如饥似渴、如癫似狂！

那是一个无月的夜晚，黑暗把村庄包裹得严严实实。牛三牛偷偷离开热鏊子似的床铺和牢笼般的茅屋，走到村街上，融入黑暗中，径直向水塘边走去。脚下软绵绵的，仿佛步入云端，这是几天没有吃饭的缘故，幸好临出门时把母亲昨晚放在桌上的一碗饭吃了，不然哪有力气去扳倒石碑呢？

田家大院黑压压的，犹如一尊卧兽。牛三牛敛住脚步，面对叶儿居住的方向，“咚！咚！咚！”连磕三个响头，默默念叨说：“叶儿，我为了你，已经顾不得许多了，啥都不怕了！假如还没有见到你，我就给五雷轰顶了，给天火焚烧了，给千刀万剐了，你可要知道啊，我这都是为了你，我这都是为了你啊！”

这时候，上空闪过一道耀眼的白光，传来如辎重辗轧硬物的声音：“格隆！格隆！格隆！”不知是叶儿做出的回答，还是神灵发出的怒吼。牛三牛正自纳闷，水塘边响起一个声音：“天就要亮了！”

牛三牛抬头看时，东方果然露出一线鱼肚白。他不敢停留，匆匆向水塘走去。水塘一面临村，三面长苇。苇与夜色交融在一起，黑森森一片，望不到边际。中间一方水塘，笼罩一层薄纱，充满神秘与诱惑。传说中的石碑，就在对面水与苇相交之处。牛三牛小时候捉蚂蚱，曾经去过那里，看见过石碑。石碑不高，圆溜溜地兀立着，像是一个橛子。如果没有神灵的保佑，扳倒它简直不费吹灰之力!

脚下有往年刈剩的苇茬和流水冲刷的沟壑，坑坑洼洼很不好走，牛三牛几次差点摔倒，还不敢弄出响声，生怕给人听见。他一颗心提了又提，都快提到嗓子眼了，都提得生疼了。嗓子里像起了火，一喘气就有呛人的焦煳味，却不敢停歇一会儿，只要一停歇，那个声音就喊：“天就要亮了！”

终于，牛三牛走到了记忆中的石碑那里，却找不到石碑的影子。沿着水与苇相交之处，仔细地寻找，一遍又一遍，甚至把每一棵苇茬、每一道沟壑摸了一遍又一遍，也没有找到石碑。顿时急得像热锅上蚂蚁一般，不管泥里水里，跪着爬着，一会儿扑向东，一会儿扑向西。手被苇茬划破了，也顾不得停下来包扎一下……

那个声音又喊：“傻瓜，走偏了！”

牛三牛一阵惊喜，知道是神灵点化来了。匆匆回到岸边，目光越过茫茫水面，瞄准对岸一点，径直走过去。水渐渐没过膝盖，没过胸口，眼看就要没过头了，他目标始终如一，两眼一眨不眨。那水似乎很好，人在其间，犹如漫步在云端，身子轻飘飘的，仿佛就要羽化了。如梦的感觉突然袭来，很想随着那样的感觉睡去。记得很久很久以前，似曾有过这样的感觉，也似曾到过一个去处。那地方四季如春，繁花似锦，空气里弥漫着清新的气息……

那个声音又喊：“天就要亮了！”

牛三牛赶紧振作起来，奋力向对岸游过去。无数苇根像小手一样伸过来，紧紧抓住他，把他拉上岸。果然，石碑就在那里，圆溜溜的，湿漉漉的，半隐半现在水陆之间。他按捺着内心的狂喜，屏息盯住石碑，小心而急促地伸出双手，像捕捉一只珍贵的灵鸟，慢慢靠近它，紧接着奋力一扑，将整个身子压上去！

他把石碑扳倒了！

他真的把石碑扳倒了！

刹那间，满地的芦苇动荡起来、喧嚣起来！满塘的大水沸腾起来、咆哮起来！天公闪动着不安的目光，疯狂地吼叫着，从四面八方伸出无数只有力的大手，撕扯着大地和大地上的一切！从四面八方挥舞起无数条凶猛的鞭棒，抽打着大地和大地上的一切！牛三牛觉得天就要塌了，地就要陷了，天地都没有了……

这就是神灵的惩罚吗？

一定是！

只可惜惩罚来得太早了！

他还没有见到心爱的叶儿，就完了！

他认定他完了！

狂风暴雨直到第二天上午才停，牛三牛昏睡到第三天下午才醒。父亲在苇地边找到他时，他就极度困乏地昏睡着，是他自己逃到苇地边上的，还是给大水冲到苇地边上的？至今仍然是一个谜，所有细节他都忘记了，都记不起来了。

其时，外面的阳光很好，金灿灿的，从窗棂透进来，给房间染上一层奇异的色彩。牛三牛第一眼看到这情景，不禁惊恐万状，疑是身处十八层地狱！传说阴曹地府十三站，在土地庙报了到，踏上黄泉路，经过奈何桥喝下孟婆汤，一生行善的人进入天堂，等待六道轮回，作恶多端的人打入十八层地狱，遭受常人无法忍受的酷刑……这样想着，果然就有两个青面獠牙的厉鬼扑上来，抓住他直往磨人台上拖，吓得他不禁失声呼喊："爹、娘，快来救我！"

"孩子别怕，我们都在呢！"谁的声音，听上去这么耳熟？青面獠牙的厉鬼变成两张熟悉的面孔，浮雕般悬挂在上空——原来是父母！天啊，难道惩罚我一个人还不够，还要殃及父母吗？牛三牛吃惊地问："你们……你们咋在这里？"父亲轻轻舒出一口气，笑着说："傻小子，这是咱家，我们不在这里，还能在哪里？"母亲惊喜地喊道："我儿可醒了，可把娘吓死了！"

原来没有死？这就是说，又有机会与叶儿相会了！牛三牛暗自庆幸，同时又担心扳倒石碑的事败露。田家庄的人对这种事向来深恶痛绝，不仅复仇的方法特别多，而且手段极其残忍。最常见的方法是乱棍打死，装进麻袋里沉潭喂王八。有时候怒极了，还会像过年时杀猪一样，请来快刀手放血挖心。如若那样，与叶儿相会的心愿即成泡影，活过来也是白活了！

事到如今，生与死对牛三牛来说已经无关紧要，关键是能否见到叶儿，完成那段注定刻骨铭心的情缘！当然，这就害苦了父母，他还没有孝敬过父母，甚至长这么大还没有替父母做过任何事情，就这样连带着父母被众人的怒火烧成灰烬遗臭万年了，然而也只有如此，开弓没有回头箭，想回头都来不及了！

其实，牛三牛根本不想回头。在做这些之前，他已经有了充分的思想准备：一不做，二不休！人生只有一个高峰，与叶儿相会就是他人生的高峰，命运的辉煌，只要登上这个高峰，别无他求！

眼下，牛三牛心里想的，就是如何实现这个心愿，登上这个高峰。

可是力不从心，身体虚弱得别说去攀登高峰了，即便下床小便都要由父亲搀扶着。况且，父母看守得特别严，根本无法脱身。这可如何是好呢？如果叶儿已经被神灵感召，已经去苇地等他，岂不是白等了吗？

傍晚，瘸腿老五又来了，送来七个红皮鸡蛋和一包黑乎乎的东西，给三牛娘交代说："加鸡蛋煮熟，趁热连吃带喝，出一身汗就好了！"然后坐在外间，与三牛爹说话、吸烟。三牛爹说："白先生交代，只要看他一年半载，兴许就没事了。"瘸腿老五说："那就看他一年半载！"

须臾，三牛娘煮熟了鸡蛋，剥得光溜溜的泡在一碗稠糊糊的汤水里，端到床前，把儿子扶起来靠床头坐住。那碗乍到唇边，一股很浓的腥臊气味扑鼻而来，令人作呕，牛三牛赶紧把脸扭到一边。后来经不住母亲苦劝，还是皱着眉吞吃了几口。吃到肚里倒也没有感觉不好，干脆把心一横，索性将一碗都吃了。或许真是那七个鸡蛋和那包东西起了作用，不几天，牛三牛就觉得身上有了力气，能自己在院里走动了……

一天夜里，牛三牛等父母睡熟之后，轻轻走下床，溜出家门，向水塘边走去。月光如纱似水，大地一片朦胧。脚下的街道，近处的房舍，远处的树木，如梦如幻，缥若仙境。他心里不由一动，恍若在哪里睡着了，现在正在做一个离奇的梦，或者压根儿就没有睡，正在做一件惊天动地的事。远远地，牛三牛看见田家的小角门裂开一道缝儿，门扇在微风中轻轻摆动，发出"吱呀吱呀"如虫鸣般的声音。他的心仿佛给谁撞动了一下，陡然狂跳起来！

"小角门一定是叶儿打开的，她已经去苇地里了！她是哪天去的呢？是从扳倒石碑那天开始的吗？都这么多天了，叫她一个人在苇地里……真是难为她了！"牛三牛这样想着，不由加快了脚步，恨不能两步并作一步，一下走进苇地，见到叶儿。果然，刚刚走到苇地边上，就听到叶儿的声音："我在这儿呢！"

雨水浸过的苇地又湿又黏，黏得拔不动腿。茂密的苇丛阻拦着去路，令人寸步难行。牛三牛急得就要疯了，老牛似的"呼哧呼哧"喘着粗气，将苇丛一把一把按倒在地，再用力一踩，让它永世不再起来。这办法倒也很好，很快开辟出一条道路。只是太费力气，病弱的身子只坚持十几步远，就像沙袋一样瘫倒了。一边吁吁直喘，一边喃喃自语："叶儿，你知道吗？这些天见不到你，我都要急死了！"

叶儿"咯咯"地笑起来，笑声却在苇地边上了。怎么在苇地边上了？她要回家了吗？牛三牛赶紧爬起来，一边喊着"叶儿等我！"一边追到苇地边。笑声却在小角门那里了。寻声追过去，哪里还有叶儿的影子？门板紧紧关闭着，一丝缝隙都没有。用手一推，纹丝不动。

牛三牛不敢敲门，也不敢叫喊，屏息静听一会儿，不见有动静，只好怏怏而归。发誓第二天早去，不叫叶儿一个人在那里等了。第二天吃过晚饭，牛三牛借故困乏，早早地上床睡了。父母劳累了一天，正巴不得早点休息，看见儿子睡下，也上床睡了。牛三牛等那边鼾声一起，这边便悄悄溜出家门。

他沿着上次踩出的小路，很快走进苇地。小路十几步远，还不够深入，不够隐秘，于是再像上次那样，将芦苇一把一把按倒，再用脚踩实，继续往里开辟。直到累得支持不住了，才停下来，仰躺在厚厚的苇丛上……天空有鳞片儿似的云轻轻飘动，有大大小小的星匆匆运行。老人们常说，天上一颗星，地下一个丁。牛三牛眼睛一眨不眨地盯着天空，仔细寻找属于自己的那颗星，还有属于叶儿的那颗星。忽然，有两颗不大但十分明亮的星走到一起了，渐渐重叠了。

“那两颗星就是我和叶儿吗？”这样想时，叶儿果然出现了。她和从前一样，含羞带笑的，叫人看了怦然心动。牛三牛不禁飘然起来，身子轻得如一块云片儿。他赶紧迎上去，才想拉一下叶儿的手，谁知竟然拉进怀里了。叶儿轻轻推一下，“咯咯”笑起来。那笑声仿佛一种暗示、一种召唤，令人忘却了胆怯，没有了羞涩，上前抱起温暖的一团，轻轻放倒在厚厚的苇丛上……

此时，狭窄而清明的天空已经变得十分遥远，星星寥落了许多。那两颗重叠在一起的星，不知什么时候不见了。苇地里一片漆黑，露水滴落在身上，一片浸冷。村中隐约传来雄鸡的啼鸣。

牛三牛回忆刚才的经过，却不知何时睡着了。倘若是梦，与叶儿缠绵的情景尚历历在目，身体的余热触手可及；倘若非梦，那么正在“咯咯”而笑的叶儿呢，怎么忽然不见了？他疑疑惑惑的，匆匆离开苇地，逃也似跑回家。刚进家门，恰巧遇到早起的父亲，吓得转身钻进茅房。

父亲纳闷地问：“咋了？”牛三牛灵机一动，撒谎说：“肚子疼。”父亲打个哈欠，嘀咕说：“又没吃生冷东西，咋会肚子疼？”他护着肚子在床上躺了一天，养足精神准备故技重演。三牛爹劳动回来，关心地问：“咋，还疼？”看儿子点头，跟三牛娘商量说：“要不，再请白先生把个脉吧？”三牛娘答应了，赶紧去箱子里拿钱。

牛三牛知道家里的钱本来就不多，上次请白先生把脉已经花去不少，不忍心装肚子疼再花钱。况且，他也害怕那个枯瘦如柴的白胡子白先生。当白先生抓住他的手腕把脉时，就像抓住一截竹筒子，只需轻轻一倒，所有隐私都会被倒出来。还有那对又明又亮的小眼睛，能洞察一切，直看得人心里发慌。

上一次，白先生给牛三牛把完脉，微眯双眼沉吟片刻，十分严肃地跟三牛爹说："此病，乃情欲攻心所致。情欲者，男女之欢爱也，沉迷而不能自拔遂攻心。此系心病，非一般药物能治。如若有缘，与心上人合欢最佳，此病不治自愈。次之，请人代为冲喜，或许有所好转，还要凭他的造化和悟性。否则就只有苦熬了，熬个一年半载，使他灰了心，方可保住性命，但看守一定要严，万万不可粗心大意。如有一点疏漏，将前功尽弃，积重难返……"

毫无疑问，在父母看来，前二者都是高不可攀，只有采取下策，严加看守，让儿子苦熬了。殊不知，却给牛三牛钻了空子！因此，牛三牛不想再叫白先生把脉，生怕他识破了阴谋，使自己前功尽弃，于是赶紧阻拦说："爹，娘。您劳累了一天，不要为我操心了，肚子疼点，睡一觉就好了！"

父母听信了儿子的话，回房间睡觉了。等那边鼾声一起，这边牛三牛又悄悄溜出家门，再次走进苇地。"这一次，不能再睡了！"牛三牛一边警告自己，一边盯住通往田家的路。月光清明如洗，田家偌大的宅院，仿佛缥缈于烟海之中。"叶儿住的如是仙境，她一定就是仙女了……"这样想着，身后响起簌簌的声音，回头看时，正是叶儿！

叶儿依然含羞带笑，近在咫尺，无限妩媚令人心醉。牛三牛怕是做梦，偷偷在大腿上拧一把，一丝疼痛袭上心头，不禁一阵欢喜，直在心里狂呼："真的！这一切都是真的！"扑上去抱住叶儿，急不可待地解衣宽带。他看见了那段雪白如玉的胴体，触到了那片润滑温热的肌肤，不禁激动得"啊啊"直叫，浑身颤抖，然而，当他平静下来再看时，叶儿已经不见了，只有下边一片冰凉！

牛三牛害怕至极，惊呼一声逃出苇地，发誓再不去了。

然而第二天，还是禁不住要去……

第二章　度尔相思引

自从上次从苇地回来，叶儿就觉得身上有些异常。先是慵懒困顿，筋骨酸软，再就是不想吃饭，一吃就吐。

赵婶是过来人了，看见叶儿这样，心里便明白了八九，不禁吓出一身冷汗！此事一旦败露，别说叶儿小姐性命难保，她当佣人的也脱不了干系。不是因为教唆给打得皮开肉绽拖出去喂狗，就是因为失职给关进土牢活活饿死！不能这样白白死了，前不久，她请人算过命，还有一番富贵没有享受，享受完这番富贵再死，也不枉来世一趟。自古富贵险中求，她的富贵，或许就在这场凶险之中！

待大家吃过晚饭，估计叶儿娘喝茶休息的时候，赵婶悄悄走过去，像没事儿似的，有一搭无一搭地说："正好好儿的，不知小姐咋了，才吃一口饭就吐了。"叶儿娘只有叶儿一个女儿，心肝宝贝似的，梳头发都怕梳疼了，吃不下饭还了得？赶紧把茶碗推到一边，直奔叶儿闺房来了。当娘的看见女儿病恹恹的，慌忙扑上去，一迭声地问："孩子咋了？这是咋了？"叶儿摇头说："谁知呢？正好好儿的……"

回头再看赵婶，像没事人儿似的，微笑着站在一边，便没好气地说："你就是这样服侍我女儿的吗？又吃饭又拿工钱，就不觉得心里有愧吗？"然后提高声音吼道："还愣着干啥？还不快去请先生！"赵婶就等着这句话了，赶紧答应一声，飞一般跑出家门，请来了白先生。

白先生是这一带颇负盛名的老中医，号脉人称"一把抓"，无论什么疑难杂症，一把就能抓出来，药到病除。白先生与叶儿舅白大胖子是本家，论辈分该叫姥爷，就免了进客厅喝茶叙话的俗礼，跟赵婶直奔叶儿闺房里来了。

赵婶搬来凳子，放在叶儿小姐床前，请白先生就座。白先生微眯双眼，调匀气息，将一只枯瘦如柴的手指轻轻搭在叶儿小姐圆润白皙的手腕上。须臾，手指微微一抖，像触电般闪开，不开药方，也不说话，一双秃鹫般犀利的目光在叶儿娘脸上狠狠一扫，冷"哼"一声，拂袖而去。

赵婶心里明白，好戏就要开场了。叶儿娘还当女儿得了不治之症，一颗心立即提到嗓子眼，顾不得田家大太太的身份，像个线蛋似的叽里咕噜地吊在白先生后襟上，紧追着问："大爷您说，叶儿咋了，她到底咋了？"白先生本来不想说，想回去告诉白大胖子，问他这舅是咋当的，经不住叶儿娘再三追问，结果还是说了："还有脸问我？回去问你闺女干的啥事吧！"

叶儿娘高高提起的一颗心，仿佛给人一棍子打落了，落进无边的冰窟，被寒冷和恐惧紧紧地包围着。其实，在白先生说出这句话之前，叶儿娘就已经意识到女儿出啥事了，只是不敢相信这样的事实而已！

赵婶把叶儿娘扶进屋里，轻声问："大太太，您看咋办啊？"叶儿娘如梦方醒，看着赵婶吃惊地问："你早就知道了是吗？"赵婶说："我也是刚知道！"叶儿娘怔愣良久，不禁气恼地喊："知道了还去请先生？这不是成心要毁我们田家的名声吗？”赵婶分辩说：“我也是没有主意，大太太叫去请先生就去了！”

叶儿娘追问：“从前你就没有看出来，也不管不问？”赵婶赶紧摇头说：“没有，一点都没有！”叶儿娘扬起手，在赵婶脸上狠狠打了两耳光，咬牙切齿地骂：“养你还不如养条狗，养条狗还知道看家护院呢！”

赵婶摸一把红肿的脸，反而笑着说：“大太太，您要是打我能打得没事了，骂我能骂得没事了，就是把我打死骂死也心甘情愿！不行啊大太太，小姐出了这样的事，我承认做下人的脱不了干系，您当娘的就能脱得了干系吗？小姐就能脱得了干系吗？还有和小姐好的那个人就能脱得了干系吗？这种事向来都是一窝端的，凡是有点牵连的人，就像拴在一根绳上的蚂蚱，一个也跑不了！我一个黄土埋半截的苦命人怕啥呢？早晚都是死，说不定将来冻死饿死还不如这会给打死痛快呢！只可惜了大太太您，还有金枝玉叶般的大小姐，和那个风流倜傥的大公子——你们可都是生在福窝里的金贵人啊！”

说到这里，她就不说了，说这些就够了，再说就是多余！赵婶稍稍退开一些，用要挟的目光看着叶儿娘，等待发话。叶儿娘的承受能力已到极限，眼看就要支持不住了，犹如一个濒死的人，正在竭尽全力地挣扎，忽然看见一根稻草，慌忙扑上去，将赵婶紧紧抱住，几近哀求地说：“赵婶，求求你，求求你帮我想想办法，救救我的孩子吧！”

赵婶拂开叶儿娘的手，冷笑着说：“我连一条狗都不如，还能帮您想出啥办法？”叶儿娘心里虽恨，却也不敢发作，只好觍着脸说：“赵婶，刚才是我急糊涂了，不该打您骂您，请您别往心里去。要不，您打我一顿，骂我一顿，只要您老能解气就行？”赵婶依然不冷不热地说：

“瞧大太太您说的，谁给我一百个胆，我也不敢打您啊！您是主我是仆，死一百回都不忘不了！”

叶儿娘苦笑着说：“啥主啥仆的？一个锅里抹勺子这么多年，早成一家人了。您老见多识广，帮我想办法脱过这一关，我一辈子都忘不了！”赵婶摇头说：“忘不忘的，都在您心里，谁知道呢？常言说人心隔肚皮，知人知面不知心！”叶儿娘听见这样说，便明白了八九，以商量的口吻说：“要不，我把老黄河那二亩体己地给你，虽然瘠薄，也够你吃喝一辈子了。”

赵婶知道那二亩地的分量，心里满意，嘴上却说：“老黄河的地，不是流沙就是飞碱，兔子去了都不拉屎，别说够吃够喝了，种子都收不回来！”看叶儿娘拿不出更好的东西，急得快要哭了，只好退一步说：“算了，事到如今，也别计较流沙、飞碱的了，谁叫我跟您这么些年呢？看在平日待我不薄的情分上，这忙我帮了！”然后伸出手：“拿来吧！”

叶儿娘一时没有转过弯子来，不解地问：“拿啥？”赵婶提醒说：“还能有啥，我的大太太，地文书啊！”叶儿娘忽然恍然，赶紧从箱底翻出地文书，双手捧着交给赵婶。赵婶虽然不识字，却把上面的字看了一遍又一遍，待看清无一字破损后，才小心地收起来，压低声音说：“明日俺娘家老奶奶庙会，唱三天三夜大戏。我带小姐赶会听戏去，住上三天两天，在那边请个熟人，给小姐打了。大太太多花点钱，再把那人的嘴堵一堵，这件事就一阵风吹走了，跟没有过一样了！”

叶儿娘担心地说：“打胎可是很危险的事……”赵婶挥手打断她，大包大揽地说：“只要大太太肯花钱，请个高手不就没事了？”叶儿娘只好答应说：“只要不出事，多花点钱也行！”

谁知，将此事说给叶儿时，叶儿坚决不同意！她茫然地看着母亲，不解地说："正好好的，我打啥胎呀？"母亲急赤白脸地说："我的傻孩子，你惹下大祸了还不知道吗？"叶儿纳闷地问："我惹下大祸了？我惹下啥大祸了？"母亲叹口气，正色说："你跟人家男人睡觉，怀上孩子了。一旦传扬出去，凡是有牵连的人一个都活不了！"叶儿反倒舒口气，释然地说："我当出了啥大事？原来是怀上孩子了。娘，您放心，我没有跟人家男人睡觉，我跟的是表哥。我喜欢表哥，就是要跟他在一起生孩子，一起过日子！"

顿时，叶儿娘像被强劲的寒风噎住了，张大嘴巴说不出一句话。在此之前，虽然已经意识到使叶儿怀上孩子的男人是谁了，可是此时一经叶儿亲口说出来，却还是感到那样突然，那样意外，那样不可思议！

记得那是一个元宵之夜，田家庄满街灯火，游人如织。叶儿娘带领叶儿观灯，行至娘家门口时，忽然发现叶儿不见了，当时就想，叶儿、白羊青梅竹马，两小无猜，眼下一个在城里读书，一个在家做女红，白羊一个礼拜回家一次，二人相见越发亲密，犹如时隔三秋，虽然到了男女授受不亲的年龄，再卿卿我我未免有些不雅，但他们是姑表兄妹，是至亲，也没有多想，更没有往心里去。

那天晚上，叶儿一走，叶儿娘立即失去游兴。其实，起初也是勉强带叶儿出游。自去年冬天，叶儿爹在城里认识了一个描眉涂脂、打扮得如小妖精般的野女人之后，叶儿娘心里就添上一块病，再也快乐不起来了。过春节时，叶儿爹竟然把野女人带回家来了，还放出口风要纳她为妾。

"我的天哪，这日子没法过了！"叶儿娘像所有女人一样，面对丈夫的不忠，先是哭闹再是寻死觅活，施尽浑身解数令其回心转意，结果无济于事。叶儿爹仿佛看穿了女人的心思，根本不把这点小伎俩看在眼里，甚至反其道而行之，你越是哭闹，他越是兴奋，越是故意拉着野女人在人前显摆。

那天回到家，正好赶上两个人在上房鬼混！“这还了得，野女人竟然跑到上房来了？不是明摆着公开叫板、鸠占鹊巢吗？”叶儿娘不敢跟叶儿爹正面交锋，却敢和野女人当场动手。她咬牙扑上去，揪住野女人的头发一边往外拖，一边大声喊：“都来看哪，野女人脸皮多厚啊，找男人找到我床上来了！”自此，叶儿爹纳妾引起的风波就停不下来了。叶儿娘作为交战一方，自然全身心地投入，叶儿的事情就给抛到九霄云外而无暇顾及了。

野女人叫幽兰。此名不知是出自陶渊明的“幽兰生前庭”，还是出自朱熹的“护得幽兰到晚清”，总之很典雅。人也年轻，不过十八九岁的样子，袅袅婷婷，跟名字一样典雅。叶儿爹为了息事宁人，另外收拾出一间房子，和幽兰住在一起。男欢女爱，倒也过起如夫妻般的生活来。

叶儿爹是田家长子，父亲死得早，母亲一心吃斋念佛不问尘事，他一个人天马行空，为所欲为，大白天不关门敢在屋里与幽兰搂搂抱抱，去花园里赏花或到野外踏青，敢当着众人的面与幽兰手挽手旁若无人地款款而行，谈笑风生。幽兰也敢在大庭广众之下，嗲声嗲气地直呼其名——子鹏！

眼看处境日趋不妙，叶儿娘搜索枯肠，想出一个避实击虚的办法：表面对丈夫纳妾表示宽容大度，暗里却专与幽兰作对。幽兰自幼在城里长大，又是读书人出身，喜欢干净，经常叫茶水房烧水洗澡。吃饭也讲究少而精。岂知越是日常琐事，越是最难做好。水烧得不热即凉，菜做得不咸即淡，总是没有合适的时候。幽兰不直接责备佣人，却说给叶儿爹听：“你家的佣人就这么笨吗？连一盆洗澡水都烧不好？连一顿可口菜都做不来？”殊不知，说给叶儿爹比当面指责佣人还厉害。叶儿爹为了讨好幽兰，就去责骂佣人，要求他们这样做那样做。久而久之，佣人们都知道幽兰爱在暗中使坏，是个阴险毒辣的女人，于是背后便叫她“笑面狐狸”。

叶儿娘正好抓住这些大做文章。烧水的伙夫妻子有病，有一堆孩子穿不上衣裳，她就将一些穿剩的裤褂和小块布料送他。做饭的厨子有个喝酒的嗜好，手头时常拮据，她就拿一些零钱给他。一来二去，伙夫、厨子得到好处，知恩必报，况且又都恨着“笑面狐狸”，想报复无从下手。现在有了叶儿娘做靠山，自然都投奔到她的麾下，效犬马之劳。

先是伙夫烧穿了炉底，需要大修，一拆一装就是十天半月，用壶烧一点水，勉强可供饮用，洗澡根本不可能了。脏得幽兰天天用凉水擦身子，擦得皮肤像木锉一样粗糙，失去了光泽。再就是厨子经常喝醉酒，菜本来炒得好好的，可是给幽兰送时非说味不够，再加一把盐。盐是百味之首，盐少了怎么行？咸得幽兰无法下咽，直伸舌头。

旗开得胜后，叶儿娘越发知道了笼络人心的重要性，于是把全家老少，甚至包括上下佣人，都按归类法归了类。凡是有用的一类，自然重金收买，令其铁了心紧紧团结在她周围，听从调遣。无用或者用处不大的一类，则施以小恩小惠，使其能在关键时刻捧场或不站在反面即可。

在有用的一类当中，叶儿娘首选柱子媳妇和两个妯娌。柱子是叶儿爹前妻的遗子。媳妇过门来，一直受到冷落，甚是孤单。叶儿娘经常过去嘘寒问暖，以婆母娘的身份予以关照，使得小媳妇受宠若惊，差一点不叫亲娘。两个妯娌都爱打扮，可惜一个比一个笨，拿着上好的布料剪裁不出可心的衣裳。叶儿娘自小受大姐熏陶，剪裁插花是把好手，就经常过去帮助她们，喜得两个妯娌合不拢嘴，天天嫂子长嫂子短地巴结。

有一次，幽兰在花园里散步，叶儿娘看见了，大声喊："都来看呀，花园里长出一只毛毛虫！"一群人呼啦拥进花园，堵住幽兰的去路。幽兰无奈，只好原路退回。人还都跟着起哄，有人喊："毛毛虫呢？咋眨眼不见了？"有人说："怕给踩死，吓跑了呗！"

渐渐地，幽兰以女人对女人之心悟出了其中的奥妙，然后说给叶儿爹听。叶儿爹也感觉到了一些蹊跷，一怒之下叫来柱子媳妇和两个弟妹，但也不好发作，只是字斟句酌地劝导她们不要轻信谗言，要与人为善，互相尊敬。谁知她们根本不听这一套，也不承认有欺负幽兰的行为，都说俺在花园里看毛毛虫，又没招惹谁？叶儿爹无奈，只好摆手作罢，心里虽恨叶儿娘，却也奈何不得。

面对如此巨大的成功，叶儿娘有些沾沾自喜。相信自己有能力抵制叶儿爹纳妾，把幽兰赶走，甚至赶走幽兰的方案业已成熟，只待时机一到付诸实施了。当然她心里也明白，对方不会坐以待毙，任其宰割。尤其叶儿爹，不会心甘情愿地把到嘴的肥肉吐出去，说不定就在她思谋这些方案的同时，对方已经有了置她于死地的办法呢！

因此，叶儿娘依然如履薄冰，每走一步都小心谨慎，生怕一脚踩空。谁知就在此时，偏偏出了叶儿的事呢？仿佛一个溺水的人刚刚挣扎出水面，找到一线生还的希望，却被横空打来的一棒，又击沉下去。这一棒实在太沉重了，不但使人失去了挣扎的力量，也使人失去了呼救的勇气……

叶儿娘的大姐大白鹅，是位极有心计的人。还在十三四岁的时候，就敢断言："我将来一定嫁个阔人做太太！"到了十七八岁，身段儿已经长成，凸凸凹凹浑浑然然优美绝伦，走起路来轻轻一扭，引得一路人都看。她那脸蛋，犹如早晨初绽的花瓣儿，雾蒙蒙的，露滢滢的，鲜艳得简直分不清是红里透白，还是白里透红。一双眼睛如秋水、若寒星，又明又亮，左右一顾盼，令所有人怦然心动！这时候，她对父亲说："准备几个钱，我进城读书去！"

其时，白家还不是太富裕，仅是自给自足，哪有闲钱供她读书？再说，一个十七八岁的大姑娘出门在外，万一闹出点啥事情，当爹的老脸往哪搁？大白鹅看父亲犹豫，便开门见山地说："您不用担心，我会照顾好自己，钱也算我借您的，到时候加倍偿还！"父亲见女儿去意已决，只好拿钱放行。

入学的第一天，大白鹅夜里失眠，起床晚了，去食堂吃饭时，已是座无虚席。按说，大家都在埋头吃饭，谁也不会注意到她，谁知一进食堂，突然有人惊呼："啊呀！"引得吃饭的人都看。紧接着又是几声惊呼："啊呀！啊呀！"整个食堂就乱了。有人把饭碗一推，有人把馍馍一扔，有人嘴里还含着一口饭，呼呼啦啦涌上来，团团将美人围住，惊讶感叹之声响成一片，直闹得想进食堂的人进不来，想出食堂的人出不去。

那时候，学生经常上街游行，闹得政府惶惶不安，为了靖乱，当局在学校派驻了警察。这边食堂里一闹，警察当是学生集合游行队伍呢！全副武装包围上来。学生们正巴不得找个机会逗逗警察，此时机会来了，干脆关紧门窗，故意弄得桌凳叮当乱响，神神秘秘。警察像热锅上蚂蚁一般，急得团团乱转，只好打电话报告警察局，请求局长出面。

局长武拯到任不久，正想抓几个肇事分子以报功绩，显示威风。听说学校食堂聚集了几百人，就带领一个连的武力赶来，把食堂包围得水泄不通。令人把门砸开，将学生赶到操场上。

学生们都单单薄薄的，站在偌大一片操场上，周围全是荷枪实弹的武装警察，房顶上架着两挺机枪，黑洞洞的枪口对着人群。叶儿娘的大姐大白鹅，被几个自愿舍身救美的同学包围着，说说笑笑，其乐融融，全然不顾眼前的处境，还当在花园里被一群白马王子众星捧月般捧着赏花呢！

有人提醒说："请安静，局长开始训话了！"大白鹅好奇地问："局长是个多大的官儿？"有人揶揄地说："局长跟局长不一样，就像一群驴，有大有小，不过这个局长可大了，他手里掌管着全县人的生杀大权……"

不等对方把话说完，大白鹅越过黑压压的人头，看见掌管着全县人生杀大权的局长，果然非同一般！他伟岸雄劲，仪表堂堂，一套制服穿在身上，是那样合体；一副武装带和一支手枪挎在腰间，是那样英武；一顶大盖帽戴在头上，是那样威严；尤其一双白手套，白得耀眼，令人心悸。他的帽檐不高不低，恰恰齐眉，浓眉下一对大眼睛乌亮如电；高高的鼻梁，厚厚的嘴唇，须着一个小胡子；白净的脸上汪着油光……

天哪，这个局长原来如此年轻！一个有着如此大权力的局长，原来还是这样年轻、这样英俊、这样成熟……武拯局长的训话内容，大白鹅一句也没有听清，直到操场上像打翻的鹊巢叽叽喳喳地乱起来，才如梦方醒般回过神：原来警察开始抓人了，有几个学生给拖出人群，像扔面袋子一样扔在武拯局长脚下，看上去十分可怜。

大白鹅觉得这样不好，一切都因自己而起，怎么能让他人代为受过呢？再说了，她还要接触这个局长。冥冥之中，她觉得这个局长就是自己要找的阔人了！于是她赶紧丢下身边的护花使者，径直走向武拯局长，近在咫尺，含羞带笑地说："局长，这不关他们的事，要抓您就抓我吧！"

听的人不禁一惊，警惕地将手按在腰间的手枪上，眼看就要掏枪对敌了，及至看清站在面前的人，却又疑惑地愣住了，浑然莫辨此是公干还是梦境。大白鹅看在眼里，喜在心上，事实证明了自己的判断正确，不由得信心更足了，于是提高些声音又说："局长，这不关他们的事，要抓您就抓我吧！"走近一步，微微仰起脸，那样子分明不是等待抓，而是等待吻。

武拯局长退开一些，审慎地盯视着对方。她皮肤白皙细腻，容貌姣好精致，眉宇间氤氲一缕超乎寻常的惊人之美，柳叶眉，大眼睛，长长的睫毛犹如两把小刷子，轻轻一忽闪，令人的心头直发痒……看的人突然惊醒，仿佛意识到危险将至，"哗啦"一声拔出手枪，指住对方大声喝问："快说，你是什么人？"

大白鹅微微一笑，轻声说："我是新来的学生。"武拯局长咬咬牙，强自镇定下来，一针见血地说："我看你是来组织学生闹事的吧？"大白鹅依然含笑地说："不，我是来读书的！"武拯局长接着问："你从哪里来？"大白鹅回答："乡下。"又问："什么地方？"又答："田家庄。"再问："姓什么？"再答："姓白。"

问的人收起枪，饶有兴趣地说："白小姐，我想委屈你走一趟，等调查清楚了再送你回来读书，你看怎么样？"大白鹅微微一笑，爽快地说："请便！"毋庸赘言，此一去再也没回来！

起初，大白鹅就料定武拯局长是个有妻室的人，像他这样的男人怎么会没有妻室呢？然而还是认真地问："武局长结婚了没有？"这是"调查清楚"之后，武拯局长请白小姐喝茶请罪，说到动情处，抱住她开始脱衣裳，刚脱到一半，大白鹅双手护住，没头没脑地问："武局长结婚了没有？"武拯局长迟疑片刻，模棱两可地说："你问这些干什么？"

大白鹅认真地说："武局长要是真心喜欢我，就娶我做太太，做姨太太我不干！"武拯局长解释说："其实做姨太太跟做太太差不多，如果姨太太得宠了，比太太还吃香呢！"大白鹅固执地说："我就是要做太太，做姨太太我不干！"武拯局长只好搪塞地说："行，我答应你！"

这显然是缓兵之计，大白鹅却佯装不识，半推半就地依从了对方。武拯局长沾沾自喜，心想生米做成了熟饭，再摊牌不迟。谁知真要摊牌时，美人儿突然抓起一把水果刀，喊一声："娘啊！"直往心口扎去。武拯局长行伍出身，眼明手快，一把夺下水果刀。美人儿再喊一声："娘啊！"直往墙上撞去。

武拯局长将美人儿抱住，捆绑在床上，派人轮流看守，生怕闹出人命。自此，大白鹅食水不进，宁肯饿死也不做姨太太。这位掌管着全县人生杀大权的局长只好败下阵来，答应与前妻离婚，娶她做太太。并且说办就办，待到第七天美人儿饿得奄奄一息时，大局长已把离婚证和新结婚证都拿到手里了。

做了武拯局长的太太，大白鹅很快发现，原来城里与乡间有着天壤之别！在乡间做姑娘时，无论如何也想象不到城里会是这样子：大街上熙熙攘攘一片繁华，商场店铺鳞次栉比，尤其到了晚上，灯红酒绿歌舞升平，而荒野茫茫风沙弥漫的乡村，就简直不是人待的地方。做官更是好处多多，乍看一个局长的薪水并不高，可是薪水之外的好处就多了。出门坐车前呼后拥，那份荣耀自不必说，单是求情办事送礼的人就天天不断。她结婚时，人家送的金银首饰、绸缎匹布，别说一辈子，就是两辈子、三辈子都戴不完穿不尽！

后来，大白鹅发现，有一些送礼的人，武拯局长不但不认识，而且根本顾不上，把东西往那一放，跟扔水塘里差不多，一点响声都没有。于是便多出一个心眼，凡是武拯局长不在家或者在家不往心上放的，就收拾收拾送到娘家去。娘家眼看就发了，又盖房子又置地，还顾了长工和佣人。老爹由一个土里刨食的自给自足户，一转眼变成了穿长袍马褂的阔地主。哥哥白大胖子起初寻媳妇还困难，现在十里八乡的姑娘任他挑……

有一次，田家三少爷即现在叶儿爹他三弟，因欺负邻村一个姑娘闹出人命官司，叶儿爹就托大白鹅的哥哥白大胖子带他来说情。一进门，“妹妹”“妹夫”的喊干口，说田家没有值钱的东西，只有村前十亩杏林春暖花开时能够看风景，杏子成熟了能够尝新鲜，就送给白家老爷了，算是做晚辈的对老人家尽一份孝心吧！

那十亩杏林栽种没几年，正值挂果旺季，其收成和分量可想而知。武拯局长是个明白人，知道这份情迟早都得还，既然还就宜早不宜迟。于是，不但当场答应了放人，还留来人在家吃饭。

叶儿爹自然喜出望外受宠若惊。原以为，十亩杏林不能换回三弟一条命，就再搭几亩良田，反正一母同胞的兄弟不能见死不救。谁知十亩杏林不但把人换回来了，而且还吃了局长一顿饭，这是何等的荣耀啊？多些人求之不得的事情，给他轻而易举地得到了，于是由衷地感谢武拯局长，感谢白家。此事要是换在别人身上，这竹杠算是敲定了，而且无论怎么敲都是白敲！

叶儿娘渐渐长到大姐大白鹅的年龄，也想出人头地进城去，可是她什么都具备了，就是缺少姐姐那份胆识和勇气。走到城里一头钻进姐姐家，一个人出门都不敢。和武拯局长同桌吃饭，羞得不敢抬头，把饭菜夹到碗里还不敢吃。大姐大白鹅生气地说："你呀，将来做太太，也只能做个乡下土包子太太！"

武拯局长倒是喜欢这样的性格，不禁称赞说："女人就得温柔似水，看见男人就脸红……"不等武拯局长把话说完，大白鹅反驳说："这是说我不好了？"武拯局长笑着说："我没有那意思！不过，你面对枪口却能含情脉脉，也真够勇敢的……"本来，这是他们常说的一句玩笑话，可是此时大白鹅听来，却觉得那么刺耳，气得把饭碗一推就走了，堵得武拯局长半天没有说出话。

转眼到了夏天，叶儿娘在大姐家渐渐习惯，一个人敢到附近的商场走动了，吃饭的时候也敢当着武拯局长的面说话了。大姐大白鹅看见妹妹已经成熟，就带她参加一些社交活动，结识名流。不久认识了县商业局长的外甥，两个人一见钟情。

一天中午，大姐大白鹅给人请去打牌，武拯局长开会没回来，只有叶儿娘一个人在家。她脱下外衣，穿短裤背心用凉水擦洗身子，擦洗完就躺在床上睡着了。朦胧之中，看见商业局长的外甥来了，笑眯眯的。大概喝了酒，有一股很浓的酒味扑面而来，紧接着人也扑上来了。

叶儿娘推一下没推动，想喊又怕人听见，于是把心一横随他去吧，反正迟早都是他的人！待清醒之后，睁开眼睛，方才看清压在身上的人不是商业局长的外甥，而是姐夫武拯局长，不禁大吃一惊，可是一切都晚了！

大姐大白鹅打牌回来，叶儿娘还躺在床上哭，无声的泪水洇湿半边枕头。武拯局长则坐在一边吸闷烟，吸得满屋里浓烟呛人。大白鹅一看完全明白了，于是冷笑着说："都停下来吧，做样子给谁看呢？要是男的知道后悔，当初就不会动心了；要是女的死活不从，现在也不用哭成泪人儿了；要是我不把妹妹从乡下接来，事情也不会在这里发生了！"

休息一会儿，她吩咐保姆说："上饭吧。"她不管别人，自己该吃的吃该喝的喝，吃完喝完又赶牌局去了。一连几天都是如此。家里剩下的两个人，觉得再哭再吸烟也没有意思了，便都停下来。女的洗脸施脂粉，试图将泪痕掩住。男的倒一杯浓茶，想把口中的烟酒之气冲淡。当两个人再次碰面时，女的羞得两腮绯红，男的张口而嗫嚅。可是小家小院，又免不了碰面。

到底还是武拯局长先开口了，支吾着说："那事都怪我……"顿一顿又补一句："其实，我是真心喜欢你！"她不搭他的话，轻声说："明天，俺回乡下去。"武拯局长开导说："这样走了，你姐会记恨我一辈子！再说，你也不能丢下商业局长的外甥……"说到商业局长的外甥，叶儿娘眼圈立即红了，哽咽着说："俺这样，还能见他吗，还有脸见他吗？"

第二天，她回乡下去了。几天之后，田子鹏即现在的叶儿爹突然来访。武拯局长迎上去，没话找话儿说，想从侧面打探一下小姨子的情况，结果都给大白鹅拿话岔开了。大白鹅坐在叶儿爹对面、丈夫右边，一边为二人续水，一边看着叶儿爹说："你家太太年纪轻轻的，咋就得了不治之症呢？"

叶儿爹感激地看一眼大白鹅，回答说："谁知呢，凡能请到的先生都请了，凡能吃到的草药都吃了，就是不对症……”大白鹅说：“都说你给太太治病舍得花钱，也操尽心了。上次回娘家，都夸你呢！”顿一顿又说：“捎信叫你来，没有别的事，一是想叫你出来散散心，免得在一个地方憋出病来，二是有件事情想跟你商量……”叶儿爹仿佛没听清，不解地说：“有件事情……跟我商量？”

大白鹅微微一笑，轻声问：“你看我妹妹长得怎么样？”叶儿爹不知何意，只顾称赞说：“论人品论模样，二小姐十里八乡没有比的！”大白鹅认真地问：“此话当真？”叶儿爹信誓旦旦地说：“句句都是真心话！”大白鹅便笑了，提高些声音说：“既然如此，我做媒把妹妹许配给你做太太了！”

叶儿爹怔愣良久，如梦方醒般摇摆着两手说：“不行不行，我可不配，我可配不上二小姐！”大白鹅沉下脸，不高兴地说：“你的意思，田家是大户，我妹妹配不上你？”叶儿爹慌忙起身，向大白鹅抱拳施礼说：“我的妹妹哎，这话可把我冤枉了！白家有妹妹、妹夫这样的大靠山，田家那几亩薄地算得了啥？我的意思是……”

不待对方说完，大白鹅大包大揽地说：“不用说了，如若不嫌弃，这件事就定了！”叶儿爹不禁在心里狂呼：“我的天哪！这是烧了哪门子高香啊？十亩杏林不但救下三弟一条命，还傍上武拯局长。如今刚死了前妻，一个天仙般的美人儿又给送来了，不要都不行！”

武拯局长却是看得傻眼了，无论如何也不能相信这样的事实，不相信一母同胞的姐姐会对妹妹如此狠心，不但把她嫁给一个几近大了一倍而且死了妻子的男人，还使其失去了在城里相爱的机会永远葬身于乡间的黄土之中。她这样做的目的是为了惩罚妹妹，还是为了报复丈夫？

“都不是！”待叶儿爹走后，大白鹅坦率地说，“我这样做的目的，是为了避免更大的祸患！”武拯局长不解地问：“什么祸患？”大白鹅解释说：“你们这些男人，哪个不是吃着碗里看着锅里，恨不能将天下好东西据为己有。你和我妹妹有过一回，就一定还想再有第二回、第三回……如若不把她打发得远远的，而嫁给商业局长的外甥，你就会不断地去找她，甚至为了达到目的采取一些极端手段，长此以往还能不出事吗？你是警察局长，应该知道这个世界上因女人发生过多少争端？再说了，我把妹妹嫁到田家，做了田家大太太，不但能掌管田家的大半个家业，还能一早一晚地照顾娘家，她应该知足了！”

完全出乎武拯局长的意料！在他的经验里，一般漂亮女人多因外表所累，销蚀了思想，空有一个躯壳，而这个女人，非但外表超群，并且极有心计。若在平时，他会对这样的女人大加赞赏，可是面对妻子，却感到从未有过的惧怕。

的确，正如大姐大白鹅所说，叶儿娘嫁到田家做了大太太，就掌管了田家的大半个家业。婆婆一心吃斋念佛不问尘事，全家上下大事小情，都向她请示。一天到晚“大太太、大太太”喊得她心里像喝了蜜糖水，再加上丈夫拿她像宠宝贝似的宠着，像娇孩子似的娇着，使得她很快就把起初的伤感和不如意淡忘了。尤其后来生了叶儿，做了母亲，更是陶醉于家的温暖之中。有时甚至想，纵然嫁给城里商业局长的外甥，恐怕还不如现在幸福呢！

然而，对大姐大白鹅和姐夫武拯局长，叶儿娘却是永远不能原谅！当她满含泪水步履蹒跚地离开那座小城的时候，是多么希望有人在背后喊她一声，把她留下来啊？哪怕只是虚假地挽留一下，那颗流血的心也会得到一点慰藉，钉满耻辱的脊背也会减轻一点压力，然而没有，一个人都没有！于是她断定，所谓的姊妹亲情和真心喜欢都是虚假的，都是为了牟取私利而编造的谎言，于是她发誓，离开那座小城之后，就再也不会回去了！

可是人生多变，世事难料，那个曾经使她欣慰并且信赖的家，由于丈夫的移情和女儿的偷情，已经变得岌岌可危，而且把办法想尽，把亲人想遍，除了大姐大白鹅和姐夫武拯局长之外，再无一人能助她一臂之力！

叶儿娘心想，如果请大姐大白鹅和姐夫武拯局长出面，或许能平息事端，转危为安。然而这想法刚一出现，心底涌起的自责和嘲骂，顿时排山倒海般汹涌而至："当初，你就像一条断了脊梁骨的癞皮狗，给人一脚踢出家门，现在还要再像一条落水狗一样去乞求他们的怜悯吗？你就这样没有骨气吗？"万般无奈，她只好按照自己的设想走自己的路了：叫白羊带着女儿远走他乡，去过隐姓埋名的生活，她一个人留在家里，是死是活随便去吧！

吃过早饭，叶儿娘走了一趟娘家。本来想等白羊礼拜回来再去的，结果等不及就去了。这一次没有套车，也没有人陪同，而是独自步行。自出嫁以来，这样回娘家还是第一次。尽管田家距白家只有一街之隔，尽管叶儿娘自幼在本村长大，她每次回娘家，都是套骡马大车，前呼后拥，这是田家的气派，也是白家的荣耀！

一进门，娘家人就愣了。白大胖子匆匆迎上来，把叶儿娘引到厢房，压低声音说："咱爹刚起床，还没有吃饭呢，待会儿再见吧！"世态炎凉人情淡薄，亲生兄妹都是如此。叶儿娘低下头，心里凉了半截，颤抖着声音说："其实，不见爹也行，有一句话，本来就是想跟你说。"

白大胖子看一眼憔悴的二妹妹，不耐烦地说："你呀，就是含着冰化不出水！我早就说过，要想办法拢住男人，女人不会拢男人，迟早要吃亏！你看大姐，把一个大局长拢得服服帖帖！”

叶儿娘没有心思跟哥哥讨论拢男人的事，只想把白羊和叶儿的事说出来，可是话到唇边却又不知从何说起。白大胖子看她支吾，当是自己的话起作用了，趁势出主意说：“只要你一口咬定，老家伙就不敢纳妾，野女人在田家就待不长，田家的大半个家业还是你掌管……”

不等哥哥把话说完，叶儿娘转身就走。走到门口，回头丢下一句话：“等白羊回来，叫他去见我！”

第三章 云雨巫山幻作真

叶儿的肚子一天天大起来，就像包在纸里的火，说烧透就烧透了！叶儿娘虽然给赵婶送了地使了钱，堵住她一张嘴，却也不能把所有人的嘴都堵起来，把所有人的眼睛都蒙起来。田家上上下下那么多人，一个比一个精，隔着肚皮能看到人的心里去。今天早上，三太太那边的小红就过来找叶儿的鞋样子，说幽兰什么时候看见叶儿穿的一双鞋，想求三太太做一双。很显然，这是打探消息来了！

天越阴越沉，眼看就要沉到地面了。院子里的树木、房舍、花草都变了颜色，仿佛烟火熏烤过一样，灰兮兮的，蔫巴巴的。今天是白羊礼拜的日子，叶儿娘生怕下雨，把白羊阻在城里回不来了。禁不住一遍又一遍地看天，一次又一次地祈祷，恳求老天爷可怜，等白羊回来再下雨，最好等白羊带领叶儿远走他乡之后再下雨。那时候，无论怎么下都不害怕了，即便下个七七四十九天，下得天塌地陷也不害怕了！

临近中午，树梢开始晃动起来，“哗啦！哗啦！”犹如无数只怪兽在咆哮，在践踏叶儿娘的心。紧接着，“哗哧”一声巨响，狂风携裹着暴雨，暴雨夹带着狂风，铺天盖地倾泻下来。眨眼之间，浊水横流，残花断枝遍地，仿佛末日已来临。叶儿娘万念俱灰，心如断线的风筝漫无边际地飘落着。她断定，这个礼拜白羊是不能回来了，如若等到下个礼拜，谁知道下个礼拜会发生多少事情呢？

掌灯时分，风雨渐渐变小，时断时续。叶儿娘如同大病一场，无力地坐在桌前出神。这时候门开了，悄悄走进来一个人，轻声喊："二姑。"叶儿娘疑疑惑惑的，透过昏黄的灯光，看见门口站着一个年轻人：颀长挺拔的身材犹如一棵幼杨，灵活含笑的眸子好似一只麋鹿；面色红润，直鼻阔口，小分头梳得油光发亮，一身制服洗熨得平平整整。一手提一只礼盒，一手摇一把纸扇，风流倜傥清秀优雅，好一个城市化了的大家阔少！看的人简直不敢相信自己的眼睛，疑在梦中。

"二姑！"白羊再喊一声，走近前来，把礼盒放到桌上，小心地说："一到家，爹就告诉二姑找我，才想来，却下起大雨……"叶儿娘一把抓住白羊，生怕逃跑似的，急切地喊："我的儿，你到底回来了，还真回来了！"一边上下打量，一边纳闷地问："下这么大的雨，你是咋回来的？"来人不无炫耀地说："大姑父派车送我回来的！"

叶儿娘像个迷路又突然找到家的孩子，既兴奋又委屈地说："可把二姑给急死了！知道吗，你和叶儿妹妹闯下大祸了？"白羊看二姑急成那样，不解地问："我和叶儿妹妹闯下什么大祸了？二姑，您别急，慢慢说，我和叶儿妹妹到底闯下什么大祸了？"

看着那张清秀单纯的脸，叶儿娘越发哭得伤心了，还不敢放声哭，哽哽咽咽的，仿佛五脏六腑都化成了爱和恨，想咽咽不下，想吐吐不出，牢牢地卡在喉咙里，同时又像走过一段特别漫长又特别坎坷的路，吁吁喘息着，良久才断断续续、十分吃力地说出叶儿怀孕的事……

听的人并不感到惧怕，只是有些意外和害羞。叶儿娘发狠地说：

“二姑不叫你念书了，叫你领着叶儿妹妹逃命去！”白羊听话地点点头，又忽然摇摇头，极不情愿地说：“二姑，我不能走，大姑还叫我读书做官呢！”叶儿娘无可奈何地说：“我的傻孩子，命都保不住了，咋还能读书做官呢？”

白羊不以为然地说：“大姑父是警察局长，掌管着全县的生杀大权；二姑父和我爹都是有名的乡绅，要钱有钱，要势有势，谁敢难为我和叶儿妹妹？”叶儿娘既恨又爱地说：“你和叶儿妹妹是姑表兄妹，是至亲，至亲不能通婚，这是老辈人定下的规矩！我的傻孩子，你大姑父救不了你们，你二姑父和你爹也救不了你们，谁都救不了你们！”

听的人开始害怕了，挺拔的幼杨像霜打一样蔫软下来。叶儿娘接着说：“听二姑的话，趁还没有人知道，赶快带着叶儿妹妹逃出去，逃得远远的，一辈子不要回来了！”白羊怯生生地问：“二姑。您叫我和叶儿妹妹什么时候走？”叶儿娘急不可待地说：“这就走，越快越好！”

白羊看一眼窗外，黑洞洞的，不禁打个寒战。叶儿娘不等对方反应过来，果决地说：“你先歇一会儿，我去帮叶儿收拾东西……”眼看走到门口，就要融入无边的黑暗之中，白羊禁不住喊：“二姑！”

叶儿娘“咯噔”站住，回头看着一脸茫然、十分可怜的白羊，心头不由一紧，仿佛给一只无形的大手紧紧搦住了，搦得生疼生疼。迟疑片刻，她小心地捧住那张脸，仔细地端详着，像是开导又像是叮嘱地说：“好孩子，认命吧，这就是命！”

白羊奋力挣脱出来，十分执拗地喊：“不，我不走！我就是要和爹娘在一起！要和大姑二姑在一起！要和叶儿妹妹在一起！”叶儿娘慌忙伸出手，想堵住那张嘴。白羊又蹦又跳，活像一匹脱缰的野马，狂呼乱喊。叶儿娘无奈，只好压低声音吼：“还喊、还喊！你不想活了，真不想活了？”

突然，门口响起“咯咯”的笑声。仿佛突如其来的寒冷，一下把姑侄二人冻僵了。叶儿看见他们惊呆的样子，越发觉得好笑，笑个不停。然后走近白羊，大声嗔怪说：“好啊，来了也不去看我？要不是白家派车来接人，我还不知道呢！”

不待别人做出反应，叶儿半扑半抱地拉住白羊，不无赞许地说：“表哥说得对，我们就是不走！好好的家，往哪走啊？表哥，你见多识广，快想个万全之策告诉我娘，免得她老人家一天到晚提心吊胆，吃不下饭睡不好觉……”她看见白羊低垂着头，没精打采的样子，不禁发急地问：“咋，你也没有主意了？你可不能没有主意啊，我还等你出主意呢！”

白羊支吾说：“还……还能有什么主意？这……这是老辈人定下的规矩，至……至亲不能通婚……”这样的话，叶儿听母亲说过多遍了，都没往心里去，此时一经白羊说出来，却像炸开一个霹雳，惊得“啊呀”一声，差点背过气去。不认识似的盯住白羊，有气无力地问：“这么说，你也没有办法了？”她又上去抱住白羊，用力摇晃着喊：“你有办法，你一定有办法！我不管谁定的规矩，就是要跟你在一起，死也要在一起！”

叶儿娘才想说什么，门口响起一声干咳。虽然很轻微，还是把在场的所有人都给吓住了。房间里立即静寂下来。侧耳细听，却又没有声音了。房门虚掩，浓稠的潮湿和淅沥的风雨从门缝挤进来，肆无忌惮地乱扑，侵袭着一切。白羊走到门口，正欲开门看究竟，赵婶蹑手蹑脚地走进来。白羊气恼地说：“你敢偷听我们说话？”

赵婶把雨伞放在墙角，不慌不忙地关上门，向白羊微笑着说：“白家大少爷，您不用担心，外面风大雨大，哗啦哗啦的，我在门口待了多时，也没有听清一句。不过大小姐的喊声是大了点，我听得真真切切的。”

白羊不耐烦地问：“你来干什么？”

赵婶依然微笑着说：“帮你们出主意啊！”

白羊一愣：“你……”

赵婶绕开白羊，走到叶儿娘身边，底气十足地说：“大太太，我有一个办法，不知道合不合您的心意？”叶儿娘虽然恨透了这个贪得无厌的老女人，却也不敢得罪她，只好欠身腾个地方，轻声说：“坐下说吧。”赵婶道一声谢，靠叶儿娘坐下，然后招呼白羊和叶儿：“都过来坐吧，听听我的办法！”

听完赵婶的话，叶儿娘差点晕过去，不由恨恨地说：“赵婶，这样的办法你也想得出？”赵婶尴尬地笑着说：“办法是损了点，不过眼下除了这办法，再也没有更好的办法了。我把肚里的肝花肠子都翻遍了，都想得脑子生疼了，才想出这样一个办法！大太太您想啊，我既能叫二位贵人相互厮守做长久夫妻，又不叫他们背井离乡无家可归，岂不是大白天做梦了？这个办法就叫他们把美梦做成了！”

叶儿娘断然回绝道：“不行，俺和牛家无冤无仇，不能做那种伤天害理的事！再说了，叫叶儿跟他……今后还咋见人啊？”赵婶耐心地开导说：“我的大太太哎，眼下顾不了那么多了，就像瞎子过河，只能走一步算一步！再说了，牛家那小子也是活该，来帮工才几天，就敢勾引大小姐……”

不待对方说完，叶儿娘打断她，生气地说：“不许你胡说！”赵婶申辩说：“我没有胡说，也不敢胡说，都是我亲眼看见的。那小子跟大小姐说话的时候，两眼直勾勾的，活像一只饿狼，恨不能立即扑上去，把大小姐吞吃了！哼，一个低贱的东西，临死能跟大小姐有上一回，也是他的齐天洪福了。别说活埋，千刀万剐都便宜了他！”

叶儿娘转向女儿，纳闷地问：“真有此事？”叶儿便把在苇地与表哥幽会，给三牛担水时撞上，想问他是否看到的事述说了一遍。叶儿娘吃惊地问：“他看到了？”叶儿支吾着说：“他没有说，不过猜想是看到了……”叶儿娘便不再说话了，打开一只箱子，拿出一个花布包，交与赵婶说：“这是我为他们准备的盘缠，你都拿走吧！”

赵婶接在手里，也不打开，只一掂一捏，就知道了分量，脸上立即堆出满意的笑，大包大揽地说：“大太太把这事交给我，您放心好了！”然后转向白羊，竭尽所能地开导说：“大少爷想开一些，没有啥大不了的，不就是一回吗？一根毫毛少不了，只要过了这一关，大小姐一辈子都是你的了！我再辛苦一些，多花点心思，把时辰拿捏准，不等那肮脏东西沾上小姐的身子就带人赶到，大小姐还是清清白白，鲜美大餐还是你一个人吃！”

白羊吞咽一口涎水，仿佛吞咽一只苍蝇，强忍着恶心说：“只要你能把时辰拿捏准，不让他沾上大小姐的身子，要什么我都答应你！”赵婶难为情地说：“要是换作别的事，我不敢给大少爷许个大满贯，也敢给大少爷许个八九不离十。这件事不行，那小子跟饿狼似的，看见大小姐恨不能一口吞吃了，万一有个闪失晚到一步，狗尾巴插进花池里，水也脏了花也蔫了，我可担当不起！”

白羊从怀里掏出一个精致的小盒子，交与赵婶说：“这是大姑父托人从外国带来的，值不少钱，我准备送给表妹的，现在给你了。事成之后，照这个价钱，我再给你翻两倍！”赵婶打开小盒子，看见一块金灿灿的怀表，不禁发誓般地说："就凭大少爷这份情义，我豁出这条老命，也要保住大小姐清白的身子！"

是夜，赵婶带领叶儿偷偷溜出小角门，躲藏在苇地边上，单等牛三牛出现。牛三牛像个游魂似的，从村街那端走过来，走进苇地。赵婶跟叶儿如此这般交代一番，匆匆跑回田家，野猫一样沿着墙脚走到叶儿爹窗下，压低声音喊："大老爷！大老爷！"

叶儿爹已经睡下，听见有人喊，不耐烦地问："谁呀？"赵婶压低声音说："大老爷，是我，赵婶，有急事向您禀报！"听的人心里"咯噔"一沉。这个老女人服侍叶儿娘和叶儿多年，是个极爱搬弄是非又见利忘义的人，此时来一定有非常之事！赶紧下床开门，一边放赵婶进屋，一边嗔怪地说："有啥事不能等到明天，这么晚了还来烦我？"

赵婶神神秘秘地说："大老爷，我知道这么晚了不该来烦您，可我想了又想，都想得脑浆子疼了，觉得这件事只有禀报大老爷才合适！"叶儿爹催促说："有事快说吧！"赵婶立即像烂泥一样瘫软在地上，一边抡圆双手打自己的脸，一边痛哭流涕地说："大老爷，都是我该死，都是我该死啊！我没有照顾好大小姐，我该乱棍打死拖出去喂狗，装麻袋里沉潭喂王八……"

叶儿爹仿佛意识到什么，不禁发急地问："叶儿咋了？你快说，叶儿到底咋了？"赵婶语无伦次地说："她……她跟牛家的三牛，就……就是来帮工的那小子，钻……钻进苇地里了……"叶儿爹不相信地问："你看准了？"赵婶信誓旦旦地说："看准了，如有一点假，大老爷把我两眼挖了当泡踩！"叶儿爹顿时气得浑身颤抖，两眼一黑差点栽倒，在地上转个圈子，突然飞起一脚，把赵婶踢倒在地，怒不可遏地骂："没用的东西，还愣着干啥，还不快去叫人！"赵婶从地上爬起来，跟头流水地向二老爷、三老爷和柱子的住处跑去。

不知为什么，这一夜瘸腿老五忽然心烦意乱起来，翻来覆去睡不着。干脆下床不睡了，坐在院里的石磙上数星星，无意中看见墙脚下有个人影一闪，当是小偷进来了，悄悄跟过去。那人矮胖，两条胳膊挓挲着，一走一转，笨得像只狗熊，不用细看，就知道是赵婶，于是越发纳闷了：深更半夜的，她不睡觉到处跑啥呢？

赵婶跑到二老爷窗下，故技重演，压低声音喊："二老爷！二老爷！"谁知，二老爷正忙呢！好事给人搅了，十分气恼，不问青红皂白大吼一声："滚！"赵婶不敢再喊，但也不敢耽搁，左右为难一会儿，只好硬着头皮再次靠近窗口。

等房间里平静下来，赵婶赶紧提高声音喊："二老爷，不好了！大小姐跟牛家三牛钻进苇地里了，大老爷叫我喊人去捉拿！"一个气喘吁吁的声音从窗口传出来："半夜三更的，你烦不烦啊？要捉牛，找老五去！"赵婶赶紧解释说："二老爷！不是牛，是姓牛的那小子，诱骗大小姐钻进苇地里了……"

不等赵婶说完，瘸腿老五慌忙拖着一条腿，一蹦一跳地从小角门跑出去，直往牛家奔。牛三牛父母跟往常一样，劳累一天，早早地上床睡了。三牛爹的鼾声从门缝涌出来，呼呼的像刮起一阵风。瘸腿老五扑上去，一边张着大嘴"吁吁"直喘，一边抓住门板"砰砰"猛砸。

三牛爹给惊醒了，一骨碌跳下床，赶紧去开门。三牛娘拦住说："也不问问是谁，就去开门？"三牛爹说："不用问，这时候来的没外人！"把门打开，看见是瘸腿老五，扶住门框直喘气，不由吃惊地问："老五，你咋了？"

瘸腿老五上气不接下气地说："三牛……三牛……"三牛爹当是他

养的牛出事了，耐心地安慰说："你别急，慢慢说，牛咋了？"瘸腿老五发急地说："不……不是牛，是……是三牛，跟……跟叶儿，钻……钻进苇地里了……"

三牛爹一时没有转过弯子来，不解地说："牛钻进苇地吃几片叶子怕啥，找回来不就完了？"三牛娘仿佛意识到什么，慌忙跑进套间，看见床上没有了儿子，不禁吃惊地喊："他爹，不好了，三牛不见了！"三牛爹忽然醒悟过来，慌忙问："老五，你看见三……三牛，跟……跟叶儿，钻……钻进苇地里了？"

和往常一样，牛三牛走进苇地，躺在用苇叶铺平的床铺上，和心爱的人儿过起如夫妻般的生活。虽然在夜幕四合之际，还有点偷偷摸摸，但每天能有这么一段温馨缠绵的时刻，就已经满足了！在他的心目中，叶儿貌若天仙，绝伦超群，能和她有上一次，这一生别无他求，甚至立即去死都心甘情愿，更何况已经有了这么多次呢？因此，他把所有的心思都集中在这一时刻，把全部的热情都投入到相会之中。

每一次来到之后，总是先整理床铺，把每一根横着的苇叶理顺，把每一处弄脏的地方更新，然后检查通往床铺的道路，把露出地面的苇茬一根一根拔除，把雨水冲刷的沟壑一道一道抚平，生怕绊倒了叶儿。做完这一切之后，才回到床铺上，等待叶儿到来，等待那个温馨缠绵的时刻！

这一次，牛三牛还没有整理完床铺呢，叶儿就来了。这样的变化似乎有些突然，令人感到意外。叶儿的装束也和往常不同，变得有些新奇……他怔怔地盯视片刻，迟疑着迎上去，牵住她一只手。

叶儿的手也和往常不同，抖抖的，像冰一样凉。可是已经顾不得这许多，如火的情欲在胸中熊熊燃烧，烧得如饥似渴不能自已。他忘情地扑上去，紧紧抱住叶儿，一边亲吻一边撕扯衣裳……苇从中突然一阵乱响，从四面八方冲出几个凶神恶煞的莽汉，将他们团团围住，几支火把照得通明。不待他明白怎么回事儿，如雨的拳脚、棍棒一齐打下来。怀里的叶儿不见了。

牛三牛一边挣扎，一边发疯地喊："放开叶儿，你们放开叶儿！"叶儿爹听得糊涂了，无论如何，他也不能相信这样的事实，然而事实就在眼前，喊声就在耳畔！如若这是做戏，牛家那小子咋会如此投入？如若不是做戏，一个大小姐怎么会跟一个穷帮工钻进苇地？一向精于心计、料事如神的田子鹏，顿时如堕五里雾中，百思不得其解了。

待三牛爹赶到时，众人已把牛三牛打得皮开肉绽不省人事，把叶儿打得浑身泥土披头散发。两个人被捆绑在一起，丢在苇地边上，如丢弃的一堆破烂。三牛爹跪倒在叶儿爹脚下，苦苦哀求说："大老爷，求您高台贵手，留小畜生一条性命吧！俺牛家三代单传，就这一根血脉，只要大老爷饶他不死，叫俺一辈子当牛做马都行！"三牛娘上前抱住儿子，像是抱住一块被人打碎的心肝，三牛疼得大张着嘴巴，却没有一丝力气喊出来、哭出来。

叶儿爹一手端在胸前，一手托着下巴，看都不看三牛爹一眼。三牛爹的苦苦哀求，仿佛无理的纠缠，令人心烦意乱。他往旁边躲一下，站在沙土岗子上，居高临下地看着两个弟弟，以商量的口吻说："埋了吧，埋了干净。沉塘脏了水，饮牲口都不喝！"

二老爷生性猥琐，不喜抛头露面，但也不敢违背大哥的指令，只好以求助的目光看着三老爷，请他代为操办。三老爷转向众打手，大声吩咐说："快挖坑，挖深点，别叫狗扒出来吃了！"

很快挖出一个半人多深的坑，三老爷抬头看向沙土岗子，等待叶儿爹发话。叶儿爹轻轻挥一下手，吐出一个字："埋！"不待对方行动，紧接着又补一句："一起埋！"三老爷提高声音喊："埋，一起埋！"

喊声未落，叶儿娘一路哭喊着从田家跑出来，扑上去抱住叶儿，一边撕心裂肺地号啕大哭："我苦命的孩子啊！"一边声嘶力竭地嗷嗷大骂："谁家的小鳖羔子啊？把俺孩子害成这样！"

随着这样的哭喊，田家庄的人都给惊动了。看热闹的人越来越多，围得里三层外三层。按照赵婶的安排，叶儿娘一边失声断气地哭喊，一边暗中寻找幽兰。幽兰果然来了，站在不远的地方，惶惑不安地看着这一切。她不知道这是为什么，也不知道发生了什么事，只觉得眼前的场景很可怕，仿佛在做一个恐怖的梦！

叶儿娘扑上去，抱住幽兰一条腿，伤心而可怜地喊："幽兰妹妹！请您原谅我的过错，发善心救救叶儿吧。我只有叶儿一个孩子，没有她我就活不了了。将来您也是要做母亲的人，最懂得女人的心，可怜可怜我们苦命的母女吧，求求您了幽兰妹妹！"

幽兰越发糊涂了，这个一向视自己为宿敌的女人今天这是怎么了？为什么不去恳求丈夫却来恳求一个敌人呢？这是乡间的规矩还是另有图谋？她不想思考这样的问题，凭着自己不谙世事的头脑，就是思考也不会明白，只是觉得这样的事情不该发生，自己不能袖手旁观：一是叶儿和相好那么年轻，不能因为偷情给活埋了；二是叶儿娘需要帮助，此时出手相助或许正是联络感情疏通关系的良机……

只是怎么出面呢？田子鹏是这一带有名的乡绅，站在那么高的位置，当众说话堪称一言九鼎，怎能随便更改？看他怒不可遏的样子，即便提出合理建议也未必能够采纳；如若被驳回来，不但救不出两个年轻人，还在叶儿娘那里颜面失尽，更无立足之地！

叶儿娘看幽兰迟迟不动，当是不肯帮助，或者正好借机报复，为进驻田家扫清障碍。眼看几个如狼似虎的打手扑向牛三牛和叶儿，就要往坑里拖了，慌忙丢下幽兰，扑向叶儿爹，声泪俱下地喊："大老爷，叶儿可是您的亲生骨肉啊！求您看在我们夫妻多年的情分上，高抬贵手放她一条生路吧！您要是讨厌她，不想看到她，我叫她马上滚得远远的，一辈子不回田家庄……"

不等叶儿娘说完，叶儿爹气恼地扬起手，狠狠打了她两耳光，怒不可遏地骂："滚开！田家祖宗的脸面都给你们丢尽了，我没有你这样的妻子，也没有她那样的女儿！"叶儿娘看哀求无望，只好扑向叶儿，死死抱住她不放，发疯般地哭喊："要埋把俺娘俩都埋了吧，一起埋了吧！"

几个打手停下来，面面相觑，不知如何是好。叶儿爹气恼地喊："再不动手，我连你们一起埋！"打手们蜂拥而上，有的去拖牛三牛，有的去拖叶儿……

三牛爹试图拦住打手，救下牛三牛，怎奈寡不敌众。眼看儿子给拖走，就要扔进坑里，他发疯般冲上去，站在坑沿上，张着两臂喊："要埋埋我吧，一命抵一命！我没有管教好孩子，都是我的错，我替小畜生抵罪！"喊声未落，仰面躺倒，直挺挺地摔进坑里，摔出"嘭嗵"一声响。

打手们停下来，等待新的指令。叶儿爹走下沙土岗子，站在坑沿上，指着奄奄一息的三牛爹怒骂："养不教，父之过，亏你还懂得没有管教好孩子，养出一个畜生不如的东西！你替小畜生抵命？你当你是啥东西，比小畜生好不了多少的老畜生！你跳进坑里？摔死活该！"转向叶儿娘，接着喊："你不是也想死吗？有本事也跳吧！反正把坑挖好了，埋一个是埋，埋十个也是埋，谁想死尽管往里跳，到时候老子一起烧纸钱！"

三老爷挥舞着棍棒，催促打手说："快把小畜生拖过来，扔坑里埋了！"打手们应声而动，分别扑向牛三牛和叶儿。却拉不开叶儿娘，干脆连带着一起拖到坑边。眼看把人扔进坑里了，幽兰还没有想出一个既叫田子鹏好下台，自己又不失体面的两全其美之计。万般无奈，只好放下素有的矜持，狂野地跑上坑沿，张开双臂喊："住手！"

声音虽然不高，甚至还带有稚气，却似炸开一声霹雳，使所有在场的人都愣住了。叶儿爹不相信地打量她一会儿，犹如面对一个既淘气又可爱的孩子，无可奈何地说："幽兰，快走开，这里没有你的事！"幽兰固执地说："不，太残忍了！子鹏，你不能这样做，如果坚持这样做，我会改变对你的信任！"叶儿爹解释说："你不懂，这是乡间的规矩。"幽兰坚决地说："这规矩不好，必须改！"

叶儿娘快速爬向幽兰，紧紧抱住她，几近哀求地说："幽兰妹妹，你快告诉大老爷，这事不能怪我们叶儿，是有人扳倒了石碑，使她鬼迷心窍！要不，一个有教养的大家小姐，咋会黑天半夜里跑进苇地跟人苟合？"

幽兰不知道扳倒石碑是什么意思，但可以断定这是说服田子鹏的一个理由，不然叶儿娘不会在此时说出来，于是信心十足地说："子鹏，我认为大姐的话有道理，你应该调查清楚再做决定，以免错杀无辜！"

常言说虎毒不食子，叶儿爹何尝不是如此？只是出了这种伤风败俗的事，不得不忍痛割爱而已。经幽兰如此一说，心里开始活动起来：如果按照这条路走下去，倒也是一个不错的台阶，村里人向来憎恶扳倒石碑的人，宽容鬼迷心窍的受害者。倘若如此，女儿的罪过不但能得到大家的谅解，田家的丑事也能一笔勾销，只是不知石碑到底给人扳倒没有？万一没有扳倒，不但洗刷不了田家的耻辱，还将会多出一个嫁祸于人的罪名。他迟疑良久，只好把退路留在叶儿娘身上，于是厉声喝问：“你敢保证有人扳倒了石碑吗？”

叶儿娘发誓般地说：“敢保证！”

叶儿爹追问：“你咋知道有人扳倒了石碑？”

叶儿娘回答说：“听赵婶说的……”

赵婶就在身边，不等话音落地，肥胖的身子就地一倒，快速爬到叶儿爹脚下，等待发问。叶儿爹大声说：“该死的东西，敢说半句假话，看我不活剥你的皮！”赵婶一边磕头如捣蒜，一边发誓赌咒说：“大老爷明察，小人敢说半句假话，扒皮抽筋，扔水塘里喂王八！”

叶儿爹心里有了底，越发提高声音说：“快说，你咋知道有人扳倒了石碑？”赵婶像煞有介事地说：“我的大老爷哎，村里人都传开了，说有人扳倒了石碑，就您还给蒙在鼓里。后街一个新娶的媳妇，经常跑出来跟野男人鬼混，给丈夫捉住打得皮开肉绽，送回娘家去了。才几天的事，很多人都知道，不信您问问？”

这件事全村人都知道，叶儿爹也知道。用此事注释“扳倒石碑”的事很聪明，具有很强的说服力。叶儿爹不再发问，转向围观的人群，十分诚恳地说：“诸位父老乡亲，子鹏没有求过大家，今天斗胆求大家一次，请诸位派几个代表，到实地验证一下，给我做个证人。为了洗刷我田家的耻辱，也是为了洗刷田家庄的耻辱，子鹏有劳诸位了，在此给诸位鞠躬了！”

有好事者带头喊：“大老爷发话了，叫大家做个证人，咱们到实地验证去！”众人随声附和：“走！到实地验证去！”一群人前呼后拥，走到苇地深处，在水与苇相交之处，果然找到了被扳倒的石碑。石碑下边的泥土已经给雨水冲平，周围压倒的小草开始往上生长。这就是说，石碑不但给人扳倒了，而且还有些日子了！

叶儿从鬼门关回到家，失魂落魄地躺在床上，两眼直视着天花板。身子轻如纸片，一会儿飘起一会儿落下，有种不由自主、魂飞魄散的感觉。头脑空空的、满满的，仿佛装着许多事情，却又什么都记不起来。耳边嗡嗡作响，犹如无数只知了在聒噪，尖利而刺耳……

恍惚之间，看见有一个人走到床前，不无内疚地说：“叶儿，我没有保护好你，叫你受苦了……”定睛看时，原来是牛三牛，晃晃悠悠的，一副站立不稳的样子，不禁吃惊地问：“你咋来了？”对方苦笑一下，有气无力地说：“我是来跟你道别的，相好一场，临走总得打个招呼……”

叶儿十分纳闷，不知此话从何说起？记得在苇地里，牛三牛像久别重逢似的，痴迷而癫狂地拥抱亲吻她，惨遭毒打之际，还不忘哀求打手：“你们放开叶儿！”心里一热，不禁脱口问：“你为啥要这样？”牛三牛依然苦笑着，憨厚地说：“我喜欢你！从第一眼看见你，我就忘不了你……”

叶儿莫名其妙，本来想做些解释，谁知说出的话却是：“你的脸色咋这样难看呢？”牛三牛叹口气，痛苦不堪地说：“他们像杀猪一样放我的血，把血都放干了，脸色能不难看吗？”果然，身上的皮肉没有了，露出白森森的骨头，胸口一个洞，心给挖走了。叶儿纳闷地问：“他们为啥要放你的血？”

牛三牛解释说："他们要用我的血，把石碑染红，染得通红通红，这样才能镇住鬼魂，杜绝淫乱……"叶儿心里一动，不由好奇地问："真是你扳倒了石碑吗？"对方点头说："为了你，我不怕神灵的惩罚，不怕千刀万剐……"

叶儿醒来，方知是梦！她不知为何做出这样的梦？这时外边传来杂沓的脚步声和细碎的说话声，还有得意的窃笑声和舒畅的叹息声。莫非真像梦中所说，为了镇压鬼魂，杜绝淫乱，放干了牛三牛的血？她想起身看个究竟，守护在身边的赵婶上前拦住，不无得意地说："大小姐，您醒了？"

叶儿看见母亲和二太太、三太太、柱子媳妇及各个房间的佣人，满满挤了一屋子，不由发急地问："真把血放干了？"赵婶怔愣一会儿，忽然恍然地拍手一乐，不无解嘲地说："我的大小姐哎，看把您急的，哪能那么快？眼下正在搭设祭坛，要等天到午时，麻烦着呐！快刀手讲究这个，说是午时阳气盛，阴气，哦，就是我们常说的鬼魂，不敢找他的麻烦……"

不等赵婶说完，叶儿折身坐起，挣扎着要下床。赵婶再次拦住，眉开眼笑地说："嘻嘻，少安毋躁，少安毋躁啊！我的大小姐哎，您就等着看吧，好戏都在后头呢，牛家那小子把扳倒石碑的事都招了！叽里咕噜的，跟竹筒倒豆子似的，一点都没剩！嘻嘻，从古至今，这种事还没有人招供过，就他小子一个人招供了，还口口声声说是为了大小姐！哼，一个下贱的东西，死到临头还敢说出这种话，真是催命鬼催得不知说啥好了！不过这样也好，这样就等于把所有的事情都锁进保险柜里了，再也没有人翻出来了。天意，这真是天意啊！"

叶儿想起刚才的梦，不禁吃惊地问："他真是这样说了？"赵婶笃定地说："我耳不聋眼不花，听得真真切切，看得清清楚楚，就连他爹他娘也都听到、看到了！"话音未落，叶儿惊呼一声："我的天哪！"仰面躺倒，脸色苍白如纸，声若游丝渐渐细绝。叶儿娘禁不住放声大哭："我苦命的孩子啊！"二太太、三太太和柱子媳妇，顿时乱了手脚，不知如何是好，只有陪哭的份儿。

到底还是赵婶见多识广，遇事不慌。她找来一根纳鞋底用的钢针，看准大小姐上唇中间，连扎三针。叶儿呻吟一声，渐渐缓出气息，呜呜哭出声音。赵婶收起钢针，几近炫耀地说："好了，能哭出声就好了！"

幽兰走到门前，听见屋里的哭声，迟疑着停下来，不知道此时进去是否合适。她费尽九牛二虎之力，甚至不顾体面，结果只救下叶儿一个人，那个叫牛三牛的小伙子非但没有救出来，反而加重了罪行，成为全村人的公敌，众怒犹如冲天大火，燃烧得正旺，谁都休想扑灭。

思来想去，只有叶儿能够救他。所谓的扳倒石碑，冒犯神灵，在幽兰看来不是迷信即是阴谋。如果叶儿真心跟牛三牛相爱，就应该挺身而出当众揭穿谎言。她只怕自己寄人篱下人微言轻，叶儿不会听她的话……

屋里的哭声由弱到强，越哭越恸。幽兰猜想这是叶儿舍不得恋人，不忍心看他死在刽子手刀下，如果此时晓之以理动之以情，说不定她真能勇敢地站出来，冲破乡间习俗搭救心上人。这样想着，她便不顾自己的处境和地位，迎着哭声走过去。

赵婶听见敲门声，赶紧应门，看见幽兰，感激地笑一下，想称呼却不知怎样称呼好，支吾良久才说："您来了？请坐吧！"幽兰不坐，先是向叶儿娘、二太太、三太太和柱子媳妇一一点头致意，然后走向叶儿，拉住她一只手，推心置腹地说："叶儿，别哭了，哭是不能解决问题的。你想怎么样，就大胆地说出来，我们大家一起想办法帮助你！"

叶儿不说话，只是伤心地哭。幽兰开门见山地说："你爱那个叫牛三牛的小伙子是吗？如果爱就大胆地说出来，这是你的权利！他现在很危险，刽子手马上就到，要用极其残忍的手段杀死他。叶儿，不要犹豫了，无论扳倒石碑的事是迷信还是阴谋，你都要勇敢地站出来，当众揭穿它！"

本来，幽兰能在危急关头出面救下叶儿，赵婶在得意自己的妙算之余，不免生出些许感激，叶儿娘也打算退让一步，睁只眼闭只眼地把她留下来，谁知小贱人得意忘形，不知天高地厚，竟然跑到这里搅局来了！赵婶冷哼一声，转向叶儿娘，等待示下。叶儿娘脸色阴沉，一句话不说，把脸扭向一边。那意思十分明显，由赵婶全权处理。

赵婶打断幽兰，假意客气地说："您辛苦了，回去休息吧。大小姐刚刚受到惊吓，需要静养，不能再打扰了！"幽兰听不出此是逐客令，依然坚持说："时间紧迫，晚了就来不及了。叶儿，你现在还不能休息，要赶快想办法救人……"

叶儿娘干咳一声，不耐烦地说："好了好了！救人的事，哪有一个乡下丫头说话的地方？再说了，人家有爹有娘，要能救爹娘早救了，还用外人咸吃萝卜淡操心！"幽兰却是固执地说："大姐，事态发展很严重，那个扳倒的石碑惹起了众怒，现在只有大小姐出面……"

不等对方说完，叶儿娘气恼地喊："赵婶，送客！"赵婶推幽兰一把，冷冰冰地说："请吧！"幽兰走到门口，突然回头说："大姐，如果叶儿跟那个小伙子真心相爱，您就应该成全他们，这是做父母的义务，万万不能因为他们偷情或者两家贫富悬殊拆散他们，更不能为了达到不可告人的目的罗织罪名加害于人，那是不道德的！”

叶儿娘不禁一惊，当是幽兰知道了实情。小心地看她一眼，只见一脸真诚，没有洞察一切或乘机要挟的意思。在她的想象中，像幽兰这种女人，要么只会勾引男人，吃喝玩乐，是个没有头脑的绣花枕头，要么就是工于心计，将男人玩弄于股掌之间，最终达到人财两得的目的。可是这个女人，竟然如此纯真，如此善良！

她转念一想，不禁惊出一身冷汗：如果真把她视作初涉世事的小女人，生死关头搭救女儿性命的大恩人，那就是自己太纯真、太善良了！俗话说画虎画皮难画骨，知人知面不知心，还是小心谨慎为上。叶儿爹自幼跟随父亲做生意，走南闯北阅人无数，能使其动心的女人肯定非同一般。叶儿娘慢慢抬起头，审慎地看着她。这样的距离，这样认真地看她，还是第一次！

原来，幽兰并没有特别之处，无论五官还是身体的其他部位，分开来看都很一般，然而组合在一起，却是那样匀称，那样天然。她的美，大概就是出自匀称和天然，还有白皙的肌肤和巧妙的化妆，得体的衣裙和优美的曲线……看得叶儿娘心里一阵酸楚，后悔自己没能做到这些，甚至不服气地想，如果倒退十几年，还不定谁胜谁负呢？

幽兰在那样的目光下，不禁羞怯地低下头，双手握在一起，胡乱地转动着，呼吸越来越急促，胸脯不停地起伏。叶儿娘由此断定，她还是一个没有经验，不会伪装的女人，甚至还是一个孩子，或许此行的目的并无恶意，只是出于善良救人性命，还有乘机讨好巴结也未可知？只可惜走错了地方，她的好意不合时宜，在此派不上用场！

叶儿娘掩饰地笑了一下，轻声说：“谢谢你的好意，不过这件事不用你操心了，我会处理好女儿的事！”幽兰看对方良久不说话，当是正在考虑自己的建议，谁知却说出这样的话，不由发急地说：“大姐，您怎么这样不负责任呢？那个叫三牛的小伙子就要给刽子手杀死了，他可是叶儿的男朋友啊？难道您不同意他们相爱吗？如果因此害得女儿痛苦一辈子，您会后悔的……”

叶儿娘心中刚刚产生的一点好感，几句话给说得荡然无存！她几近疯狂地喊：“我后悔不后悔，还用你教训吗？真是不懂规矩，给我赶出去！”赵婶走上前，用力推一把，生硬地说：“快走吧！”幽兰不肯走，竭力分辩说：“大姐，我不是那意思！大家都听到了，不信问他们……”她把求援的目光投向二太太、三太太和柱子媳妇以及各房佣人，希望他们能出面说句公道话，可是一个个只作壁上观，连大气都不出一声。

幽兰失望了，甚至有些气愤了，不禁提高声音说：“你们……你们为什么这样啊？我诚心诚意地来帮助叶儿，你们为什么不理解啊？我从城里来到这里，并不想伤害任何人，只想过舒心的日子。我不是你们想象的那样，我不是一个坏女人，我也有过自己的理想和追求。”

说着，已是泣不成声：“我十二岁那年，跟父母搬迁到上海，后来考入一所商校，毕业后本来能够找到一份很好的工作，谁知就在临近毕业的前一天晚上，父母、兄嫂，还有一个不满周岁的侄子，都给人杀害了。为了逃命，我只身离开那个充满血腥的城市，回到家乡小城，投靠一位远房叔叔。谁知，那位远房叔叔竟然是个人面兽心的家伙，他不但糟蹋了我，还逼我接客挣钱。就在我绝望至极，准备以死了结此生的时候，遇到了田子鹏先生，他花钱把我赎出来，带我来到乡村，来到你们田家。我喜欢乡村的生活，想和你们一起生活……”

很显然，这是叶儿娘没有想到的。她也曾有过自己的梦想和追求，只可惜那梦想和追求刚刚萌生，就像肥皂泡一样破灭了。创伤虽不似幽兰那样沉痛，却也撕心裂肺难以愈合……她有些后悔了，后悔不该这样对待幽兰，可是不这样又能怎样呢？

第四章　转眼离别恨

水塘边上，已经搭设好祭坛。祭坛上摆放了一只高脚香炉，香炉内点燃一炷香，青烟袅袅。中间一块红漆托盘，一只红泥瓦盆。托盘上一把寒光闪闪的匕首，瓦盆内汪着一层清水，一只绿色飞虫落在水面上，已经挣扎得奄奄一息，即将毙命。

距离祭坛几步之遥，有一棵歪脖子枣树。铁青色的枝干倾向水塘，枯叶飘落在水面，微风中缓缓旋转。牛三牛被捆绑在树干上，脑袋很低地耷拉着，嘴角悬挂一缕长长的血丝，随着微弱的呼吸慢慢颤动。临近中午的阳光照在身上，投下一条倾斜的阴影。一些善男信女，已经等得不耐烦了，不时地抬头看天。

三牛娘哭得没有了眼泪，没有了声音，甚至没有了意识，行尸走肉一般在歪脖子枣树下转来转去，却不知干什么才好。她一会儿伸出手，轻轻地抚摸一下勒进儿子皮肉的绳索；一会儿把手指浸在嘴里，试图蘸些唾沫擦洗儿子脸上的血痕。每抚摸一下或擦拭一下，都要停下来，久久地看着儿子，仿佛在问："疼吗？我的手重吗？"

三牛爹托人抵押了祖上传下的三亩薄田，备下一份厚礼，带着去求叶儿爹。在地上跪了足有一顿饭的工夫，叶儿爹才从套间走出来，坐在八仙桌前，端起茶水轻轻抿一口，“咕嘟咕嘟”漱一会儿，“噗”一声吐在三牛爹跪着的砖地上，十分气恼地说：“姓牛的，你儿子糟蹋了我闺女，败坏了田家的名声，你应该知道我是多恨那个缺德少教的小杂种，多恨你这个不管不教的老杂种！看在乡里乡亲的情面上，我可以抬抬手让你过去，只是你儿子的死活我管不了。他扳倒神圣的石碑，惹起众怒，犯下滔天大罪，田家庄的父老乡亲不会饶恕他！”三牛爹再在砖地上连磕三个响头，苦苦哀求道：“大老爷，田家庄的人都知道您老善良，只要您老说句话，放过小杂种，街坊邻居没有不从的……”

叶儿爹挥下手，不耐烦地说：“街坊邻居从不从我不知道，你去问他们吧，只要他们同意放人，我没意见！”言毕，拂袖而去。

三牛爹只好往外走，临出门看一眼三亩地换来的一堆东西，一声不响地丢在门旁了，不禁一阵眼黑，感到头重脚轻，天旋地转。他心里明白，这是叶儿爹不肯放人，只要他不肯放人，田家庄谁还敢放人呢？无奈之际，忽然想起白大胖子。白、牛两家一墙之隔，他与白大胖子一块儿长大，如果向他求情或许还能救人……他仿佛在黑暗中看见一道亮光，顾不得分辨那是灯光还是鬼火，匆匆打起精神，直奔亮光而去。

三牛爹再把两间老屋抵押了，备下一份厚礼直奔白家。谁知，刚刚踏入那扇厚重的大门，突然从横里蹿出一条大黑狗，咬住他的手腕，将礼品抖落，把人拖出家门。随后“咣当”一声，大门紧关紧闭，再无声息。三牛爹无奈，只好回到大街上，双膝跪在十字路口，声嘶力竭地喊一声：“苍天啊！”在地上“咚！咚！咚！”磕了三个响头。再喊一声：“街坊邻居啊！”又在地上“咚！咚！咚！”磕了三个响头。须臾，便把黄土街面砸出一个碗底大小的坑，坑底盈满殷红的血……

有人在身后拉一把，他也顾不得回头，依然声嘶力竭地喊着，无奈地磕着。瘸腿老五急了，把三牛爹拖回家，重重地扔在地上，发狠地说："要是磕头能救人，咱俩都去磕，都磕死！"然后伏在三牛爹耳朵上，压低声音说："我找到丑鬼老大了，只要你肯出三亩地的钱，他就来救人！"

三牛爹仿佛没听清，木呆呆地看着瘸腿老五。瘸腿老五又说了一遍，三牛爹双手抱头"呜呜"哭起来。瘸腿老五不耐烦地说："事到如今，别心疼东西了，救人要紧！常言说，留得青山在……"不等对方说完，三牛爹扬起两只手，抡圆了往自己脸上打，一边打一边骂："我混蛋，我糊涂，我把儿子给害了……"

瘸腿老五发急地问："咋了？你快说，到底咋了？"三牛爹说了将地送给田家的事。瘸腿老五咬牙说："干脆当穷光蛋吧，把两间老屋也卖了！"三牛爹绝望至极地说："兄弟，我就是穷光蛋，地无一垄，房无片瓦，还要断子绝孙，我对不起祖宗啊！"说着，往墙上撞去。瘸腿老五上前拖住，心里虽已明白，嘴上还是问："难道你把两间老屋也送人了？"三牛爹有气无力地说："送给白家了……"

这回轮到瘸腿老五发呆了，丑鬼老大见钱救人，没钱绝对不出手！三牛爹反倒扑上来，抱住对方哀求说："好兄弟，你再想想办法，救救咱们的孩子……"瘸腿老五无可奈何地说："没有钱，还有啥办法？"三牛爹不依不饶地说："好兄弟，你再想想，你一定还有办法，你一定还有……"瘸腿老五发狠地说："干脆，先叫他救人，就说一时拿不到钱……"三牛爹担心地说："丑鬼老大杀人如麻，你敢骗他？"瘸腿老五果决地说："事到如今，是火坑也得跳了！"

瘸腿老五从牛家出来，钻进一条胡同，绕到垓子墙下，钻过一个水眼窟窿，沿半人多深的壕沟直奔乱死岗子。乱死岗子遍地杂草毒蛇狗粪，中间一座破窑，已经废弃多年。跑进窑洞，却不见人影，地上一泡鲜亮的臊尿，说明有人来过。

他正不知如何是好，半空里响起一个刺耳的笑声："嘎嘎嘎嘎！"仿佛受伤的野鸭子，干涩沙哑，令人毛骨悚然。紧接着，一个身材瘦小的人从壁缝中跳出来，悄无声息地落在面前。他就是这一带闻名的夜行劫匪——丑鬼老大！穿黑衣系黑带抹黑脸，笑时张开血红大口，露出两排焦黄的板牙。两眼贼亮，闪射出如饿狼一般的绿光。

瘸腿老五慌忙迎上一步，很巴结地说："老大，让您久等了。"对方不说话，伸出一只手，那意思再分明不过了："少啰嗦，拿钱来！"看见那只手，瘸腿老五不禁浑身震颤。那是一只残缺变形的手，拇指剩下半截儿，四指没有了，手掌从中间裂开，如一把锋利的大剪刀。

丑鬼老大等待片刻，不耐烦地收回手，转身就走。瘸腿老五赶紧喊："老大，请留步，听我慢慢说……"丑鬼老大不说话，依然伸出那只吓人的手。瘸腿老五双腿一软，"扑通"一声跪倒在地上，声音颤抖地说："老大，您先救人吧。等拿到钱，我保证……"

不待把话说完，丑鬼老大又"嘎嘎"笑起来。随着那样的笑声，残缺变形的手一翻，亮出一把牛耳尖刀，语气生冷地说："你保证？你小子拿什么保证？"

瘸腿老五哭着说："老大，实话说了吧。三牛爹是有三亩薄地，他为了救人，变卖了送给田家了。还有两间老屋，也送给白家了。都白送了。三牛娘哭得死去活来，三牛爹磕头磕得满地是血，我看他们实在可怜……"

丑鬼老大气恼地骂："放屁！你看他们可怜，谁看我可怜？眼下这世道，良心都给狗吃了，哪里还有可怜？知道吗小子，当年有人用钢钎刺裂我的手指，用烙铁烙焦我的胸膛，用辣椒水灌得我鼻孔蹿血，当我疼得浑身乱扭嗞嗞怪叫的时候，却有人吃吃地笑起来了。那笑声一下子钻进我的脑子里，直到现在做梦都能听得清清楚楚！”

关于丑鬼老大的传说很多，可是这样的笑声，瘸腿老五还是第一次听到。可以肯定，那笑声已经使他铁了心了，没有钱不会救人了。瘸腿老五才想起身走开，丑鬼老大突然一扬手，牛耳尖刀带着逼人的寒光打过来。瘸腿老五觉得心一沉，眼一黑，立即晕厥过去。待苏醒过来，对方早已不知去向，身边一条粗大的蟒蛇，七寸受了伤，身子还在痉挛……

天到午时，祭典就要开始了。田家庄的善男信女双手捧着一炷香，黑压压地跪在祭坛前，一齐咏唱一首无字的歌：“啊哟兮，啊哟兮……”呜呜噜噜，像是刮起一阵风。

快刀手是从外地请来的，五大三粗，一脸横肉，酱紫色的大肚子从瘦小的坎肩里露出来，一走一颤。他走到祭坛前，不慌不忙地从托盘里操起匕首，慢慢闭上眼，祈祷片刻，再睁开眼时，两只眼珠都红了，眼前仿佛蒙上一层雾。他端来一碗酒，一口喝下半碗，将余下的半碗泼到牛三牛脸上，把人呛昏，用脚将红泥瓦盆踢到唾手可得之处，看准牛三牛的胸口，缓缓举起刀子。

三牛爹提一只瓦罐匆匆跑来，一边跑一边喊：“等等，俺叫他喝口鸡汤再走！”快刀手看看天，极不情愿地停下来。叶儿爹转向白大胖子，轻声嘀咕说：“他不会在里边放啥东西吧？”白大胖子不解地说：“能放啥东西，总不会放进白砒吧？”叶儿爹点点头，意味深长地说：

"我怀疑的就是这个！"

白大胖子忽然恍然，上前拦住说："你不会在里边放啥东西吧？"三牛爹知道那话的意思，却故作糊涂说："我能放啥东西？"白大胖子开门见山地说："放白砒啊！"三牛爹不解地说："白砒，那不是毒药吗，我能给自己儿子吃毒药？"白大胖子冷冷一笑，十分肯定地说："你就是放进了白砒！"三牛爹分辩说："我放白砒？亲手毒死自己儿子，这话你自己相信？"白大胖子得意地说："为啥不相信？你心疼儿子，怕他受不了活掏心的苦……"

不待对方说完，三牛爹捧起瓦罐，连喝两口，大声问："放心了？"白大胖子无言以对，尴尬地走开。三牛爹走近儿子，将他叫醒，拿鸡汤给他吃。牛三牛坚决不吃，十分惭愧地说："一个快要死的人了，别糟蹋东西了，还是留给爹娘吃吧。我长这么大，还没有孝顺过爹娘，这口鸡汤就算我孝顺爹娘了！"

三牛爹执意叫儿子吃，双手捧着瓦罐送到他嘴边，几近哀求地说："孩子，爹娘没本事，你长这么大还没有吃过一口好东西。咱家就这一只老母鸡了，今天给你吃了，也算没有白来世上一趟，没有白喊俺十几年爹娘。快吃吧，孩子，吃了才是孝顺！"

牛三牛固执地说："爹，我就这一次孝顺爹娘的机会了，您就成全了我吧？"三牛爹把瓦罐放在地上，气恼地说："你要是还认我这个爹，就听话把鸡汤吃下去，孝顺孝顺，顺着爹娘才是孝！咱牛家就你一根血脉，全靠你传宗接代，祖宗的在天之灵都看着你哪，都保佑着你哪！看准了，瓦罐里的鸡汤就是你路上的盘缠，快吃了上路吧！"说着，从腰里抽出菜刀，三下两下砍断捆绑在牛三牛身上的绳索，带着牛三牛就走。

哪里走得了？快刀手迎面拦住，匕首换成大刀，耍得呼呼生风。田、白两家的打手蜂拥而上，手持大刀、棍棒，将他们包围得水泄不通。三牛爹一手拉着儿子，一手挥舞着菜刀，试图杀开一条血路，带领儿子突围。牛三牛像个线蛋似的，跟在父亲身边，不时举起瓦罐喝一口……

渐渐地，三牛爹没有了力气。身上挨了几刀，鲜血直流。双腿沉得像灌满了铅，举步维艰。快刀手不慌不忙，看准三牛爹的脖颈，尖刀轻轻一点，一股殷红的血柱喷涌而出，直冲云天。人却直挺挺地站着不倒，待鲜血喷完，才像断木一样，栽倒在地！

牛三牛抢过父亲的菜刀，只挥动几下，就给田、白两家的打手捉住，重新捆绑在歪脖子枣树上。三牛娘给厮杀呼叫之声惊醒，惑惑然审视良久，待明白过来，丈夫已经倒下，儿子已被重新绑在树上。她从地上爬起来，游魂似的走到儿子身边，凄惶地问："这是哪里？咱娘俩咋在这里？"及至触摸到儿子的血肉之躯，方才恍然尚在人世。

快刀手走上来，把碍事的三牛娘推到一边，撕开牛三牛血肉模糊的衣襟，用手背拂开血污，露出一片白皙而跳动的胸口，凝眸片刻，缓缓举起匕首。三牛娘盯视良久，忽然恍然，不顾一切地扑上去，用身体护住儿子，发疯般地喊："你要是真能下得了手，就先杀死我吧。他爹已经死了，再把我杀死，光剩一个孩子，你愿意活扒皮就活扒皮，愿意活掏心就活掏心。只要主子高兴，只要挣的钱多，有本事尽管使出来，再没有人拦着了！"

听的人微微一笑，还真想接受对方的建议，免得一次次添乱。眼珠一转，目光落在三牛娘青筋暴起的手背上。只要轻轻一划，鲜血就会喷涌而出，那双手就会从牛三娘身上滑落，整个人就会变成一摊烂泥。牛三牛看出快刀手的意图，疯狂地扭动着身子，大声骂："我日你祖宗！你敢动俺娘，天下人都日你祖宗……"

快刀手转向牛三牛，轻轻一托，托起他的下巴，一手扯出舌头，一手举起刀子，不动声色地向舌根划去……恰在这时，不知从何处打来一镖，正击中快刀手的手腕，刀"当啷"落地。紧接着，一条黑影飞速而至，"噌噌"几下割断捆绑在牛三牛身上的绳索，携了人就走。

快刀手醒悟过来，顿时惊得"啊啊"直叫："是丑鬼老大，是丑鬼老大！"喊声未落，一镖打在他右眼上。他顾不得疼痛，拔下飞镖，带出眼球，留一个血洞，带领田、白两家的打手穷追不舍。

追出十几步远，又一镖打来，正中咽喉。快刀手木然站在那里，木雕泥塑般不动。良久之后，身子突然一软，烂泥一样瘫倒在地上……

牛三牛长这么大，还从未见过丑鬼，只是经常听人们说起。青纱帐一起，丑鬼们就吃住在荒野，白天睡觉，晚上摸进村子，专捡有钱人家的白胖孩子抱走，抱走了再喊："某某人听着，你的孩子就在死孩子坑埋着，限你三天拿两千块大洋兑换，过期别怪爷们撕票！"或者干脆不绑肉票，进了村直喊："某某人听着，几个爷们在乱死岗子揭不开锅了，限你三天送一石米面吃饭，送一千块大洋喝酒，过期别怪爷们手下无情！"没有一人敢违约的，丑鬼无戏言，他们想毁掉一个家，比打碎一个花瓶都容易！

眼下，正是高粱抽穗时节，一地一地连成一片，方圆十几里之内都荒无人烟。小路蜿蜒其间，如是被人丢弃的一根灰色丝带，隐隐约约，断断续续，不要说年轻有点姿色的女人不敢径过，即便五大三粗的男人也都低下头走路，不敢旁顾，生怕惹出麻烦。谁知前边的高粱茬上，是拴着丑鬼们绑来的肉票？还是躺着丑鬼们掳来的女人？看见就休想走开，不是把你的脑袋割下来当尿壶，就是把你的眼珠子抠出来当泡踩。

倘若两个人在路上相遇，扭扭脸、闪闪身，绕过去就没事，你一看、他一瞟，麻烦就来了。这个说："看啥？爷脸上没字！"那个说："大白天走路，草棵里咋蹦出个鳖来！"就交手了，轻则动拳动脚，打个鼻青脸肿，重则牛耳尖刀相搏，一对一杀个血肉相染，死在一处……

走至一个十字路口，丑鬼老大停下来，把牛三牛放在地上，不无揶揄地说："好小子，小小年纪尽玩大的，敢惹田家！"不待对方说话，他又郑重交代："从今往后，你就是丑鬼了，我是老大，凡事都得听我的！"牛三牛眼睛一亮，十分崇敬地说："您就是丑鬼老大？"只看一眼，他就失望了，这个被人们传得神乎其神的丑鬼老大，与想象中的样子相差太远！

丑鬼老大接着说："你知道丑鬼是干啥的吗？就是人们常说的土匪强盗，杀人放火无恶不作！"牛三牛点点头，又慌忙摇摇头，十分排斥地说："当丑鬼？我不干！"对方冷冷一笑，不容置辩地说："你给老子记住，这不是你想干不想干的事，是老子叫你干，你懂吗？你爹欠下我三亩地的钱，眼下他死了，老子就拿你抵！"

父债子还，天经地义，牛三牛懂得这个道理，于是小心地说："大……大叔，您……"对方气恼地喊："不许叫大叔，老子是老大，叫老大！"牛三牛赶紧改口说："老……老大，您……您放心，我爹欠您的钱我还。"丑鬼老大上下打量着对方，不解地问："你还？拿啥还？"牛三牛支吾着说："我……我当丑鬼抵！"

丑鬼老大禁不住"嘎嘎"笑起来，不无得意地说："小东西，老子还当田家大小姐倒贴，送你不少好处呢，原来是当丑鬼抵，给老子绕这么个大弯子！”牛三牛认真地说：“老大，我没有绕弯子，我是说，干多久才能还清债，还清债我就不干了。”丑鬼老大顿时冷了脸，气呼呼地说：“你小子敢跟老子讨价还价？”牛三牛解释说：“老大，我不是……”不待对方说完，丑鬼老大赌气地说：“好，老子答应你，干三年，干满三年放你回家去送死！”

牛三牛还想说什么，丑鬼老大从怀里掏出几贴膏药，“叭”一下封住他的嘴，紧接着再封住他的双眼和两耳，飞一般地跑起来，直跑得上气不接下气，两腿发软想干哕。这时候，一边一个人接过去，跑得更快，一边跑一边喊：“上山喽！过河喽！”这是用来迷惑人的，使人觉得走了很远而且又很陌生的路，把来路给忘了，以免日后给人捉住供出实情剿了窝子。其实，并没有走多远，说不定就在附近哪个土岗上或者壕沟里上上下下折腾呢！

突然，牛三牛的腿胯给硬物猛撞了一下，疼得他“啊呀”一声晕厥过去。不知过了多久，他渐渐苏醒过来，试着揭掉眼上、嘴上和耳朵上的膏药，却什么都看不见。眼前一片漆黑，四周静悄悄，一丝风儿都没有。伸手摸一下，没有庄稼和野草，却铺着一张苇席，便越发纳闷起来，这是哪里呢？他想站起来，两腿不听使唤了，一动就感到揪心的疼。只能爬，只能摸……他摸到一个肉糊糊的东西，吓得浑身一抖，赶紧把手缩回去，顿一顿，再试着摸过去——

原来是个孩子！

孩子身边有半截蜡烛和几根火柴。他点着蜡烛，看见这地方跟家里用来储红薯、萝卜的地窖子差不多。天门压一块石板，旁边插一根竹管透气儿。牛三牛明白了，这是丑鬼们用来窝藏肉票的地方，现在就是替丑鬼看肉票。

肉票不过五六个月的样子，一丝不挂地躺在苇席上，胖得胳膊腿如同藕节儿，烛光一亮，小家伙从梦中醒来，很是精神，先是痛快淋漓地撒了一泡冲天尿，然后手舞足蹈，只差不会放声高歌了，全然不顾父母为了赎票，正在东拼西凑，心急如焚。

牛三牛无心顾及这些，只担心田家会报复母亲，不知道母亲现在怎么样了？还有叶儿，田家人会放过她吗？他爬到墙边，想扶墙站起来，可是不能，两条腿像断木一样，根本站不住。于是恍然，这是丑鬼们怕他逃走，把关节给打脱了。这些家伙不相信人，说好的干三年，我怎会逃走呢？

天门响起撬动石板的声音。石板撬开之后，跳进来一个人。借助门口的光亮，看见来人矮胖、大头，穿黑衣抹黑脸。知道是丑鬼老大的人，不禁生气地说："叫你们老大来，把腿给我治好！不相信人，还算啥好汉？"大头从怀里掏出来两个烧饼，准备扔下的，听这么一说，扬手扔到外边去了，也不说话，甚至看都不看牛三牛一眼，抱起孩子就走了。

牛三牛看见烧饼，还真想起饿了，然而已经晚了，大头封死天门，喊也没有人听到了。好在孩子已经抱走，丑鬼们不会留下他在此空守，更不会白养一个闲人，或许要不了多久，就会来人带他出去。可是等了很久很久，也不见有人来！是丑鬼们把他忘记了？还是兑票时给人斩尽杀绝了？

漫无边际的黑暗凝固了一切，唯独不能使肠胃静止一会儿。起初，牛三牛觉得肚子里像是有许多小虫子爬，爬得他很痒很难受，后来像是燃起一团火，烧得火辣辣的疼，再后来就是困，想睡觉……就在他似睡非睡，似醒非醒的时候，大头又来了，砰砰两脚将其踢醒，冷笑着说：

“好汉，该吃饭了！”不待牛三牛反应过来，扯住他两条腿，用力一拉，接着往上一举，随着“叭叭”两声响，人出了地窨子，竟然奇迹般地能站了。

青纱帐深处，围坐着十几个丑鬼，影影绰绰犹如一群鬼怪。地上摆放着整只的烧鸡和成坛的老酒，以老大为中心，又吃又喝，又说又笑。看见吃的东西，牛三牛眼里顿时生出贪婪的绿光，像饿狼一样扑上去，抓起一块鸡腿就往嘴里塞。突然从横里伸过来一只脚，把他的手和手里的鸡腿踩住了，接着用力一拧，手和手里的鸡腿就深深地陷进泥土里了。

原来是大头！大头一边大口吃鸡肉，一边瞪圆眼睛骂：“狗东西，连个规矩都不懂，还得老子教！”牛三牛不管不顾，扑上去咬住那只脚，恨不能咬下一块肉吞吃了。对方疼得站不住，一腚蹲在地上，正好一棵高粱扎在他屁股上，疼得他又跺脚又护腚，“嗷嗷”怪叫，引得围观者一阵哄笑。

大头恼羞成怒，选最粗的高粱拔下两棵，捋掉叶子，对头一折，顿时抡得呼呼生风，也不管打在人的头上、身上，是否会要了性命，只顾解恨。牛三牛也不躲避，只是把沾满泥土的鸡腿往嘴里塞。他实在饿极了，饥饿的滋味比挨打还难受！

粗壮的高粱秆接连不断地在他头上、身上发出脆响，顶端打得开了裂，碎片飞蝗般乱溅。丑鬼老大和丑鬼们饶有兴趣地观看着，非但没有人出面阻止，反而像观看一场精彩的表演，不时地爆发出呼号和喝彩。

渐渐地，牛三牛没有了食欲，抓在手里的鸡腿没有吃完就不想再吃了。整个人活像一只肉虫蜷缩着，打一下一哆嗦，打一下一哆嗦。直到大头打得累了，抑或不想再打了，才停下来。丑鬼老大古怪地笑一下，轻声骂道："小东西，真狠！"大头拿一块鸡肉扔给牛三牛，一边喝酒，一边称赞说："这小子，真搁揍！"

牛三牛无视扔来的鸡肉，慢慢抬起头，怒视着丑鬼老大说："说好的干三年，还怕我逃走，不相信人，算啥好汉？"丑鬼老大并不恼，反倒"嘎嘎"笑着说："你小子是条汉子！"顿一顿又说："过来吃吧，吃饱了跟着下趟子！"

大头提醒说："老大，他还没有磕头入伙呢？"

丑鬼老大说："他不入伙，只干三年！"

偌大一片青纱帐，仿佛扣在一口密而无缝的黑锅里。晚风吹来，如海的高粱狂乱地摆动着，"哗啦哗啦"响成一片。虫鸟们受到惊吓，赶紧停住歌唱。夜就这样来临了。

丑鬼老大收拾停当之后，衣服里包裹的仿佛已不是那个瘦小的身躯，而是一团无穷无尽的力量，他双眼如炬，闪耀着攫取的光芒！在他的影响下，丑鬼们一个个精神抖擞、跃跃欲试。

大头登上一个高坡，试准风向，回来报告说："老大，西南风！"丑鬼老大点下头，率先迎风而行。丑鬼们尾随其后，一个个行走如飞。高粱地尽头，横着一条小路。上路之前，丑鬼老大脱下一只鞋，抛向空中，待鞋落下，鞋头所指的方向，即是今晚的去向。这是天意，不然天下有那么多富户，为什么单选这一家开刀呢？

今晚鞋头所指的方向是大（音dài）庄！大庄有一户姓龚的财主，早已富得流油了，引得许多人垂涎，只因防守严密，至今无一人得手。今晚能不能得手呢？丑鬼老大不想这些，只想这是天意，天意难违！

行至大庄垓子墙下，丑鬼老大叫丑鬼们原地休息，自己翻墙进去。

四周黑咕隆咚，村庄正在沉睡。晚风轻轻吹过，仿佛吟唱一首催眠曲。很快，老大回来了，身后跟着一个人，光头光背赤脚，穿一条短裤，怀里抱着一只老母鸡。

丑鬼老大介绍说："这位兄弟叫刺猬，大庄人，曾在龚家做过半年帮工，愿意给咱带路。"然后交代道："事成之后，有刺猬兄弟五十块大洋！"刺猬小心地审视着对方，待确定无诈之后，才说："走吧。"

沿垓子墙走不多远，有一个洞口，穿过洞口是一片茅舍。刺猬把老母鸡扔进一个窗口，里边很快有了回声："不进来睡了？"刺猬说："有事，改日吧。"大头在刺猬肩上拍一下，意味深长地说："伙计，相好啊！"刺猬"嘿嘿"一笑，并不隐瞒。

转过街口，前面黑森森一片。偶有灯光闪烁，仿佛警惕的眼睛。刺猬带领大家隐藏在一道短墙下，用手指点着说："那就是龚家。前院是客厅，没住多少人。中院住着龚老爷和他的三房太太，大太太住中间，二太太、三太太住两边。厢房里都是红枪会的人，十七八人轮流巡夜，每人一杆红缨枪，另有两条快枪。后院住着龚老爷的三个儿子、儿媳和小姐，没住家丁和红枪会的人。三个儿子都会武，一身功夫，大儿子是红枪会班主。最后边是花园，只住几个花工。眼前这片空地，就是红枪会练武场，每逢一六日小会，三八日大会，十里八乡的人都来，有二三百人！"

丑鬼老大轻声问："龚老爷喜欢第几房太太？"刺猬一笑，饶有兴趣地说："三房呗，三房年轻，就像人家唱的，黄瓜妞谢花藕，鲜嫩啊！"丑鬼老大点头说："好！"然后吩咐大头，带领所有丑鬼去后院，把通往中院的路堵住，不许后院的人到中院来。自己带领牛三牛去中院，要他在大门口接应，等绑了龚老爷之后开门。然后拍一下刺猬的肩，叮嘱说：“兄弟不要走开，就在这里等着拿钱！”

话音未落，大头已经带人冲向后院。丑鬼老大带牛三牛走到高墙下，从腰里解下一根带抓钩的绳索，一头系住牛三牛的腰，一头抛到高墙上，自己攀着绳索爬上高墙，再把牛三牛拉上去。翻过高墙落脚未稳，忽听“噗！噗！”两声，两条布袋似的重物倒在脚下。回头看时，原来是两个人！身子还在痛苦地痉挛，一股浓重的血腥气味扑鼻而来。再看丑鬼老大，已经走上回廊，直奔三太太屋里去了。

牛三牛不敢停留，沿着墙脚往大门口走。刚走几步，忽听“啊呀”一声，紧接着“砰！砰！”两声枪响，整个大院就乱了。先是家丁“嗷嗷”满院乱跑，又鸣锣又放枪，后是红枪会的人手持红缨枪在大院里排开方阵。院子中央的木杆上点燃两盏灯，把大院照得通明。趁乱，牛三牛跑到一个门口，才想进去，顶头遇上一个人。那人睡眼惺忪地说：“跑啥？还不快去集合！”然后匆匆走了。

牛三牛钻进屋里，从窗口往外看，满院都是红枪会的人，不禁吓出一身冷汗。看那阵势，别说绑了龚老爷从大门里走，即便生出双翅往天上飞恐怕都难了！转眼看时，丑鬼老大已经押着赤身裸体、又白又胖的龚老爷走出房门，出现在回廊上。一把牛耳尖刀抵住他胁窝，一条红色丝带勒住他脖子。家丁和红枪会的人紧随左右，却也不敢贸然出手。

丑鬼老大将牛耳尖刀用力抵一下，沉声喝令：“告诉他们，把路让开！”

龚老爷颤声喊：“让开，快让开！”

家丁和红枪会的人不敢违令，赶紧让开一条路。

这时候，后院的拼杀喊叫之声骤然响起，一阵高过一阵。龚老爷渐渐冷静下来，向身边的人微笑着说：“朋友，有话好说，何必打打杀杀伤了和气呢？咱们素昧平生，无冤无仇，我想您不会是冲我这条老命来的，一定是为了钱，你开个价吧，要多少我都依！”

丑鬼老大知道这是缓兵之计，“嘎嘎”笑道：“龚老爷，您说对了，我就是为钱来的，不过现在不要，您跟我走了，我找您儿子要！”龚老爷想拖延时间，等人救援，依然微笑着说：“朋友，找谁要都是钱，有现成的不拿，何必再耽误工夫呢？”

丑鬼老大提醒说：“龚老爷，您还是快走吧，别耽误工夫了。我那几个伙计手里没数，拖得时间长了，您的香火就断了！”龚老爷不甘示弱地说：“朋友，时间长了，你们还能走得了吗？我让开一条路，咱们两便吧。你留个地址，天亮之前我派人把钱送去！”

后院的喊杀之声渐渐平息下来。龚老爷舒出一口气，提高些声音说：“朋友！爷们看你是条汉子，刚才的话还算数……”话未说完，大头带领丑鬼们来到前院。一个个满身是血，像一群杀红眼的野兽，看见家丁和红枪会的人就杀就砍。家丁和红枪会的人见势不好，一哄而散，各自逃命去了。

牛三牛觉得没有危险了，从厢房走出来，跑去开门。大门“吖吖”直响，一扇一扇打开，门前的台阶一级一级铺下去，两边分别蹲着一只石狮子。丑鬼老大押着龚老爷走出大门，走下台阶，停在大街上，回头说：“告诉龚家少爷，准备五千块大洋，天亮前送到乱死岗子大柳树下！”大头故意问：“龚老爷，您家有几位少爷？”龚老爷颤声说：“共有三个犬子。”大头不无惋惜地说：“龚老爷，您咋只有三个呢，要是有四个多好，留下一个给我们送钱！”

龚老爷顿时像只放净血的草鸡，瘫软在地上。丑鬼老大问：“龚老爷，您说咋办？”龚老爷绝望地说：“把我杀了吧，东西都归你们了！”丑鬼老大爽快地说：“龚老爷，我听您的！”手腕一挺，刀子扎进去，龚老爷哼一声都没有就死了。然后他提高声音说：“伙计们，龚老爷说了，东西都归咱了，可着劲拿吧！”

丑鬼们应声而动。

大门外剩下丑鬼老大和牛三牛。丑鬼老大指着龚老爷的尸体问：“你说，把这块肉放哪里？”牛三牛梦呓般地说：“把他抬回家去吧。”丑鬼老大意味深长地问：“哪里是他的家？”扯起龚老爷两条腿，留一个头给牛三牛，示意他抬。牛三牛不知道龚老爷头下汪着一摊血，一抬沾一手，滑溜溜的，几次都没有抬起来。丑鬼老大就自己拖，肥硕的头颅在台阶上撞出“咚！咚！”的响声。

丑鬼们如入无人之境，翻出龚家的全部金银细软，用包袱包了，外加几个吓得抖作一团的女人，又背又拖地来到大街上。大头讨好说：“老大，能带的就这些了，不能带的给伙计们看个花吧？”见老大点头，取下木杆上的吊灯，把油泼在隔扇上点燃了。龚家偌大一片堂皇瓦舍，顷刻之间化为一片火海。瓦片惊燕般乱飞，火焰狂龙样舞动，十分惨烈！

他们带着劫掠来的财物和女人，走到短墙下，却不见刺猬了。龚家大院里枪声一响，刺猬就跑了。他料定丑鬼们的飞毛腿再快，也比不上龚家的快枪快。大头不怀好意地说：“这家伙，又找相好去了，我叫他回来。”他登上短墙，扯开嗓子喊：“刺猬伙计，你带路的五十块大洋在短墙这里，快来拿吧！”

喊声未落，刺猬从胡同里跑出来，离老远就喊：“别喊了，别喊了！你不想叫俺在家待了？”大头抱怨说：“谁叫你熬不住，这一会儿还去找相好？”刺猬发急地说：“你就不会小声点，四邻八舍都听着呢！”大头说：“喊都喊了，再小声还有啥用？”

刺猬发急地说：“这……这可咋办啊？”

大头出主意说：“跟我们入伙当丑鬼吧！”

刺猬摇头说：“俺家里有七十岁老娘，走了谁伺候啊？”

大头说：“谁伺候你娘我管不了，不过女人倒是准备了。”说着，拉一个如花似玉的女人往他怀里一推，问：“这个咋样？”刺猬看一眼粉团儿似的女人，吸一口浓郁的芳香，顿时什么都忘记了，一迭声地说：“好！好！我入伙，我入伙！”大头扯开嗓子喊：“大庄的老少爷们听好了，刺猬兄弟入伙当丑鬼了！”

第五章　解语花难寻

黎明时分，丑鬼们在青纱帐深处安营扎寨了。巨大的收获令所有人激动不已，忘却了惊险和疲劳。

丑鬼老大更是兴奋，这兴奋不仅是龚家经过数十年甚至上百年积累的财物，还有这四个如花似玉的女人一夜之间归了他，更主要的是多年来多少人求之不得的事情给他一举成功了，这是多大的威风和荣耀！因此要一改过去的匆忙，仔细地品味和体会这样的喜悦和成功，让内心深处的甜蜜一丝丝渗透到身体的每一个部位。

太阳像个巨大的火球，带着喷薄四射的光芒从东方升起，青纱帐里一片绯红，空气中弥漫、升腾着溽热的气息。丑鬼老大令人把大包袱摆成一只躺椅，慢慢仰躺上去。这一躺，沉塞了多年的心窍霍然洞开，理想的小鸟“扑棱扑棱”飞向辽阔的天空。在蓝天白云之上，有一座金碧辉煌的大殿，门口竖立一杆杏黄大旗，猎猎飘扬，隐约可见“丑鬼”二字。威严神圣的大殿上，排满文官武将，中间端坐一位魁梧的首领。

大头快步走上前来，深施一礼，小心而恭敬地说：“老大辛苦，兄弟们等您开彩哪！”众位文官武将跟在后边，一齐施礼呼号：“老大辛苦，请老大开彩！”听的人不禁一振，看见大头穿一身绣着麒麟的官服，戴一顶黄金镂花镶嵌东珠的官帽；其他文官武将也都穿戴着官服官帽，看上去威武庄重。“他们是在喊我吗？坐在大殿上的人是我吗？”

正不知怎么回事儿，大头又说：“老大辛苦，兄弟们等您开彩哪！”丑鬼们跟着喊：“老大辛苦，请老大开彩！”听的人如梦方醒，揉一下惺忪的眼睛，让思绪从理想的天空飞回到现实，欠身坐起，拍打着身边的大包袱爽快地说：“好，开彩！”丑鬼老大并不为大殿变成包袱而扫兴，其实这几个大包袱的价值就是一座大殿，实实在在的大殿！

正说笑得高兴，不远处传来三下掌声。丑鬼老大示意大头看究竟。大头哭丧着脸走回来，经再三催问，才支吾着说：“地线送信来了，说龚家的事县里已经知道，县长下令三天破案，叫我们快去通融，不然警察下来就不好办了！”

丑鬼老大把一块肥肉“呸！呸！”吐出来，气恼地骂：“日他娘，县里这么快就知道了？”大头解释说：“刚才问过地线，说龚老爷跟县长是至交，今天县长派人请龚老爷进城听戏，正巧赶上了。”丑鬼们怕的就是这样，血里火里折腾半夜，上边一句话就是白折腾了。一个个像霜打了似的，没有兴致喝酒吃肉，也没有兴致玩女人了。

按照以往惯例，丑鬼老大令人把黄的白的二一添作五装进口袋，其余暂时封存起来，等通融回来再行开彩。大头喊刺猬跟他进城，刺猬担心地说：“警察正在抓人，去了不是送死吗？”大头安慰说：“送了钱，就不抓人了！”

第二天一早，大头从城里回来，一脸苦相，只叹气不说话。刺猬则一脸茫然，傻相十足。丑鬼老大盯视一会儿，气呼呼地问：“咋，放个屁分一半，还嫌少？”大头极不情愿地说：“人家说了，凭龚家的家底，还差一半！”听的人不禁跳起来，扯开嗓子骂：“日他娘，龚家的家底他也知道了？”

丑鬼老大觉得蹊跷，偷偷把刺猬叫到一边，问他送钱的经过。刺猬傻乎乎地说：“先去的县长家，把钱分给县长一半。再去警察局长家，把另一半给了警察局长。”丑鬼老大问：“你们见到县长了？”刺猬得意地说：“见到县长太太了，穿得好，长得俊，又年轻，跟大头很熟，见面有说有笑，还留我们吃汤圆！”丑鬼老大听了呻吟一声，便不说话，躺倒在半座大殿上，呼呼连睡三天，第四天爬起来，先拿一只鸡腿闻了闻，说有味，扬手扔了，再捧一坛老烧酒喝两口，说没味，把酒坛摔了。

丑鬼们知道老大心里不痛快，都躲得远远的，生怕不小心惹恼他，丑鬼老大反倒招呼大家说：“我又不是老虎，都躲着干啥？过来过来，打起精神乐一乐！”丑鬼们不敢违令，小心地围上去，看老大怎么乐。

老大抬头看看天，太阳明晃晃的，照得睁不开眼睛；低头看看地，一块袁大头半遮半掩在泥土里。拾起来往空中一抛，银圆“当啷”落地，背面朝上；拾起来再抛，又“当啷”落地，还是背面朝上。

丑鬼们都睁大眼睛，不知怎么回事儿？丑鬼老大挑衅地说：“谁敢跟我赌？三局两胜！”丑鬼们自知不是对手，不敢跟老大赌。丑鬼老大转向大头，不动声色地说：“你来！”大头赶紧摆手说：“老大一向出手不凡，兄弟哪敢跟您赌？再说了，没开彩也没有钱啊！”

丑鬼老大不依不饶地说：“没钱赌耳朵，一次割一半！”手腕一翻，一把明晃晃的牛耳尖刀就插在地上了。大头不禁一惊，知道送钱的事已败露，不然不会说出割耳朵的话？偷看刺猬，那个貌似呆傻的家伙，果然幸灾乐祸地笑着呢！原来他不傻，是一只闷头狗，不声不响地咬人。天哪，真是瞎眼了，认错人了！

大头苦笑着说："老大真会开玩笑，哪有赌耳朵的？"一边说一边往后退，准备夺路而逃。丑鬼老大微眯双眼，盘腿坐在地上，不慌不忙地捡起银圆，饶有兴趣地说："赌耳朵有啥稀罕？赌命的都有！咋，你不敢？你胆量不是很大吗？"大头看准时机，转身就跑，谁知才一迈步，脚下突然一绊，摔得满嘴啃泥。不知什么时候，绑腿带子散开了，一头缠在高粱茬子上。

丑鬼老大不看大头，只顾拿起银圆往空中抛。银圆"当啷"落地，还是背面朝上，他盯视着大头，挑衅地问："这局算谁的？"大头不敢再跑，从地上爬起来，"呸！呸！"吐净嘴里的泥，心存侥幸地问："这局算数？"丑鬼老大承诺说："算数！"

大头讨好地说："老大宽厚，让兄弟一局，这局算兄弟的！如果下次面朝上，就是平局，咱们摆手？"丑鬼老大固执地说："不行，愿赌服输，三局两胜！这局算你的，我输一局了。还有两局，你扔还是我扔？"大头情知躲不过，只好硬着头皮说："我扔！"

丑鬼老大随手一翻，换一块银圆交与大头。大头双手捧住银圆，默默祈祷片刻，用力抛向空中，待银圆"当啷"落地，定睛看时，却是带人头的一面朝上。丑鬼老大说："一比一两平，再扔！"大头拾起银圆，却不敢扔了。丑鬼老大出主意说："要不，请老天爷帮忙？"众人不知就里，"嗷嗷"地起哄，要看老天爷怎么帮忙。

丑鬼老大接过银圆，虔诚地跪在地上，面南祈祷一番，将银圆放在一片高粱叶上。风吹叶动，银圆"当啷"落地。大家看时，还是带人头的一面朝上。大头"啊呀"一声，跪在地上，一边磕头如捣蒜，一边苦苦哀求道："老大，饶我这回吧，以后再不敢了！"丑鬼老大收起银圆，仰面"嘎嘎"大笑。大头抡起两只手，左右开弓，一边在脸上"啪！啪！"猛打，一边痛心疾首地骂："我不是人，我不是人！"

丑鬼们当是大头害怕割耳朵，起初觉得好玩，一起起哄，后来觉得不对劲了，赶紧停下来，大气不敢出。太阳热鏊子似的悬挂在头顶上，蒸出一种像是尸臭的怪味儿。微风轻轻拂过，高粱秆麻木地晃动着，痛苦地痉挛着。四周静悄悄，偶有觅食的地鸟发出"呜——呜——"的怪叫。

大头还在接连不断地打脸，鲜血和唾沫的混合物从嘴角流到手掌上，经过手掌沾染到本来就胖大现在又肿胀而且还涂着锅灰的脸上，由汗水一掺和，整个脸看上去就乱七八糟一塌糊涂了。

丑鬼老大说："住手吧。"

大头说："您不答应，就不住手。"

丑鬼老大说："你就是把脸打烂，把牙打掉，我也不会答应，这是天意！我答应了，老天爷也不会答应！"大头的手无力再举了。丑鬼老大说："钱不用拿回来了，放在城里以后用吧，不过，你要是想跳槽或者拉杆子做老大，还是如数退还的好，免得惹麻烦。那个假地线，要在三天之内消失，不把屁股擦干净，伙计们闻到臭味连你一起讨厌！"

大头点点头，表示知道了。从地上爬起来，慢慢转向那把刀。头上、身上流出许多汗，仿佛每个毛孔都变成一口小泉眼，泉水汩汩不断，他不是害怕一刀之苦，而是害怕一刀留下的印记，这耻辱的印记，这印记将会伴随一生，像巨石一样压在身上。

"狗东西，算我瞎眼了！"他心里这样骂着，伸手抓起地上的牛耳尖刀，在刺向耳朵的一瞬间，将刀锋突然一转，直对刺猬扎过去！眼看就扎到刺猬胸口了，这时从横里飞来一脚，踢在他手腕上。刀子贴着耳稍一掠而过，“当啷”落在几步之遥。随着一阵锐痛，耳朵给割掉一半，大头不喊不叫，也不包扎，木木地站在那里，任凭鲜血横流。

丑鬼老大拍一下刺猬的肩，说道：“兄弟，你背一个大包袱走吧……”

自从丑鬼老大把牛三牛救走之后，叶儿爹就没有睡过一个安稳觉。刚刚躺到床上，心就怦怦跳起来，冥冥之中仿佛有人说：“注意了，牛三牛要来报仇了！”侧耳细听，果然就有脚步声传来，一会儿在房前，一会儿在屋后，一会儿又在房顶上了，接着开始撬瓦，响起瓦片的破碎声，很快撬开一个盆口大小的洞，有人从洞口跳进来。

来人穿黑衣抹黑脸，手持牛耳尖刀，举止放荡狂傲。叶儿爹自知不是对手，先自怯了几分，小心地说：“我一向行善好施，誉满乡里，不曾有恶一人，朋友此行若是要钱，尽管取，若是要命，我就冤枉了！”

来人仰面“嘎嘎”大笑：“睁开你的狗眼，看看我是谁？”叶儿爹拭目细看，觉得像牛三牛，又觉得不像，但有一点可以肯定，此人一定跟牛三牛有关，是为三牛爹报仇而来！

果然，来人说：“杀父之仇，非报不可！”叶儿爹申辩说：“三牛爹不是我杀的，是三牛扳倒了石碑，惹起众怒……”不待对方说完，来人一针见血地说：“少花言巧语骗人，你那是借刀杀人！”这时候，窗外一片火光，对面房顶上燃起大火。丑鬼们在火光中挥刀追杀，田家老小哭喊着倒下一片。叶儿爹吓出一身冷汗，一迭声地喊：“完了，完了！”

幽兰把叶儿爹叫醒，看他满目惊恐一脸绝望，大气喘个不停，知道又做噩梦了，一边替他擦汗，一这安慰说：“子鹏，你不必太忧虑，这样对身体不好。既然事已至此，今后提防着就是。”叶儿爹颤声说：“就像病得在身上，迟早都要发作，防是防不住的！”

幽兰耐心开导说：“你不要把问题看得那么绝对嘛，什么事情都是不断发展变化的，古书上还说化干戈为玉帛呢？”叶儿爹叹口气，无可奈何地说：“说书唱戏劝人方，要真能化干戈为玉帛，我宁愿把家产分一半给牛家！”幽兰提醒说：“依我看，你不必分家产给牛家，只要答应三牛与小姐的婚事……”叶儿爹挥手打断她，不耐烦地说：“你不懂，不要再说了！”把脸扭向一边，给幽兰一个后背。

很显然，叶儿爹的脾气越来越坏了，有时候还做些稀奇古怪的事情。那天傍晚，叶儿爹和幽兰去村外散步，穿过一片草地，走到一条小河边，河水静静流，微微泛波浪，一阵清风一阵歌声，多么幽静的地方？谁知，叶儿爹落脚未稳，却不耐烦地转身走了，沿着一道黄土岗子走进一片坟茔！

正是夕阳西下时分，暮气在柏树与坟茔之间飘来荡去，十分阴森。叶儿爹走进去，却似远途归来，有着无比的轻松和慰藉，甚至有些按捺不住，滔滔不绝地讲述起坟茔中每一位死者的生平，还有给他留下的美好记忆。说到死去的前妻，眼里竟然滚下两颗浑浊的泪珠……

幽兰难以忍受，甚至比叶儿娘对她的排挤还难以忍受。于是想，还是回城里去吧，让他一个人留在乡村，多与叶儿娘接触，或许对平静他的心情有好处，他们毕竟是多年的夫妻了！

吃过早饭，幽兰收拾了几件随身的衣物，跟叶儿爹说：“子鹏，我知道你是一位重情重义的人，在墓地怀念前妻的神情让我受不了。尽管你从未说起过叶儿娘，但我相信你是不会忘记的。你现在心情不好，还是回到叶儿娘身边吧。你们是多年的夫妻，她能跟你一起叙旧，一起回忆美好的往事，这些我都做不到。我想……我先回到城里去……”

不待幽兰说完，叶儿爹勃然大怒，把正喝的茶水摔在地上，指住幽兰大骂：“臭婊子，喂不熟的白脸狼，我就知道你会这样！走吧，快走吧，这个家我也不要了！”说着，在屋里乱摔乱砸。

幽兰慌忙上前劝阻：“子鹏，你听我说嘛，我这样做的目的是为了你好！我只是临时离开，并不是不见你了，我住在城里，你可以随时去看我嘛！”叶儿爹平静之后，渐渐变得像个做了错事的孩子，抽抽搭搭地哭起来。把幽兰揽进怀里，坐在他大腿上，很近地看着她说：“幽兰，我的孩子，我的心肝宝贝！都是我不好，这些日子我的心情太坏了。本来，我想帮助你、保护你，就像保护我的孩子、我的心肝宝贝一样保护你！谁知，竟然惹出这么多麻烦，叫你跟着受了这么多委屈！”看见这样，幽兰就哭了，紧紧抱住对方，泣不成声地说：“不，子鹏，不要再说了！我知道你是一位善良的人！”

临走那天，叶儿爹叫瘸腿老五套骡马大车，把吃的用的装满两箱子，并且亲自送到城里，再通过熟人，租下一座花园式小院。

小院里只有一位孤寡老太，极爱清洁和养花。据说，早年她丈夫在县城创办女子学校，她是丈夫的第一位学生。后来丈夫因组织学生上街游行，反对袁世凯卖国而死于枪杀。她即守寡至今，一辈子无儿无女。

幽兰的到来，老太十分欢迎。不但房租增加了收入，还有了一个既漂亮又干净的小伙伴。她俩配合得很好，一般每天都是这样：早晨起来，一个扫地，一个洒水；吃过早饭，一个浇花，一个拔草、松土；干完这些活，坐下来喝一会儿茶，聊一会儿天；午饭后，稍稍休息片刻，开始打牌。有时候，也相邀上街购物，或听一场折子戏。她们从来不听本戏，听本戏占时间。只有叶儿爹送钱送粮顺便留宿的时候，这样的程式才打乱一次。每当这时，老太便一个人躲进屋里，读张恨水的《八十一梦》或《啼笑因缘》……

有几次，老太和幽兰正在院子里浇花，忽然看见叶儿爹来了，就一头钻进屋里再不出来。起初，叶儿爹以为老太是故意为他们腾地方，后来渐渐醒悟了，这是不欢迎他。他花钱租来的房子，却不受房东欢迎？那气便不打一处来，恨不能立即带幽兰搬出这个鬼地方！可是转念一想，像这样清静又有人做伴的地方并不多。如果找一个大杂院，或许更别扭，也怕幽兰不安全。思忖再三，还是不搬为好。况且，他会的是幽兰，只要幽兰欢迎就行了！

谁知时隔不久，发生的事情却让叶儿爹陷入了尴尬境地。

那天上午，叶儿爹带着钱粮来看幽兰，还让瘸腿老五特意为幽兰刨了一篮鲜花生，摘了一兜青豆角。这些都是幽兰爱吃的稀罕物。一进门，就看见一个军人在院里指手画脚，给幽兰和老太讲述一次战斗的经过！

幽兰听得入了迷，叶儿爹走到近前还没有察觉。倒是军人警觉一些，把来人上下打量一番，微笑着说："如果我没有猜错的话，您就是田先生！"叶儿爹疑惑地问："您是谁？咋知道我？"军人自信而简短地介绍说："我姓吴，一口吃个天的吴。打仗挂彩了。这是我姑家！"

叶儿爹这才看清军人腋下夹着一根棍，一条裤腿空悬着；他身材颀长，穿一套褪色的黄色制服，扣子依然系得很规整；他还很年轻，小胡子没长成，尚存一些稚气，面容清癯，大概是伤愈不久的缘故，但是很精神，尤其那双眼睛，眨动时闪射的仿佛不是光，而是一种力。叶儿爹情不自禁地抖动一下，仿佛感到了力的威胁，赶快避开军人，把目光移向幽兰。

幽兰站在那里，有些不知所措的样子，脸蛋儿羞得绯红。叶儿爹恍然，那是不想叫军人看到他，或者不想叫他看到军人！很显然，他不如军人，年龄已成定局，暮气笼罩了全身，与年轻的军人相比，不免自惭形秽。离家时的那点冲动与向往，早已被浑身的虚汗冲刷得一干二净，一种从未有过的疲惫和羞惭侵袭过来，令人很不自在，甚至有些慌乱。

走进屋里，幽兰一如既往地依偎在他身边，说些体贴关心的话儿。尽管如此，也没有唤回那片欢心。一杯茶喝尽，叶儿爹起身要走。幽兰挽留不住，只好送到门口。扶他上车时，明显感觉到了他身体的笨重……

再到送钱送粮的日子，叶儿爹推说身体不适，叫瘸腿老五自己去。瘸腿老五每次回来，都要汇报一些见闻。有一次不小心，脱口说出幽兰屋里，有一件军人的衣服。叶儿爹勃然大怒，冲着瘸腿老五大声喊："以后去了，不许乱看！"

叶儿爹回到了叶儿娘身边，可是过去的那种感觉再也没有了，再也找不回来了，一切变得都很陌生，完全不是从前的样子。二人之间，仿佛隔着一道墙，甚至就是两个素不相识的陌路人。而另一个熟悉的女人，却像小鸟儿一样飞走了，尽管还按时送钱送粮，感觉却是明显地疏远了……

叶儿娘看见这样，就开始后悔了，后悔当初不该排挤幽兰，更不该那样决绝，既害苦了丈夫也对不住幽兰。现在回想起来，幽兰还真有些令人怀念之处，起码在叶儿的事情上没有使坏，而且给予了一定的帮助。只是不知道她现在生活得怎么样。是重新回到那个远房叔叔家里遭受蹂躏之苦？还是胡乱找个地方过起孤独的生活？叶儿娘想知道这些，便在一个残霞满天迷离如梦的傍晚，叫来瘸腿老五，开门见山地问：“那天是你驶车送走的幽兰？”

瘸腿老五点头说：“嗯。”

又问：“送到哪里去了？”

回答：“城里。”

叶儿娘生气了，提高些声音说：“城里也该有个地方啊？”

瘸腿老五赶紧解释说：“一个独门小院，一位孤寡老太。”

听的人点点头，知道这就是幽兰的归宿了。幽兰没有回到那个禽兽般的远房叔叔家，而是找了一个独门小院和一位孤寡老太，显然这是叶儿爹精心策划并仔细挑选的幽会之所！

只是不知为什么，既然选择了这么好的地方，叶儿爹为什么还要放弃呢？叶儿娘怀疑瘸腿老五没有说实话，盯视着冷冷地问：“就这些？”瘸腿老五把头低了又低，不敢看叶儿娘。大老爷叮嘱再三，关于那个军人的事不许向任何人透露，可是大太太仿佛看穿了一切，知道了一切，不说又怕隐瞒不住，左右为难，很快急出一身汗。

越是这样，叶儿娘越是怀疑，想说几句狠话镇一镇，话到唇边却微笑着说：“一时想不起来，也是常有的事。你先回去吧，好好想一想，啥时候想起来了，再告诉我，我等着！”她知道有些事不能逼得太紧，有时候逼得紧，却是适得其反。其实说等着也并非真等着，这是做主人控制下人的一个手段。说穿了，瘸腿老五能隐瞒什么呢？不就是叶儿爹与幽兰的那点事吗？没有什么大不了的！

在叶儿爹这边，叶儿娘却是极尽温柔，试图哄其开心，然而情致和心情都已经丢失，丢到一个既遥远又未知的地方，再也找不回来了，甚至变成一个可思而不可见的梦境，与其朝夕相处的，只是一个躯壳和皮囊！她万般无奈，只好把回到身边的男人再往外推，以商量的口吻说：“她爹，您要是在家待够了，就进城住几天吧，散散心，啥时候想家了再回来！”

叶儿爹不知道这是为什么，茫然地看着对方。叶儿娘诚恳地说：“真的，我愿意叫您去，愿意叫您跟幽兰在一起。要不，再把她接回来也行！”叶儿爹浅浅一笑，叹口气不说话。叶儿娘越发急了，提高些声音说：“我说的都是实话，您不相信吗？要不，我替您接她去！”

第二天一早，叶儿娘吩咐瘸腿老五套车，进城接幽兰。叶儿爹看见这样，只好答应自己去，在城里住几天。可他一出家门就后悔了，在城里住几天，去哪里住几天？或许幽兰那里能住，可是万一遇到军人，还有瘸腿老五说的衣物，该是多么尴尬啊？再把幽兰接回来？这岂不是白天说梦话，还能接回来吗？

走到城里，叶儿爹谎称会朋友，吩咐瘸腿老五一个人送钱粮。等骡马大车转向通往独门小院的路，自己紧走几步，钻进一条偏僻小巷，一边踽踽而行打发时光，一边定夺何处落脚。毒日头悬挂在头顶上，蒸出一团团热气，直往身上、脸上扑。

小巷尽头，是一个丁字路口，行人稀少，街面显得很宽敞很空旷，街道、店铺、门窗明晃晃的，令人目眩。叶儿爹无心观光，只顾低头走路。正行走间，突然“嘎吱”一声，一辆小轿车停在面前。他吓得一跳，以为走错了路，才想躲开，小轿车“嘀嘀”一声喇叭响，轻捷地开走了。

路边站下一个人，朗声笑着说：“哈哈！子鹏兄，过家门而不入，莫非还有更好的去处吗？”定睛看时，原来是武拯局长。身后一座青砖门楼，上书两个篆体金字：武府。叶儿爹顿时愣住，窘得像是给人捉住的小偷儿。三转两转，竟然转到两乔儿门口了，并且还给遇个正着。不用说，刚才的狼狈样都给看到了！

武拯局长走上来，拉住两乔儿的手，半开玩笑地说："先到家喝杯酒叙叙旧，再会小情人儿也不迟！"叶儿爹支吾良久，没有说出一句话。半推半就地跟进家，一身衣裳早已给汗水湿透。大白鹅打开电风扇，凉风扑面十分宜人，燥热荡然无存，尴尬却是不能排解。

很快，佣人办好酒菜，摆上餐桌。武拯局长请两乔儿上坐，大白鹅坐在一旁斟酒。酒过三巡，叶儿爹依然局促。武拯局长纳闷地问："子鹏兄，莫非有什么心事？"叶儿爹掩饰地笑笑，摇头说："没……没有！"酒桌上没有了说笑，显得特别冷清。为了活跃气氛，主人只好拿酒说事。

叶儿爹本来不想喝，结果还是喝了。喝着喝着就醉了，上前抱住武拯局长，哭着说："武局长，我媳妇可是您小姨子啊，亲小姨子啊，请看在小姨子的情分上，救救我吧！那个糟蹋过我闺女的狗东西入伙当丑鬼了，很快就要洗劫田家了……"话没说完，仰面躺倒不省人事，一直睡到第二天上午方醒。

想起醉汉那副模样，叶儿爹羞愧难当，越发感到无地自容。从床上爬起来，准备乘人不备偷偷溜走。谁知刚出房门，就给大白鹅看见了。大白鹅迎上来，热情洋溢地说："大哥您醒了！我叫人熬了一碗银耳莲子汤，在锅里热着呢。您先洗把脸，马上就端来。武拯办公去了，叫您在家等着，一会儿就回来！"

叶儿爹一边往外走，一边搪塞地说："我不饿，不吃了。武局长那么忙，就不打扰了！"话音未落，武拯局长回来了，"哈哈"笑着，抱拳施礼说："子鹏兄，多有得罪，请谅请谅！"叶儿爹学着对方的样子，机械地说："武局长，愚兄献丑了，海涵海涵！"武拯局长谦恭地说："子鹏兄一向海量，昨天喝那点儿就醉了，想必是心情不好的缘故！"

说着，掏出一把精致的小手枪，不无炫耀地说："我给子鹏兄弄了个护身的家伙。有了它，保您心情好起来！"叶儿爹又惊又喜，像迎接一个新生婴儿，双手颤抖着，想接又不敢接。武拯局长把手枪塞到他手里，鼓励地说："您先吃饭，待会儿去城郊树林，我教您用枪！"

果然，叶儿爹有了护身的家伙，心情好起来，回村后腰板挺得笔直，说话底气十足，有事没事到大门口走一遭，有话没话跟行路人打招呼。叶儿娘不禁醋意复发，心里暗骂小狐狸精妖冶，几天工夫就把一个心灰意冷的人勾引成这样，完全像换了一个人。想起自己的努力，笑脸换冷脸，热情换冷漠，一片赤诚付之东流，多年的夫妻竟然不如路边的野花，不禁伤心欲绝！

若不是牵挂叶儿，她一天不想活在这个世上。曾经被视为终生依靠的丈夫，曾经被当作幸福港湾的家庭，甚至曾经被羡慕和骄傲的大姐和大哥，竟然如此靠不住，所谓的亲情、爱情，脆弱得就像肥皂泡，有点风吹草动就破灭，短短几十年，竟然尝尽人间冷暖世态炎凉！人心犹如一匹脱缰的野马，忽远忽近忽冷忽热，有时悠闲如云、柔顺若水，有时暴躁如雷、坚硬似铁，最难改变的是人心，最靠不住的还是人心……

叶儿娘茶饭不思，生生哭成个泪人儿。叶儿爹却视而不见，不闻不问，吃过饭坐在躺椅上，闭目养神一会儿，待茶叶泡下味道，慢慢品几口，起身往村边小树林里走，除刮风下雨，一天两晌，日复一日。赵婶觉得不对劲，悄悄提醒说："大太太，您别一个人坐着了，快跟上看看吧，莫不是大老爷在小树林里藏了挂心钩子？”

听的人冷冷一笑，把脸扭向一边，不接对方的话。赵婶心急火燎地说：“我的大太太哎，您就别怄气了。男人天生贪婪，看见浪女人就眼馋，不管可不行。要是前脚送走只狐狸精，后脚跟进个痴情鬼，到头来苦的还是您！”见叶儿娘不为所动，越发急不可耐地说：“要不您发话，我跟着去看看？”

叶儿娘没好气地说：“你要是闲着没事，愿意跟就跟，愿意看就看，不用给我说，我不想问，也懒得管！”赵婶忍不住笑着说：“我的大太太哎，您总算开口说话了？好好好，听您的，咱不问，咱不管！”她倒一碗茶回来，却又忍不住说：“我想得肠子都疼了，也没有想出个子丑寅卯。大太太您说，啥样的挂心钩子能迷住大老爷，一天到晚不着家？”

听的人把茶碗一推，气冲冲地说：“真是吃饱了撑的，没事找事！你想看就去吧，看仔细点！”赵婶尴尬地笑一下，像小孩子撒娇似的说：“哎哟，我的大太太哎，看把您气的，我这样做，还不都是为您好吗？常言说，一朝被蛇咬，十年怕井绳。有小狐狸精那一回，咱往后还能不防备？”看对方不说话，她便“嘻嘻”一笑，做个鬼脸说：“大太太您歇着，我去看看，看清楚了立马回来禀报！”

第六章　无计留温润

初秋的天气，已不似夏天那么炎热。尤其小树林里，枝叶荫蔽凉风习习，十分宜人。叶儿爹如入无人之境，专心致志地练习打枪。一截枯死的树桩，一段光秃的枝头，甚至一片焦黄的叶子，都是瞄准的目标。练到高兴时，即把死靶换成活物。小树林里活物很多，有麻雀、喜鹊、黄鸟、八哥，还有令人讨厌的乌鸦、机警而凶猛的老鹰。

麻雀成群结队呆头呆脑，叶儿爹不屑于打那些傻东西。黄鸟机警敏捷，这边尚未把枪举起来，那边已经振翅而逃。喜鹊、八哥个子大好瞄准，但羽毛亮丽可爱，尤其喜鹊腹下那片洁白，八哥头顶那撮绿毛，令人心生爱恋不忍伤害。老鹰虽然可恨，不是在高空盘旋，即是俯冲下来觅食，快得闪电一般，很少有机会下手。余下的只有叫声难听、一身黑毛的乌鸦了，它不但个子大，而且行动迟缓，呆头呆脑的，很像牛家那小子！

叶儿爹专打乌鸦！狗东西落在树枝上，双肩一抖，大头一缩，一副无精打采的样子。爪子上抓取的食物，多是腐烂的老鼠，叫人想来就恶心。看，前边那棵枯秃的杨树上，落着两只乌鸦，正在分食一只腐烂的老鼠。个大的那只好像是雌性，显得有些笨拙，个小的那只把一块腐肉叼下来，嘴对嘴地喂它吃。

看的人躲藏在一棵大树后，冷笑着把枪举起来，瞄准、射击，“砰！”一声枪响，一对恩爱夫妻阴阳分离。叶儿爹踏着飘落的羽毛，将血肉模糊的乌鸦尸体踢进水沟，准备寻找下一个目标。小个子乌鸦在空中盘旋一圈，落在水沟前的小树上，近距离地看着漂浮在水面微微颤抖的伴侣，发出悲伤而凄厉的哀鸣：“嘎！”

叶儿爹举起枪，准备向小个子乌鸦射击，看见它如此凄凉，终于不忍，把枪慢慢放下。回头看时，黄昏已经来临，树木、村庄、街道、房舍，笼罩在梦幻般的景色里。偶有一二柱炊烟，直直地上升，很静，静得令人心悸。西天有一朵蘑菇似的乌云，张牙舞爪地扑过来。它的后边，滚动着如泣如诉、似鼓似蹄的怪异之声。他心里喊声不好，撒腿就跑。

乌云遮天蔽日，翻滚而至。村民们大难临头似的，从野外往家跑。村街上鸡飞狗跳，牛羊哞咩。唯独村口高坡上，伫立一位瞎眼女人，双手拄一根木棍，向前探着身子，木雕泥塑般一动不动，像是等待未归的亲人。

她是谁呢？

叶儿爹顾不得多想，钱大的雨点砸落下来。路边一座高大门楼，是白大胖子家，正好进去躲避风雨。他不由加快了脚步，向高大门楼跑过去。匆忙间，看见有个人影在胡同口一闪，像是瘸腿老五，仔细看时却又不见了。跑到门楼下，回头再看，那个人刚好从胡同跑出来。

果然是瘸腿老五！

瘸腿老五像一只受伤的狐狸，一蹦一跳地跑出胡同，跑向高坡上的瞎眼女人。瞎眼女人很固执，无论对方怎样劝说，就是不肯离开。狂风暴雨倾泻而下，顿时把两个人淋成落汤鸡。万般无奈，瘸腿老五只好施出牛脾气，拖住瞎眼女人往村外走。

村外场院上，有一间歪斜的茅屋，在烟海般的风雨中飘摇，眼看就要倒塌了。叶儿爹收回目光，看着白家守门人，不解地问：“那女人是谁，老五咋拉她去那地方？”白家守门人讨好地说：“大老爷您不认识了？她是三牛娘，眼下双目失明，一遇风雨天就发疯，说儿子就要回来了，非要在那里等待儿子……”忽然又意识到不妥，赶紧把话停住。

叶儿爹正想再问，白大胖子从大厅走出来，站在走廊上，招着手大声喊：“妹夫，看啥呢？还不过来，下雨天，留客天，喝酒天，我叫人炒几个菜，咱哥俩好好喝两盅！”

走进大厅，刚刚坐下，有人送来一套崭新的干衣裳，散发着浆洗清香，请姑爷替换身上的湿衣裳，以免着凉。其实叶儿爹也没淋多少雨，身上的衣裳并不湿，结果还是换了。衣裳是专门定做的，穿在身上正合适。大概还不止这一身，怕是一年四季的都有了。尽管姑爷来的次数并不多，替换衣裳的概率更稀少，然而还是准备了，这是白家的阔气，更是善待姑爷之道。

一杯茶的工夫，厨子把酒菜端上来了，热气腾腾地摆满一桌子。酒香菜香弥漫在大厅。白大胖子亲自把盏，先给上首的妹夫斟满一杯，再给自己斟满一杯，猜拳行令喝起来。刚才在门口看到那一幕，让叶儿爹动了恻隐之心，本想劝说白大胖子把两间屋子还给三牛娘，结果给换衣裳的热情和酒肉的浓香冲淡，很快抛到脑后忘得一干二净了。

翌日，雨过天晴，叶儿爹沿方砖甬道在院里散步。昨日风雨摧残的花木已经修好，天井里给雨水冲出的沟壑用新土垫平。一阵清风迎面扑来，带着淡淡的花香和泥土的气息。突然，什么地方传来新生婴儿的啼哭。叶儿爹不由一振，敛足站立在那里。

一位老太婆匆匆跑来，满脸堆笑地说："恭喜大老爷！贺喜大老爷！大少奶奶生了，给您生了一个大胖孙子！"柱子媳妇生了！叶儿爹一阵惊喜："我有孙子了！哈哈哈哈，我有孙子了！"从未有过的尊严和自豪油然而生，不由迈开方步，倒背双手走出家门，昂首挺胸站立在大街上。

初升的太阳金灿灿的，整条大街沐浴在璀璨的光辉里。瘸腿老五挑一担水，从水塘那边吃力地走过来。叶儿爹怦然心动，关心地说："老五，歇会儿吧！"瘸腿老五知道昨天的事情给主人看见了，正担心兴师问罪，看到人突然出现在面前，不禁惊慌失措一脚踩空，连人带筲"咣啷"摔在地上，沾得满身泥水。

叶儿爹迎上两步，越发体贴地说："老五，担水不行，再找个人吧！"瘸腿老五当是要辞退了，慌忙跪在地上，苦苦哀求道："大老爷，我能担水，还能担水，请您不要辞退我！我……我看那个瞎眼女人，都是阴雨天干完活再去，从来没有耽误过活……"听的人怔愣片刻，方才明白对方的话，并且想起风雨里看到的那一幕。

他一脸的笑容顿时僵住，满腔的喜悦烟消云散，再看对方，变得像陌生人一样，有些不认识了。他回忆刚才自己说过的话，觉得并没有辞退的意思，别人咋就听得是辞退呢？一片好心当成驴肝肺！叶儿爹强忍内心的不悦，轻声开导说："老五，想哪去了？你来田家帮工，已有十几年了吧？"

他不待对方回答，接着又说："十几年来，我一直把你当成自家人，心里没想过辞退你！刚才说担水不行，再找个人，是看你行走不方便，想找个人替你。不知是我没有说清楚还是你没有听清楚，竟闹出这么大的误会？”瘸腿老五听出主人生气了，同时也恍然自己误会了，赶紧赔着笑脸说：“大老爷，您大人大量，别跟小的一般见识，是我听错了！昨天的事，我怕您责怪……”

叶儿爹打断对方，提高些声音说：“对了，你不说我还忘了！昨天的事，我不光要责怪，还要惩罚，狠狠地惩罚你！”瘸腿老五刚刚从泥水里爬起来，不禁身子一抖，再次跪倒在泥水里，磕头如捣蒜地说：“大老爷，您惩罚吧，无论咋惩罚我都心甘情愿！”听的人故意虎起脸，大声质问说：“此话当真？”

对方发誓般地说：“如有半句假话，随大老爷处置！”听的人仰面“哈哈”大笑，笑够了才说：“老五，你给我记住：从今往后，不许再带三牛娘去那间破茅屋，如有违抗，出了人命拿你是问！还有，要经常去看她，吃的用的没有了，就从后厨拿！”瘸腿老五仿佛没听清，怔愣良久说不出一句话。

叶儿爹不耐烦地说：“咋？我的话还没有说清楚吗？”对方支吾着说：“说……说清楚了，可……可是不去茅屋，又……又能去哪里呢？还……还有吃的用的……”听的人用手指在对方头上敲一下，嗔怪地说：“你呀，真是个榆木脑袋！我不叫你带她去茅屋，就不会带她回家吗？还有吃的用的，说我允许的，谁敢不叫你拿？”

瘸腿老五恍若做梦，下意识地抬头看看天，再低头看看地，还有近在咫尺的人，依然不辨真伪，干脆把沾满泥土的手指放进嘴里用力咬，钻心的疼痛和泥土的苦涩令他猛醒，于是慌忙爬到主人脚下，“咚！咚！咚！”连磕三个响头，声泪俱下地说：“大老爷，您真是好人啊，要是三牛爹在天有灵，也会感谢您啊！”

渐渐地，叶儿就要临产了。叶儿娘跟赵婶商量在哪里生孩子，赵婶拊掌大笑说："哎哟！我的大太太，您还蒙在鼓里哪？大老爷待三牛娘那么好，全村人都传遍了，说大老爷认下这门亲事了！既然这样，大小姐生孩子当然要去牛家喽——牛家的孩子嘛！"

叶儿娘并不为"牛家的孩子"而得意，反倒觉得很无奈，迟疑良久才说："我也这样想过，前几天走娘家，还顺路看过那地方，墙倒屋塌的，哪里还能住人啊？"赵婶不以为然地说："墙倒屋塌怕啥？只要大太太肯出钱，我立马带人去收拾，要金銮殿不敢许，要个平平安安生孩子的地方，我敢说还是一句话！"

听的人吃惊地说："几个体己钱早就花光了，哪里还有钱？"对方冷笑着说："有钱能使鬼推磨，没钱我可不会吹气变房子？"叶儿娘只好商量说："要不，我找大老爷要点钱？"赵婶立即高兴地说："对对，找大老爷，家有千口，主事一人！不过，在给大老爷说之前，大太太可要想仔细，哪些话该说，哪些话不该说，千万别说漏了！"

叶儿娘一个人躲在屋子里，像背台词一样，把该说的话背了一遍又一遍，觉得万无一失了，趁叶儿爹高兴时，小心翼翼地说："她爹，有件事想跟你商量？"叶儿爹微眯双眼坐在躺椅上，慢慢摇晃着，心不在焉地说："你说吧。"叶儿娘靠近一些，试探地说："叶儿眼看要生了，我想把她送到牛家去。"

叶儿爹看对方一眼，重新把眼眯起来，轻声问："你想好了？"叶儿娘点头说："想好了。"叶儿爹挥一下手，爽快地说："想好就办吧，钱在柜子里！"叶儿娘想了几天的话一句没用上，回头告诉赵婶。赵婶击掌大笑说："我的天，咱还遮遮掩掩哪，原来大老爷心里早就明镜似的了！"

这天，瘸腿老五给三牛娘送吃的，说话说得晚了，回来时小角门已经关闭。正准备绕道大门，守门人老吕是有名的夜猫子、顺风耳，不但半夜不睡觉，还能听出十步之遥的脚步声，不等喊就给人开门。这时候，小角门忽然“吱呀”一声，轻轻裂开一道缝，从里边走出来两个人，样子鬼鬼祟祟的。

看的人当是小偷，赶紧躲藏在暗处看究竟。正是倒春寒的天气，晚风吹来，犹如无数根钢针扎人的脸和耳，又仿佛无数只小猫咬人的手和脚。小月牙儿挂在西天上，一动不动，看上去仿佛吃剩的一块干烧饼，星也稀疏、也遥远、也渺小。

两个人从小角门走出来，停在门外边。其中一个穿着厚棉衣、包着大围巾、胖得像球一样的人说：“这一宗一件的事，我都替大少爷安排妥当了，等大少爷学成做了官，再娶一房官太太，外头一房家里一房，真是有福气啊！”

被称作大少爷的人身材颀长，也穿着厚棉衣包着大围巾，看不出真面目。只听得说：“多谢赵婶操心。”赵婶冷笑一下，轻声说：“大少爷，总不能就用一句话打发我吧？您是位明白人，知道我老婆子不容易，先是费尽心机保住大小姐清白的身子，再是冒着死罪救下大小姐的性命，结果叫你们不用离家出走就能相互厮守，做成长久夫妻。眼下为了你们的孩子，我又是跟大老爷斗心思，又是带人收拾屋子，累死累活的，即使大少爷不拿我当恩人重谢，也得多赏几个酒钱吧？”

大少爷不耐烦了，语气生硬地说：“你真是贪得无厌？我二姑给你二亩体己地，又给你那么多钱，我每回也没少给……”赵婶立即反驳说：“白家大少爷，话可不能这么说！你们田、白两家的钱那么多，多得数都数不过来，可我老婆子的命就只有一条啊？当初要是大老爷不认这一套，硬是叫人把我抽筋扒皮扔水塘里喂王八，我找谁要命去？”

她顿一顿又说：“还有牛家那孩子，本来八竿子打不着，为了你和大小姐，我昧着良心硬是把罪名安到他头上，害得人家家破人亡，小小年纪入伙当了丑鬼。咱今天就打开天窗说亮话吧，反正我这条老命没有几年活头了，如果大少爷肯给几个零花钱，我就再活几年，把那些七拐八绕的事永远烂在肚子里，要是大少爷过河拆桥翻脸不认人，我就不活了，把那些七拐八绕的事一嘟噜全说出去，要杀要剐就随你们的便吧！”

大少爷果然害怕了，赶紧讨好地说：“赵婶，看您说的，我是那种忘恩负义的人吗？别说您服侍我二姑、我表妹这么多年，帮我们做了这么多事，就是一个过路人，想要几个零花钱，我也不能不给呀？”赵婶伸出一只手，不容置疑地说：“这样就好，明天先给五百，花完再说！”对方迟疑一会儿，还是答应了。

二人分手之后，一个走回小角门，一个沿大街走了。瘸腿老五想追上其中一个，看看他们到底是人还是鬼！可是已经站不起来了，身子僵硬得像一截朽木，想喊也没有声音了，嗓子给一个东西塞住了，上下牙齿咬得“叭叭”响……

不知过了多久，他渐渐缓过劲儿来，衣裳都给汗水湿透了，脊背仿佛压上一块冰。好在赵婶一心想钱，忘记了关门。他挣扎着爬进茅屋，躺在床上，一阵热一阵冷，热时大汗淋漓，冷时抖作一团。

第二天，有人请来白先生，反复诊视却不知所患何病，一代名医束手无策，只好凭其福报和造化了。这样一躺，就是一个月多，能下床走动时，春寒已经过去，万物开始复苏，他拖着病弱的身子走进牛家，想把那天的见闻告诉三牛娘，叫她不要再为生孩子的事高兴了，还是留口热气暖和自己的肚子吧!

刚刚吃过早饭，三牛娘就脱下身上的汗衫，撕得一片一片的，用清水洗干净，想晒到绳子上。绳子给收拾屋子的人拿走了，三牛娘拿着布片左一搭右一搭，却不能搭上去。瘸腿老五一到，她立即高兴地喊：“老五，这些天不来，听说你病了，好利索没有？来得正好，快帮我找到绳子，把尿布晒上去，孩子说到就到了，当奶奶的还没有预备几块尿布呢！”

瘸腿老五夺下布片，扬手扔到粪坑里，气呼呼地说：“孩子个屁！”三牛娘顿时如遭雷击，木呆呆地问：“咋？不……不来生孩子了？说……说好的来咋又不来了？屋……屋子都收拾了？老……老五你快说，到……到底是咋回事啊？”看见她这样，瘸腿老五就后悔了，为了一时痛快，却把一个半疯的瞎眼女人好不容易收拾起来的一点希望打碎了。

住了一会儿，瘸腿老五强自镇定下来，像个蹩脚演员似的笑着说：“我……我逗你玩呢，你……你就当真了？也……也不想想，田……田家，那……那么多东西，还……还没有，尿……尿布吗？还……还用你，撕……撕衣裳，当……当尿布吗？”三牛娘同样结结巴巴地说：“这……这么说，还……还来生孩子？”瘸腿老五说：“来……来生，能……能不来吗！”

三牛娘抓住对方，用力拍打着，又哭又笑地说：“老……老五，你……你个死倔驴！还……还愣着干啥啊？快……快把绳子拴上，帮……帮我晒尿布，东……东西再孬，也……也是当奶奶的，心……心意啊！”瘸腿老五找来绳子，帮三牛娘拴到院子里。在系绳扣时，仿佛看见一个人，一咬牙就把绳扣套进那人脖子里了!

叶儿该生就生了，生了一个男孩，取名如意。赵婶带领一干人送饭送水，日夜轮流伺候。洗尿布的事，自然就落到三牛娘身上，她虽然看不见，却能把尿布洗得很干净，还能准确无误地晒到绳子上，再一块不少地收回来。

尿布挂在院子里，随风猎猎作响，三牛娘就坐在下边听，常是听着听着就情不自禁地笑起来。尿布的响声和孩子的哭声，都是一种昭示，一种希望，如果把这些传出去，给离家的人听到，兴许就能回来了！

叶儿看见了，纳闷地问："老人家，你一个人笑啥呢？"三牛娘不知道是叶儿，当是佣人闲极无聊找话说，便兴致勃勃地说："我在笑孙子，憨声憨气的，跟他爹小时候一个样！还有这尿布，'哗啦哗啦'多好听，跟唱歌似的。老辈人常说，傻人有傻福，泥胎住瓦屋，真是一点不假！你看我那傻儿子，干地里拾鱼，白白捡个俊媳妇，还搭一个胖孙子。人活这辈子啊，就是盼了儿子盼孙子，我儿子孙子都有了，还能不笑吗？"

叶儿越发纳闷了，不知道老人家为啥这样想，更不知道所谓的儿子孙子在哪里？只觉得心里很沉重，犹如一块巨石压在上边，压得喘不出气……

日子就这么一直过着。那是一个无月的夜晚，虽然那样的夜晚很多，可是在瘸腿老五看来，只有那个夜晚最合适。他先在小角门前的黑影里藏下来，看着田家该出的人出去了，该进的人进来了，然后走到水塘边歪脖子枣树下，像猎人狩猎一样趴住不动了。芦苇破土不久，尚未过膝，水塘显得很空旷，像一只面南爬行的巨龟。

夜深人静之后，目标出现了。尽管天很黑，也能一眼认出来，只要看见那挓挲着两手一走一转的熊样儿，就能准确无误地认出来！那样子与其说是往前走，不如说是借助身体的转动往前蹭。

目标越来越近，只有三四步远了！瘸腿老五一跃而起，就要冲上去，恰在这时，忽然看见不远处有个人影一闪，他便赶紧停下来，仔细看时却又没有了。路边一棵老树，影影绰绰。迟疑之际，瘸腿老五已经完全暴露，是进是退都来不及了。

赵婶先是一惊，待看清楚对方，禁不住“嘻嘻”笑着说：“五瘸子，是你呀？半夜三更的不睡觉，在这里等谁啊，等老娘是吧？老娘早就看出来了，你对老娘有意思！”

听的人灵机一动，顺势走过去。瘸腿老五冷笑一下，突然一个饿虎扑食，用绳子从背后勒住她脖子，像背死狗一样背到歪脖子枣树下，再腾出一只手，把绳子搭到树杈上，想把肥肉吊起来，忽然发现肥肉不动了，像烂泥一样瘫软在地上，伸手一试，已经没有了鼻息。

原来，白羊不能忍受赵婶一直以来的敲诈，也看好今晚动手，谁知竟然遇到瘸腿老五。起初，还真以为他们要干那苟合之事，于是躲到老树后，准备看风景。这边风景独好，看的人十分庆幸，不用自己动手就除掉心腹之患，可是又十分不解，不知道瘸腿老五缘何对赵婶下此毒手？他把赵婶的话反反复复地想几遍，也没有发现可疑之处，只好去田家找二姑，请她帮着分析怎么回事儿？

一上路，牛三牛就有一种预感，觉得有重大事情就要发生了。及至走到路口，抛鞋定方向时，忽然刮起一阵风，刮得鞋子滴溜溜乱转，然后“啪嗒”落在地上，鞋头不偏不倚指向了田家庄！

终于指向了田家庄！

这是天意！

也就是说，田家的气数已尽，万贯家业将易主，牛三牛为父报仇的夙愿将得以实现！当鞋头落地的那一瞬，他内心深处突然炸开一声巨响，震得浑身颤抖，禁不住大声喊："爹，儿子今晚就要为您报仇了！"

举目黑黝黝的前方，果然看见父亲站在半空，冲天血柱划破无边的黑暗，像火炬一样炫目。那意思很明显，就是要田子鹏跟他一样死，鲜血喷出一丈高！牛三牛发誓般地说："爹，您放心吧，我已经跟老大学会了用刀，不仅能刺破田子鹏的血脉，还能叫他看完田家的毁灭再死！"

父亲微笑着飘然而逝，却又看见母亲翘首伫立村口，等待归来的亲人。母亲已经很苍老，蓬乱的灰发遮掩着半边憔悴的面容，双目黑洞洞的。牛三牛快步奔跑起来，恨不能一步走到娘的身边，扑进娘的怀里！

一排凄楚的巨浪从心头滚过，呛得牛三牛喘不出气，两眼迸出泪水。朦胧之中，他看见母亲身边站着一个人，拭目细看，原来是叶儿！叶儿和从前一样，鲜鲜活活招人喜爱，不由试探地问："叶儿，你咋在这里？也是等我回来吗？你知道我回来干啥吗？我要亲手杀死你爹，为我爹报仇！"

叶儿嗫嚅良久，双手掩面"呜呜"哭起来。牛三牛叹口气，轻声解释说："叶儿，我身为五尺男儿，杀父之仇不能不报！再说这是天意，我不杀死你爹，丑鬼也会杀死你爹，还有田家所有的人，不留活口是丑鬼们的规矩。不过你放心，我会保护你，请求老大放过你。当年为了你，我不怕神灵的惩罚，不怕千刀万剐，冒着滔天大罪扳倒石碑，现在为了你，我不怕低三下四向人求情，啥条件我都会答应，死也会答应！”

突然，丑鬼老大喊：“停！”牛三牛收留不住，差点撞在人身上。抬头看时，已经走到田家庄垓子墙下了。丑鬼老大轻声问：“除了四门，还有没有别的路？”牛三牛反应过来，知道在问自己，赶紧回答说：“北垓子墙下有个水眼窟窿……”

走到北垓子墙下，爬过水眼窟窿，再穿过一条胡同，田家大院就在眼前了！牛三牛指点着说：“小角门里是个大杂院，住的都是穷帮工。过去大杂院是四合院，大院套小院，田子鹏三兄弟和儿女住在里边的小院，家丁、厨子和佣人住在外边的大院，后边是花园……”

不等说完，丑鬼老大问：“小院几间屋？”牛三牛摇头说：“不知道。”又问：“田子鹏住哪间？”依然摇头说：“不知道。”丑鬼老大便笑了，不无揶揄地说：“还跟人家闺女相好呢，老丈人住哪间屋都不知道！”

大头煽风点火地说：“相好住在哪间屋总该知道吧？进去一问不就清楚了！”牛三牛不敢再说不知道，再说恐怕连自己都不相信了。正不知如何是好，突然“嘭通”一声巨响，火光映红半边天空。回头看时，街那边起火了，浓烟滚滚，偌大一片青砖瓦舍陷入火海之中！

大火是瘸腿老五点燃的。

他杀死赵婶之后，仍不解恨，打算再杀死白羊和叶儿。今天是礼拜，白羊正好在家，杀死奸夫往牛家一拐，顺便就把淫妇捎走了。及至走到白家院外，才知道院墙是那么高，根本翻不过去，叫门更是不可能。恰在这时，忽听“吱呀”一声，看见墙边有个小角门，晚风吹得来回摆动。真是天意，活该狗男女命绝！

走进小角门，绕过山岸似的秫秸垛，进入白家大院。大院里黑咕隆咚，一片沉寂。从前没来过白家，不知道白羊住在哪间，沿回廊走过几个窗口，觉得都像又都不像，不敢贸然闯入。“要不先放他一马，等下个礼拜半路截他？”他这样想着，转身往回走，眼看就要走下回廊，忽听窗口传出一声嬉笑和一个喘得说不出话的苍老声音，正是白大胖子的爹。“这个老杂种！”瘸腿老五这样骂着，忽然改变了主意，不想走了，非要杀死这群老少杂种不可！冥冥之中，仿佛有仙人指点，叫他搬来秫秸，堆在回廊上。秫秸干了一冬，遇火即燃，火苗顺风一吹，迅速爬上房顶，“呼呼”有声，“噼啪”作响，眨眼之间，人喊畜叫，闹翻天了！

瘸腿老五匆匆离开火场，跑进牛家。正欲破门而入，一声婴儿的啼哭从窗口传出，不由“咯噔”站住，一颗心“咚咚”狂跳。三牛娘听到孩子的哭声，从厨屋走出来。摸摸趋趋的，走到窗台下，扒着窗棂喊：“小如意小如意，你咋又不如意了？”

如意没有答话，倒是如意的母亲搭话了：“老人家，回去睡觉吧，小孩子哭是玩呢！”三牛娘冲着窗棂说：“臭小子，跟他爹小时候一个样，光知道自己玩，不知道娘辛苦！”

听的人心里一软，不想杀叶儿了，起码现在不想杀了！大火已经成势，不少邻居给惊动，纷纷跑出来喊救火。瘸腿老五不敢久留，匆匆离开牛家，抄近路往田家奔跑。只要没有人看见，今晚发生的事情就永远成了谜，即便有人把田家庄的人怀疑遍，也不会怀疑到他头上！

瘸腿老五暗暗加快脚步，一蹦一跳的，活像一匹脱缰的野马，既潇洒又英俊！眼看就跑到小角门，离小角门只有三四步远了，突然觉得胸口一热，双腿像生了根，“咯噔”站住。就在瘸腿老五倒下的那一瞬，牛三牛看清了，可是一切都晚了！

丑鬼老大准备趁火打劫，乘田家慌乱之际冲进大院，杀个措手不及，得个满载而归。刚刚走到小角门，看见有人跑过来，当是报信的探子，于是打出一镖，正中对方要害。牛三牛扑上去，抱住瘸腿老五，压低声音喊："五叔，你醒醒，你醒醒啊！"

瘸腿老五吃力地睁开眼睛，看见牛三牛，不禁惊喜地说："三……三牛，可……可回来了！你……你娘……等……等你……叶……叶儿……"一句话没说完就死了。牛三牛于是断定，母亲还活着，正如自己想象的那样，母亲每天都站在村口翘首远望，等待儿子归来，只是不知道"叶……叶儿"是什么意思？

这时候，田家的人已经惊动！叶儿爹带领家丁暗中观察，许久不见有人进来，再看街那边的火势，就觉得不可思议了，无论强盗劫财还是仇人复仇，都不可能发生在白家。田家是这一带首富，进田家庄劫财而不进田家，则是出师不名。白家是新兴的暴发户，财路走的官道，很少直接树敌，复仇者不会去白家！莫不是有人在玩声东击西的鬼把戏，把田家的注意力吸引过去，再在这边消消停停地下手，来个出其不意？

明枪易躲，暗箭难防，越是这样越要严加防范！叶儿爹令阖家老小集合到大厅，把大院小院的吊灯全部点燃，把大门、小门、粮仓、车库、马厩全部打开，令家丁站在天井里，敲着锣大声喊："无论远路近路、白道黑道的朋友，来了就进家吧。大门、小门、粮仓、车库、马厩都打开了，要钱要物尽管拿，要粮尽管拉……"

其实，叶儿爹也不知道墙外是否有耳，更不知道喊给谁听，喊了会有什么结果，只是叫家丁一遍一遍地喊。丑鬼老大自落草以来，还从未见过这阵势，起初，只是觉得好玩，真想令人套上骡马大车拉一车东西，哪怕拉到村外扔进壕沟里！可是听着听着就不想进家了，这算哪门子抢劫呢，传扬出去岂不被人笑掉大牙？迟疑一会儿，不禁仰面“嘎嘎”大笑，令大头背上瘸腿老五的尸体，一边走一边喊：“发财喽！发财喽！”

他们走到村口，派人到王吊眼棺材铺买来一口薄皮棺材，把瘸腿老五装殓了，放在大路中央，再押两块大洋请人代葬。牛三牛哭得十分悲痛，对父母的愧疚和对五叔的思念一齐涌上心头，双手抱住棺材迟迟不肯离开。丑鬼老大动了恻隐之心，劝牛三牛留下埋葬五叔，回家跟母亲团聚，不用再替父亲还债了。牛三牛执意不肯，坚决地说：“说好的三年就是三年，不守信用往后咋做人？”

白家大火烧到第二天中午方熄，偌大一片青砖瓦舍变成一堆废墟。除白羊之外，全家上下三十余人无一幸免。老老爷与小情人烧得只剩一堆骨架，根本无从辨识长幼、雌雄，最后只好胡乱地分成两堆，一堆装入代表老老爷的上好棺椁，一堆装入代表下人的薄皮匣子。

白大胖子赤身裸体地死在四姨太门口，一根门窗过木砸在头上，砸出碗口大小的凹坑。嘴巴张得很大，眼睛瞪得溜圆，想来定是发现大火之后，顾不得身边的女人，顾不得穿着衣裳，一边惊呼救命，一边仓皇而逃，眼看就要逃出门口了，突然落下一根过木，不偏不倚砸在头上……

叶儿娘并没有多少眼泪，仿佛所有眼泪都为女儿的事情流干了，木木地看着人们把白家老少装殓完毕，转身往回走，脚步踉踉跄跄，仿佛走在杂草丛生、烂泥遍地的滩涂，经过牛家门口时，突然一个趔趄差点摔倒。一只手从旁边伸过来，将她扶住，定睛看时，原来是白羊。白羊头发散乱，一脸灰土，受寒似的抖着肩膀，弓着脊背，样子可怜兮兮的。叶儿娘顿生厌恶之意，想推开那只手，却是叹息一声，在那只手上轻轻拍一下，算是安慰了。

经过牛家门口时，看见叶儿站在里边，从门缝向外张望。她头上包一块花布方巾，往前拉得很低，遮住半边脸；领口的纽扣没系紧，露出一截白皙的脖颈。白羊迟疑片刻，扶着二姑走过去。

叶儿看见来人，从废墟上收回目光，“叮当”一声关紧门板，上了门闩，匆匆往里走了。走两步停下来，侧耳听了一会儿，迟疑着回到门口，扒着门缝往外看。白羊、母亲站在门前，母亲抬起一只手，想敲门的样子，结果却是撩一下额前的乱发，面无表情地走了。

白羊迟疑片刻，从后边跟上去，离得一步远，把手伸了又伸，想扶住二姑，却始终没有扶。转过街口，迎面遇上一伙人，从水塘边抬着一块门板走来。门板上半张席片，遮盖着一具尸体。白羊颤抖着声音喊：“二姑。”

叶儿娘停下来，回头看着白羊。白羊指一下门板，轻声提醒说：“是赵婶。”其实，叶儿娘早就看到了，慌忙躲开一些，等抬门板的人走过去，定定地看着白羊。白羊不禁慌乱起来，纳闷地问：“二姑，您看我干啥？”叶儿娘吃惊地问：“你真看清楚了？”白羊不耐烦地说：“二姑，我跟您说过几遍了？要是不信，找老五一问不就清楚了？”

他看二姑不说话，进一步提醒说：“二姑，咱家的大火，一定是他点燃的！”叶儿娘越发吃惊地问：“你看见了？”白羊摇头说：“这倒没有，不过我猜一定是他……”不待对方说完，听的人气恼地说：“猜？这事也能猜？”接着又轻叹一声，自言自语地说：“没有不透风的墙，再机密的事情也会给人知道，善有善报，恶有恶报，谁都绕不过去！”

声音不高，却是一字一句砸在人心上。白羊怔愣良久，不知道说什么才好，待反应过来，二姑已经走进大门，消失在影壁后边，两扇厚重的门板在“吖吖”关闭。他赶紧走过去，正在关闭的门板停下来，紧接着重新打开，他心头不由一热，感激地看着开门人，正欲说句感谢话，叶儿爹从里边走出来，身后跟着二老爷、三老爷和几个家丁。原来大门是为叶儿爹一行人而开，这让他心头一冷，失落感油然而生。

叶儿爹走出大门，带人匆匆而行，经过白羊身边时，看都没看一眼。这样的冷漠太明显，使人受不了。白羊打个寒战，不禁僵在那里，一步不想往前走了。守门人老吕等了一会儿，不冷不热地问：“白家大少爷，还进来不？”白羊仿佛没听见，抬头看着天空。天空灰蒙蒙的，太阳很小，犹如一枚灰色的银币，冷冷地悬挂在天边。守门人老吕干咳一声，见不能提醒对方，干脆把门关上了。

随着门板的“吖吖”声，白羊穿过一片空场，径直向村外走去。空场上围着一些人，有人比画着，在向叶儿爹讲述发现尸体的经过。白羊冷哼一声，暗中加快脚步，头也不回地走了。他要在天黑之前赶到县城，把田家庄发生的事情告诉大姑和大姑父，请大姑父派警察侦破白家惨案，缉拿纵火凶犯！

二十几里路尚未走完，天就黑下来了。仿佛眨眼的工夫，田野、村庄、树林、道路，都笼罩在夜幕之下。前方一片建筑，忽明忽暗闪耀着灯光，充满无限的诱惑。那就是县城，相距不过三五里，再加一把劲，就能见到热情的大姑、威严的大姑父，就能把心里的委屈痛快淋漓地倾吐出来。

突然一声吼：“站住！”路边冲出两个蒙面人，握着两把寒光闪闪的匕首。白羊双腿一软差点瘫倒，语无伦次地说：“大……大叔！

大……大爷！爷……爷爷！我……我是个学生，身……身无分文，请……请高抬贵手，放……放我一马！”为首的瘦高个儿晃一下匕首，不无得意地说：“小子哎，爷爷要的就是你这个学生！”随从矮胖子立即附和说：“爷爷等你几个礼拜了！”瘦高个儿说：“走吧，跟爷爷配合，免得皮肉受苦！”矮胖子说：“爷爷要钱不要命！”

白羊渐渐恍然，这是遇上跑单帮的丑鬼了，赶紧解释说：“实不相瞒二位，白家一场大火，烧得片瓦不留，别说要钱，要命也只有我这一条了。”瘦高个儿“嘿嘿”笑着说：“小子哎，别跟爷爷哭穷，跟爷爷哭穷没用！白家就是遭遇大火，烧得片瓦不留，不是还有田家和警察局长吗？听好了，小子，你就是一棵摇钱树，爷爷下半辈子吃香喝辣全指望你了！”白羊已经摸得门清，再说什么都是多余，只好跟着走了……

第七章　乱世埃尘滚滚来

两个跑单帮的丑鬼把白羊带进一座废弃的院落。浓重夜色下，依稀可见一片建筑，黑压压的，墨染般阴森可怖；甬道的方砖已经塌坏，变得坑坑洼洼；满院杂树枯草，犹如蒲松龄笔下狐鬼出没的地方。但看飞檐回廊、门窗雕饰，可以想见曾经的辉煌，只是不知它的主人为什么舍此而去，是做官贪赃枉法落得满门抄斩？还是为富不仁以致乡邻怒杀？要么就是富得流油招来横祸？

白羊顾不得多想，被人推进大厅。矮胖子点燃一截蜡烛，栽在断腿八仙桌上。瘦高个儿拉一把没有扶手的太师椅坐在对面，示意白羊坐下。白羊看见桌边一只方凳，走过去坐了。矮胖子拿来纸笔，放在白羊面前。瘦高个儿不容置疑地说："我说，你写！"矮胖子鼓动说："写完就没有你的事了！"白羊看对方一眼，不禁打个寒战。从前听人们说过，只要看到丑鬼的模样，十有八九就没命了。如果遇到"白面"丑鬼，更是必死无疑。丑鬼不戴面罩，敢以本来面目示人，则说明心狠手辣，根本不留活口！

瘦高个儿接着说："大姑、大姑父……"看见白羊坐着不动，突然一拍桌子，提高声音说：“聋了？我的话没听到吗？”矮胖子半劝半吓唬地说：“写吧，不写没有好果子吃！”白羊依然缩着手不肯动。瘦高个儿“嘿嘿”一笑，拿匕首在舌尖上舔一下，突然一扬手，打在白羊缩着的左手上。白羊惨叫一声：“啊呀！”一阵揪心的疼痛，眼前一黑，晕厥过去。

待苏醒过来，半截白嫩的手指已经放在信纸上，鲜血尚未凝固，红得令人心悸。信纸旁边，又铺上一张信纸。瘦高个儿接着说：“大姑、大姑父，见字如面。”白羊不敢违抗，赶紧伸出右手，拿笔写字。左手习惯地按在信纸上，刚一按上去，鲜血把信纸染得半边通红，小心地看一眼对方。瘦高个儿笑笑，大度地说：“有点血不碍事，省了按手印了。”矮胖子解释说：“不然也得咬破手指按手印。”

写完信，矮胖子把半截手指与信纸收起来，揣进怀里，信心十足地走了。门口透进一片薄明，远处似有雄鸡啼叫。瘦高个儿打个哈欠，微眯双眼靠在太师椅上，准备睡个黎明觉。随着身子往后仰躺，打出一镖，不偏不倚刺在白羊胸口上。刺得不深，甚至没有多少疼痛，白羊全身却像被抽去筋骨、散了架子，瘫软在地上不能动了。

很快，瘦高个儿响起鼾声，一阵高过一阵，有几次差点儿噎住，就要背过气去。白羊心里明白，等矮胖子把钱拿到手，自己就没有命了。可是身子动弹不得，有机会逃跑却不能如愿。大概这就是报应，当年把不知情的牛三牛送上断头台，现在却在一切明了之中结束性命。吃谷子还米，连利息都有了！

突然，户外响起断续的枪声，由远及近而至。大院里传来杂沓的脚步声，还有矮胖子的喊叫声：“哥，快走！”瘦高个儿一激灵醒来，把镖从白羊身上取下，解开穴道。却不急于逃命，而是将白羊拦腰抱住，用匕首抵在他脖子上，冲着外面大声喊："兄弟别怕！谁敢动你一指头，我零刀碎了他！"

矮胖子发急地喊："哥！不是……"话未说完，一头栽倒门口不动了。瘦高个儿推着白羊走出去，轻轻踢一下矮胖子，关心地问："没事吧兄弟？"见没有回应，却有鲜血从后背流出，不禁暴跳如雷，破口大骂："敢打我兄弟黑枪，看爷爷咋收拾这小兔崽子？"把白羊推到台阶上，以便对方看清楚如何下手。

白羊虽然穴道已解，却是万念俱灰，没有丝毫求生的欲望。他行尸走肉一般，任凭瘦高个儿拉来推去，甚至任凭瘦高个儿宰杀。瘦高个儿换一个姿势，用胳膊勒住白羊的脖子，腾出匕首挑开纽扣，撕下上衣，露出白皙的身子，发疯般地喊："看好了，爷爷要在小兔崽子身上种花了！种三九二十七朵，庆祝我兄弟二十七岁生日！"话音未落，一刀子下去，割掉一块皮肉。铜钱般大小，殷红的鲜血渍出来，却不流淌，晶莹剔透，恰如一朵初绽的月季花儿。

两个穿黄色军装的大兵走过来，用枪指住瘦高个儿。一个军官模样的人跟在后面，手里提着枪，轻描淡写甚至略带调侃地说："打死你兄弟跟他没关系。你兄弟拒绝当兵，还跑回来报信，死了活该。快放下刀子，跟我们到村头集合！"

瘦高个儿看着白羊，半信半疑地问："他们不是你大姑父的人？"白羊疼痛难忍，本不想回答，结果还是说了："不是。"瘦高个儿伸手去矮胖子怀里，果然掏出半截手指和信纸。说明尚未把信送出去，来人不是报复者，于是轻声问："你愿意当兵吗？"白羊冷汗直流，咬紧牙关不再说话。瘦高个儿说："不愿意当兵就往里走，套间后墙倒塌半边……"不待白羊明白过来，用力一推，把他推进大厅，自己纵身一跃，越过台阶，沿走廊飞跑。

军官模样的人一边举枪射击，一边大声喊：“打死他，别叫他跑了！”两个大兵立即开枪，瘦高个儿跑到走廊尽头，眼看就要钻进过道，消失在密集的建筑之中，脚下却突然一绊，一头栽倒再也爬不起来了。

白羊听见枪声和喊声，顿时如梦方醒，逃生的欲望油然而生，赶紧钻进套间，翻过倒塌的断墙，沿墙根往外跑。尽头是一条狭窄的胡同，薄明中闪烁着清幽的冷光，他顾不得多想，一头钻进去。

刚跑几步，前边门里传出年轻女人的哭喊声。两个穿黄色军装的大兵拉着一个年轻男人走出来。年轻女人一边追赶一边哭喊：“大夯，你要多保重啊！”年轻男人回头安慰年轻女人：“小兰，在家等俺，伺候好俺娘，等打完仗俺就回来！”

白羊站住，慌忙往回跑，才一转身，对面门里走出两个穿着黄色军装的大兵。他们掏了空窝子（晚上进村抓兵称“掏窝子”），正不知如何交差，忽然看见白羊，眼睛一亮，用枪指住大声喊：“站住，敢跑打死你！”

刚刚装殓完赵婶，又有人来报，在村口发现一具薄皮棺材，里面装殓着瘸腿老五，却只字未提两块大洋的事。叶儿爹令人把装殓着瘸腿老五的棺材抬到空场上，与装殓着赵婶的棺材放在一起，准备择吉日埋葬。对于瘸腿老五的死，人们百思不得其解，尤其死后躺在棺材里，更是传得神乎其神。

叶儿娘听说之后，反倒轻轻舒出一口气。一直以来，赵婶犹如压在心头的一块巨石，终日使她喘不顺气。瘸腿老五的出现，虽然替她搬掉了巨石，更多的担忧却接踵而至：他为何杀死赵婶？白家大火缘何而起？叶儿、白羊是否安全？田家还能延续多久？……忧心忡忡之际，却传来了瘸腿老五死亡的消息！

也就是说，随着瘸腿老五的死亡，所有担忧将不复存在，所有隐秘将跟进棺材！至于死因，以及莫名其妙的装殓，大可不必多虑。想来无外两种情况：一是意外伤亡，制造意外者心里有愧将其装殓；一是遭遇强敌，强敌为了掩人耳目，故弄玄虚。无论哪一种情况，都不可能继续复制前者的秘密，更不可能继续加剧后者的担忧。换句话说，从今往后，叶儿的事情将不再有人知晓，叶儿娘可以垫高枕头放心地睡觉了！

大厅里传来轻微的响动。叶儿娘寻声望去，是叶儿爹坐在圈椅里，往后仰躺着疲惫的身子。大圈椅似乎承受不了那样的压力，发出如呻吟般的响声。“他啥时候回来的？我咋一点不知道？”叶儿娘这样想着，拿一块被单走过去，准备替他盖在身上。“一个年过花甲的人了，带着人守护半夜院子，天一亮又去白家料理丧事，还要装殓赵婶和瘸腿老五……”走近看时，不禁大吃一惊，那张脸上并没有多少疲惫，更多的则是悠然，甚至还有几分窃笑。叶儿娘怔愣在那里，不认识似的看着他。

这样的表情，只有经过长途跋涉，千回百转重返故里的人才有，只有长期陷入困境，苦思冥想得以解脱的人才有。是什么使他有了这样的表情？想来自然不是幽兰。幽兰回城之后，两个人渐行渐远几成陌路。末了只有一种解释，那就是叶儿的事情。叶儿爹嘴上虽然不说，其实心里比谁都清楚。现在想来，叫叶儿去牛家生孩子，更像一个经过深思熟虑的连环计，不然赵婶怎么会出人意料地死在户外？瘸腿老五怎么会莫名其妙地躺进棺材？

叶儿娘越想越觉得那就是一个连环计，甚至觉得赵婶和瘸腿老五都是连环计的参与者，结果因替主子保守秘密而被灭了口。白羊看到的只是表面，或者是故意表演给人看的一场戏。叶儿爹一向谨小慎微，又老谋深算，完全有能力做到这些！突然，一股莫名的寒冷自足踵升起，迅速漫延到胸口渐渐凝固。叶儿娘不禁打个寒战，赶紧把眼睛移开，不敢多看那张脸。那张脸上的每一条皱纹、每一丝窃笑，仿佛都是一口深不见底的陷阱，一不小心就能陷进去。

叶儿爹一激灵醒来，纳闷地看着叶儿娘，及至看清手里的被单，方才释然地笑一下，坐起身子说："我当你睡了，就没有进去。"叶儿娘觉得这句话很虚假，于是试探地问："你看见我了？"叶儿爹掩饰地笑着说："我猜的……"

叶儿娘觉得这句话更虚假，甚至觉得他整个人都不真实了。慌忙退开一些，把被单展开，像盾牌一样挡在前面，单刀直入地说："我听说老五的事了！"然后紧紧盯住那张脸，看他有什么变化，试图从中发现些端倪，验证自己的猜想。然而那张脸突然僵住了，所有纹路，甚至包括窃笑都像刀刻一样不动了。

叶儿爹吃惊地问："你咋了，生病了？"

叶儿娘挑衅地说："我问你话呢？"

叶儿爹不解地问："问我？"

叶儿娘提醒说："老五的事！"

叶儿爹渐渐恍然了，轻叹一声说："唉！真是蹊跷……"

叶儿娘不依不饶地问："是蹊跷吗？"

叶儿爹上下打量着对方，不答反问："你说呢？"

叶儿娘冷冷一笑，不再说话了，有这些就够了，就足以证明自己的猜想了。她像逃离杀人恶魔似的，惊慌失措地离开叶儿爹，往套间跑去。经过一个花架时，不小心撞在上边，花架“咣当”倒地，一盆金丝兰摔在地上，宽厚、油亮的叶子沾满泥污。叶儿娘匆匆回望一眼，一停不停地跑走了。

叶儿爹心疼地跑上去，捧起摔坏的金丝兰。已经无法收拾了，叶片全部散落，根茎彻底折断。它是幽兰的心爱之物，从记事起开始养育，春来冬去十几年，甚至逃命时都没有舍弃。认识叶儿爹之后，她从城里带到乡村，走时什么都没有留下，只留下这盆金丝兰，结果却给摔成这样？叶儿爹的心，像被一只无形的大手紧紧搦住了，搦得生疼生疼，喘不出气来。这显然不是好征兆，或许要不了多久，就有什么异事发生！

叶儿娘的大姐大白鹅，一连在门口张望好几次，也不见白羊的身影。这是从未有过的事情。白羊是个乖孩子，无论学业还是遵守纪律，在班级甚至在学校都是出了名的好。有一年大雪封门，掩埋了道路，大白鹅料定他不能到校了，已经准备替他请假了，谁知等到掌灯时分，他竟然裹着一身厚雪回来了。这一次，天气好好儿的，怎么没有到校呢？是路上遇到危险，还是家里发生了事情？

大白鹅越想越不安，后来坐不住了，给武拯局长打电话，要车送她回娘家看看究竟。眼下时局动荡，常有兵匪拦路抢劫。武拯局长不放心太太一个人回娘家，就带两名警察，荷枪实弹地护送来了。刚到水塘岸边，便看见空场上停放着两具棺材。下车询问，守门人老吕支支吾吾、闪烁其词。大白鹅越发不安了，不待通报，径直走进大厅。

叶儿爹正捧着一盆摔坏的金丝兰不知如何是好，忽然看见大白鹅和武拯局长走进来，赶紧放下残花，挓挲着两只泥手迎上来，正欲打躬寒暄，大白鹅抢先一步，横在武拯局长前面，毫不客气地说：“外面停放着棺材，你还有闲心侍弄花草？”叶儿爹怔愣片刻，小心地解释说：“由于事发突然，一切都来不及准备。我想等收拾得差不多了，再去通知你们。”

大白鹅仿佛没听懂，回头看着武拯局长。武拯局长倒是有些警觉，不慌不忙地说：“你别急，慢慢说，到底发生了什么事？”叶儿爹看着武拯局长，纳闷地问：“白羊没有告诉你们？”大白鹅忍不住插话说：“白羊没回去，告诉什么？我们来就是找白羊的！”叶儿爹分辩说：“他明明回城了……”顿时惊得张大嘴巴：“莫非……莫非出事了？”大白鹅拉起武拯局长，心急火燎地说：“快……快找大哥去！”

叶儿爹拦住说：“别去了，大哥他们都没了……”

回到栖身的破庙，丑鬼老大下令睡三天三夜，散散身上的晦气。谁知刚刚躺下，地线送信来了。地线惊恐不安地说：“老大，您放着那么多高门大院不进，咋就偏偏走进公安局长老丈人家？还给烧得鸡犬不留、片瓦无存？武拯局长就要带人下来了，您赶快进城打点吧！”

丑鬼老大气得大骂：“哪个小舅子进他老丈人家了？连他小姨子家都没有进，还给人白白搭了一口棺材！”地线不相信，冷笑着说：“老大向来出手不凡，名震四方，这次又闹得沸沸扬扬，您说没发财谁信？”丑鬼老大从怀里摸出两块银圆，不耐烦地说：“回去告诉武拯，这回真是见鬼了。我没进他老丈人家，也没进他小姨子家，信不信由他！”地线嫌钱少，缩着手不肯接。丑鬼老大把钱扔在地上，气恼地喊：“不要就滚，不然老子杀人了！”地线赶紧拾起钱，灰溜溜地跑走了。

临近傍晚，地线又来了，惊慌失措地说：“老大，您赶快收拾东西逃跑吧！武拯局长带人下来了，说到就到了！”丑鬼老大看着地线，不动声色地问：“是你带来的？”地线扑地跪倒，磕头如捣蒜地说：“老大，我实在没有办法啊！武拯局长抓了我母亲和儿子，逼我招供你们住的地方……”

丑鬼老大冷冷地说：“就不怕我逼你要命吗？”

地线无可奈何地说：“我知道，招与不招都一样，都是死。不招，武拯局长就判我通匪罪，杀了我再杀我全家，末了还是剿你们。这回是铁了心要剿你们，他叫我来送信，就是想收完钱再剿你们。为了七旬老母和四岁小儿，我只好招了。老大，我罪该千刀万剐，生蛆喂狗，您叫我咋死都行，死几回都行，求您放过我可怜的老母和四岁小儿……”

丑鬼老大打断对方，轻声问：“来了多少人？”

地线说：“有……有二三十人。”

丑鬼老大问：“围上了？”

地线点头说：“应……应该围上了。”

丑鬼老大微笑着说：“你走吧，我答应不杀你母亲和儿子。”地线从地上爬起来，如脱网之鱼般仓皇而逃。刚跑到院子中央，身后打来一镖，不知打中哪个穴位，弄得他又蹦又跳又喊又叫，却迟迟不肯倒下，直引得警察爬上墙头看稀奇。丑鬼老大看时，小庙已经被围得水泄不通，密集的枪口指向大殿。别说带人突围，即便插上双翅都难飞了！

外面响起喊话声：“丑鬼们听着，赶快放下武器投降，争取宽大处理，不然立即炸平破庙，你们只有死路一条！”连喊三遍，大头就坐不住了，走近仰靠在墙角闭目养神的丑鬼老大，轻声提醒说：“老大，听到没？”

看对方不说话，提高些声音又说：“老大，他们要炸庙了……”丑鬼老大把脸扭向一边，冷冷丢下一句：“我耳朵不聋！”大头碰了钉子，却不肯罢休，以商量的口吻说：“要不，咱出去投降，争取个宽大？”对方冷哼一声，不置可否。

喊话一次比一次急，后来干脆定下时间：“丑鬼们听着，再给你们五分钟考虑，如果不出来投降，就开始进攻了！”很显然，武拯想在天黑之前结束战斗。

破庙不大，正中一座大殿，两边几间厢房，都很破旧了。神家的牌位落满灰尘，供桌东倒西歪，香炉摔在地上，残缺不全。不知何故，不知何时，竟然破落成这样？

丑鬼们就在大殿里。

外边的人接着喊：“还有四分钟……三分钟……两分钟……”随着时间逼近，外边开始打枪了。子弹穿过门窗，打在墙壁上、房梁上，震得尘土飞扬，弥漫整个大殿。剩下最后一分钟时，开始打炮了。山炮不大，威力却不小，“咣当！咣当！咣当！”接连三颗炮弹，打在大殿旁边，震得耳朵生疼。大殿左摇右晃，眼看就要坍塌。

大头双手捂住耳朵，惊慌失措地说：“老大，还是出去投降吧？留得青山在不怕没柴烧，蹲大狱总比炸死好！”看对方不说话，发急地喊：“老大，您不出去投降，我可要带领伙计们出去了？”不待回应，大头便从地上爬起来，招着手向大家喊：“不想死的跟我来！”

还真有人跟过去，走几步又觉得不妥，回头看着老大，难为情地说：“老大，俺知道您是条宁折不弯的硬汉子，当年揭竿而起尊您为老大，图的就是您这身骨气！可眼下落入重围，也不能硬拼不是？俗话说，光棍不吃眼前亏，先出去投降了，争取个宽大，等将来……”

话没说完，一颗炮弹打在大殿前，“咣当”一声，将前墙炸塌半边。丑鬼们暴露在警察的枪口之下，即便大殿不塌下来将人砸成肉饼，子弹也会飞进来跟人不期而遇。大头惊恐万状地喊：“别打了！别打了！我们投降……”随着这样的喊声，枪声果然停下来。大头惊喜地喊：“看，他们不打了，真的不打了，快出去投降吧！”说着，人已跑出大殿。

几个正在犹豫的人，再也顾不得老大，跟着往外跑去。唯牛三牛和几个年长者不动。丑鬼老大看一眼牛三牛，纳闷地问：“你咋不出去投降？”牛三牛认真地说：“老大不出去，我就不出去！”丑鬼老大神情一震，饶有兴趣地问：“我在这等死，你也跟着？”牛三牛信誓旦旦地说：“还清父债之前，我就是您的人，死也要跟您死在一起！”丑鬼老大便不说话了，扬手打出几只飞镖，“砰！砰！砰！”一字钉在大殿门柱上，几个跟着往外跑的人，“咯噔”站住。

丑鬼老大狠狠地骂：“谁敢出这个门，我就叫他在院里做活尸！”做活尸求生不能，求死不成，如果没有人替活尸拔下刀子放出热血，将像地线一样，一直蹦跳喊叫下去，直至耗尽全部的血液，其滋味还不如给大殿砸成肉饼，给乱枪打成蜂窝。几个人赶紧跑回来，唯大头不管不顾，独自跑走了。

丑鬼老大没有责怪回来的人，只是神色凝重地说：“伙计们跟我出生入死十几年，比一母同胞的兄弟还亲，我何尝不想叫大家活下来？我自己何尝不想活下来？你们知道吗？他们说的宽大都是骗人的！十几年前，这样的亏我已经吃过了，现在不能再吃了，更何况，这一次是警察局长替他老丈人家报仇，更不会宽大！”

丑鬼们几近绝望地喊：“这么说，只有死路一条了？”丑鬼老大看一眼西斜的太阳，心存侥幸地说：“要是能等到天黑，我就带领大家突围，跑出去的算命大，留下的只能等来世相会了！”众人一脸凄怆，不为突围抱希望。二三十名警察携带长枪短炮把小庙包围得水泄不通，十几个赤手空拳的丑鬼岂能突围？

外边响起大头的喊话声：“伙计们，快出来投降吧，武局长说了，保证给大家宽大！”顿一顿又喊道：“武局长再给五分钟时间，伙计们可要拿定主意啊？世上没有卖后悔药的，晚了就来不及了！”

仿佛老天爷故意做对似的，迟迟不肯将夜幕拉开，如墨的剪影刚把夕阳遮住，一轮明亮却高高地悬挂在南天了。大头又喊：“伙计们听好了，五分钟倒计时开始，五、四、三、二、一”喊声未落，枪炮齐鸣。子弹飞蝗般扑进大殿，在身边、在头顶飞来跳去。炮弹一会儿落在大殿前，一会儿落在大殿后，“咣当！咣当！”地动山摇，震耳欲聋。

丑鬼老大转向小个子丑鬼，含笑地问：“还能喊出来吗？”小个子丑鬼问：“喊啥？”丑鬼老大说：“喊投降。”小个子丑鬼纳闷地问：“他们不是骗人吗？”丑鬼老大不答对方的话，只是怂恿地说：“只要能喊出来，就可着嗓子喊！”小个子丑鬼咽口唾沫，可着嗓子喊：“别打了，别打了，我们投降！”

连喊三遍，枪炮停下来。丑鬼老大得意地说：“看出来了吗？武拯局长不想叫咱死在破庙里，他想抓活的！听我的，给他拖时间，接着喊！”小个子丑鬼听话地喊：“别打了，别……”忽然意识到不妥，回头看着丑鬼老大，不好意思地问：“喊啥？”丑鬼老大说：“跟我学——武局长，我们投降了，是真给宽大，还是假给宽大？”小个子丑鬼鹦鹉学舌一般，跟着喊一遍，外边传来大头的回话：“武局长说了，只要你们出来投降，就真给宽大！”

丑鬼老大说：“再喊——大头兄弟，你问问武局长，咋个宽大法？”小个子丑鬼学着喊了，大头回话说：“武局长说了，蹲半年大狱就放人！”丑鬼老大说：“再喊——蹲大狱打人不？”大头回话说：“不打！”又喊：“给饭吃不？”大头回话说：“给！”再喊：“说话算数不？”

回话的就不是大头了，换成武拯局长。武拯局长威严地说：“里面的人听好了，我武某向来信守诺言，保证你们蹲半年大狱就放人。这是最后的机会，想活命的马上出来投降，不然就开始进攻了！”

有人担心地说：“再开炮，大殿就塌了！”有人附和说：“大殿塌了，都砸成肉饼，一个跑不了！”有人起哄说：“给大殿砸死，还不如出去投降呢，说不定真能宽大呢？”丑鬼老大充耳不闻，只是催促小个子丑鬼说：“接着喊——武局长，你的话我们相信，你要是升迁了呢，我们找谁去？武局长写个条子吧，我们拿到条子就投降！”

住了一会儿，大头回话说：“伙计们，武局长把条子写好了，现在就在我手里，赶快出来投降吧！”丑鬼老大教小个子丑鬼喊：“你拿着没用，我们看到条子才投降！”大头回话说：“你们派人来拿吧！”丑鬼老大教小个子丑鬼喊：“我们不敢出去，还是武局长派人送来吧！”

停顿一会儿，大头回话说：“武局长宽宏大量，答应派人送条子，你们千万别耍花招，拿到条子就出来投降，否则只有死路一条！”丑鬼老大教小个子丑鬼喊：“放心吧，我们还想多活几天呢！”

庙门徐徐打开，大头探进半个脑袋，小心翼翼地观察一会儿，高举着纸条走进来。两个警察手持长枪，一左一右跟在后边。走到大殿门前，大头讨好地喊：“老大，我把条子送来了，快来接条子吧！”

丑鬼老大走出大殿，走到离他们相距两步远的地方，突然一扬手，打出两只飞镖，正中两个警察咽喉，人还直挺挺地站着，两支长枪却易主了。大头吃惊地说："老大，你这不是害我吗？"丑鬼老大一边往回走，一边提醒说："要是想活命，赶快跑回来！"大头反驳说："出去投降，才能活命！"

话音未落，枪声骤然响起。大头转身往外跑，突然一个趔趄栽倒在地，挣扎几下没有爬起来，瘫在地上不动了。如雨的子弹扑进大殿，众丑鬼觉得头皮一热一热，那是死神离得不远了。几个丑鬼故技重演，抱着头大声喊："别打了，别打了，我们投降！"无论怎么喊，都无济于事。一颗炮弹打在大殿上，大殿轰然倒塌，顷刻间化为一片废墟。

随着那股巨浪，随着倒塌的后墙，丑鬼老大带领十几个伙计冲出大殿，跑进一片光秃的荒野。荒野一望无际，除了一道道沙土岗子，连一株小树都没有。明月高悬，一举一动完全暴露在武拯视野之中。

武拯调集了所有警力，分左中右三路穷追不舍。丑鬼老大把一条枪扔给小个子丑鬼，自己留一条，借助沙土岗子的掩护打阻击。三路警察如是拉开一张巨网，无论丑鬼们如何奔突都不能逃出重围。两条枪的子弹很快打完，警察们的子弹却是源源不断。丑鬼们在前边仓皇而逃，子弹从后边咬住不放，不少人跑着跑着，突然一头栽倒不动了。一具具尸体横七竖八地躺倒在沙土岗子上，犹如秋天割倒的一捆捆谷草。

牛三牛累得上气不接下气，五脏六腑翻涌欲呕，一步跑不动了，心想还不如给警察捉住，或者给子弹打中，像身边的人一样倒下。武拯局长看见了，可着嗓子喊："那小子跑不动了，给我抓活的，抓住有重赏！"还真应了老大的话，他们就是想抓活的！牛三牛提醒自己："千万不能给他们抓活的，抓住了准像老大当年一样，砍掉手指再往鼻孔里灌辣椒水……"可是双腿不听使唤，断木一样绊绊拉拉，一步迈不出两拃远。这时候，从横里伸过来一只手，插在他腋下，半抱半拖地跑起来。

跑到一道沙土岗子下，随着那只手松开，牛三牛像烂泥一样瘫倒地上。不知过了多久，渐渐苏醒过来，看见身边坐着一个人，定睛细看，原来是丑鬼老大！枪声已经稀落，已经遥远，仿佛隔在夜幕那边，隔在另一个世界。月亮失去原有的光辉，疲惫不堪地穿行在云隙中。

丑鬼老大咧嘴一笑，沙哑着嗓子骂："狗东西，你也是个大命的！"牛三牛惊讶又感激，半天说不出一句话，忽然看见对方一条裤腿洇湿了，有黏稠的液体滴落在沙土上，不禁吃惊地喊："老大，您的腿受伤了！"丑鬼老大伸手摸一把，果然摸出一手血。把裤腿绾到膝盖上，露出两个血窟窿。子弹从腿肚子下边钻进去，再从腿肚子上边钻出来，贯穿半条腿，却没有伤到骨头。丑鬼老大用手比画着，不无得意地说："嘿，还真是赚了，一枪俩窟窿，买一送一！"

牛三牛一脸茫然，不知道是赚还是赔？同时又纳闷，都伤成这样了，他还有心思说笑话，难道不疼吗？想帮他按住血窟窿，却被挡开了。他不但不急于止住血，还用手不停地在上边挤压，直到挤压得没有多少血液流出来，伤口露出惨白色，才看着对方问："还有唾沫吗？要有给老子吐几口！"

牛三牛爬过去，很努力地吐几口，却没有一点唾沫吐出来。伤者忍不住"嘎嘎"大笑，笑完了用力一推，把对方推到一边，抓一把沙土捂在伤口上，然后脱下汗衫，撕成布条，将伤口紧紧缠住。

在浓重夜色下，在寂静旷野中，乍然听到这样的笑声，不禁毛骨悚然。牛三牛惊恐地张望着，想找个人做伴儿，四周黑咕隆咚，犹如倒扣的锅底，晚风习习，远处传来地鸟的鸣叫。丑鬼老大提醒说："别找了，就剩下咱俩！"牛三牛吃惊地问："十几个人，就剩咱俩？"

丑鬼老大长叹一声，不无惋惜地说："唉，要是再有几条枪就好了！"他犹如输红眼的赌徒，一把抓住牛三牛，急不可耐地问："老子有了枪，你干不干？"牛三牛认真地说："还差仨月零八天，我再干仨月零八天。"丑鬼老大松开手，气呼呼地说："仨月零八天不用干了，快滚吧！"牛三牛坚决地说："不，说好的三年就是三年！再说，您伤成了这样……"

不等对方说完，丑鬼老大"嘎嘎"笑着说："狗东西，还挺仗义！老子伤成这样咋了？要不是怕你给人捉住，老子早跑没影了，子弹都追不上！"牛三牛感激地说："我知道，您救我两回了，等您岁数大了，我养您！"

丑鬼老大仿佛没听清，疑惑地问："你说啥？再给老子说一遍！"牛三牛看对方没恼意，大胆地说："人心都是肉长的，您对俺的好俺都记在心里了。等您年纪大了，不能动了，俺养您，就是要饭也养您！"丑鬼老大一拍脑门，忽然恍然地说："我说呢，咋一回一回地愿意救你，原来你像一个人！"

牛三牛好奇地问："俺像谁？"丑鬼老大迟疑了一会儿，苦笑着说："其实，啥模样我也不知道，我是说年龄差不多……"牛三牛渐渐明白了，往前靠近一些，轻声问："也是属小龙？"对方点头说："嗯！"

沉默一会儿，牛三牛试探地问："俺……俺想叫您一声干爹，您看行吗？"对方不解地问："为啥？"牛三牛迟疑一会儿，掩饰地说："不为啥，俺就是想叫。"对方"嘎嘎"一笑，大声说："小东西，还跟老子玩心眼？你看老子成光杆司令了，觉得很可怜是吗？老子不是吹，只要下一次趟子，杀一口大肥猪，立马就有十个八个的丑鬼来投我，老子还是名震一方的老大！”

话音未落，他伸手一揽，把牛三牛揽进怀里，“嘎嘎”笑着说：“小东西，就凭你刚才那句话，老子随你了，想叫啥就叫吧！”牛三牛甜甜地叫了一声：“干爹。”接着又说：“俺从小听人说，干爹是一位很有本事的人，会飞檐走壁，会呼风唤雨，带领一班人马杀富济贫……”

不等牛三牛说完，对方笑着说：“那不是我，那是梁山好汉！老子要真有那本事，早……唉，悔就悔在当初不该相信良心，不该拿钱送给当官的，要是用来招兵买马，老子早成旗号了！”他一脸笑容顿时僵住，像刀刻一样坚硬，泛着生铁般的光泽。

牛三牛安慰说：“干爹，世上没有卖后悔药的，路走错了拐个弯再走，活人还能给尿憋死？您要是不当丑鬼老大，无论干啥，无论走到哪里，俺都愿意跟着您，跟您一辈子！”对方猛推一把，把牛三牛推出丈远，怒不可遏地骂：“狗东西，说半天还是讨厌老子当丑鬼！”

他停顿了一会儿，缓和些语气说：“其实，老子也不想当丑鬼，也不想过刀口上舔血的日子。每次下趟子回来，静下来细想，都有种喘不出气的感觉，觉得这一次错了。过几天想起惨死的父母、妻儿，想起自己的遭遇，心里的怒火又燃烧起来，又禁不住要报仇……你说得对，老子当年就不该活下来！”

牛三牛走过去，依偎在他身边，小心地说：“干爹，俺不是那意思，俺是说您有本事，干啥都能干好！”对方苦笑一下，不无揶揄地说：“老子有本事，有啥本事？说穿了就是会死里逃生，会当丑鬼老大，除此之外屁本事都没有！”牛三牛分辩说：“不，干爹，您心眼灵活，要是做买卖，准能赚大钱！”看对方不说话，接着又说：“要不，您带俺下关外吧，上山打猎，挖参找宝，您胆子大，准能发大财！”

丑鬼老大依然不说话，微眯双眼，像是睡着了。停了一会儿，他忽然问：“还想她吗？”牛三牛一时没有转过弯子来，不解地问：“想谁？”对方提醒说：“相好啊！”牛三牛难为情地说：“有时候想……”对方叹口气，以商量的口吻说：“依我说，把她忘了吧，她爹要杀你，一年半载回不了家，过几年人家就嫁人了，你白等！刚才说到关外，老子忽然想起一个人，你去找他吧，在那边娶个媳妇，把你娘接过去，老子将来老了，也有个落脚地！”

不待牛三牛答应，他拿钱袋扔过去，郑重交代：“他叫三江好，提一下老子的名号，一准收留你！”牛三牛把钱袋还回去，十分坚决地说：“干爹，俺这会不能走，要走也要等您伤好了……”丑鬼老大把钱袋塞给牛三牛，不耐烦地喊：“小东西，少啰嗦，赶快滚得远远的，老子睡一觉，天亮了还要赶路呢！”说完便仰面躺倒，很快响起鼾声。

牛三牛不敢说话，拿钱袋走下黄土岗子，坐在一个斜坡上，两眼盯视着对方，生怕一眨眼消失了……不知过了多久，忽然看见丑鬼老大走过来，怒气冲冲地说：“狗东西，在这等死啊？”他被一把揪住，往一座山上跑去。跑到半山腰，遇到一棵千年人参，挖出来卖给参老板，原来参老板就是三江好。三江好将独生女儿许配给牛三牛，成婚之际，亲朋满座热闹非常，一串鞭炮“砰砰”作响。牛三牛一激灵醒来，方知是梦。

此时，天刚蒙蒙亮，幽蓝的晨曦泼洒在大地上，一片冷清，一片神秘。不远处传来尖利而刺耳的枪声。丑鬼老大怒视着牛三牛，压低声音吼道：“狗东西，在这等死啊？”他拉起惊呆的牛三牛，顺着黄土岗子往下跑。刚跑几步就给发现了，武拯局长一边对天鸣枪，一边喊：“他们跑不了了，给我抓活的，抓住有重赏！”

丑鬼老大抬头看时，面前横亘一道长堤，汩汩水声隐约可闻，心里不由“咯噔”一沉，知道跑到绝路上了！昨晚给警察追得晕头转向，竟然跑到河堤上来了。想来都是天意，命该绝于此！

武拯局长带领警察包围上来，黑洞洞的枪口近在咫尺。丑鬼老大拉着牛三牛走上河堤，面对宽阔的河道，湍急的流水，不禁仰天长叹：“听天由命吧！”突然扬起手，打在牛三牛脖颈上，将其打昏，推入湍急的河水，紧接着纵向一跃，跳进滚滚急流。武拯局长下令开枪射击，并顺流追出十几里，却连一个人影都没有找到！

第八章　平地惊雷震

智者千虑，必有一失，丑鬼老大万万没有想到，出生入死十几年，竟然栽在一条河沟里。刚刚跳下水，突然一个浪头打来，将他卷入可怕的漩涡，挣扎半天不得脱身，结果被呛得晕厥过去，随暗流冲出十几里。若不是撞在一座桥墩上，剧痛使人有了片刻的清醒，非沉入河底喂鱼不可！

丑鬼老大爬上岸，仰躺在一丛水草中。慢慢睁开眼睛，看见初升的太阳像烧红的热鏊子，在蓝天白云之间徐徐升腾，不禁“嘎嘎”大笑，十分庆幸地喊：“老子又活过来了！”于是薅一把水草塞进嘴里，嚼得津津有味，满嘴流淌着绿色的汁液。吞咽几口后，他觉得身上有了力气，赶紧起身往下游走，以防武拯追赶。一条腿却是不听使唤了，像断木一样站不住，这才想起受伤了。绾起裤子看时，小腿肿胀得碗口一样粗，伤口翻卷着，泡得煞白。包扎伤口的布条不见了，他只好脱下裤子，将一条裤腿撕成布条，重新包扎伤口。

包扎完伤口，丑鬼老大试着活动一下，感觉比刚才好了许多。好在没有伤到骨头，只要能站就能走。他站起来，刚走几步，堤岸上响起密集的枪声。“嘎啦啦！嘎啦啦！”一点间隙都没有，犹如炮仗炸市。看来武拯真是下了血本，非要赶尽杀绝不可！上次仗着人多势众武器精良，没有把几个丑鬼放在眼里，结果给人钻了空子，从大殿突围出去。这次肯定接受了教训，周密部署万无一失。他不把子弹打过来，也不下来捉人，只在堤岸上虚张声势，显然是在玩猫捉老鼠的游戏！

这是一个极其残忍的游戏：猫把老鼠捉住，却不急于吃掉，而是凭着兴趣赏玩。老鼠求生不能求死不成，在惊恐、绝望中渐渐崩溃，气绝而亡。丑鬼老大看一眼湍急的流水，知道是对方故意留下的缺口，这缺口绝非宽容地网开一面，而是深不见底的陷阱！刚刚死而复生的人，身体极度虚弱，再次下水无疑死路一条。说不定下游某个地方，早有几只猫候在那里，等着打捞半死不活的老鼠，以便接着再玩……

丑鬼老大冷冷一笑，迎着密集的枪声走过去。与其恐惧到气绝而亡，不如站出来挺身而死！他爬上堤顶，忽然发现不对了。桥头一座碉堡，三个窗口三挺机枪，疯狂地喷吐着火舌。对面的小树林里，有一伙人准备炸掉碉堡。一个人怀里携着炸药包，凭借着树干、沙土岗子的掩护，向碉堡迂回，冲着冲着一头栽倒不动了。紧接着又有人跑上来，拾起炸药包继续向前冲，冲着冲着又是一头栽倒不动了。一连跑上来四五个人，都一头栽倒不动了。

“真笨！”丑鬼老大忘记了自己的伤势，甚至忘记了自己的处境，不待后边的人跑上来，顺着河堤就势一滚，滚进小树林，拖着一条腿，一蹦一跳地跑向炸药包，携起来冲向碉堡。随着“轰隆”一声巨响，桥头堡飞上天了。对面的黄土岗子上，一位姓杨的司令员用望远镜看到这一幕，既纳闷又感激，下令“务必找到这位勇敢的老乡！”张连长带人冲上桥头，寻找半天，终于在齐腰深的烂泥里找到一个血肉模糊的人。

丑鬼老大昏迷了一天，傍晚时分苏醒过来。部队顺利渡过大河，驻扎在县城附近的路口村。杨司令员前来探视，看见一个头上、身上缠满绷带，却顽强活着的人，不禁连连称赞说："真是条硬汉子啊！"张连长告诉硬汉子，他们是人民的军队，专替穷苦百姓打天下。

硬汉子半信半疑，挣扎着从担架上爬起来，走到大街上，看见人民的军队果然非同一般。有人在替老乡打水、扫院子，有人在替老乡劈柴、修房子，就连自顾不暇的伤病员，也在替老乡做饭、带孩子，亲亲热热如同一家人。

夜幕降临之后，部队开始攻城。张连长负责进攻南门。守军凭借着坚固的工事，精良的武器，负隅顽抗。张连长带着人一连冲锋十几次，都给如雨的子弹打回来，最后一次为掩护战友撤退，身负重伤，给守军捉住吊在城门上。

丑鬼老大正躺在病房养伤，听到伤员们如是说，不顾一切地冲出去，跑向南门。守军看见一个赤手空拳、头上身上缠满绷带、一走一瘸的人跑过来，觉得好笑又奇怪。正欲喊话问个明白，人已跑到近前，翻越工事，夺下一挺机枪，向守军疯狂扫射。

张连长的部下乘机进攻，一举打开南门，救下张连长。大部队潮水般涌进城里，直抵守军司令部。丑鬼老大端着机枪，独自跑进警察局。战斗打响之后，警察们闻风丧胆，早已逃之夭夭。办公桌上一摞印好还来不及张贴的布告，上面写着"丑鬼一伙三十二人，长短枪十八支，被警察包围在一座破庙内，全部歼灭，无一漏网！"看的人不禁笑骂："尽他娘吹牛，老子要是有那么多人那么多枪，早把警察局给端了！"

寻到武拯局长家，武拯拉着夫人大白鹅，正往一辆小轿车里钻，金银细软丢得遍地都是，也顾不上收拾。乍然看见有人端着机枪，气势汹汹地站在面前，不禁吓得目瞪口呆，双腿一软瘫在地上。

丑鬼老大不慌不忙，撕下头上的绷带，露出本来面目。武拯局长越发惊恐，语无伦次地问：“你……你是人，还……还是鬼？”不待对方回答，连滚带爬地逃进屋，把门紧紧关起来，根本不顾夫人大白鹅。大白鹅起身追赶，脚下一个趔趄，一头撞在汽车轮子上，恰巧凸出一颗螺丝钉，插进脑门里……

武拯局长条件反射一般，先是抓起电话打电话，要警察火速增援，喊半天没有人应，赶紧钻到桌子下，掏枪自卫。丑鬼老大踢开门，走进屋里，反手把门关紧，依在门板上。只是举枪瞄准，却不急于射击。武拯局长几近崩溃，虚张声势地喊：“你不开枪，我开枪了！”想举枪，手臂却软得不听使唤，几次没有举起来，手枪滑落在地。

丑鬼老大拾起手枪，留一粒子弹，顶在武拯脑门上，扣一下扳机，吓得他翻一下白眼，呻吟一声：“有鬼啊！”如此三四次，对方身子一软，气绝而亡……

春的气息已经很浓了。河滩上新生的绿草，像一群群情窦初开的少女，盘坐在阳光下，笑眯眯地说着悄悄话儿。垂柳刚刚抽芽，燕子已经穿梭其间，呢喃欢唱了。临近中午，一条渔船由远及近而至，渔姑站在船尾，一边悠然地撑篙，一边扯开嗓子唱：

哎——

浪尖上来呀，

浪尖上往呀，

一杆杆大篙量短长啊！

歌声清脆、甜润，银铃一样悦耳。渔翁站在船头，一边收拾渔网，一边沙哑着嗓子接唱：

哎——

升起桅杆呀，

张开白帆呀，

一只只银梭来撞网呀！

……

渔船行至一片开阔水域，渐渐慢下来。渔翁撒网下去，就有几条鱼虾收获。一连撒了几网，持篙的渔姑说话了：“爷爷，又犯规了！”渔翁收住网，笑着说：“哈哈，爷爷犯规，还不是想多撒几网鱼，给我孙女置嫁妆？”

渔姑撅起嘴，嗔怪地说：“孙女还是小黄毛丫头呢？置嫁妆早着哩！”渔翁装糊涂地说：“谁说我孙女是小黄毛丫头了？”渔姑冷哼一声，转弯抹角地说：“谁知道呢，一个白胡子老头，打鸣鸡似的，天不亮就敲人家门！”

渔翁佯装回忆，忽然一拍脑门，恍然大悟地说：“哦！爷爷想起来了，太阳升起一树梢高的时候，我看见那个白胡子老头还掀过懒丫头的被窝呢！”渔姑撒娇地喊：“爷爷说清楚，谁是懒丫头？”渔翁得意地说：“爷爷才不管谁呢，反正我孙女不是！”爷孙俩忍俊不禁，相视而笑：“哈哈哈哈！”“咯咯咯咯！”笑声经过水面的扶摇和微风的荡漾，传出很远……

在一个水湾处，渔船停下来，渔姑示意渔翁撒网。渔翁故作不情愿地撒网下去，满腹牢骚地说：“想当年咱也是一条汉子，虽不比浪里白条张顺英武，却也是湖里出了名的打鱼把式。没想到老了老了，要受人管制了，在哪撒网都不自由了！”渔姑得意地说：“爷爷听孙女指挥，能撒到大鱼！”

渔翁正想说什么，忽然觉得不对劲，双手悚然一抖，赶紧蹲下身子。一种沉甸甸的力，沿着网纲爬上来，令人心悸和不安。渔姑惊奇地问：“爷爷，咋了？”渔翁不说话，小心翼翼地收起网。渔网渐渐露出水面，网里一个大大的、白白的东西。渔翁屏住呼吸，运足力气，“嘿”一声把网和网里的东西拖上船——天哪，原来是个人！

那人不过十七八岁的样子，说来还是个孩子。赤条条的，一丝不挂，衣服给贪婪的河神脱走了。肚子瘪瘪的，是个饿死鬼。渔姑看了，不禁吃惊地喊：“爷爷，他……”渔翁不无惋惜地说：“唉，是个饿死鬼！”说着，将死者掀到船舷上，轻声祷告说：“这位过客，俺不是不帮你，是没有办法帮你，你从哪里来，再回哪里去吧，从此各走各的路，互不打扰了！”

正欲往下推，渔姑突然喊：“爷爷，等一下！”渔翁不解地问：“有事？”渔姑迟疑着说：“一大早就听得上游打枪，他是不是从上游下来的？”渔翁不解地看着对方，仿佛在说：“渔船上长大的人，咋会说出这样的话？死人不从上游下来，还会从下游上来？”

渔姑意识到不妥，赶紧解释说：“我是说，他是不是打仗打死的？”渔翁还是不明白，轻声问：“有啥不一样吗？”渔姑沉吟一会儿，几近央求地说：“他还很年轻，爷爷想办法救他吧。”渔翁叹口气，无可奈何地说：“不是爷爷不救，是饿死鬼没有救。”渔姑央求说：“爷爷试试嘛，前两天还夸海口，只要水里捞上来的人，您都能救活呢！”渔翁分辩说：“我说的是水鬼，只要是水鬼，爷爷一准能救活？”渔姑反驳说：“爷爷没说是水鬼，说只是水里捞上来的人都能救！”

渔翁争不过孙女，只好想办法救人，先拿起胳膊弯一下，发现是软的，觉得有些奇怪，赶紧去摸胸口，尚有一丝余热，不禁“啊呀”一声，慌忙站起身来。渔姑纳闷地问：“爷爷，咋了？”渔翁警惕地张望着，待确定没有人注意后，压低声音说：“这是老牛大憋气！”渔姑不解地问：“爷爷，啥是老牛大憋气？”渔翁不回答，脱下坎肩盖在死者身上，急急地喊：“快……快回家！”

岸边一间茅草窝棚，即是他们的家。祖孙俩把死者抬进窝棚，放在外间用门板搭设的床铺上。渔翁从床头柜里拿出半瓶老烧酒，喝一口喷在死者身上，然后用力搓，直搓得浑身通红，额头泌出一层细密的汗珠，双手按住胸口用力一压，鼻孔里透出一丝微弱的气息。

渔姑高兴地喊：“爷爷，他活了！”渔翁叹口气，心事重重地说：“憋在心窝的一口气是出来了，能不能活还要看他的造化……”渔姑骄傲地说：“有爷爷在，他一定能活！”渔翁依然担心地说：“活下来，还不知是祸是福呢？”渔姑不解地问：“爷爷啥意思？”

渔翁迟疑一会儿，轻声说：“爷爷年轻时，听人说过老牛大憋气，最多能憋一七，就是说，在坟墓里埋七天，过了头七扒出来还能活，多在宫廷和武林中使用，是秘不外传的点穴神功，已经失传多年了。这个人年纪轻轻，却给人施了如此法术，可见来历非凡！”

渔姑听得几近入迷，好奇地说：“爷爷的意思，他不是来自宫廷，就是来自武林？”渔翁不答孙女的话，走到窝棚外，修补渔网去了。渔姑发急地喊：“爷爷，他还没有醒，您咋走了呀？”渔翁说：“等着吧，等到明天这时候，该醒就醒了！”

等到第二天太阳偏西，牛三牛还没有醒。守候在旁边的渔姑坐不住了，想出去问爷爷。正欲起身，忽然看见一对惊恐的眼，直直地望着她，不禁惊喜地喊：“爷爷，他醒了！”渔翁修补着渔网，不慌不忙地说：“别管他，叫他自己安静一会儿！”渔姑撒娇地说：“爷爷咋这样啊，俗话说救人救彻，救火救灭，他半死不活的，咋能撒手不管呢？爷爷再这样，小雨生气了！”

渔翁赶紧走过来，讨好地说：“千万别生气，爷爷还指望孙女养老送终呢！”观察一会儿，轻声交代说：“锅里有鱼汤，盛半碗喂他。记住，不能多，一顿就半碗！”渔姑纳闷地问：“锅里有鱼汤，爷爷啥时候熬的，我咋不知道？”渔翁不说话，扛起渔网和船篙，一边往船上走，一边高兴地说：“今天自由喽！”话音未落，人已跳上船，一篙撑离河岸，扯开嗓子唱：

哎——

浪尖上来呀，

浪尖上往呀，

一杆杆大篙量短长啊！

……

傍晚时分，渔翁打鱼回来，渔姑一边帮爷爷晾晒渔网，一边兴致勃勃地说：“爷爷，您知道他叫啥吗？”渔翁摇头说：“不知道。”渔姑炫耀地说：“他叫三牛。”渔翁高兴地说：“这名字好！”渔姑却故意说：“名字有啥好不好的？不就是个记号吗？”顿一顿又说：“爷爷，您猜猜，他家住在哪？”渔翁想了一会儿，认真地说：“他好像是个种田的……”渔姑高兴地说：“爷爷猜对了，他家就在田家庄！再猜猜，田家庄在哪边？”渔翁故作神秘地说：“在南边，向阳好种田！”渔姑摇头说：“不对！”渔翁说：“那就在东边，临海好浇园！”渔姑依然摇头说：“不对！”渔翁故作难为情地说：“爷爷猜不出来了。不过，爷爷知道他姓啥！”渔姑好奇地问：“您咋知道的？”渔翁故意卖关子，笑而不答。

渔姑越发好奇，急不可耐地问：“爷爷快说，他姓啥呀？”渔翁一边扳着指头算，一边念念有词地说：“四座大山山对山，四条大川川对川，四个日头套一起，四个大口紧相连。说富它在最后边，说累它又走在前，这个姓氏不稀罕，想来想去就是田！”渔姑忍不住“格格”大笑，一迭声地喊：“错！错！错！”

渔翁不服气地说：“家住田家庄，还能不姓田？”渔姑反驳说：“谁定的规矩，家住田家庄就姓田？告诉您吧，他姓牛！”渔翁狡辩道：“哎呀！我就说嘛，一定是穷苦人家的孩子！”渔姑禁不住问：“您咋知道他是穷苦人家的孩子？”渔翁像煞有介事地说：“你想啊，姓牛的人住在田家庄，牛在人家田里干活，还能不穷？”

渐渐地，牛三牛恢复了活力，穿着渔姑做的一身新衣裳，身材方方正正，胸脯宽宽厚厚，看上去很结实。他从小干活惯了，有力气又勤快，只两天，就把河滩一方田地翻一遍。翻地时，渔姑就坐在旁边纳鞋底，陪他说话儿。

渔姑说：“俺叫小雨，娘生俺那天下着小雨。”见牛三牛不说话，轻声问：“哎，你娘生你的时候，是不是家里有三头牛啊？”牛三牛解释说：“俺家没有牛，爷爷给人家扛活时，东家姓牛，名字叫三个牛

（犇），就记下了。等有了俺，就给俺取了这个名字。村里人不认识这个字，就叫俺三牛！”渔姑笑着说：“看你的样子，还真像头牛呢！”

渔翁打鱼回来，看见他们这样，心里高兴，特意炒了俩菜，拿出平时舍不得喝的半瓶老烧酒，先给自己斟满一杯，再给牛三牛斟满一杯，端起杯子说：“咱爷俩喝两杯，给你压压惊！”牛三牛没有喝过酒，不会喝，却听话地端起来，一口喝干了，呛得咳了半天，憋得脸通红。渔翁却连连称赞说：“实在，实在！”

牛三牛低着头，不说话，忽然觉得有人扯衣襟，扭头看时，原来是小雨示意他给爷爷斟酒，他赶紧提起酒壶，给爷爷斟满一杯。渔翁越发高兴了，端起酒杯一饮而尽，轻轻捋着胡子，看一眼孙女再看一眼牛三牛，不由笑眯了眼。

酒至半酣，渔翁关心地说：“爷爷还没有问，你家都有啥人啊？”牛三牛实在地说：“有母亲，有……”想说有叶儿，却没有说出来。那天瘸腿老五把话说到半截，尚不知“叶……叶儿”是什么意思。渔翁仿佛明白了，不再往下问，叹口气说：“唉，都是苦命的孩子！小雨才几个月，她娘就给湖匪杀害了，她爹去报仇，至今没音讯……”

随着爷爷的讲述，小雨伏在桌子上，肩头一耸一耸地哭起来。牛三牛的心，就被那样的哭声撕扯着，不禁想起惨死的父亲、孤苦的母亲，还有连日来遭受的苦难，禁不住鼻尖一酸，往桌上一趴也哭了。小雨伸手拉一下，轻声劝道：“三牛哥，别哭了……”她自己，却哭得更痛了。

第二天，渔翁打鱼走了，小雨神神秘秘地问：“三牛哥，我有样东西，你想看吗？”牛三牛好奇地问：“啥东西？”小雨从箱底翻出一个花布包，在牛三牛面前一层层展开，原来是一对银耳环。小雨不无炫耀地说："这是母亲的嫁妆，临走时留给我了……"小心地拿起一只，在耳边比画着，撒娇地说："三牛哥，帮我戴上呀！"

牛三牛接过耳环，却不敢往她耳朵上戴，生怕弄疼了。费了半天劲，也没有戴上去。小雨接过去，放在耳边，含羞带笑地问："三牛哥，好看吗？"牛三牛点头说："好看！"再问："哪里好看？"却不敢再看了，低下头胡乱地说："哪里都好看！"

小雨把耳环重新包起来，交与牛三牛，郑重交代说："好看你就收着吧，啥时候想看了就拿出来看！"牛三牛怕烫似的不敢接，摇摆着双手说："这么贵重的东西，我可不能要！"小雨拉住对方的手，不容置疑地说："我愿意给你！"牛三牛支吾着说："俺……俺到处流浪，身上不能带东西……"小雨越发热切地说："你在这住下来，就不用流浪了！"

河堤上走来两个人，打头的人身材瘦小，弓腰驼背，活像一只晒瘪的皮皮虾。随从五大三粗，走起路来左摇右晃，笨得像只狗熊。离窝棚几步远，皮皮虾扯开破锣般的嗓子喊："有鱼卖吗？"

牛三牛知道鱼贩子来了，赶紧拿鱼出来卖。随从盯视牛三牛一会儿，不禁惊喜地喊："啊呀！你……你……"皮皮虾不解地问："刺猬，咋了？"牛三牛抬头看时，不禁大吃一惊，原来随从竟是给丑鬼带过路的傻刺猬！

刺猬张开双臂扑上来，将牛三牛紧紧抱住，久别重逢般地说："啊呀，兄弟，真是你啊，你还活着！听说丑鬼都给警察围在破庙里打死了，哥哥伤心了好几天，以为再也见不到你们了。嘿嘿嘿嘿，这不是还活着吗？老大呢，老大在哪里？他是好人，给我一个俊媳妇，还给我一包袱好东西，我一辈子都忘不了！"

牛三牛惊呆了，站在那里，不知如何是好。皮皮虾心知肚明，却故作糊涂，走上前来拉开刺猬，大声训斥说："别闹了，你认错人了！"向牛三牛解释说："兄弟别介意，他脑子不好使，经常认错人。"刺猬疑疑惑惑的，上下打量着牛三牛，不无遗憾地说："看着面熟，咋会认错呢？"皮皮虾不再说买鱼的事，拉起刺猬走了。

待两个人走上河堤，消失在树林里，牛三牛趁小雨不注意，赶紧沿河道往下游走。皮皮虾贼眉鼠眼，形迹可疑，一定是个靠不住的人，万一把此事说出去，自己脱不了干系不说，还会连累小雨和爷爷，他不能连累小雨和爷爷……正匆匆行走，前面突然响起渔翁的歌声：

哎——

浪尖上来呀，

浪尖上往呀，

一杆杆大篙量短长啊！

……

歌声浑厚、粗犷，犹如初春的暖风，抚慰人的心灵。然而此时牛三牛听来，却似那般沉重，犹如千斤大锤压在心头。一个声音质问："小雨和爷爷的救命之恩未报，你咋能不辞而别呢？"一个声音分辩："我要马上走开，走得远远的，不能连累小雨和爷爷！"前一个声音大骂："你是忘恩负义的小人！"后一个声音反驳："不顾别人死活才是小人！"

堤脚下一个水眼窟窿，洞口给雨水冲得平平展展，表面晒干一层皮。牛三牛怕爷爷看见，赶紧向水眼窟窿跑过去。看似平展的地面，双脚一踏竟是一摊烂泥，一下陷得半腿深。连滚带爬钻进去，一口气没有喘上来，小雨已经追到了。

姑娘情窦初开，恰巧遇到钟情人，却突然不见了，那份失望可想而知。她一边追赶一边哭喊："三牛哥！三牛哥啊！"声音凄凉而尖厉，顺着河道乘风而来，撕心裂肺，催人泪下！爷爷听到孙女的哭喊，弃船赶来，颤抖着声音喊："小雨，我苦命的孩子啊！"这一老一少的哭喊声，还有河水的流淌声，拍打岸边的浪涛声，合成一个绝唱，把天地都震惊了！

牛三牛像条没有骨骼的肉虫，十分缓慢、艰难地从水眼窟窿里爬出来，爬到小雨和爷爷脚下，瘫软在那里不动了。小雨扑上去，抱住大声哭喊："三牛哥啊！俺可是真心对你好呀，你不该这样对俺呀……"牛三牛一句话不说，甚至一点反应都没有。良久之后，胸腔里发出一个低沉的声音："呜——呜——"犹如鬼魂从十八层地狱发出的呻吟，凄怆而悲苦！

爷爷料定，一定有事情发生了！上前拉住孙女和牛三牛，耐心地开导说："孩子啊，这里不是说话的地方，咱们回家说吧？"回到家，牛三牛就把认识刺猬的经过，从头到尾述说了一遍……

第二天，天刚蒙蒙亮，皮皮虾和刺猬就来了。渔翁迎上去，故作沉稳地问："二位昨天不买鱼，是不是后悔了？"皮皮虾直言不讳地说："我们今天来，不是买鱼的事！"渔翁不解地问："莫非丢下东西了？"皮皮虾指一下刺猬，不无得意地说："我伙计认识你家小伙计，特来会一会！"

渔翁分辩说："我家没有小伙计，是孙女小时候订的娃娃亲，几天前刚从湖里来，准备接人回去完婚。”皮皮虾冷笑着说：“如此说来，是孙女婿喽！老人家，看在咱们认识多年的情分上，我提醒您一句：可要看准了，千万别搭上孙女再吃官司啊？前几天警察把一伙丑鬼包围在破庙里，小庙都给炸平了，黄土岗子上死的人比谷个子还稠。最后剩下丑鬼老大和一个小丑鬼，跳河逃跑了……”

不等皮皮虾说完，渔翁笑着说：“难道二位没听说，那两个丑鬼在河里淹了，尸体在下游河滩上晒着呢，不信二位看看去！”皮皮虾不以为然地说：“河滩上天天有死人，谁知道是不是真丑鬼？我伙计既然来了，就叫他看一眼，免得报错案，害得警察白跑一趟！”渔翁知道躲不过了，不由提高声音说：“告诉你伙计，可要看准了，人命关天，不能昧着良心胡说！”

牛三牛从窝棚走出来，站在那里给刺猬看。一夜没睡觉，两眼肿得像铃铛。小雨怕给认出来，拿锅灰涂在他脸上，黑乎乎真像湖里长大的人。刺猬看了半天，犹豫着不敢认。渔翁先入为主地说：“咋样？还是认错了吧！我不怪这位伙计，当时匆匆一面，又是晚上，哪能看那么准？”

皮皮虾纠正说：“也不都是晚上，还有大半天呢！”示意刺猬看仔细。刺猬审视一会儿，突然伸手一指，大声喊：“就是他！”皮皮虾得意地说：“老人家，我知道您是位实在人，不会说假话。刚才说到孙女婿从湖里来，接人回家完婚，我就知道是假话。接人回家完婚，没有新人自己来的，除非家里没人了。把话说回来，既然家里没人了，还用回家完婚吗，留在这里侍候您老多好？老人家，都这把年纪了，还是听我一句劝，赶快报案吧，得了奖金二一添作五！”

渔翁往地上唾一口，冲着皮皮虾大声骂：“狗东西！你除了钱，还有点良心吗？”小雨听见爷爷骂，知道事情败露了，赶紧拿着鱼叉从窝棚跑出来，拦在牛三牛前面。看见鱼叉，皮皮虾眼珠骨碌一转，满脸堆笑地说：“老人家，误会了，刚才跟您开玩笑呢！我伙计脑子不好使，经常认错人，他的话不能信……”

不等皮皮虾说完，刺猬固执地说：“我没有认错，就是他！”皮皮虾飞起一脚，将刺猬踹到一边，大声骂：“真是姘种，我说认错了还犟！”刺猬受到委屈，哭着申辩说：“你叫我说他是丑鬼，即便不是也要说他是。眼下真是了，你又说我认错了，还骂我脑子不好使，你反复无常，才真是脑子不好使！”皮皮虾给人揭穿了，不由恼羞成怒，上前揪住刺猬，一边打骂一边拉着往回走。

突然，渔翁大声喊：“站住！”皮皮虾停下来，回头看着渔翁。渔翁直截了当地问：“你想要多少钱？”皮皮虾一时没有转过弯子来，疑惑不解地问：“您……您啥意思？”渔翁再次重复说：“你想要多少钱？”皮皮虾渐渐明白了，伸出一只手，理直气壮地说：“五百！”渔翁冷冷一笑，不容置疑地说：“二百五！”皮皮虾明知道是骂人，却不敢计较，顺坡下驴地说：“好，就依老人家，二百五！”

渔翁携出一只小木箱，底朝天往地上“哗啦”一倒，倒出一些花花绿绿的钱票，用脚踩住说：“这是我拼着老命挣来的钱，准备给孙女买嫁妆，这次都给你了。你要向我保证，今天的事不给说出去！”皮皮虾发誓般地说：“我保证不给说出去，如果说出去，天打五雷轰！”数过钱，还差一百多。渔翁承诺说：“差的钱用鱼抵，以后来拿鱼就行！”

送走鱼贩子，小雨放心地说：“看他发那样的誓，不会有事了！”渔翁不接孙女的话，却是吩咐说：“赶快收拾东西，准备搬家！”小雨不解地问：“花那么多钱，还要搬家？”渔翁果断地说：“越是发誓的人，越是靠不住！”小雨生气地说：“爷爷既然看出靠不住，还拿钱给他？”渔翁解释说：“爷爷拿钱给他，是想稳住他，不然闹翻了，想搬家都来不及！”

小雨为难地说：“往哪搬啊？咱是打鱼的，离开水没饭吃……”牛三牛提议说：“下关外吧，老大说过，有个叫三江好的人，提他的名号准收留！”小雨担心地说：“丑鬼老大的朋友，不会也是丑鬼吧？”忽然意识到不妥，赶紧把话停住。牛三牛并不介意，依然出主意说：“要不，别打鱼了。小雨去田家庄找俺娘，好歹有个落脚地，俺跟爷爷讨饭去……”

不待牛三牛说完，渔翁高兴地说：“咱爷俩算是想到一起了，爷爷就是不想打鱼了，不过小雨不用去田家庄找你娘，咱爷俩也不用去讨饭。前几天爷爷在下游看好一片滩涂，长满芦苇和野草，远离人烟，咱就搬到那里去，开垦一片田地种庄稼。等风头过去，你把娘接过来，一家人一起过日子！”

在爷爷的指挥下，牛三牛和小雨砍来搭建窝棚的木材和干草，趁天黑运到下游滩涂，眼看就要运完了，从来不得病的爷爷却突然病倒了。起初，爷爷以为是累的，说歇一天就好了。谁知，歇了一天又一天，非但不见轻，反而加重了。

牛三牛要到附近的村庄给爷爷请先生，小雨不让去，怕给人认出来，非要自己去。小时候出疹子，她跟爷爷去村里看过病，知道路，很快就把先生请来了。

先生中年人，秃脑门，祖传的医道，治病还可以，就是有点拈花惹草的坏毛病。回去取药的路上，就不安分了，向小雨淫笑着说：“看见你爷爷，我忽然想起来了，那年你出疹子，出了一身，我把你全身都看遍了！嘻嘻，没想到这么快，长成大闺女了，要是这会再看看你的身子有多好？”

小雨又生气又害羞，却不敢得罪他，低着头走路，不说一句话。秃脑门得寸进尺地说：“叫我看看吧？只看一眼，你爷爷治病的钱，无论多少都不要了！”说着，把身子靠过来，动手动脚的。小雨惊叫一声，转身往回跑，跑出老远，一颗心还“咚咚”狂跳，为了给爷爷治病，结果还是走回去，硬着头皮跟在他后边。

进村的时候，明明看见秃脑门走进药房了，谁知跟到药房却不在，问谁都说不知道。只好坐在门口等，等到太阳落山，秃脑门才回来，不无讥讽地说：“你不是很刚烈吗？咋又变得这般温顺了？今天先把药拿走吧，不过下次再来，心眼可要灵活点！”

小雨始终不说一句话，付了钱拿药走人。走到半路，天就黑了！虽然从小跟爷爷在河边长大，对黑暗不陌生，可是一个人摸黑走路，还是第一次。走在路上，老听得后边有“咚咚”的脚步声，像是有人追来了，还不敢回头看，生怕看见鬼怪，很快吓出一身汗。

这时候，忽听牛三牛在前边喊：“小雨！”小雨答应一声，竟然“哇哇”哭起来。牛三牛不解地问：“咋了？谁欺负你了？”小雨扑上去，紧紧抱住牛三牛，颤抖着声音说：“三牛哥！俺怕……”牛三牛试探地问：“咋回来这么晚？”小雨不敢说先生骚扰的事，只好撒谎说一味药没有了，先生翻箱倒柜地找了大半天，耽搁这么久才回来。

三服药吃下，爷爷的病虽然不见轻，却也没加重。牛三牛喜忧参半地说：“不加重就是对症了，请先生调调方接着吃吧！”小雨却不敢前去抓药了，说村头有只大黑狗，吓得不敢过，又不放心牛三牛去，生怕给人认出来。牛三牛开导说：“哪能那么巧，出门就给人认出来？”

小雨送出很远，一再叮嘱说："要是有人问你从哪里来，就说从湖里来！"

秃脑门没问牛三牛从哪里来，却问："上次抓药的人呢？"牛三牛解释说："她害怕村头的大黑狗，留在家侍候爷爷呢。"秃脑门"嘿嘿"一笑，把药方退回来，不屑地说："药不全，方子不能用了！"牛三牛央求说："请先生调调方，再给抓几服吧？"秃脑门冷哼一声，生硬地说："不见人咋调？"

牛三牛空手而归，老远看见小雨站在黄土岗子上，焦急地张望着。猜想爷爷的病一定重了，走近一问，果然是重了。爷爷浑身热得像炭火，开始说胡话。小雨急得直哭，却不敢哭出声，生怕爷爷听见。牛三牛安慰说："你别急，咱再想办法！"小雨无可奈何地说："爷爷病成这样，先生不给治，还能有啥办法？"牛三牛出主意说："要不，俺背爷爷去，先生不能见死不救！"

小雨摇头说："鱼贩子把钱都给拿走了，纵然先生给治病，咱也没有钱抓药啊？"万般无奈，牛三牛只好商量说："不要，俺回田家庄一趟，看看母亲还在不，母亲在就把爷爷接过去……"小雨恋恋不舍地说："三牛哥，俺……俺怕……"牛三牛胸有成竹地说："你放心，俺等到天黑再进村，不会给人看见！"小雨泪流满面，信誓旦旦地说："三牛哥，俺就你和爷爷两个亲人，到了家，无论母亲在不在，都要赶快回来，小雨等着你！"

翌日一早，牛三牛带上小雨准备的干粮，匆匆上路了。他不知道回家的路，就沿着河堤往上游走，反正是从上游下来的。走到太阳偏西，遇到一位打柴老人。老人耳聋，问几遍才听清。

老人说："你去哪个田家庄？"

牛三牛不解地问："能有几个田家庄？"

老人说："田家庄多了，方圆十几里，就有大善人田家庄，文武双举田家庄……只要姓田人住的村庄，差不多都叫田家庄。"牛三牛灵机一动，提醒说："俺去有白先生的那个田家庄。"老人沉思一会儿，忽然一拍脑门说："你说的，是不是那个会用树叶给人治病的白先生？"

牛三牛点头说："嗯！"老人不无得意地说："你问我算问着了，十几年前，俺小孩他娘得了一种稀罕病，这一带的先生请遍了，就是治不好，后来打听到白先生，我用土车子推着她走了一天才走到。果然，吃了他的树叶就好了。你也是请白先生治病的？"牛三牛再次点头说："嗯！"

老人往前一指，很有把握地说："沿着那条官道，一直往前走，走到十字路口往西一拐，直走就到了！"牛三牛看那条路离开河堤，向另一边走了，不无担心地说："不是说有条近路，沿着河堤一直走吗？"老人不耐烦地说："你也不看看，河堤是往哪去的？白先生的田家庄是往哪去的？"

看老人如此肯定，牛三牛放下心来。告别老人，弃河堤踏上官道，一路匆匆而行。走不多时，果然出现一个十字路口，几乎想都没有想，就踏上西行的路。行至一个村口，看见有位驼背老大娘在井边汲水，赶紧走过去，一边帮老大娘把水汲上来，一边问田家庄的路怎么走？随后补一句："有白先生的那个田家庄！"

驼背老大娘看着牛三牛，不解地说："能有几个田家庄，不就是白先生那一个田家庄吗？白先生是俺表哥，小时候经常跟他在一起，看病十里八乡没有比的，人送外号一把抓！不远了，就在前边，十二里，吃顿饭的工夫就到！"牛三牛心里一块石头落了地，再看村庄、道路，顿时觉得很熟悉，很亲切！

天色尚早，不用急着赶路了。牛三牛捧起驼背老大娘的瓦罐，“咕嘟咕嘟”喝个饱，把剩下的水倒掉，再替她重新汲满一罐。然后坐在井台上，拿出干粮吃。突然，只听“当！当！”两声枪响，从村里跑出来一群人。前边是穿着杂乱的村民，后边是穿着黄色军装的大兵。

出了村，大兵们不追了。一个瘦高个儿对准跑在最前边的村民，“当！当！”两枪，那村民身子一挺，栽倒地上不动了，其余村民“咯噔”站住，像木桩一样不动。牛三牛心里喊一声不好，撒腿直往前边的小树林子跑，刚跑两步，就听得瘦高个儿喊：“快过来集合，再跑老子开枪了！”牛三牛只好走过去，跟村民们站在一起。

瘦高个儿胸脯一挺一挺的，样子很神气，待村民们在大兵后边排成队，他扯开破锣般的嗓子喊：“立——正！向右——转！齐步——走！”一个中年村民哭着喊：“老总，求求你放俺回去吧！俺娘卧床不起，没有人侍候！”瘦高个儿挥一下手，古怪地笑着说：“你回吧！”

中年村民如脱网之鱼，转身就跑。瘦高个儿举起手枪，斜着眼睛瞄一会儿，“当！”一枪，不知打在中年村民身体什么部位，中年村民顿时杀猪般蹦跳、嚎叫。瘦高个儿不无得意地说：“谁还想回家？”没有一个人敢说回家。

牛三牛忽然恍然，这是遇到抓兵的了！

第九章　身似无根萍

天刚蒙蒙亮，三牛娘就开始准备供品。昨晚的一个馍馍没舍得吃，吊在房梁上给风吹干，把皮剥掉，将芯搓碎，撒在切成长条或者方块的窝窝上。窝窝用瓜干、高粱面做成，经水一泡黏糊糊的，正好粘连碎馍馍。粘着碎馍馍的窝窝盛三碗，没粘碎馍馍的窝窝盛四碗，共七碗，拿菜叶往碗顶一搭，供品就成了。

起初，叶儿看见三牛娘搓馍馍，觉得很纳闷。给她馍馍不吃，却搓得那么碎，是在赌气吗？这几天村里有人传，说是丑鬼给警察堵在破庙里打死了，一个没有逃出来；还有人说丑鬼老大带着一个小丑鬼逃到河边，给警察乱枪打死了，尸体曝晒在下游河滩上……

叶儿害怕三牛娘听到这些，老人家天天盼望儿子归来，知道了还怎么活啊？还有牛三牛，那么忠厚老实的一个人，由于自己的任性和无知，竟然害得他家破人亡，小小年纪入伙当了丑鬼，惨死在警察的乱枪下，想想都叫人心惊肉跳，寝食难安。早知如此，还不如听娘的话跟白羊远走高飞，过一辈子隐姓埋名的日子，或者跟赵婶去打胎，是死是活听天由命。自己作的孽，理应自己承受，何必连累他人呢？

三牛娘把供品装进一只条编的篮子里，从床头拿出一个印花布包，印花布包里装着剪好的纸钱。她虽然看不见，摸摸索索的，却做得有条不紊。她一手挎着篮子，一手提着印花布包，走出低矮的厨房，站在门口喊：“如意，跟奶奶上坟去。你爷爷三年，五爷爷七七，都赶到一起了！”说这些的时候，语气里并没有多少悲痛，反倒显得乐呵呵的，仿佛述说一件十分有趣的家事。是随着岁月的流逝，苦难渐渐消融？还是因为苦难太多，已经变得麻木？

如意听话地走过去，从奶奶手里接过印花布包，煞有介事地挎在胳膊上，再腾出一只手，牵住奶奶往外走。叶儿迟疑一会儿，上前接过篮子，轻声说：“俺也去。”很显然，三牛娘还不知道三牛的事，搓馍馍是为了做供品，叶儿心里渐渐轻松一些。日子过得真快，三牛爹已经去世三年，瘸腿老五也要过七七了。可是往事如昨，历历在目，那些血腥的场面，时常出现在眼前，伴随整个梦境。上坟凭吊一番，是对活人的安慰，也是对死者的悼念，那颗不安的心，或许能得到些许慰藉。

三牛娘并没有显出意外，仿佛这都是很正常的事。叶儿是牛家的媳妇，上牛家祖坟祭奠先人，再正常不过了。这些时日里，有很多次上坟的事，三牛娘没有叫过叶儿，就是想等她自己觉得合适了再去。未婚先孕，住到婆家生孩子，已经够难为情的了，再叫她抛头露面上坟，不是更难为情吗？

叶儿像是解释一般地说：“小时候，五叔经常带俺去苇地捉油子（蝈蝈）。用苇篾编个笼子，把油子放在笼子里，带回家能养好几天，有时候做梦，还能梦到呢！”三牛娘心里热乎乎的，赶紧接上说：“老五一辈子没儿没女，就是喜欢孩子。三牛才几个月，俺都舍不得抱出去，他就抱着赶大庄集去了，逢人还说是他的儿子，气得三牛爹要揍他。唉，这个老五，可气又可笑！”

她们刚刚走到大街上，就遇到二秃子。二秃子扛一杆长枪，带领七八个人，前呼后拥、耀武扬威地从大街那端走过来，离老远就喊：“嫂子，我正要找你呢！今天成立农会，赶紧去村前场上集合，到时候叫你上台发言！”三牛娘没听清，侧着耳朵问：“啥会？”二秃子卖关子说：“一句两句说不清，你去了就知道了！”三牛娘申辩说：“俺要上坟呢！三牛爹三年，老五七七，都赶到一起了。”

二秃子沉吟一会儿，提高声音说：“这才好呢！你就上台讲一讲，地主老财是怎样欺压穷人的，三牛爹和老五是怎么死的……”不等对方说完，三牛娘赶紧岔开话题说：“都是过去的事了，还提那干啥？不跟你闲扯，俺要走了！”二秃子上前拦住，耐心地开导说：“嫂子，你怕啥呢？啥都不用怕，别管当着谁的面，想说就说！眼下是新社会，咱穷人当家做主，农会就是替穷苦百姓撑腰的！”然后转向叶儿，大声警告说：“既然做了牛家媳妇，就要把心思收过来，跟地主老子划清界限，好好在牛家过日子！”

三牛娘袒护地说：“二兄弟，你跟小孩子吼啥，有小孩子啥事？”不待对方说话，接着又说：“三年、七七都是大节，本该请亲戚、邻居大办一场，叫他们在那边安息。三牛不在家，如意还小，俺两个妇道人家就一切从简了。二兄弟忙去吧，不麻烦你了！”说罢，拉起如意就走。二秃子发急地喊：“嫂子不能走，还要你上台诉苦呢！”三牛娘搪塞地说：“俺一个瞎老婆子不会诉，要诉你诉吧！”二秃子冲着两个年轻人喊：“还愣着干啥？快把她拖到会场去！”

叶儿不敢说话，甚至连大气也不敢出一声。呆呆地站在一边，眼看着三牛娘给人拖走，消失在拐角处。突然刮起一阵风，扬起的沙尘打在脸上，迷住眼睛，她赶紧拉起如意，跌跌撞撞地跑回家。如意不解地问："他们还放奶奶回来吗？"叶儿不答如意的话，把供品和纸钱放在桌上，郑重叮嘱说："哪里都别去，在家看着供品，等奶奶回来！"

如意听话地坐在桌前，抬头看着叶儿，眼看就要走出大门了，突然哭着喊："娘，俺怕……"叶儿回头看一眼，轻声安慰说："别怕，好生在家等着，娘一会儿就回来！"如意又说些什么，她一句没听清，只顾自己走了。

叶儿爹往紫砂壶里续些水，捧起来正想喝，双手一抖掉落地上，紫砂壶摔得粉碎。父亲年轻时经商，途经宜兴遇到这把紫砂壶，几经讨价还价，最终拿一袋小米成交。人到中年突然病故，母亲一直保存到现在，去年过八十大寿时拿出来传给长子，可见其贵重和赋予的深意！

紫砂壶不大，仿佛切开的一块牛心，圆鼓鼓的，细腻腻的，汪着黑褐色的光泽。随着那一声清脆的破裂，叶儿爹的心"咯噔"一沉，不禁倒吸一口冷气，仿佛田家经过几代人创下的家业，一下子毁在他手里了。顾不得喊人收拾，也顾不得弹掉鞋面的茶渍，惊慌失措地走出屋。

院子里冷冷清清，没有人修剪花木，也没有人打扫甬道。叶儿爹停下来，纳闷地环顾四周，试图找人问问发生了什么事。一只老母鸡受到惊吓，从月季花下跑出来，抖落一地羽毛，扬起一团尘土，惊呼一声逃走了。尘埃随风而起，扑得叶儿爹一身，赶紧转身离开，走上回廊。回廊尽头是老三的院子，昨天派他进城打探消息，不知回来了没有？

自从白家遭遇大火，还没有一天消停。先是白羊失踪，派人四处寻找，银子花了不少，却是泥牛入海毫无消息。再是传说丑鬼们都给警察打死了，才想轻舒一口气，接着传来解放军攻打县城的事，说是一夜之间将守城国军一万多人全歼，警察闻风丧胆，落荒而逃……

正然走着，忽听一个声音喊：“田子鹏，向你讨还血债的时候到了！”喊声未落，冲上来几个人，像老鹰捉小鸡一样将其按住，把胳膊拧在背后。另两拨人向老二、老三的院子跑去。叶儿爹抬起头，想看一眼来者何人，却看见一支黑洞洞的枪口顶在脑门上，一股刺骨的寒意迅速散开，凝固了全身，眼前突然一黑，只觉得天在旋地在转，身子轻飘起来。

不知过了多久，旋转停止，双脚落在地上，由人架着往前迈动。试着睁开眼睛，看见二秃子背着长枪走在前边，一伙人架着他跟在后面。另两拨人没有抓到老二、老三，跑来合力押解老大，前呼后拥声势浩大。守门人老吕看见了，想上前阻拦，结果却跑去开门了。大门像以往一样，发出“吖吖”的响声。叶儿爹迟疑着，不知道这一步迈出去，是否还能迈进来？

这时，后院传来悲怆的哭喊：“娘啊！娘……”叶儿爹怦然心动，“咯噔”站住。侧耳细听，是老二的声音，来自母亲的禅房。如是当头一棒，顿时清醒过来，料想母亲已经归西。他奋力挣开众人，不顾一切地向禅房跑去。

母亲或许知道大限已至，自己换上寿衣，盘腿坐在禅座上，微眯双眼驾鹤仙逝。看上去十分安详，跟平常打坐一样。老二发现时，身子已经冰凉。叶儿爹扑上去，抱住母亲号啕大哭。

叶儿娘闻讯赶来，发现二秃子带领一伙人守在门口，正在犹豫是否进去抓人。于是请求看在多年邻居的情分上，宽限叶儿爹三五日，等办完丧事再行批斗。二秃子迟疑良久，最后答应给三天时间。作为条件，叶儿娘如实招供了老三进城打探消息的事。

待二秃子走后，叶儿从小角门溜进来，躲藏在墙脚下，压低声音喊：“娘！”叶儿娘看见叶儿一副惊慌失措的样子，赶紧走过去。叶儿把二秃子跟三牛娘说的话学说了一遍。叶儿娘一把拉住叶儿，惊慌地说：“快……快见你爹去！”叶儿站着没有动，搪塞地说：“如意一个人在家，我要赶紧回去。话就这些，你说就行。”自从那个血腥的夜晚，叶儿还没有叫过爹，更很少回田家。叶儿娘心知肚明，却不说破，凄苦地笑一下，答应说：“行，你回吧，我跟他说，无论躲过躲不过，你能报个信，也算是尽了孝心了！”

叶儿爹联想到刚才的阵势，还有“讨还血债”之类的话，料定末日将至。自古欠债还钱，杀人偿命，这一劫无论如何都是逃不脱的！老二生性胆小，听说要开批斗大会，顿时吓得抖作一团，冷汗淋漓。叶儿爹安慰说：“你没有人命不用怕，顶多拉去斗几场，我和三弟背着人命，在劫难逃，往后田家老小就靠你了。”

夜深之后，老二歪倒在谷草上，昏昏欲睡，叶儿爹轻轻走到灵堂前，向母亲牌位连磕三个响头，走回自己房间。叶儿娘知道他要逃走，看见了却假装没看见，躺在床上装睡。叶儿爹拿枪揣在怀里，回头看着叶儿娘，迟迟不肯走开。叶儿娘鼻尖一酸，再也躺不住了，扑上去抱住叶儿爹，哽咽而哭。

叶儿爹怕哭声给人听见，招来不测，赶紧推开叶儿娘，从小角门溜出去，沿着护院壕往垓子墙下走。只要翻过垓子墙，钻进青纱帐，这条小命就算保住了。谁知刚走几步，突然一声喊：“站住！”叶儿爹不敢停留，撒腿就跑。

哪能跑得了？二秃子早有预料，在各个路口设下埋伏。一声呐喊，十几个农会员扛着长枪、红缨枪，从四面八方包围上来。叶儿爹不甘就范，一边“当！当！”打枪，一边迷窝老鼠似的四下奔突，最后无路可走，一头钻进苇地。

二秃子令人把苇地包围起来，像拉大网一样来来回回拉几遍，也没有找到人。起初怀疑他投塘自尽了，待喝足水就会从水底漂起来，等到日上三竿，水面依然平静，除了原有的几只死猫烂狗，再无增加任何漂浮物。活不见人死不见尸，真是奇了怪了？

老三进城打探消息，半路遇到牌友皮皮虾，二人相见分外亲切，相互拉扯着走进一家酒馆。三杯酒下肚，皮皮虾开始胡吹海侃，说这些年玩过的女人，都不如刺猬老婆，这女人窑姐儿出身，会几十样花活，如果三哥稀罕，愿意牵线搭桥。老三还要进城，不敢耽误时间，承诺改日再会。

皮皮虾更是望风扑影，吹嘘刚从城里回来，国共两军打得不可开交，尸体堆满大街，鲜血染得城门通红。和刺猬一起贩鱼时，在河边遇到一个漏网的小丑鬼，准备到警察局报案领赏都没敢去。老三觉得知道这些就够了，没有必要再进城冒险了。

吃饱喝足，跟皮皮虾走到一个住处，叫来窑姐儿，鬼混一夜，睡到第二天太阳落山方告辞，准备回家向大哥汇报消息。行至村口，正好给守候的二秃子捉住。等到大庄集日，镇政府召开万人大会，处决了曾经强奸致死人命的田老三，还有外村几个罪大恶极的老地主。

二秃子率领十几个农会员走进田家，把田产房产、吃的用的全部搬到院子里，按人头分给田家庄的人，以及田家的长工、短工和佣人。老二大气不敢出，双膝跪在账桌前，每分一份东西，就给人磕一个头，说一声：“霸占您的东西，应该归还您了。”

分完东西，开始遣散长工、短工和佣人。大部分人都听话地带上东西走了，唯守门人老吕不肯走。他自小离家，家无亲人，房无片瓦，还不如留在田家庄。二秃子十分为难，老吕是外乡人，按照政策应该遣返，可是老吕这种情况，又着实令人可怜。

老吕倒有自知之明，主动提出不分房产不分地，甚至不给田家庄带来任何麻烦。他有剃头的手艺，靠剃头能养活自己。小角门有一间低矮的茅屋，是瘸腿老五住过的地方，去世后还没有人住过，足够一个黄土埋到脖子的人养老了。

二秃子只好答应下来，可是送老吕去茅屋时，发现屋顶破了一个洞，门窗左倾右斜，经不住风雨的样子，怎么还能住人呢？思来想去，忽然有了主意：田家大厅房改作农会部，夜里需要有人看守，正好给老吕住。

老吕受宠若惊，颤抖着声音说："大厅房是大老爷住的地方，俺做梦也没敢想过住大厅房！这是哪里来的福分，转眼住上大厅房了？"二秃子开导说："往后不许再叫大老爷，田子鹏欺压百姓血债累累，是咱穷人专政的对象。咱穷人是国家的主人，不但住大厅房，将来还要住大楼房，过电灯电话楼上楼下的好日子！"

处理完老吕的事，还有一个棘手问题，那就是三牛娘对分得的地亩不满意。按照现有人口，牛家应分三口人的地，三牛娘非要再分儿子那一份，固执地认为："三牛就要回来了，一家人就要团聚了，不分地咋过日子哩？"

村里人都知道三牛给警察打死了，只怕三牛娘受不了，想方设法瞒着她。二秃子左右为难良久，只好撒谎说："嫂子先回家，等三牛回来再拿地补给他！"三牛娘不依不饶地说："二兄弟骗谁呢？这会儿把地分完了，等三牛回来拿啥补？拿你家的地补啊？"二秃子无言以对，只好许诺说："只要三牛能回来，就拿俺家的地补给他！"

三牛娘忽然听出不对劲，像是冷不防给人打了一棍子，木呆呆地站在那里，半天说不出一句话。然后身子一软，瘫倒在地，脸色煞白，牙齿咬得"咯咯"响。有人请来白先生，往人中连扎几针，渐渐缓出一口气。她从地上爬起来，游魂似的走回家，一头倒在厨房的小床上，瞪圆失明的双眼，望着小窗口，不吃也不喝，胸腔里不时发出轻微的呼喊："三牛，我的儿啊……"

叶儿不知道发生了什么事，不敢直接问三牛娘。等如意睡下，趁天黑走出来，准备找娘问个究竟。刚到院子里，南墙下有人压低声音喊："叶儿！"听出是柱子哥，赶紧走过去，不无抱怨地说："不进屋，蹲这里吓人啊？"柱子哥木讷地说："家里佣人都走了，没有人来送饭，娘叫你回去。"叶儿不接柱子哥的话，开门见山地问："谁跟三牛娘说啥了？回来躺在床上不吃也不喝。"柱子哥摇头说："不知道。"叶儿不再问，绕过柱子哥匆匆往外走。柱子哥跟在后边，发急地说："你还没有回我的话呢？"

这是赵婶住过的一间厢房，好久没有人住了，到处落满尘土。叶儿娘头顶一块印花方巾，拿抹布正在擦拭桌凳。忽然看见叶儿进来，当是搬回来了，热情地笑着说："这么快？"不见后边有人，纳闷地问："如意呢？"

叶儿站在两步远的地方，硬生生地问："谁跟三牛娘说啥了？回去躺在床上不吃也不喝！"叶儿娘摇头说："没有人说啥啊？"顿一顿又说："后来听人说，她要分三牛那份地，二秃子没答应，就晕倒了！"叶儿呛白说："还说没说啥？这比说啥都要紧！"不等对方说话，转身就走。

叶儿娘跟出几步，可怜巴巴地说：“叶儿，回来住吧，我一个人……”叶儿打断娘的话，冷冰冰地说：“不用人家了是吧？人家病倒在床上，丢下不管了是吧？”叶儿娘分辩说：“我不是那意思，我是说……”叶儿冷哼一声，头也不回地走了。

柱子哥跟上来，轻声说：“别惹娘生气，还是回来吧……”叶儿不搭柱子哥的话，直通通地问：“你听说三牛的事了？”柱子哥点头说：“嗯，刚听说……”叶儿又问：“你看见过他的尸体了？”柱子哥赶紧摇头说：“没、没有。”叶儿果断地说：“明天你到庙前和河边，找人问一问，看有谁看见过？”柱子哥难为情地说：“过去了那么多天，找谁问去？”叶儿生气地说：“你不去是吧？你不去俺去！”柱子哥慌忙说：“别、别！俺去、俺去……”

第二天掌灯时分，柱子哥回来了，见面不说话，先到缸里舀半瓢水，一气喝干，可怜巴巴地问：“有吃的没？”叶儿这才想起，光顾催促柱子哥赶路了，忘了给他带吃的。厨房里有三牛娘蒸的菜窝窝，又干又硬，给柱子哥拿来俩，他接过去吞吃了。

叶儿急不可待地问：“有人看见了？”柱子哥上气不接下气地说：“尸体倒是有人看见，只是不像三牛……”叶儿追问：“哪里不像？”柱子哥解释说：“不是年龄不像，就是身材不像。有一个倒挺像，就是失踪了，他妹妹急得像个疯子，问东说西的，半天说不出一句囫囵话……”叶儿不无讥讽地说：“你可真会问，都问到他妹妹了！”

不待柱子哥说话，叶儿舒口气，自我安慰地说：“如此说来，还是没有人看见过他的尸体！”走进厨房，告诉三牛娘：“柱子哥打听了，你儿子没有死……”三牛娘仿佛没听见，一点反应都没有。柱子哥在一旁提醒说：“她见不到人，说啥都没有用！”叶儿回头看着柱子哥，仿佛在问："有啥办法叫她见到人？"

傍晚时分，牛三牛给押进一座大院。大院很空旷，墙很高，寨门两边有兵站岗。正面一排高大平房，房顶上架着两挺机枪，黑洞洞的枪口如是两只发怒的兽眼，盯视着大院里的人。

大院里已经聚集了很多人，却还在一拨一拨地往里押送着。每一拨人，差不多都是同乡或熟人，走进大院聚集在一起，靠得紧紧地，用不安的眼神打量着周围。牛三牛没有同乡，也没有熟人，一个人孤零零地蹲在一边，满脑子想心事，仿佛想了很多很多，却又没有一件想清楚。

不知过了多久，夜幕徐徐拉开。一辆大卡车开进来，轰隆轰隆停在院子中央，先从车跳上下来两个卫兵模样的人，扶着一个大胖子从车上走下来。大胖子神气十足地高昂着头，根本不正眼看人。

几个军官模样的人跑上去，一边行礼一边很巴结地喊："报告团长！我……"大胖子挥手打断对方，气恼地骂："妈的！老子不是团长了，老子升为旅长了！"几个军官又惊又喜，马上立正站好，一齐喊："旅长好！"大胖子说："老子升了旅长，也有你们的好处，都跟着高升一级吧！"

高升了一级的军官们越发兴奋了，这个感谢旅长栽培，那个发誓愿为旅长效劳。大胖子得意地说："好了好了，都给老子记住：从今天起，论功行赏，谁抓的兵多，谁升的官大。我命令，新兵集合，开始换衣裳吃饭！"

军官们马上散开，像撵羊群似的把大院里的人撵起来，一拨站成一队，到大卡车前先领一身军装，再领一份饭。军装有新有旧，先领是新的。牛三牛排在前边，领到一身新军装。饭是两个馍馍加一块腌咸菜。

领完回来，依然按一拨一拨蹲好，等待命令吃饭。一拨是一个排，牛三牛所在的一拨是二排。二排长就是那个带头抓兵的瘦高个儿——刚刚跟着高升一级、由二班长升为二排长——这才看清，瘦高个儿嘴歪眼斜，一说话嘴角老往耳根上扯，眼睛一只大一只小，看人时小的那只往上翻，露出半个白眼球。

二排长不无得意地向大家介绍说："我姓刁，今后大家要叫我刁二排长，不许再叫我刁二班长了！当然喽，今后拉的兵多了，老子还要升刁二连长，刁二营长，刁二……"一个大胡子老兵不耐烦地喊："刁二排长，你老是屌儿屌儿地升官，还叫我们吃饭不？"

刁二排长不管对方，只顾自己说："当然喽！老子升了官发了财，也有你们的好处！"大胡子老兵问："有啥好处？"刁二排长发誓般地说："到了城里，老子请你们吃馆子！"大胡子挑衅地问："请逛窑子不？"刁二排长拍着胸膛说："逛！"

牛三牛发现，刁二排长想升官想得都快发疯了，他天天带人抓兵，扩充队伍，一有空闲还清点人数，计算再升一级还差几个人。别的排也是这样，都在疯狂地抓兵，无论是否呆残，无论年龄大小，只要会走路、会扛枪的男人都要，常是这一拨抓兵的刚走，那一拨抓兵的又进村了。有时候两拨三拨同时闯进一个村，来来回回，像梳洗头发似的，把个村庄梳了一遍又一遍。

然而，抓兵难，留兵更难，天天抓兵，天天都有兵逃跑。主要是晚上逃跑，有时白天抓一天，还不够晚上逃跑的，甚至连老本都保不住。如果这一夜驻扎在有门窗的屋子里，刁二排长还敢睡个安稳觉，如果驻扎在野外或四面透风的牛棚里，这一夜就不敢合眼了，眼睛像熬鹰一样熬得通红。

起初，刁二排长想叫几个班长替他值勤，可是又不放心，谁知道班长想不想逃跑呢？若是班长也想逃跑，老天爷，还要不要命了？思来想去，只有自己看守最放心！

渐渐地，刁二排长想出一些防范措施，最初的办法就是睡觉时把人的手脚捆起来，只是不知道谁想跑谁不想跑，要捆都得捆，一下子惹起众怒，都要造反，吓得刁二排长赶快放人；接下来的办法就是在睡觉时叫人紧紧挤在一个墙角里，无论地方多么宽敞，都要紧紧地挤在一起，向一边侧棱着身子，把双腿蜷曲着抵在墙壁上，如同馍房里刚出笼的馍馍一样，谁想翻身都不能。刁二排长睡在外边，里边的人一动他就醒了，几天下来，大兵们的身子都木了，腿脚也不灵便了，走起路来一瘸一拐，这显然不是长久之计！

于是去别的排取经，还真学到一些经验，其中一个最有效的方法，就是暗中监视，晚上不与大兵们睡在一起，偷偷找一个谁都不知道，却又能把大兵们看得清清楚楚的地方藏起来，一旦发现有人逃跑就开枪，将其击毙。这办法还真灵，因为想跑的人不知道枪口在哪里，不敢贸然行动，小心来小心去，就把一夜的大好时机错过了，然而刁二排长，说不定就在什么地方美美地睡觉呢？当然也有跑脱的，那就凭胆量和运气了！

牛三牛也想逃跑，可是不敢跑，每一次看见逃跑不成而被打死的人，他都会吓出一身冷汗，仿佛死的人差不多就是自己了，于是心灰意冷，不想再跑了，甚至什么都不想了，然而，当某天一觉醒来，发现身边的人又少了，便如一石击水，心里顿时涌起万顷波涛……

他不能忘记小雨和爷爷，爷爷在等他请先生，小雨在等他回去！有几次，都梦见小雨站在高高的黄土岗子上，眼含热泪翘首眺望，梦见爷爷躺在门板上，昏花的眸子里闪烁着一丝希望。还有几次，梦见爷爷死了，小雨一个人在流浪，经常遭受坏人欺负，被逼无奈，投进滚滚的河水，绝望之际还在大声呼喊："三牛哥——"

有一次，大胡子听见牛三牛梦中喊小雨，将他推醒，好奇地问："小雨是谁？"牛三牛支吾良久，搪塞地说："一个邻居。"大胡子"嘿嘿"一笑，饶有兴趣地问："是个姑娘？"牛三牛点头说："嗯。"大胡子叹口气，便不说话了，陷入沉思，想自己的心事。

牛三牛觉得大胡子是个好人，便有意接近他。大胡子是个老兵，接近他不图背靠大树好乘凉，只求逃跑时网开一面视而不见，谁知恰恰相反，越是巴结，大胡子越是看得紧了。无论行军打仗，还是抓兵，都形影不离，仿佛一个忠于职守的保姆，照看着一个令人担忧的孩子，生怕不小心惹出麻烦。

一天晚上，牛三牛早早睡下，准备等到夜深人静时逃跑，谁知大胡子像个幽灵似的，突然把身子探过来，伏在耳边轻声说："你跑不了！"天啊！他能看到人的心里去，到底是人还是鬼？吓得牛三牛一颗心"咚咚"狂跳，睡意全无……

部队继续北上，继续抓兵，一路像撵羊群似的，把老百姓撵来撵去。天气已经变暖，牛三牛把棉衣脱下来，却舍不得扔，用绳子捆了背在肩上，胸前横挂一杆长枪，两边吊着水壶、饭盆，走起来叽里咣当，累得浑身淌臭汗。

大胡子则不然，像蛇蜕皮似的，随脱随扔，一件不留，除了吃饭用的盆子，喝水用的壶，还有打仗用的枪，什么都不要，甚至连被子都扔了。

牛三牛渐渐明白，这是出关打仗，自己的小命已经挂在狗尾巴尖上，不知什么时候一甩就掉了，谁还顾得这些杂七杂八的东西呢？于是跟大胡子一样，把不用的东西全扔了。恰巧在一个路口，遇到游击队埋伏，牛三牛跟着大胡子撒腿就跑，身轻如燕，跑得飞快，没伤着一根毫毛。那些背着沉重东西的家伙可惨了，汗水把衣服缠在身上，比绳索捆得还紧，没跑几步就给游击队捉住。

打仗开始频繁起来，不是大仗，尽是些你一枪他一枪的小仗，多是游击队所为，目的就是干扰国军行军，就像遍地布满荆棘，处处挖下陷阱，令人寸步难行，又像小孩子捉迷藏，你追他就跑，你停他就扰，转来转去一天走不出多少路。

这倒没什么，最叫刁二排长头痛的，就是抓兵越来越难，村民们都学精了，远远看见大兵从村庄那边进来，赶紧从村庄这边逃走了，大兵们进了村，连个人影都找不到，甚至想抓只活鸡都没有，可是一个小仗打下来，少说也要损失三五个兵；一夜不慎胡乱打个盹儿，又有一两个兵逃跑。眼看升官的路渐行渐远，刁二排长急得像输红眼的赌徒，满腔怒火直往逃兵身上发。

现在，他依然采用暗中监视法，只是惩罚的手段更加残忍，一旦发现逃兵，如果不是手误的话，绝不会一枪将其击毙，而是打断逃兵的腿，将其捉回来捆绑在树干上，叫新兵当靶子练枪法……

尽管如此，还是有人逃跑。前天刚抓的两个新兵，吃饭时还说当兵比在家里好，在家没饭吃，当兵能吃饱肚子，喜得刁二排长嘴角扯到耳梢上，如是遇到知己，许诺将来一定重用，谁知第二天一睁眼，两个知己早已逃之夭夭，水壶、饭盆都丢在帐篷外边！

牛三牛看到这些，本来死寂的心又活泛起来：一定想办法逃出去，爷爷的病不能耽搁太久，小雨不能等待太久！既然出关打仗，小命都给挂在狗尾巴尖上，不知什么时候一甩就掉了，何不就此赌一把？死了算是扯平，逃出去算是幸运！

那是一个细雨迷蒙的夜晚，部队驻扎在临河的沙滩上，淅沥的风雨使人昏昏欲睡。远处偶有稀疏而单调的枪声，久久滞留在凝重的夜空，仿佛在等待什么，抑或在召唤什么？

一阵夜风，将吊在帐篷门口的小马灯吹熄。帐篷里黑得伸手不见五指，偶有一丝喘息或梦呓，仿佛从十八层地狱发出，令人毛骨悚然。门口一方灰白的薄明，如是通往冥府的隧道，等待着寻找归宿的人步入。

牛三牛支起耳朵谛听一会儿，帐篷外除了淅沥的风雨什么都没有！他小心地把手伸出去，扯开压在地上的帐篷，一团湿漉漉的冷风钻进来，于是赶紧屏住呼吸，顺着冷风往外爬。刚一动身，突然从横里伸来一只手，将他紧紧按住！

他恨死了那只手，如果不是那只手捣乱，他就能钻出帐篷，回家见到母亲，接爷爷去治病！稍稍迟疑片刻，他用力推开那只手，准备往外爬。恰在这时，帐篷外“当！当！”两声枪响，紧接着传来几声惨叫。牛三牛不禁倒吸一口冷气，身子僵住不动了……

待小马灯点燃之后，刁二排长出现在帐篷门口。他一边呼呼喘着粗气，一边拿枪在帐篷里乱指：“妈的，老子越是想高升一级，就有东西越是捣乱！跑啊，狗东西再跑啊？老子今天豁出去了，连长、营长不要了，哪个狗东西敢跑，老子就枪毙哪个！”突然把枪口对准牛三牛，提高声音喊：“小东西出来，给老子跑个样看看！”

牛三牛脑海一片空白，躺在那里一动不动。刁二排长“当！当！”两枪，把帐篷打破两个窟窿，接着又喊：“好你个家伙，敢给老子装晕，老子叫你在帐篷里脑袋开花！”大胡子突然跳起来，像阻挡什么似的，飞快地摇摆着双手，一迭声地喊：“刁二连长、刁二连长！你不能叫我脑袋开花啊，我还要留它吃饭呢！”这一声“刁二连长”，竟然把对方喊愣了，一时难辨真伪。都知道大胡子会相面，相得特别准，莫非他看出什么了？

有一次，时任刁二班长的刁二排长请大胡子给相面，大胡子仔细端详一会儿，念念有词地说：“观你眉心一面相，二十岁前有灾殃——就是说，你二十岁前，身体不太好，有过病灾！”刁二排长立即佩服得五体投地，竖起大拇指说：“啊呀大哥，您真神了！我十二岁时出疹子，五六天滴水未进，差点丢掉小命。十六岁时上树偷杏，从树上掉下来，眼珠子都摔出来了……”大胡子继续说：“观你两耳一挓挲，婚姻不顺有偏差——特别是初婚！”刁二排长不禁目瞪口呆，差点惊呼起来。他就是求婚不成，一怒之下把人家姑娘杀了，才出来当兵的。

从此，刁二排长不敢再叫大胡子相面，生怕家底都给看破了。可是刚才这一声“刁二连长”，好不令人心动？于是走近一些，讨好地问：“大……大哥，您……您刚才的话，是……是真，是……是假？”

大胡子故意装糊涂，学着结巴说：“刚……刚才？我……我说啥话了？”刁二排长把嘴角扯到耳根上，做出一个不堪入目的笑模样，轻声说：“就……就是，刁……刁二连长啊。”大胡子连忙摇头说：“刁……刁二连长？我……我说了吗？”刁二排长肯定地说：“说……说了，我……我听得，真真切切的！”大胡子抵赖不过，只好打一下嘴巴，十分懊悔地说：“天机不可泄露，我咋就忘了，这是要折寿的啊！”

看一眼刁二排长手里的枪，突然惊恐万状地喊：“刁……刁二连长！你……你不能叫我脑袋开花啊，我……我家里有七旬老娘，等……等打完仗，还……还要回去伺候老娘哪！”刁二排长把枪移到一边，指住牛三牛，解释说：“大……大哥，你……你放心，我……我不是叫你脑袋开花，是……是叫旁边小东西脑袋开花！”

大胡子指一下牛三牛，不解地问：“叫……叫他脑袋开花？为……为啥？”刁二排长说：“小……小东西把帐篷拉开了，不……不是明摆着，要……要逃跑吗？老……老子今天，豁……豁出去了，连……连长，营……营长，都……都不要了，我……我要叫，这小……小东西，给……给老子，跑……跑个样看看！”大胡子立即笑着说：“刁……刁二连长，你……你说这小子想逃跑？他……他从小讨饭，在……在雪地里冻死好几回，眼……眼下跟着国军，吃……吃皇粮，你……你赶他，他……他都不走哩！”说着用力打一下牛三牛的头，大声问：“我……我说得对吗？傻……傻小子！”牛三牛木呆呆地应一声：“嗯！”

刁二排长不相信地问：“他……他不想逃跑，拉……拉开帐篷，干……干什么？”大胡子夸张地吸着鼻子喊：“哎呀，我……我说这么臊？原……原来是傻小子尿的！刁……刁二连长，你……你闻闻，熏……熏死人！”刁二排长无奈，只好作罢。

牛三牛从心眼里感激大胡子，可是又不知道说什么好，支吾良久，竟然抱住对方喊：“大叔！”大胡子还真像长辈那样，轻声安慰道：“睡吧睡吧，以后听话！”牛三牛睡不着，哽咽着说：“大叔，我……我想家！”大胡子说：“我也想……”牛三牛拉住对方的手，像小孩子撒娇一样摇晃着，几近哀求地说：“大叔，您……您带我逃跑吧？”

大胡子迟疑一会儿，依然平静地说：“我逃跑过，逃跑过好几回，都没有跑出去。有几次当场给抓回来，有几次从这个部队跑出去，又给那个部队抓回来，根本跑不了，后来就不想跑了，跑够了。”

牛三牛不甘心地问：“就没有办法了？”大胡子叹口气，重复着刚才的话，然后说：“睡吧睡吧，以后听话！”牛三牛听话地躺下去，忽又爬起来，扑进大胡子怀里，像老牛一样“呜——呜——”哭起来……

第十章　魂伴西风冷

三牛娘本来就瘦得皮包骨头，现在越发不成样子了，薄如纸片的皮肉紧紧地贴在凸起的颧骨上，眼看就要包不住了；眼睛陷得很深很深，犹如两口深不见底的枯井，却依然定定地向着窗口，仿佛在张望，在等待；胸腔里的呼喊越来越微弱，仿佛一根游丝在颤动，靠近仔细听，方能听得到："三牛，我的儿啊……"

叶儿心急如焚，却没有办法找到牛三牛，万般无奈，只好带领如意守候在床前，鼓励如意喊奶奶，跟奶奶说话儿，试图以此唤醒那片希望，点燃生命的活力。从前，无论叶儿随意搭讪，还是如意即兴呼喊，都能给三牛娘带来激动，甚至泪流满面。有一次，竟然激动得跪在地上，祈求老天爷开恩，指点儿子赶快回家："老天爷啊，您睁开眼睛看看吧，俺孙子多乖啊？俺这个家多和睦啊？赶快托梦叫俺儿回来吧！"

然而现在，这些都无济于事了，无论如意怎样喊，无论叶儿怎样劝，听的人依然无动于衷，跟没有听到一样。这个曾经目睹了丈夫的惨死，目睹了儿子死里逃生的羸弱女人，腥风血雨中都不曾倒下，都咬牙挺过来了，现在怎么突然变得如此脆弱了呢，是什么使她变得如此脆弱了呢？是希望之光的彻底破灭，还是生命活力的全部耗尽？

有人说，一个人不吃不喝最多能耗七天，三牛娘却挺到第九天中午才断气。断气之后，依然定定地望着小窗口。叶儿请邻居二婶帮忙，给三牛娘做了一身寿衣，穿在如柴的尸体上，停放在堂屋门口，等第三天时埋葬。

这时候，门口响起一个微弱的声音："这里是三牛哥家吗？"起初，叶儿以为听错了，没有去理会。那个声音又问："这里是三牛哥家吗？"叶儿疑惑地抬起头，看见一个瘦弱的女孩，十六七岁的样子，衣衫褴褛、木然呆滞地站在那里，心里不由"咯噔"一沉。

天哪！来人莫不是柱子哥说过的疯妹妹？如若真是那样，早一天把她接来，说出三牛的下落，或许三牛娘还能有救！然而现在，一口气咽断，阴阳两界相隔，即便把三牛找回来，也是无力回天了！都怪自己，没有听信柱子哥的话，把本该点燃的希望毁灭了，把本能挽救的生命耽误了！

叶儿越想越自责，竟然不顾来人，双手掩面"呜呜"哭起来。小雨不知道这是为什么，以为哪里做错了，吃惊地后退着，语无伦次地说："俺，俺找三牛哥，爷爷死了，有人要拿俺抵债……"

二婶听到叶儿的哭声，赶紧过来劝，转眼看见小雨，便明白了八九，于是气呼呼地问："你是谁，来这里干啥？三牛家里有媳妇有孩子，没人稀罕你，赶快走吧！"小雨惊慌失措地说："俺找三牛哥，爷爷死了，有人要拿俺抵债……"不等二婶再说话，叶儿扑上去抱住小雨，大声哭着说："我的傻妹妹哎，你咋不早点来？人已经死了，说啥都晚了！"

小雨当是牛三牛已经死了，发疯般扑向尸体，哀哀欲绝地哭喊：

“三牛哥啊，不是说好的小雨等你吗，你咋自己走了啊？你不能自己走啊，等等可怜的小雨吧，小雨就要找你去了！”她哭喊着，一头撞向门框。叶儿赶紧上前拖住，半天才劝得安静下来。

叶儿渐渐听出些端倪，知道女孩叫小雨，她和爷爷打鱼时救下牛三牛，牛三牛回家的路上失踪了。叶儿心里乱糟糟的，说不出是庆幸还是担忧。牛三牛真是一个命大的人，几次命悬一线却又死里逃生；又是一个有福的人，能让这么个清秀单纯的女孩牵挂，并且甘愿为情而死！

二婶感慨万端地说：“我的天啊，咋就这么背呢？要是小雨早来一会儿，哪怕是脚站的一会儿，三牛娘也不致死得这样惨啊！”叶儿心事重重地说：“都是俺欠下的债，怕是一辈子还不清了！”二婶安慰说：“如意娘想多了，你待婆婆那么好，街坊邻居都知道，三牛回来也不会怪罪你！”

叶儿看小雨有气无力的样子，从厨房拿来两个剩窝窝，端来一碗压锅水。小雨接过水喝了，把窝窝揣进怀里，执意要去寻三牛：“你们先不要发丧，等三牛哥回来再发丧。三牛哥天天念叨娘，等他回来看一眼……”走到院子里，脚下一个趔趄，一头栽倒在地。叶儿跑过去扶住她，劝她休息一会儿再走。

小雨坚决不肯，挣扎着从地上爬起来，尚未站稳，突然闯进来两个壮莽汉，为首的秃脑门气急败坏地喊：“我当你有多大能耐，会插翅飞到天上去呢，原来跑到这里来了？跑啊，再跑啊，告诉你，插翅飞到天上，老子也有办法找到你，把你抓回去！”向身边的大高个儿努一下嘴，大高个儿扑上去，一把揪住小雨，往肩上一搭扛起来就走。小雨拼命挣扎呼喊：“放开俺！俺要找三牛哥……”

叶儿上前拦住，大声质问：“你们是谁，凭啥抓人？”秃脑门理直气壮地说："我们是谁你不用知道，只要知道她爷爷欠下我的医药费，我要拿她回去抵债就行了！"叶儿分辩说："欠债还钱，也不能随便抓人啊？"

秃脑门冷冷一笑，不无讥讽地说："我知道田家是这一带首富，田大小姐不慕荣华跟一个穷帮工相好，生下一个野种孩子。如果大小姐愿意倒贴，从田家带来不少私房钱的话，现在就拿出来吧，现大洋五百块，一手交钱一手放人！"见叶儿不说话，越发得意地说："要是从前，田大小姐拿五百大洋肯定不费吹灰之力，眼下怕是不行喽，田家气数已尽，给农会分得净光，别说拿五百现大洋，拿五块恐怕都没有！"

言毕，向大高个儿挥一下手，盛气凌人地说："咱们走，天黑之前赶回家，还要拜堂成亲呢！"大高个儿扛着挣扎呼喊的小雨，听话地走在前边。秃脑门趾高气扬，神气活现地殿后。叶儿急得团团乱转，却不知如何是好。二婶也没有经过这样的事情，迟疑良久才说："要不，俺替你在家守灵，你去找人商量商量？"

正是农忙时节，大街上空无一人。叶儿去找柱子哥，柱子哥不在家，下地锄草去了。转过回廊，看见如意跟姥姥在香椿树下看蚂蚁搬家，不由停下来，迟疑着是否告诉娘。

二秃子从大厅房出来小便，远远看见叶儿，不无生气地说："如意娘不在家守灵，跑这里干啥？"叶儿解释说："二婶替俺守着呢，俺有急事找柱子哥。"二秃子还想说什么，内急不容久留，匆匆转身走了。

如意跑过来拉住叶儿，要娘跟他一起看蚂蚁搬家。叶儿心急火燎的，哪有心思闲玩？一把推开如意转身就走。叶儿娘纳闷地问："找柱子有事？"叶儿本不想把小雨的事说出来，却又经不住问，只好支吾着说："柱子哥见过的那个疯妹妹，来找三牛哥了，随后追来两个人把她抢走了，说是回去抵债，俺拿不定主意，想跟柱子哥商量。”

叶儿娘听得似懂非懂，不无嫉妒地说：“一口一个三牛哥，看你嘴甜的，都没有这样叫过我！”叶儿分辩说：“不是俺叫三牛哥，是那个疯妹妹要寻三牛哥……哎呀，说了你也不明白，不跟你说了！”二秃子小便回来，正好走到近前，好奇地问：“谁要寻三牛？”叶儿搪塞地说：“一个外乡女孩。”

二秃子立即警觉起来，穷追不舍地问：“一个外乡女孩？她啥时候见过三牛？”叶儿不想在这件事上多磨缠，赶紧绕开话题说：“二叔别问了，二婶在家等俺呢……”不等叶儿说完，二秃子打断她，郑重其事地说：“以后不许叫二叔，要叫农会长，甭想跟我套近乎，套近乎没用！”

叶儿申辩说：“二叔，俺没想……”忽然意识到不妥，赶紧改口说：“农会长，俺没想套近乎，俺是说……”叶儿娘怕女儿吃亏，赶紧插话说：“没大没小，敢跟农会长二叔犟嘴！”

二秃子看叶儿娘一眼，本想纠正她的话，却息事宁人地说：“好了好了，记住就行了！如意娘仔细说说，那个外乡女孩，啥时候见过三牛？”叶儿知道脱不过了，只好如实地说：“听那意思，好像没多久。”二秃子不禁欣喜地说：“这么说，三牛没有死，还活着？”不等叶儿回答，接着又问：“那个女孩呢，她在哪里？我要当面问清楚！”

大高个儿扛着小雨走过村前水塘，迈上大道，已是累得气喘吁吁，落在秃脑门后边。秃脑门一边加快脚步，一边催促说：“快走，别耽误了洞房花烛夜！”大高个儿讨好地说：“放心吧先生，只要上半夜到家，就晚不了拜堂成婚！烧锅热水给她洗一洗，又白又嫩，随便您吃……”

话音未落，小雨一口咬住他耳朵，“咯嘣”一声脆响，咬下半边。大高个儿杀猪般嚎叫、蹦跳，小雨乘机跑向水塘，一头栽进去。偌大一方水塘，深不见底，一个弱小的身子，掀不起太多波澜，甚至连一个像样的水花都没有。

秃脑门走到水塘边，并不急于捞人，而是选择一个合适位置，像观赏一场精彩的表演，饶有兴趣地看着水面。离岸几步远的地方，从水底冒出一串气泡，阳光下晶莹剔透，折射出无比绚烂的色彩。气泡消失之后，是一个短暂的停顿，随后浮出一蓬乱发，停留在若隐若现之间，犹如一朵正在绽放的烟花……

大高个儿随后跟来，站在秃脑门身边。他一手护着流血的耳朵，一手指着水面的浮物，不解地问：“先生，不要了吗？”秃脑门微微一笑，高深莫测地问：“你知道自缢的人，为啥不第二次投缳吗？”看对方摇头，颇有耐心地解释说：“自缢的人一旦投缳，气管立即阻断，迫使血液倒流，感觉浑身就像撕裂一样，痛入骨髓。投水也是如此，有一次就能记住一辈子！”大高个儿渐渐恍然，佩服地说：“先生见多识广，医术高明，不仅能起死回生，返老还童，还能教人痛定思痛，断绝轻生的念头！”

待小雨整个身子浮出水面，秃脑门向大高个儿示意说：“好了，捞上来吧。”大高个儿下到水里，捞出小雨，放在塘边苇地上。秃脑门扯住两条腿，往土岗上拉一下，把头摆偏一些，扯出舌头，用力在后背一拍，一股水从嘴角流出，人却没有反应。大高个儿担心地问：“怕是不行了吧？”

秃脑门不说话，就势蹲在土岗上，从腰里抽出旱烟袋，装一锅旱烟吸起来。大高个儿也想吸，怎奈烟叶给塘水浸湿了，只能拿着烟袋看。秃脑门吸完一锅，把烟锅连同烟灰一起扣在小雨后背上，随着“刺啦”一声响，小雨轻轻呻吟一声，接连吐出几口黄色的胆汁，有了微弱的气息。秃脑门收起烟袋，不无炫耀地说：“好了，赶路吧！”

大高个儿扛起小雨正欲上路，忽然看见二秃子带领五六个农会员拐上大路，一边追赶一边喊：“快追，别叫他们跑了！”秃脑门示意大高个儿停下来，躲藏在苇丛中，待二秃子带人走远，沿小路往另一边走。

叶儿从小角门出来，抄近路回家，走到垓子墙下，才想拐进胡同，顶头遇到秃脑门他们。秃脑门正因叶儿报案怀恨在心，此时相见分外眼红，大声恐吓说：“再捣乱，我叫你不得好死！”叶儿本不想多管闲事，不料对方先是恶语伤人，此时又苦苦相逼，实在欺人太甚，于是警告说：“你不要太猖狂，常言说好汉打不出村，别看田家气数已尽，田家庄的人还没有死绝，只要俺喊一声，看谁不得好死？”

秃脑门不敢恋战，示意大高个儿快走。小雨像只没有装满的面袋子，软塌塌地搭在大高个儿肩膀上，随着急促的脚步晃来荡去。叶儿不敢上前要人，迟疑一会儿，只好回农会部报告二秃子。二秃子带人追出几里远，连个人影没有看到，一肚子火气正不知往哪发，忽然看见叶儿回来，没好气地说：“如意娘，你要人是不？叫我们追半天，连个人影都没有！”叶儿赶紧说出刚才遇到的事。

二秃子苦笑着说：“这么巧，我追到水塘，她正好投塘了？”叶儿当是对方不相信，委屈地说：“农会长二叔，俺没有撒谎……”二秃子解释说：“我不是说你撒谎，我是说这事太巧了。”叶儿没有听明白，轻声嘀咕说：“还是不相信……”二秃子顾不得解释，带领一班人匆匆往垓子墙下跑。

叶儿怕他们再次扑空，那自己跳进黄河也洗不清了，自告奋勇带路。追到垓子墙下，早已没有人了，地上几点水渍，若隐若现，似有似无。叶儿指住水渍，想说那是小雨和大高个儿留下的，以证明情报真实，不及开口，二秃子已经带人走了。

追到村外，小路分出两个岔口，放眼望去，满目都是青纱帐，一望无际。二秃子叹口气，准备鸣金收兵。叶儿不甘心地说："追啊？他们走不远！"二秃子冷哼一声："往哪追？"

部队到达河北时已是秋天，此地盛产金丝小枣，村头、丘陵、山坡，一树一树的，绿的若翡翠，红的似玛瑙，如火如荼，全部披上璀璨的装束，亮出晶莹的光彩，喷吐浓郁的芳香。大兵们一到，就像刮风似的扑进枣行，将枣打落一地。

那天刚刚把枣打落，还没有来得及吃上一口，上峰突然传下命令，要部队停止北上，立即调头南征，说是蒋委员长放弃了东北战场，要在江苏重新摆兵布阵。军令如山，不得有丝毫延误，大军排成四路或六路纵队，候鸟一般往南迁移，匆匆忙忙，仿佛赶去抢东西。

以往行军不计路程，只算抓兵人数，现在恰恰相反，首要任务就是赶路，如果不是有人自己跑到队伍里，即便站在路边也没有人拉他当兵了。仿佛这样还不够，还要不时地跑步走，或者摸黑赶夜路。常是到了饭时，上峰传下命令：跑步到某某某地吃饭，殊不知，某某某地距此还有几十里甚至上百里呢！

几天下来，牛三牛双脚磨起一层血泡，走路如踩在炭火上，钻心的疼。还不敢掉队，掉队按临阵脱逃论处，不是当场枪毙，就是捆在战车上拖死。一向大大咧咧的大胡子，也是愁眉紧锁一言不发，只顾低头走路。牛三牛担心地问：“大叔，是不是要打大仗了？”大胡子高深莫测地说：“等着看吧！”

待部队驻扎下来，大胡子找来一块炮弹皮，把牛三牛脚上的血泡穿了，摘下小马灯，说声：“忍着点。”把煤油倒在脚上，用手搓。牛三牛疼得“啊呀”一声，禁不住大喊：“你是给我治脚，还是给我揭皮啊？”大胡子苦笑着说：“我在给你打造一双铁脚板！”直搓得肉皮发干，才拍拍手作罢，不无炫耀地说：“好了，明天保你跑二百里！”

果然，第二天不疼了，牛三牛正跑得起劲，前边突然“咕咚！咕咚！咕咚！”几声炮响。听上去很远，却震得地面直颤。紧接着枪声骤起，像赶年集炮仗炸市一样，“嘎啦啦”响成一片。

此时天刚拂晓，大自然正在孕育新的日子，地面还是黑的，天却完全变白了。原野微微颤动着，四周笼罩在神秘的薄明中。此时，谁都顾不得欣赏美景，枪炮声犹如一个正在施展魔法的鬼怪，既令人胆怯，又充满诱惑。牛三牛小心地问：“大叔，咋办啊？”大胡子依然高深莫测地说：“等着看吧。”等到日上三竿，上峰传下命令，要部队向西绕行。前边一条大河，浮桥给解放军炸毁了，先头部队已经跟解放军交上火了。

向西绕行也不行，也有解放军埋伏！国军是奉蒋委员长之命赶往江苏布阵的，本来无心打仗，可是不打不行了，不打过不了河。赶紧选地形挖堑壕修工事，准备与解放军决一死战，谁知这边刚刚准备就绪，正待开火，那边的解放军早已没有踪影了，气得大胖子旅长像个泼妇，腆着肚子骂半天，只好收拾摊子开拔。

临近傍晚，部队行至黄河岸边，滔滔河水自天而降，一泻千里向东奔流，夕阳的余晖泼洒在水面上，金灿灿一片。上峰命令部队，要在天黑之前渡过黄河，赶往郓城吃饭。大胡子吐着舌头说："乖乖，到郓城还有七八十里路呢！"从怀里摸出一快干烧饼，掰一块塞进自己嘴里，剩下的扔给牛三牛。牛三牛也掰一块塞进嘴里，将剩下的还给大胡子。大胡子舍不得吃，重新揣进怀里。

部队开始过河，先过一部分，准备到对岸接应辎重和后续部队。牛三牛和大胡子就在先过的一部分里，人下到水里，身子轻飘飘的，水一冲就想倒。大胡子更是站不住，刚走几步就摔倒爬起不来了。牛三牛过去扶他，扶也站不住。前边的人已经渡到河心了，他们还在岸边乱扑腾。

牛三牛纳闷地问："上一回过河，你不是会水吗？"大胡子神情古怪地说："两个回子打架，这一回不如那一回！"话音未落，对岸枪炮齐鸣，吓得前边的大兵掉头就跑，像一群受惊的鸭子。大胡子忽一下爬起来，拉着牛三牛逃上岸。牛三牛不解地问："你知道对岸有人？"大胡子古怪地笑着说："不知道也得小心，枪打露头鸟！"

经过多次反复，总算渡过黄河，再经过几天急行军，终于到达徐州地面驻扎下来。老百姓早已逃之夭夭，一座座村庄全是空的，村头、田野、山坡，到处驻满大兵，乱哄哄的，闹嚷嚷的，都在忙着挖堑壕、修工事。

修完工事，大兵们闲极无聊，就在堑壕里玩石子赌钱，没钱赌就玩打耳光。起初，只是象征性地打一下，后来越打越重，打着打着就恼了，双方打成一团，打得鼻青脸肿。有时还玩抢大米，看见一辆运米的卡车开过来，大兵们从四面八方扑上去，像疯狗争食一样互不相让，结果不是把米袋撕破撒得遍地是米，就是大打出手，打得头破血流。

大胡子喜欢看抢大米，有时候看得高兴了，就乘人不备，冷不防推一把，一抢米的人撞在一起，头上撞出一个大青包。或者伸腿一绊，抢米的人摔得四扑着地，口鼻流血。待抢米双方恼羞成怒地打起来，看的人或在一旁窃笑，或悄悄得米而归。牛三牛只是跟着看热闹，从来不下手，怕人家识破了联手反击。

这天，大胡子又如法炮制，用力一推，一个瘦弱青年撞上一个粗壮莽汉，把粗壮莽汉额头撞起一个大青包，粗壮莽汉气得大骂："日你娘，没长眼啊？"挥起一拳，将瘦弱青年打出丈远，还扑上去骑在他身上，抡圆双臂左右开弓，"噼噼啪啪"猛打，状如景阳冈上的武松打虎。只可怜瘦弱青年不是猛虎，而是一只弱羊，在重拳之下苦苦挣扎、连连哀求。

围观者虽众，却无一人出面劝阻，眼看弱羊给打得血肉模糊、奄奄一息，牛三牛突然喊："啊呀！他……他是白羊！"大胡子不解地问："啥白羊黑羊的？"牛三牛解释说："白羊是我同乡。"大胡子渐渐明白过来，不好意思地说："咋不早说？"牛三牛说："早没认出来。"

大胡子看那人打得正起劲，知道劝不住，忽然灵机一动，像煞有介事地喊："哎呀，长官来了！"粗壮莽汉不知有诈，赶紧收手。待知道上当后，一下跳起来，斗架公鸡似的，冲着大胡子怒骂："狗东西，吃饱了撑的，没事找事？"大胡子不慌不忙，向围观人群一指，含笑地说："哥们，见好就收吧，我们这些同乡看着兄弟挨打，早就吃不住劲了，你要是不罢手，别怪哥们不义气！"有人跟着帮腔说："是啊，得饶人处且饶人！"粗壮莽汉不知对方有多少同乡，不敢恋战，只好拍拍手作罢。

很显然，白羊给打怕了，牛三牛去扶他，他双手抱着头，苦苦哀求说："大叔，我不是故意的，请您高抬贵手，饶我这次吧！"牛三牛说："我不是大叔，是三牛！"白羊上下打量半天，方认出牛三牛，不禁羞愧难当地说："啊呀！还真是你，这么巧？"

牛三牛指一下大胡子，介绍说："多亏这位大叔，是他救了你。"白羊赶紧抱拳施礼，十分感激地说："谢谢大叔，请大叔多关照！"大胡子连连摆手，不好意思地说："不用谢，不用谢！"

战争犹如一匹凶猛的野兽，身形未露，淫威已经侵袭过来，摄取人的魂魄，把人置于末日的恐惧之中！天气更是大肆渲染着惨绝与毁灭的气氛。几场西北风刮过，阴阴沉沉下起雪来，而且不是通常的雪花，是一种颗粒状的雪霰，落在地上久久不化，随风到处乱走。

天热的时候，为了行军方便，大兵们都把棉衣、棉被扔了，现在蒋委员长只想跟解放军决一死战，根本顾不上为大兵保暖。朔风凛冽，天寒地冻，大兵们穿着单衣，龟缩在堑壕中，瑟瑟抖作一团。雪霰依然不肯罢休，肆无忌惮地钻进人的脖颈里，恣意吸取着本来不多的热量。

白羊给打得浑身青紫，两眼肿成一条缝，身上热得像炭火。大胡子在堑壕壁上挖出一个地洞，叫牛三牛钻进洞里，揽着白羊，用体温为其取暖，自己则在洞口遮风挡雪。白羊很感激，一遍又一遍地说："谢谢大叔，谢谢三牛哥！要不是遇上你们，我就没命了……"

枪炮声越来越猛烈，越来越近。很显然，国军的地盘不断缩小，解放军的阵地不断扩大。子弹落在堑壕上，"扑棱扑棱"如蝗虫遍地乱飞。抬担架的人弓着腰，匆匆忙忙像倒垃圾一样，将伤员往堑壕前的空地上一倒，赶紧跑走了。雪霰把大地覆出一层洁白，伤员们就在那层洁白上滚来滚去，有的像杀猪般嚎叫，有的似蚊蝇般嘶鸣。很快，那些伤员不动了，像是睡着了。雪霰覆在他们身上，渐渐隆起一堆洁白。

牛三牛起初还纳闷，怎么没有人给伤员包扎呢？后来渐渐明白了，不包扎的原因是伤员多得包扎不过来了。于是试探地问："大叔，这仗要打多久啊？"大胡子胸有成竹地说："轮到咱们出击的时候，就差不多了！"牛三牛担心地问："咱们受了伤，也是这样吗？"大胡子点头说："都一样！"

白羊插话说："快点出击吧，我早已等够了，给解放军打死，也比冻死好，打死还能入个英名录呢！"牛三牛没好气地说："都到这步田地了，你还想入英名录？"白羊分辩说："我不是想入英名录，是说打死也比冻死好！"牛三牛反驳说："打死冻死都一样，都是死！"

大胡子劝解说："好了好了，别尽说丧气话，说点高兴的事！哎，三牛，你经常在梦里喊小雨，小雨是谁啊？快说说，你和小雨到底咋回事儿？"牛三牛心灰意冷，无意谈及往事，低下头不说话。大胡子反而转向白羊，煽风点火地说："白羊，你和三牛是同乡，你说说，小雨是不是他相好啊？"

白羊不知道小雨的事，猜想大胡子可能听错了，或者牛三牛故意张冠李戴，把叶儿说成小雨，于是故意问："小雨是谁啊，我怎么不知道？三牛哥，不会是你随便杜撰的一个名字吧？"牛三牛生气地说："小雨就是小雨，我为啥要杜撰？"白羊看他这样，当是心虚了，于是挑衅地说："不是杜撰你心虚什么？看，脸都羞红了！"牛三牛一把推开白羊，气恼地说："你少冤枉人，我说了没有就没有！"

夜幕徐徐拉开，黑暗笼罩了四野。枪炮声非但没有止息，反而越发密集，火光映红半边天空。大胡子、牛三牛、白羊蜷缩在地洞里，大气不敢出一声，生怕热气跑走了。忽然，白羊"嘤嘤"哭起来。牛三牛本不想搭理他，后来看他哭得可怜，轻声问："咋了？"白羊惊恐地说：

“三牛哥，我怕是不行了，刚才梦见父母了，他们都来接我了……”

牛三牛安慰说：“别胡思乱想，那是做梦！大叔不是说了，不能睡，睡着会冻坏的……”白羊有气无力地说：“三牛哥，别管我了，我……我困，还……还想睡……”说着，又闭上眼睛。牛三牛吃惊地喊：“大叔，快看，他……他咋了？”大胡子提醒说：“快喊，别叫他睡！”牛三牛赶紧喊：“白羊，你睁开眼，不能睡！”

白羊睁开眼，越发显得无神了，惨白的脸上反映出奄奄一息和行将远离的神色，一双飘忽不定的眸子躲闪在眼窝深处，有种类似幽灵和黑夜的意味；嘴唇裂开一圈血口子，不少地方结了痂……连日的高烧、寒冷和饥饿，狂风暴雨般袭击着他，眼看就要坚持不住了，他断断续续地说：“三……三牛哥，别……别喊了，叫……叫我睡吧，实……实在撑不住了……”

正欲闭眼，忽然想起什么，挣扎着欠起身，盯视着对方，几近恳求地说：“三……三牛哥，你……你是好人，老……老天爷会保佑你。有……有件事，我……我要告诉你，打……打完仗，你……你就回家吧，家……家里没有事了，我……我二姑父，答……答应了你和叶儿妹妹的婚事了，叶……叶儿妹妹已经住到你家，和……和你母亲住在一起，给……给你，生……生了一个男孩……”

不等白羊把话说完，牛三牛吃惊地喊：“大叔，您看，白羊开始说胡话了！”白羊反倒精神起来，提高些声音说：“我……我没有说胡话，说……说的都是实情，回……回到家，你……你就知道了。”

随着这样的叙述，牛三牛想起那个真实而惨烈的夜晚，想起与叶儿发生的事情，想起瘸腿老五临终没有说完的一句话……尽管有些细节模糊不清，甚至完全忘记了，可是白羊的话不容置疑，他不会在这种事上随便说，更不会拿自己的表妹开玩笑。叶儿和母亲住在一起，生下一个男孩，或许正是五叔临终没有说完的话？

大胡子禁不住“嘿嘿”笑着说：“行啊小子！看上去蔫儿吧唧的，又是小雨又是叶儿，还有了儿了，洪福不浅啊你？”然后仰头看天，思绪乘着夜色飞回家乡，飞回到年迈的母亲身边……良久之后，他渐渐回过神，小心地爬出堑壕，爬向那一堆尸体，拂开上面的积雪，将尸体吃力地拖回来，放进堑壕，再爬过去，重复上述动作，一连往返三次，拖回来三具尸体。

牛三牛十分纳闷，他是寻找同乡吗？如若寻找同乡，怎么只寻找死人？莫非只想掩埋同乡的尸体，而不想搭救同乡的性命吗？于是试探地问：“他们是同乡？”大胡子没听清，吃惊地问：“你认识？”牛三牛解释说：“我问你呢！”

听的人忽然恍然，苦笑一下，却不搭对方的话，按住一具尸体，开始往下脱衣服。尸体硬邦邦的，很难脱，尤其受伤的地方，血水结了冰，衣服、皮肉冻在一起，根本脱不掉，只能用刀子割。看的人渐渐明白了，赶紧上去帮忙，扯住衣服。二人又割又扯，好不容易脱下一身，扔给白羊，叫白羊先穿。

白羊拿起来穿时，看见后背还有一块紫色的皮肉连着呢！想喊牛三牛帮忙揪下来，看他正忙着，只好自己揪，皮肉溶化，沾得一手血。大胡子脱下第二件，扔给牛三牛。这一件虽没有紫色的皮肉粘连着，前胸却有一片血肉模糊，像蜂窝一样的洞，牛三牛迟疑片刻，还是穿上了。

第三件前胸后背都完整，只是两只袖子没有了，犹如一件毛边小坎肩，棉絮殷红，周边结着红色的冰。大胡子并不急于穿，折叠整齐放在一边，开始挖坑，把三具尸体放进坑里，掩埋起来，封起一个不大的坟。大胡子跪在坟前，虔诚地祷告说：“三位兄弟，大哥只能做到这些了，礼数不周的地方还请多多包涵。不是大哥不讲理，硬抢你们的棉衣，看这冰天雪地的，快把人冻死了。大哥不能死，大哥家里有七十岁老娘，死了没有人伺候。不过话说回来，三位兄弟能入土为安，也是不幸中的万幸了，堑壕上的那些兄弟，还不如你们呢！好了，大哥不多啰嗦了，总之一句话，大哥抢了你们的棉衣，掩埋了你们的尸体，算是扯平了，谁也不欠谁了！”言毕，把小坎肩穿在身上，穿上就暖和多了。

不远处，也有人爬出堑壕，干大胡子刚才干过的事。其中一个瘦高个儿，很像刁二排长，腰一弓一弓的，笨得像只桥虫。定睛细看，果然是刁二排长。刁二排长没有了当初的威风，不敢向人发号施令，甚至不敢跟人高声说话。在生死面前，都学会了敬畏，懂得了平等！

不知刁二排长是为了节省力气，还是为了抢夺时间，他选中一身棉衣，竟在那一堆一堆之间脱起来，眼看就把棉衣脱下来，身子突然一软，趴在地上不动了。还有一个人，正拖着尸体往回走，眼看走到堑壕边上了，不知是想走得快一点，还是想直腰喘一口气，刚一抬头，突然栽倒不动了……

黎明时分，堑壕里一阵骚乱，说是给解放军包围了。牛三牛吃惊地问：“还没有出击呢，咋就给包围了？”大胡子也觉得不可思议，却故作平静地说：“等着看吧！”等了半天，枪炮声稀落下来。堑壕前响起杂沓的脚步声。大胡子正欲探头看究竟，迎面冲上来两个和牛三牛年龄差不多的解放军小战士，黑洞洞的枪口指在脑门上，大声喊：“举手投降，缴枪不杀！”

大胡子一边缴械投降，一边提醒牛三牛和白羊：“快缴枪，快投降！”两个解放军小战士又喊：“双手放在头上，去前边集合！”白羊身体虚弱，爬不出堑壕。大胡子向两个小战士讨好地说：“报……报告老总！这位兄弟有病，走不动了。”其中一个小战士严肃地说：“不要叫老总，叫老乡！”另一个小战士吩咐说：“你们负责带他去集合！”

两个人搀扶着白羊，没走多远，忽听一个女声喊：“老乡，请等一下！”喊声未落，一个背药箱的小女兵跑过来。十六七岁的样子，两根短辫从帽檐后边俏皮地探出来。眼睛不大，看上去笑眯眯的，给人亲切、和善的感觉。

小女兵给白羊检查完，拿几粒药给他服下，再包一包交与牛三牛，微笑着交代说：“老乡，麻烦你替他保管着，过半天再服一次！”牛三牛接过药，怔愣良久不知所措。这样的笑容，这样的语气，很久没有看到了，也很久没有听到了！

对方看他这样，忍不住“咯咯”笑起来。笑声如是一股清风，渐渐使人清醒。牛三牛想立正站好，行个军礼，说声谢谢。在堑壕里趴得久了，整个身子僵硬得不听使唤，才一挺胸，突然一个趔趄，仰面摔倒地上。小女兵忍俊不禁，笑着把牛三牛拉起来，转身跑走了。

走到集合地点，正赶上老乡抬着笸篮给俘虏发馍馍。牛三牛领到两个热气腾腾的白馍馍，顾不得走开就大口吃起来。这一口有些大，半天没有咽下去，噎得伸长脖子瞪大眼。大胡子帮着捶后背，良久才缓出一口气。

一位被称作赵营长的中年军官登上高坡，声音洪亮地喊：“老乡们，你们都解放了！”接下来，赵营长讲了很多，有些话牛三牛听不懂，也记不住，最后只记得赵营长这样说：“解放全国之后，要建设新中国，国家需要大量的人力，不想回家的就留下来当工人吧！”

牛三牛碰一下大胡子，轻声问：“大叔，咱咋办啊？”大胡子压低声音说："听那话音，好像还没有打完仗，地面还不太平。咱先留下来当工人，等地面太平了再回家……"

牛三牛尽管想回家，但听了这话，也觉得只能先留下来，以后的事以后再说吧。

第十一章　弃了荣华追旧梦

牛三牛做梦也没有想到，当工人这么好！

原以为，俘虏当工人就是当奴隶，没日没夜地出苦力。谁知当工人之后，一天只干八个小时的活，一日三餐按钟点开饭，吃白馍加菜。还三天一小改善，一周一大改善，吃油炸丸子和白菜粉条炖猪肉！

牛三牛的工作是用小推车往锅炉车间推煤，三个人一班，你一车我一车轮换着推。几天下来，就觉得浑身上下都有用不完的劲，推煤时生怕推少了，恨不能三个人的工作一个人包下来。可是别人也都不甘落后，不肯给别人多推了。万般无奈，他只好使劲地打扫卫生，打扫完车间再打扫推煤的路。一遍又一遍，直打扫得车间一尘不染，推煤的路上光洁如镜。还怕扫帚给人抢走了，用完就藏起来。

最难忍耐的是八小时之外，那么长的时间没事干，简直是折磨人哩！牛三牛在床上翻来覆去折腾几天后，开始到外边找事做。先是在生活区捡拾碎砖头、烂瓦片，运到远处不碍眼的地方，后来在生产区一道颓垣下，发现了一堆山岸似的炉渣和垃圾，里面有没烧尽的煤，还有废螺栓、废螺帽、破钢筋、烂管头。看样子有些年头了，上边堆积着鸟兽的粪便和枯萎的野草。

起初，牛三牛也不知道把这些东西挑拣出来会有什么用，只是觉得挑拣的过程很好玩，能打发无聊的时光和挥洒多余的力气。下了班就往那里跑，像鼹鼠一样翻掘，把废螺栓、废螺帽、破钢筋、烂管头和没有烧尽的煤，分门别类地挑拣出来，堆成一堆一堆。过了一些日子，竟也堆出几大堆。

有一天，新任市长来工厂视察，远远看见那一堆一堆，便产生了极大的兴趣，及至问清那一堆一堆原系牛三牛一人工作之余的劳动时，竟然上前握住牛三牛一双黑乎乎、脏兮兮的手，摇了又摇，晃了又晃，连连称赞说："好同志啊，真是好同志啊！"待有人汇报了牛三牛在车间上班的情况后，新任市长越发激动了，不无感慨地说："大家看到了吗？这就是我们新中国的主人翁啊！"

牛三牛不知道这位高高大大、富富态态的人是市长，也不知道新中国的主人翁是什么意思，只知道大家对他做的事情很满意，于是暗自发誓继续做下去！第二天下班之后，牛三牛走到那一堆一堆之间，正干得起劲儿，忽然来了一男一女两位记者。男的大高个，腮帮子刮得黢青，脖子上挂一架照相机，一到就对着牛三牛"咔嚓！咔嚓！"两下子。女的扎短辫，很年轻，一双杏子眼又亮又水灵。手里拿着一支笔和一个笔记本，走到牛三牛身边，含笑地说："请问，您是牛三牛同志吗？"牛三牛愣在里，半天不知问的是何人。

杏子眼含笑解释说："我们是市报记者，根据市长的指示前来采访您！"接着伸出一只红润光滑的手，拉住他又黑又脏的手，用力地摇了一下。牛三牛如堕五里雾中，惊慌失措地站在那里，不知来者说的什么，更不知将要发生什么，末了只好低下头，呆呆地审视刚被拉过的那只手。

对方看出牛三牛是个只会做不会说，而且还很腼腆的人，于是尽量做得随和、亲切，不给受访者压力。小心地走近一些，轻声说：“牛三牛同志，请不要紧张，我们来就是向您了解一些情况……”这时候，照相机又“咔嚓！咔嚓！”两下子。牛三牛猜想，这一次一定和杏子眼“咔嚓”在一起了。越发不安起来，仿佛灵魂都给那“咔嚓！咔嚓！”的响声拘禁了，肉体也给那“咔嚓！咔嚓！”的响声捆绑了。这时候，忽然传来一个热情洋溢的喊声：“哎呀呀，那不是二位大记者吗？我们还在客厅恭候呢，有失远迎，有失远迎啊！”

声音未落，厂长率领一班人走来。厂长年近五十，不高的身材已经发福，和蔼可亲，笑容可掬，还离三四步远，就鞠着身子伸出手。杏子眼赶紧迎上去，大大方方地拉住他的手。这时候，照相机又“咔嚓！咔嚓！”两下子。不用说，厂长也和杏子眼“咔嚓”在一起了。大概当记者的兴这样，和谁说话就和谁“咔嚓”在一起，牛三牛渐渐释然了。

很显然，厂长与杏子眼不熟悉。先是自我介绍一番，然后打圆场说：“接到贵报社长的电话，我们就忙着迎接，茶水、瓜子都准备了，可是左等右等不见二位的影子……”

杏子眼解释说：“本打算先去见厂长，可是一走进工厂，看到工人们热火朝天的劳动景象，就情不自禁地跑到这里来了。”厂长谦恭地说：“不必客气！二位大记者能来敝厂采访，是牛三牛同志的荣耀，也是敝厂的荣耀啊！首先，请允许我代表牛三牛同志和全厂员工，向二位大记者表示热烈的欢迎！”

第二天，报纸发下来，写牛三牛的文章占了大半版，还配有一幅大照片。牛三牛不识字，不知道写的什么内容，只是一遍又一遍地看照片。照片上的那个人，正在奋力铲炉渣，衣襟被风掀起来，裸露出宽厚的肩膀和铁扇般的前胸……牛三牛纳闷，怎么只登这一张呢？不是“咔嚓”过好几次吗？还和杏子眼在一起“咔嚓”过，厂长也和杏子眼在一起“咔嚓”过，怎么没有登上呢？

大胡子走过来，离老远就喊：“行啊小子！看着蔫儿吧唧的，都上报纸了！”大胡子和牛三牛不在一个车间，和白羊在一个车间。牛三牛“嘿嘿”一笑，喜气洋洋地说：“谁知呢？咋就上了呢？”搬来一只凳子，给大胡子坐。大胡子不坐，乐呵呵地说：“咱不能擅离岗位，我是取工具路过，先给你道个喜，有时间了找地方喝两盅，庆贺庆贺！”

牛三牛不好意思地说：“有啥庆贺的？”大胡子越发认真地说：“都传开了，你的主人翁精神，是大家学习的模样。从今往后，大家都要向你学习，我也要向你学习！”牛三牛推辞说：“大叔，你不用向我学习了，你救过我的命，我感激还来不及呢！”大胡子正色纠正说：“记住了，往后不许叫大叔，你是我的学习榜样，是同志，是工人兄弟！”

这天早饭后，牛三牛正准备上班，厂办主任匆匆走来，招着手喊：“小牛同志，不要上班了。您评上了市里劳模，今天召开表彰大会，厂长在办公室等您，陪您参加大会去！”

牛三牛担心地问：“参加大会的人多不？”厂办主任说：“当然多了，万人大会嘛！”牛三牛说：“我不去。”厂办主任纳闷地问：“为什么？”牛三牛说：“那么多人看，多不好意思啊？”厂办主任开玩笑说：“看的人多怕什么？说不定还有哪个姑娘看上你呢！”

第一次坐小汽车，原以为那么小，坐在里边一定窝憋得很难受，谁知里边很宽敞，坐进去很舒服，胳膊腿怎么放都合适。走起来也轻快，飘飘的如在云端上飞。牛三牛偷偷向窗外看一眼，路边的树、车、人一闪一闪，仿佛不是汽车往前走，而是窗外的人和物都往后退……

表彰大会在市中心广场召开，人山人海。十位劳模戴着大红花，坐在最前排。牛三牛很紧张，身上像是长满刺，动一下都不敢。后来觉得口渴了，看见身边的人端起面前的水杯喝水，也想端起面前的水杯喝一口，刚一伸手，突然响起热烈的掌声，慌忙把手缩回去。看见旁边的人在鼓掌，也跟着胡乱地鼓起来。

随着掌声，市长沉稳地走上台，端坐在话筒前，开始讲话。每讲一位劳模，便如数家珍似的将劳模的事迹列举一番。牛三牛的事迹是勤俭爱厂，利用休息时间为工厂捡拾多少多少吨钢铁，多少多少吨煤炭，价值共计多少多少万元。牛三牛不懂多少多少吨是多少，只知道钱数多得很吓人。

接下来是发奖，一位劳模发一个玻璃镜框大奖状，由市长亲自发。发到牛三牛时，牛三牛忽然想起来了，市长原来就是那天在工厂拉着他的手喊好同志，称赞他是国家主人翁的人。天啊，曾经拉着他的手喊好同志，并且称赞他是国家主人翁的人原来是市长！

如此算来，牛三牛已经和市长拉过两次手了，一次是在劳动现场，一次是在表彰大会上。这是何等的荣耀啊！他举起那双手，举到自己眼前看得最清楚的地方，仔细地审视着。那双手厚厚的，手掌呈四方形，手指粗而短，结满厚厚的茧。然而就是这双手，已经和市长拉过两次了，两次了！

牛三牛在心里狂呼着，自豪的巨浪轰轰滚过，飘飘然，昏昏然，以至大会结束之后，台上台下的人都走尽了，他还愣在那里没有动。一个瘦小的人走过来，以古怪的眼神上下打量着，忽然嘴角轻轻一挑，

“嘎嘎”笑起来。牛三牛抬起头，看一眼面前的人，不禁大吃一惊：“干爹……”

那人轻嘘一声，压低声音说：“我是解放军仇连长，杀敌英雄！上次战斗负伤，正在市立医院疗养……”牛三牛恍若做梦，不知这一切是怎么发生的？只觉得十分离奇和不可思议！

丑鬼老大很响地笑了一下，大声夸奖道：“好小子，行啊你，刚来仨月，就当上市劳模了！”牛三牛纳闷地问：“您咋知道我刚来仨月？”丑鬼老大几近炫耀地说：“我也是刚来仨月！”牛三牛不禁倒吸一口冷气，小心地问：“你在对面？”丑鬼老大意味深长地说：“现在不是在一面了吗？”

厂长匆匆走过来，离老远就喊：“小牛，小牛！我在车前等你，你怎么不走了？”忽然看见牛三牛身边的军官，伤痕累累，满脸沧桑，猜想一定是位屡立战功的人，赶紧搭讪着说：“这位同志认识我们小牛？”

丑鬼老大说：“我是他表叔。姓仇，是连长！”厂长赶紧握住仇连长的手，自我介绍说：“我姓袁，是小牛同志的厂长，今天是专程陪小牛同志——哦，牛三牛同志，来领奖的！”丑鬼老大立即端起架子，礼貌地拉一下厂长的手，说些幸会之类的话。

刚回到厂里，大胡子就来了，兴冲冲地说：“我在广播喇叭里听到了，你小子隔着窗棂吹喇叭——鸣（名）声在外了！上次说找地方喝两盅，庆贺庆贺，白羊一直忙，抽不出时间。我刚跟白羊说了，今天下了班，无论如何也要喝两盅，庆贺庆贺！”

下班之后，牛三牛提前走到一个路口，等候大胡子和白羊。有人从他身边经过，神情中充满赞许和敬意。有几个姑娘，不知说些什么，忽然像炸窝的鸟儿，“叽叽喳喳”追逐着跑开了，还不时地回头看。其中一个圆圆脸女孩，目光与牛三牛相遇时，不但不躲避，反而意味深长地笑起来。

这时候，大胡子一个人走过来，不无失望地说：“别等了，又不行了！”牛三牛纳闷地问：“咋了？”大胡子说：“临下班时，班长要找一个会写字的人，把你的先进事迹抄录在车间黑板上，我推举了白羊，谁知他写的字那么好呢？谁知这时候厂长就来了呢？厂长看见白羊写的字，就不走了，单等他写完车间的黑板报再去写办公室门口的黑板报！你看，把这事给搅的！”

牛三牛不禁笑了说：“我当啥事呢？原来白羊给厂长看中了，好事啊！”大胡子闷闷不乐地说：“白羊是好了，可是你呢？凡事都要图个吉利，一顺才能百顺！”牛三牛不以为然地说：“我这算啥好事啊？压根儿就没想当劳模！”大胡子释然地说：“只要你不介意，我就放心了。”顿一顿又说：“不过你放心，我提议的事，我保证办好，你等着吧！”

谁知，等了一天又一天，也不见大胡子办好他提议的事。倒不是牛三牛惦记着庆贺，而是他想跟大胡子、白羊坐一起说话儿。尤其是大胡子，牛三牛能有今天，多亏了大胡子的关照！

这天下班后，牛三牛再次等在路口，看见大胡子一个人走来，便试探地问：“白羊呢？没和你在一起？”大胡子气鼓鼓地说：“你是真不知道还是装糊涂？”牛三牛不禁愣住了，纳闷地问：“咋了？白羊出事了？”

大胡子冷笑着说：“你们是同乡，我当你早就知道了呢？原来你也不知道。告诉你吧，白羊不在车间上班了，提拔到厂长办公室当宣传干事了！”牛三牛禁不住笑起来：“我当咋了？原来白羊提拔了，好事啊！”大胡子不屑地说：“提拔了也不说一声？你还替他高兴呢！”

牛三牛宽厚地笑着说：“大概忙，还没顾上呢！”大胡子叹口气，没好气地说：“但愿吧！”看他耿耿于怀的样子，牛三牛劝解说：“要不，咱找他去，当面问清楚？”大胡子摇头说：“要问你问，我不去！”牛三牛拉住大胡子，撒娇地说：“去吧大叔！别生气了……”大胡子瞪大眼睛，语气生硬地说：“你说啥，我生气？你看我是小肚鸡肠的人吗？要不是怕你小子傻儿吧唧的给人卖了，我才不咸吃萝卜淡操心呢！”

他们刚走到厂办门口，就给白羊看见了。白羊从办公室迎出来，双手拉住两个人的手，既公事公办又热情洋溢地说：“二位来了？里边请，里边请！”牛三牛跟着走两步，看见大胡子站着没有动，赶紧停下来。白羊觍着笑脸说：“同乡当选市劳模，我打心眼里高兴，大叔提议庆贺，正合我的心意，只是……”

不待白羊说完，大胡子严肃地说：“叫同志！”白羊赶紧纠正说：“对，叫同志！老胡同志提议庆贺，正合我的心意。只是调动得太突然了，加之办公室事务多，还没有来得及跟二位告别，更没有抽出时间庆贺同乡当选劳模，这不，正准备忙过这阵子，向二位谢罪呢！”说着，伸手一指。前边墙壁上一块大黑板，文图并茂，布局恰到好处。其中一幅人物画，正是印在报纸上的牛三牛照片……

原来，白羊都忙这些了！牛三牛很感激，快步走上前，想拉一下白羊的手，说些感谢的话，可是伸出的手竟是那么黑、那么脏，在身上擦几下，也没什么用，只好停下来。白羊反倒不悦了，不无责怪地说：“怎么了？难道我提个小干事你就生分了？我能拉你的手，你就不能拉我的手了？”

牛三牛记得清清楚楚，白羊刚才确实拉过他的手，那种触摸和温热似乎还在。心里一阵愧疚，支吾了大半天，也没有说出一句话。大胡子拉住牛三牛，“嘿嘿嘿嘿”笑着，头也不回地走了。牛三牛不解地问：“你笑啥？”

大胡子意味深长地说：“我笑人的这张嘴，咋这么会长呢？上下两张皮，一张一合，想说啥说啥！”牛三牛听得似懂非懂，正欲问个明白，大胡子“嘿嘿嘿嘿”笑着，扬长而去！

牛三牛发现，八小时之外参加义务劳动的人越来越多了。无论生活区还是生产区，随处可见三三两两的人，不是持锨平整一段路面，就是用扫帚清理一堆垃圾，或者拿一块抹布，端一盆清水，擦洗门窗或栏杆。挑选废螺栓、废螺帽、破钢筋、烂管头和没有烧尽的煤的人就更多了，从天明到天黑，总有一些人围着偌大一堆炉渣，蚂蚁啃骨头似的忙碌着。

后来，有人干脆推倒一截矮墙，用推车往矮墙外边推炉渣。矮墙外边是一片开阔的洼地，正好用炉渣填平为将来扩建厂房打基础。也不知人们从那里弄来那么多小推车，仿佛忽然从地下冒出来似的，一下子有了七八辆。人们推炉渣填洼地的热情很高，三五个人围住一辆小推车，推的推，拉的拉，有说有笑，不知不觉就奔跑起来。那么多小推车你来我往，穿梭不断，欢声笑语连成一片，其热闹场面正如杏子眼记者在报纸上描述的那样：“生龙活虎，热火朝天！”

更有趣的是，那个曾经向牛三牛回眸一笑的圆圆脸女孩，也带领四五个姐妹参加义务劳动了。可是她们热情虽高，却不会推车，无论如何努力，都不能驾驭车子，东倒西歪，根本不走正路。有人提议没收她们的小推车，将人分散到其他推车上，她们只管装车，或者只管拉车。圆圆脸坚决不同意，宁肯聘请一位男工为她们驾车，也不愿将姐妹们分开！

“谁愿意跟你们掺和在一起！”圆圆脸傲慢地说。

男工们“嗷嗷”地起哄，争先恐后地表示，愿意跟她们掺和在一起，甚至有人毛遂自荐给她们驾车，都被圆圆脸一口回绝了。结果却选中了牛三牛，这是谁都没有料到的。在场的所有人，甚至包括牛三牛自己，对这样的选择无不感到意外！

牛三牛既荣幸又羞怯地跟圆圆脸姐妹掺和在一起不久，即发现那是一个极其危险的圈套。圆圆脸不但请牛三牛驾车，还请牛三牛送车。劳动结束之后，圆圆脸含笑地问：“牛三牛同志，请你帮我们把车子送回去好吗？”

那样的神情和语气，令人没有理由拒绝。牛三牛只好点头说：“嗯。”圆圆脸挑衅地问：“嗯是什么意思？”牛三牛尴尬地笑笑，不知说什么才好。把推车送到一间屋里，对方又用同样的神情和语气问：“牛三牛同志，明天你还去义务劳动吗？”牛三牛依然点头说：“嗯。”对方没有再问“嗯是什么意思”，很果断地说：“好，明天我等你！”

这间屋子收拾得很干净，除了一张单人床，一张抽屉桌，一对沙发，一套茶具，别无他物，乍然放进一辆脏兮兮的小推车，显得有些不伦不类。牛三牛不知道谁住在这里，圆圆脸为什么会有这里的钥匙，却也没有问。

第二天，牛三牛去推车子时，圆圆脸已经倒好两杯水。等人一进去，就把两杯水端起来，递给牛三牛一杯，自己一杯。牛三牛还真有些渴，接过去就喝了。水里加了糖，喝下去甜滋滋的，暖乎乎的，有种微醉的感觉。

圆圆脸满意地说：“你们这些男人，就是不会照顾自己，渴了也不知道喝水。我爸就是这样，老大不小的人了，还得叫我管着！”牛三牛想问她爸是谁，话到唇边又咽回去。圆圆脸迟疑一会儿，十分认真地说：“三牛，咱们是一个班的工友，是同志，往后衣服脏了破了，就拿来，我替你洗、替你缝！”

牛三牛赶紧摇头说：“不、不用麻烦了，我、我会！”为了增加说服力，指住自己缝补的裤缝给对方看。圆圆脸看了，禁不住“咯咯”笑着说：“天啊，这也叫会，针脚一个大一个小，跟蜈蚣似的？再说了，颜色也不对啊，蓝衣服用白线，看上去多别扭！”为了说服对方，她从床头拿起一件衬衫，指着肩头的补丁，不无炫耀地说：“看，这是我的手艺！”

那是一件肥大的男人衬衫，牛三牛皱起眉，不禁纳闷地问：“谁住这里？”圆圆脸指一下自己，提示地说：“你猜？”牛三牛想半天，也猜不出，于是纳闷地问：“你不是有宿舍吗？”圆圆脸又是“咯咯”一阵笑，笑完了说：“告诉你吧，这是我爸住的地方！准确地说，这是我爸午间休息的地方！”

牛三牛大概猜出她爸是谁了。在工厂，能有这样一个地方午间休息的人，除了厂长还能有谁呢？可是他无法相信这样的事实，宁肯相信这是一个荒诞不经的梦，或者民间幻想故事的复制或翻版，也不肯相信圆圆脸就是厂长的女儿。于是梦呓般地问：“你爸是谁？”圆圆脸看着牛三牛，非但不生气，反而故意卖关子说：“不告诉你！”

接下来的事情更是不可思议了！

有一次，牛三牛把车子推到炉渣前，圆圆脸和她的姐妹们正在装车，白羊突然出现了。他穿着一身笔挺的蓝色制服，上衣口袋别着两支笔，戴一副白手套，乍然出现在脏兮兮的炉渣前，看上去格格不入，十分醒目，可是圆圆脸和她的姐妹们却是视而不见，只顾说说笑笑地装车，扬起的灰尘弥漫在半空。

白羊一边躲避，一边讨好地说："我加入你们的队伍好吗？"圆圆脸不无讥讽地说："白干事是耍笔杆子的人，怎么能干这种脏活呢！"白羊含笑分辩说："我怎么不能干？咱们都是工人阶级嘛！"说着，走到推车前，想取代牛三牛。可是他从未推过车，不得推车的要领和技巧，怕驾驭不了，迟疑片刻又停住了。

圆圆脸反倒挑衅地问："白干事想跟市劳模比赛推车啊？"她不等白羊回答，突然提高声音喊："大家快来看哪，白干事要跟市劳模比赛推车了！"在场的人"呼啦"围过来，"嗷嗷"地跟着起哄："快来看哪，白干事要跟市劳模比赛推车了！"

白羊万万没有料到，圆圆脸会来这一手，一时又羞又窘。牛三牛自幼劳作，练就一身力气，推车对他来说可谓是得心应手；而自己，从小在城里读书，肩不能挑，手不能提，与他比赛推车，岂不是猪八戒照镜子自找难看？再说了，为什么要跟他比赛推车呢？靠出傻力与人争强斗胜，岂不是太笨、太愚蠢了吗？

众目睽睽之下，白羊渐渐冷静下来，待起哄的声浪平息之后，洒脱地向大家挥一挥手，轻描淡写地说："大家请回吧，刚才是开玩笑呢！市劳模是大家学习的榜样，更是我学习的榜样，我怎么敢跟他比赛推车呢？"

一场难堪就这样化解了，然而圆圆脸与白羊那种难以名状的纠结却没有化解，仿佛依然停留在冷战的氛围之中，甚至由于白羊的回避或临阵逃脱更加激怒了圆圆脸，她对白羊充满了轻蔑和鄙夷。当装满一车炉渣，推的推拉的拉从白羊身边经过时，连看他一眼都没有！

在牛三牛看来，这一切太不可思议了。他和白羊在圆圆脸眼里的反差越大，越是觉得不可思议！白羊英俊潇洒，写得一手好字，提拔到厂办当宣传干事，而自己呢，呆头呆脑，只会干脏活累活，出苦力推炉渣。

然而男女之情，却是如此的微妙！牛三牛越是躲躲闪闪，不敢越雷池一步，圆圆脸越是像遇到骏马一样穷追不舍，唯恐出现偏差或疏漏，使其一闪而逝，从而铸成大错。于是采取了一系列诸如关心照顾、渗透感化之类的措施，试图以无微不至的关怀在那颗冷漠的心上烙下深刻的印痕！

牛三牛却是始终处于混沌之中，对扑面而来的关爱非但躲躲闪闪，而且惊惧排斥。就在圆圆脸不知所措束手无策之际，一场重大事故突然自天而降，将牛三牛置于几近毁灭的灾难之中，而在圆圆脸看来，却是千载难逢的良机……

那是一个薄云如飞的下午，牛三牛推完最后一车煤，刚刚走到车间门口，突然“砰咚”一声巨响，紧接着“呼——”如飓风骤起，锅炉工用煤和水精心制造的蒸气冲破一截年久失修的钢管，犹如一只冲出牢笼的困兽，狂放不羁地奔突怒号。强大的气流冲击得管壁簧片一般猎猎颤抖，发出的声音尖利而刺耳。刚接班和准备下班的锅炉工，慌乱中找来一块油毡纸和两片草苫子做防身盾牌轮番去关一个阀门，可是强大的气流和滚烫的热浪使他们根本无法靠近。

牛三牛突然像神灵附体一般，吸足一口气，对着那个无人降服的阀门猛扑过去，三下两下就关上了。这似乎太容易了，容易得令人难以置信。才想看个究竟，只觉得头皮一紧，整个身子麻木了，脚跟如同打了洞，似乎一根又粗又硬的棍子捅了进去，一直捅到后脑勺，想动一下都不能。

几个锅炉工“嗷嗷”地喊些什么，牛三牛一句没有听清。闻讯赶来的厂长、车间主任、班长和一些工人，看见阀门下的积水已经漫过牛三牛的脚面了。那水都是随着蒸汽喷流出来的，热得很。大家惊呼着，喊牛三牛快出来。然而牛三牛一点反应都没有，人们这才意识到不好了，马上找来木板和砖块垫在脚下，把牛三牛抬出来，送到厂部卫生室。经过一番紧张抢救，人是苏醒了，手却像鸡爪一样蜷曲着伸不开了。鞋是用剪刀一块一块剪掉的，皮肉粘掉几大块，脚趾仿佛烧猪蹄，一扯就能扯下来……

圆圆脸赶到时，医生已经给牛三牛包扎完，洁白的纱布只缠住双手和双脚，别处安然无恙，看上去并不像人们传说的那样严重和可怕。心里一块石头落了地，却仍然不放心地问：“很疼吗？”牛三牛胡乱地摇摇头，又点点头。现在不知道是疼还是什么，只觉得手和脚都没有了，身子也不属于自己了；头很大，木木的，酸酸的，涨得像油篓。圆圆脸又问：“你想吃什么？”牛三牛不假思索地说：“想喝水。”

牛三牛是市里劳模，又因工负伤，就破例住进一间高级病房。起初几天，厂领导和工人不断前来探视，圆圆脸像打游击似的，人来她走，人走她来，常是一句话没说完，一杯水没喝尽，人便匆匆撤离，或是来时蹑手蹑脚，先侦察而后入，急得像猫吊老鼠似的。

后来好了，探视的人越来越少，有时一两天不来人，圆圆脸便如鱼得水，恨不能一下子把洁白的病房变成培育爱情的温室，马上开出爱情的花朵。就像变戏法似的，经常带来一些好吃的，苹果、橘子、香蕉，还有一些牛三牛叫不出名字的东西。她把苹果削了皮，切成色子大小的块，用牙签一块一块挑着给牛三牛吃。

圆圆脸专心致志削苹果的样子很好看，能把一个苹果削完而皮连在一起不断，牛三牛经常看得入了迷。圆圆脸发现了，不好意思地问："看什么？"牛三牛支吾着说："看你削苹果！"圆圆脸嗔怪地说："你坏，偷看人！"

不知从什么时候起，牛三牛确实喜欢偷看圆圆脸了，常是不知不觉地盯着看半天，看得出了神。有时候甚至产生幻觉，圆圆脸变成一只鲜艳的红苹果，他真想扑上去咬几口。

渐渐地，牛三牛能在屋里走动了。圆圆脸在一旁搀扶着。这时候，就有一股类似杏子熟透或者什么花儿的芳香从圆圆脸身上散发出来，扑进牛三牛鼻子里，产生好奇与联想。有一次，牛三牛竟然寻着那股芳香，看见一截粉白如玉的脖颈儿，还有脖颈下若隐若现的红内衣，不禁一下子惊呆了，那脖颈粉白圆润，仿佛脂膏凝成！

圆圆脸不悦地说："只会看，就不会说点什么吗？"牛三牛慌忙移开目光，支吾着说："还……还用说吗？你天天来看我，还带来这么多好吃的，我心里能没数！"圆圆脸不禁一阵惊喜，料定爱情的闸门已经打开，甚至做好了迎接激情冲击的准备，赶紧问："你快说，到底怎么想的？"

牛三牛低下头，不好意思地说："还用说吗，人心都是肉长的……"圆圆脸便不再问了，知道让牛三牛这样的人山盟海誓地说出爱有多深的话，比赶着鸭子上架还要难，他能说出这些就够了！

有一天，圆圆脸正扶着牛三牛在屋里散步，忽然有人敲门，轻轻地，透着来人的尊贵与修养。圆圆脸一边扶牛三牛坐在床沿上，一边试探地问："谁呀？"来人说："请问，三牛是住这间病房吗？"声音干涩、沙哑，操着半生不熟的普通话，听上去很别扭。圆圆脸应一声，走上去打开门。

来人是丑鬼老大！拎一包补品，进门就关心地问："三牛，伤得怎么样？好些了吗？"接着解释说："这些天一直忙，没顾得来看你，也不知道你受伤。要不是昨天开会时遇见你们厂长，还不知道你躺在这里呢！"

牛三牛向圆圆脸介绍说："我表叔。"

圆圆脸赶紧搬凳子，热情地说："表叔请坐！"

丑鬼老大坐下来，责怪地说："也不给表叔介绍一下，这么漂亮的姑娘是谁呀？"牛三牛支吾着说："我们是一个班的工友……"丑鬼老大直言不讳地说："如果我没有猜错的话，你们应该是一对恋人，对吧？"然后转向圆圆脸，鼓励地说："你说呢？漂亮姑娘！"

圆圆脸不好意思地低下头，才想说什么，袁厂长推门走进来。圆圆脸立即变得像个偷儿，直往门后躲，恨不能找地缝钻进去。刚才只顾看丑鬼老大说话了，忘了观察窗外，一向顺利进行的秘密幽会，今天给父亲发现了！

袁厂长也拎着一包补品，进门就向丑鬼老大讨好地说："仇局长，说好的一起来探视，您怎么自己来了？"丑鬼老大端着架子说："不想叫袁厂长破费，还是破费了！"袁厂长把补品放在床头柜上，满脸堆笑地说："小牛同志是市劳模，为我们厂争得了荣誉，我作为厂长，表示一下关心也是应该的嘛！从前有做得不到的地方，还请仇局长多多批评呢！”忽然看见圆圆脸，不由一下子愣住了：“你……你怎么在这里？”

圆圆脸知道躲不过，干脆站出来，学着父亲的话俏皮地说：“小牛同志是市劳模，为我们厂争得了荣誉，我作为一名工人，表示一下关心也是应该的嘛！”然后张罗着搬凳子请父亲坐，俨然像个女主人，或者拉开架式要摊牌。

袁厂长心里明白，与其棒打鸳鸯丢人现眼，还不如顺水推舟送个人情。一边借坡下驴地坐在凳子上，一边向丑鬼老大夸张地说：“仇局长，你看你看，现在的年轻人……”

丑鬼老大冷眼旁观这一幕，觉得比看戏都热闹，心里想笑，面上却说：“这是怎么回事啊？我都给搞糊涂了！”其实他比谁都清楚，如果没有他这个工业局局长的表叔起作用，今天袁厂长的态度恐怕就不是这样了！

袁厂长满脸堆笑地说：“我就知道仇局长给蒙在鼓里了！”向丑鬼老大靠近些，压低声音说：“还没看出来？我女儿袁圆跟您侄子三牛相爱了！”丑鬼老大故作惊讶地说：“啊，她是袁厂长女儿？好啊，往后咱们就是亲家了！”袁厂长受宠若惊地说：“是啊是啊，往后咱们就是亲家了！”紧紧抓住丑鬼老大一双手，十分恳切地说：“仇局长，就请您百忙中挤点时间，给两个孩子保媒吧？什么时候办喜事儿，全凭您一句话！”

丑鬼老大自然当仁不让，满口应承说：“好啊，这个大媒我是保定了！等表侄痊愈了，就办喜事儿！”

连日来，牛三牛一直处于极度的兴奋和困惑之中，像众多青年男子一样，对异性的神秘充满幻想和渴望，无法摆脱，不能自拔。每当袁圆与其耳鬓厮磨亲昵爱抚之时，那种防不胜防的诱惑便扑面而来，迅速渗透到身体的每一个部位，使其产生如晕眩和窒息一般的感觉，仿佛整个人一下子消失了，灵魂远离肉体扶摇直上。恍惚之间，他竟然不知不觉地把手臂伸向袁圆，搂住她的腰……待清醒之后，又常常惊出一身冷汗，一种从未有过的罪恶感油然而生，只能一边仓皇地缩回手，一边语无伦次地说："我……我……"

起初，袁圆只当牛三牛腼腆，不敢轻举妄动，每每失望地从五彩缤纷的天空跌落到孤冷的现实之后，便在哀怨的叹息中宽容并谅解了对方，总以为他会慢慢好起来。谁知日复一日，牛三牛非但没有丝毫的起色和进步，反而更像躲避瘟疫似的开始躲避她了。

有几次，袁圆来看牛三牛，他都不在安静的病房里休养，却在嘈杂的门厅里听病友闲聊。叫他回病房休息，总是推脱说："这边很好，再待一会儿。"终于等他回到病房了，却又像累极似的，颓然躺倒在床上，不动也不说话，把袁圆一个人孤零零地晾在一边，晾得心里发冷。她不知道这是为什么，只感到委屈和不解。

在家里，袁圆是父母的掌上明珠，本来可以深闺待字安享清福，可是当她跟着读师范的哥哥去过几次学校之后，新思潮便在她头脑中生根发芽，开花结果了，非要走向社会自强自立不可。父亲无奈，只好答应她进工厂当工人。

在工厂，姐妹们更像众星捧月一般捧着她，依靠她撑腰壮胆不吃亏不受气。追她的小伙子虽然数不胜数，然而谁也不敢贸然出击或者甘心作罢，生怕这朵带刺的玫瑰花儿扎手，又怕坐失良机遗憾终生。后来，袁圆为什么选中牛三牛，非但别人不理解，连她自己也无法说清楚，就像爱山的人面对大山，说不清是爱山的石、树，还是爱山的谷、泉一样。

爱是一个难解之谜！

那是一个阴雨连绵槐花飘香的傍晚。袁圆正准备去看牛三牛，却看见大胡子先行一步走进病房了。他们是好朋友，无话不谈。她随后跟过去，躲在病房门口，想听他们说些什么。

大胡子问："跟她进行得咋样了？"

牛三牛说："没进行。"

大胡子说："其实，她还真不错！"

牛三牛说："是不错，人好，心眼也好！"

很显然，他们议论的是袁圆。门外的人听了又惊喜又纳闷，既然看一个人如此好，为什么还要推三阻四呢？是心口不一还是有难言之隐？

住了一会儿，牛三牛忽然问："你说，那天白羊说的话是真的吗？"大胡子纳闷地问："哪天？"牛三牛提醒说："就是在堑壕里那天……"大胡子不答反而问："是真是假，你还不知道？"牛三牛认真地说："那天晚上的事，肯定是真的，不然她爹不会杀我，只是从前那几回，模模糊糊的，记不清楚了……"

大胡子笑着说："行啊小子，一回一回的，艳福不浅啊？"牛三牛不接对方的话，只顾自己说："我想找白羊问清楚，可是他们是亲戚，几次都没有张开口……"大胡子出主意说："要不，找来白羊，我帮你问？"

房间里响起脚步声，可能是大胡子要走了。袁圆赶紧找地方躲起来，心里乱糟糟的，不知道牛三牛说的一回一回是什么事，更不明白为什么还要问白羊？记得有一次去办公室找父亲，白羊缠着要说三牛的事，她不想听，更没往心里去。可是现在，一个个谜团包围着，如煎如熬地折磨着，她本来痛苦不堪的心，越发像塑料薄膜一样经不起刺激了，哪怕一点细微的波动都会引起强烈的反应。又仿佛一个夜半迷途的人，既孤独又恐惧，多么希望能有一个人——哪怕一只小猫小狗也好——伴随她走出黑暗、踏上坦途啊！

急切的心情，在不知不觉中悄悄地改变着她的信念，销蚀着她的清高，使她不但忘情而且失态，甚至有些可怜巴巴地在那里等待，等待着白羊的到来。她认为，只有白羊解答了三牛的问题，她的问题才能迎刃而解！可是大胡子去了很久，结果却是一个人回来了。

“没找到！”大胡子直截了当地说。然后他就陪着牛三牛说闲话：“听说了吗？国民党又败了！”牛三牛知道这件事，这些天广播里天天讲，人人都知道。可是此时一经大胡子用这样的神情语气说出来，还是免不了惊诧和紧张。大胡子说：“我想好了，等打完仗，地面一太平，就回老家去！”牛三牛迟疑一会儿，附和着说：“我也是……”

袁圆没有心思听这些，她犹如断线的风筝，一个人跌跌撞撞地离开病房，漫无目的地走了。

再聊一会儿，大胡子告辞，牛三牛送出来，经过医务值班室门口时，差点与一个人相撞。定睛看时，正是白羊。白羊像喝醉酒一样，满脸通红。抬头看见二人，赶紧掩饰地说：“这么巧，我正准备去探望三牛，在这里遇上了？”

三人回到病房，牛三牛开门见山地问：“你那天在堑壕里说的话，都是真的吗？”白羊不由愣住了，这话问得太突然太尖锐，令人始料不及。至于他当时为什么说出那样的话，是病危之际的良心发现？还是不放心叶儿母子想托人照顾？现在已经无从知晓，总之当时他病情很严重，心情很复杂……

后来进了工厂，白羊看上袁圆父亲的地位，想背靠大树好乘凉，准备与牛三牛竞争，也曾不止一次地想过旧话重提，用叶儿母子要挟牛三牛，但因担心牛三牛不相信，怕闹翻了难以收场，一直没敢启齿。倒是袁圆与牛三牛的恋情一日九捷，取得可喜的进展，仿佛百年秦晋一夜之间成为定局，快得令人连喘口气的机会都没有。万般无奈，他只好匆匆收拾起嫉妒和怨恨，强打精神去追求一个小护士。叶儿母子，已是一段往事，一个难圆的梦境。他承认了冷酷无情的现实——不能娶叶儿为妻，也不能相认自己的儿子。他与叶儿母子之间的鸿沟，早已被那场血腥杀戮挖掘得很深很深，永远不能逾越。可怜的叶儿母子，只有按照当年赵婶的安排，假戏真做，了此一生，大概这就是天意！

谁知，牛三牛鬼迷心窍，竟然主动问起此事。白羊暗自发笑，却不急于回答，慢慢走到窗前，面对淅沥的风雨沉思良久，突然一个转身，冷笑着说："你还问这些干什么？你不是已经把叶儿母子忘记了吗？你不是马上就要做厂长的乘龙快婿了吗？你这个喜新厌旧、忘恩负义的小人！"

这一手果然厉害，面对如此责骂，牛三牛顿时像个违背了教义的信徒，无地自容地低下头，一迭声地说："我错了，我错了！"

第十二章　惶对故人影

吃过早饭，叶儿准备去大庄赶集，买些做单衣的布料，如意不肯去找姥姥玩，非要跟着赶集不可，她正欲发火，忽听邻墙那边传来二婶惊喜的喊声："我的天！这不是石头回来了？你爹你娘天天念叨天天哭，逢人就打，听见庙就烧香，求老天爷保佑你，还真是显灵了，这不是回来了？快叫姑看看，瘦了没有，伤着哪里没有？"一个男子的声音说："姑，我好好儿的，没伤着哪里。您咋哭了，这不是回来了吗？"二婶笑着说："姑没哭，姑是高兴的……"

听话音，知道是二婶失散多年的娘家侄子回来了。从前曾不止一次地听二婶说过，娘家侄子下地割草时突然失踪了，铲子、粪箕子都丢在路边上。叶儿好奇地走过去，扒着墙头看究竟。叫石头的人个子不高，看上去很瘦小，却显得很精神，十八九岁的样子，手里拎着一包水果点心。

二婶接过礼品，一边拉着侄子往屋里走，一边喋喋不休地问："吃饭了没？没吃姑做去！"石头解释说："天不亮娘就做饭，叫我这一天把姥娘家、姑家、姨家都走遍，免得大家挂念。"接着问："姑父呢，没在家？”二婶冷哼一声，不无讥讽地说：“人家忙着呢！带领一伙人闹农会，天天忙得脚不沾地。这不，一大早又去镇里开会了！”

二婶安顿下侄子，回到院子里，从鸡窝掏出俩鸡蛋，携柴火进厨房烧水煮鸡蛋。石头跟出来，站在厨房门口说：“姑，别烧了，我不渴，说一会儿话就走了。”二婶不接侄子的话，把一只小板凳从厨房扔出来，催促说：“快坐下，说说当年咋回事？”石头说：“那天还没走到地里呢，就遇到抓兵的了……”二婶关心地问：“打你没？”石头轻描淡写地说：“打倒没打，不过挺害怕……”

如意等不及了，在下边扯着母亲的衣襟喊：“娘，快走吧……”叶儿的心情更糟了，一把推开儿子，没好气地说：“往哪走？”她不管儿子如何哭闹，匆匆回到屋里，坐在桌前发呆。二婶子的侄子给抓兵了，牛三牛也给抓兵了吗？他还能回来吗？

送走侄子，二婶拿来两个苹果一把糖块，在院里哄得如意不哭了，才进屋里见叶儿。叶儿接过苹果和糖块，掩饰地笑着说：“没是没非的，哭着闹着要赶集。那么远的路，谁能带得动？”二婶开导说：“小孩子不懂事，别跟他一般见识！”又安慰如意说：“想赶集等着吧，你爹快回来了，他有劲，叫他带你去！”

叶儿怔愣一会儿，试探地问：“你侄子见过三牛了？啥时候能回来？”二婶半开玩笑地说：“看把你急的，这么几年都等了，还差这几天？”叶儿越发不安地问：“你侄子真见过三牛了？”二婶笑着说：“人山人海的，哪能那么巧？再说，见了也不认识啊？不过你放心，打完仗，当兵的就该回家了！”

二婶走后，叶儿无心赶集，带领如意走上村头的沙土岗子，假装挖野菜，眼睛却盯住通往远方的路，生怕牛三牛突然回来了。如若牛三牛知道那是一场骗局，决不会善罢甘休。欠债还钱，杀人偿命，自古常理，躲是躲不过的。能替父亲偿还血债，也是一种解脱。只可怜年幼的如意，这么小就失去母爱，还要背负一个野种的骂名，背负一辈子！

如果白羊活着，还能跟他一起远走高飞，去过那种隐姓埋名的日子吗？不能，绝对不能！这念头刚一闪现，叶儿就断然否定了。牛三牛的悲惨遭遇，都是她和白羊造成的，即便能逃到一个陌生的地方，苟且偷生一辈子，内心怎么能够安静呢？与其天天遭受良心的谴责，遭受愧疚的煎熬，还不如一死了之！

“娘，我还要吃糖……”如意拉住娘的手，用力摇晃着，撒娇地纠缠着。叶儿醒悟过来，低头看时，手里的菜篮还是空的。如意吞咽着口水，有些等不及了，再次催促说：“娘，我还要吃糖……”

叶儿伸手到口袋里，胡乱抓一把，没好气地扔过去。其实并不多，只有两块糖，准备吃半天的，一下子都给了。这样的赌气方式经常有，也不全是冲孩子。到底冲着谁，她自己也说不清，只是心里很烦乱，想发火，但往往过后就后悔了，孩子那么小，咋能怪他呢？尤其看到那张委屈的小脸蛋，心里越发不是滋味了。

如意不解地看娘一会儿，蹲下身子捡起糖，把脸扭向一边，剥一块塞进嘴里，就势坐在斜坡上。面前一棵蒲公英，绿色的叶片铺散开，中间一朵娇艳的黄花儿，看上去很可爱。他一边吞咽糖水，一边撕扯花瓣儿，样子孤独又可怜。

叶儿心里一阵疼痛，鼻尖一酸，差点掉下眼泪。朦胧之中，看见路口有人走过来，赤裸着身子，胸口一个血洞，像是牛三牛。走走停停，有气无力的样子。她一颗心立即提到嗓子眼，“咚咚”跳个不停，赶紧蹲下身子，隐藏在一蓬杂草中，从缝隙往外看。青纱帐无边无际，一片迷茫，充满怪异和神秘。定睛细看，连个人影都没有！

她一个人疑疑惑惑的，不敢待在沙土岗子上，拉起如意往村里走。柱子哥站在村口，极目张望，忽然看见叶儿，很焦急地喊：“快去吧，农会长找你多时了！”叶儿担心地问：“啥事？”柱子哥支吾着说：“我也说不清，好像是三牛的事……”叶儿把如意交给柱子哥，跟头流水地向农会部跑去。

二秃子已经等得不耐烦了，一个人在大厅转来转去。看见叶儿，想责备几句，却没有说出来，转向一个立柜，拿出两个黑包裹，放在办公桌上打开，指住其中一个问：“你看看，是不是三牛的东西？”叶儿看见一身旧军装，一只旧军帽，虽然已经清洗过，却依然血迹斑斑，心里不禁一沉，慌忙退开一步，摇头说：“不、不是。”二秃子指住军装下边的一些小物件，不甘心地说：“再看看！”

叶儿看那些小物件，不过是些小石子、小贝壳、铜纽扣之类的东西，依然摇头说：“不、不是。”二秃子叹口气，指住另一个包裹问：“看看这个，是不是白羊的？”其实，两个包裹大同小异，没有多少特别之处。一个当兵的人，除了行军打仗，就是偶尔释放一下天性，收藏些喜欢的小石子、小贝壳，还能有什么呢？

二秃子耐心地启发说：“仔细想想，你和三牛在一起时，说过改姓的事没有？比如姓田？”叶儿记得清清楚楚，从来没有说过这样的话，然而还是“仔细”地想了一会儿，回答说：“没有。”又问：“白羊呢，他说过改名吗？”叶儿立即回答：“不知道。”

看看问不出什么，二秃子只好总结说：“也不要往心里去，还没有确定呢。县里送到镇上六七位无名烈士，叫各村辨认。这两位跟咱村沾点边儿，一个叫田牛，一个叫白大勇。如果不是三牛更好，说不定哪天就回来了，如果是，你就成了烈士家属，上级会照顾你们娘儿俩。”

叶儿从农会部出来，看见如意在小角门踢皮球，柱子哥坐在走廊下打盹儿。母亲站在小窗口，远远看见叶儿，招着手叫过去。叶儿本不想见母亲，看见招手还是过去了。刚到门口，母亲却惊呼一声：“啊呀！别去……”从厢房出来，绕过叶儿跑走了。

如意把皮球踢进茅屋里了，紧跟着追过去。追到门口，叶儿娘赶到，拦住如意，自己进屋把皮球捡回来。叶儿十分纳闷：不就是捡个球吗，何必如此大惊小怪？

牛三牛知道袁圆又要来，赶紧下床，准备躲到大厅人多的地方去。恰在这时，房门“叮咚”开了，走进来一个人，不是袁圆，而是袁圆的父亲——袁厂长。和上次一样，袁厂长拎一包礼品，进门就关心地问：“小牛，好些了吗？”不待回答，便把礼品放在床头柜上，自己找地方坐下，含笑地说：“昨天在市里开会又见到你表叔了，他很关心你，问你的伤好了没有，叫我带话给你，要你安心养伤，等他忙完这阵子就来看你！”

他顿一顿又说：“本来，有件事情不想现在告诉你，想等你痊愈之后再告诉你。不过，早说了也好，你思想上有个准备。最近，市里举办文化补习班，要求担任领导职务或在重要工作岗位上的人参加，你是市劳模，又因公负伤，我破例推荐了你，过几天就去市里参加学习，学习回来不在车间上班了，去仓库工作，你忠于职守，干保管员更合适……”

牛三牛知道袁厂长的用意，能体会到一个做父亲的苦心。然而他要回家，家里有亲人等待，不能贪恋眼前的荣华富贵，做个忘恩负义的小人！于是固执地说："我不想去市里学习，也不想当保管员，我想回家——""家"字拖出很长的哭腔。

这样的回答，袁厂长非但没有责怪，反而表现出赞赏和同情。依然微笑着说："我能理解你的心情，离开家的人谁不想家呢？我年轻的时候也是这样。那年我九岁，父亲患病死了，母亲远走他乡，奶奶无力扶养我和六岁的妹妹，要把妹妹卖给人家当童养媳。我坚决不同意，就一个人出来闯荡。起初，捡过破烂，擦过皮鞋，直到十四岁那年，才进了一家工厂当学徒。当学徒只给饭吃不给工钱，还要替师傅洗衣裳、打洗脚水，那样的日子一过就是三年，晚上睡不着觉的时候，我就想家，想家里的亲人。"

渐渐地，牛三牛听得入了迷，禁不住问："后来呢？""后来……"袁厂长迟疑一会儿，"那是一个偶然的机会，我在废水沟里救起一位麻风女。谁知，麻风女经过工业废水的浸泡，竟然奇迹般地痊愈了。从此，我的生活有了重大转机……"

牛三牛关心的并不是如何救起麻风女，也不是生活有了重大转机，而是那个破碎的家，禁不住又问："你回家了吗？"袁厂长苦涩地笑了一下，轻声说："结婚的第二年，我回家了，她家很有钱，父亲开着几个大工厂，是用小汽车送我们回家的。但哪里还有家？只有几块破砖烂瓦和一堆长满杂草的屋土。奶奶早已离开人世，妹妹为了埋葬奶奶而卖身，至今下落不明……"

牛三牛欷歔一声，不再问了。抬头望着那张肉嘟嘟红鲜鲜的脸，试图印证故事的真伪，然而如今的幸福早已把昔日的苦难滋润得没了丝毫痕迹，遥远的记忆更给满面红光埋没得没有一点踪影。尽管如此，他还是相信并深深地给那个故事打动了，单纯而诚挚的心像触电一样颤抖不止。

朦胧之中，仿佛看见一口老屋在风雨中轰然倒塌，尘埃落处长满青草，风吹草低，露出一堆一堆黑褐色的干屎橛。大腹便便的袁厂长从废墟上走过来，用三接头皮鞋踢踏着那一堆一堆，不无讥讽地说："这样的家，还有什么可留恋的？"转身指住远方一片高楼，极尽炫耀地说："哈哈，那才是我的家！如果想要，也是你的家！牛三牛，你想要吗？"牛三牛赶紧摇头说："不，我有家，家里有母亲，有妻儿……"袁厂长显然很失望，冷"哼"一声拂袖而去。

牛三牛一脸疑惑，不知道怎么回事儿？明明是心里想的事情，袁厂长怎么知道的呢？难道一个人在心里想的事情别人也会知道吗？忽然想起袁厂长来时拎的一包礼品，想用它印证刚才的事情。礼品就在床头柜上，散发出阵阵诱人的清香，很显然，刚才的事情都是真实的！

他一个人呆坐一会儿，起身往外走。正是槐花飘香的季节，空气中弥漫着犹如蜂蜜的香甜。日光融融，令人慵困。一夜春风将槐花吹得遍地缤纷，一个小护士正在清扫甬道，柔细的腰肢一扭一扭，十分优雅。

忽然有人喊："小于——"

牛三牛却听得喊"小雨"，心里怦然一动："小雨啥时候来的，我咋一点不知道？"小护士停止了扫动，慢慢直起腰，抬起头。那是一张清纯而熟悉的脸，看的人顿时惊呆在那里："天哪，果然是小雨！"

他正欲上前问个明白，白羊径直走到小护士身边，手里扬着两张电影票，不无炫耀地说："今晚七点半的电影，好不容易托人买到的！"小护士发现有人看，示意白羊收敛些，以免给人说闲话。

白羊回头看一眼，没好气地说："看什么看？快回病房躺着去！"牛三牛解释说："我……我找小雨……"忽然觉得不妥，赶紧改口说：

“我……我送厂长！”白羊冷冷一笑，不无讥讽地说：“嘿，市劳模也学会撒谎了！厂长去市里开会，一早就走了，还送厂长，你骗谁呢？”

牛三牛分辩说：“我没撒谎，我为啥要撒谎？”白羊越发尖刻地说：“为啥要撒谎？你心里最清楚！拉大旗做虎皮，往脸上贴金呗！”牛三牛脸上顿时火辣辣的，仿佛给人打了两耳光，不禁发急地说：“厂长刚从我房间出来，不信你问她，看到没有？”他求助地看着小护士，希望能给说句公道话。

小护士冷冷一笑，丢下一句话：“神经病！”拉着白羊走了。仿佛一盆脏水兜头泼来，抖也抖不掉。牛三牛心里恨恨的，想发火却不知道如何发，也不知道向谁发？怔愣一会儿，怏怏地回到病房，躺在床上蒙头大睡。不知过了多久，房间响起脚步声。牛三牛不想理会，闭眼装睡。被子“呼”一下给人掀开了，紧接着一个声音喊：“什么时候了，还睡？”

是丑鬼老大！

丑鬼老大拉凳子坐在床前，点燃一支烟猛吸几口，往牛三牛脚心一按，再用力一拧。牛三牛“嗷——”一声跳起来。丑鬼老大得意地说：“睡啊，你小子再睡啊！”牛三牛自知不是对手，赶紧坐起来，赔着笑脸说：“表叔来了？”丑鬼老大生气地说：“熊样！还不穿上衣服？”低头看时，原来自己光着身子。记得从院里回来没有脱衣服，躺倒就睡了，怎么光着身子呢？丑鬼老大打量对方一会儿，冷冷地问：“你脑子没有毛病吧？”

牛三牛十分委屈，鼻尖一酸，哽咽着说：“人家看不起我，骂我神经病，你也看不起我，说我脑子有毛病！我有啥毛病？不就是想回家吗？不就是想跟亲人团聚吗？反正我想好了，就是要回家，不想做喜新厌旧、忘恩负义的小人！”

丑鬼老大气恼地说：“看来，你小子经历的事情还是太少了！老子活这大半辈子，死过好几次，终于想明白一个道理，在这个世界上，根本就没有良心，良心都给狗吃了！当初，老子要不是相信良心，不拿着那些钱去讨好当官的，而是用来购买枪支弹药，招兵买马，老子早成旗号了！”

不等对方说话，接着又说：“国民党几十万大军给打得落花流水，很多人拍手叫好，这就是成功！我炸碉堡、攻关卡，血里火里往上冲，结果成了孤胆英雄，开大会戴红花，转业当局长，这也是成功！这些成功，都是用鲜血和生命换来的。你小子呢？只需把一个如花似玉的姑娘往怀里轻轻一搂，就能到市里参加文化学习，到仓库当保管员，说不定将来还能当车间主任、当厂长……这成功来得多么容易，多么体面？还什么不想做忘恩负义的小人，当年把你吊在树上放血的时候，你想做忘恩负义的小人做得了吗？那时候，你就是一头任人宰杀的猪狗，甚至连猪狗都不如！”

丑鬼老大越说越气愤，唾沫星子直往脸上喷：“听老子一句劝吧，放弃那个家和狗屁良心，在这里老老实实地娶媳妇，痛痛快快地过日子，好处还在后头呢！”不管对方答应与否，硬生生地丢下一句话：“给老子记住，下个礼拜六举行婚礼！”话音未落，起身走了。牛三牛追出病房看时，早已没有了踪影！

睡了这么久，牛三牛还是觉得困，想继续睡下去，甚至想永远睡下去，可是丑鬼老大定下的婚期日渐逼近，咋还能睡得着呢？如果丢下叶儿与袁圆结婚，良心会受到谴责，一辈子会不得安宁。如果不辞而别，回家跟叶儿团聚，又于心不忍，对不起热情、善良的袁圆。思忖再三，觉得还是见袁圆一面为好，把话给她说清楚，或许能得到谅解。

外面下着小雨。雨丝细得像雾一样随风飘飞，天地间一片迷蒙。这样的雨已经下了很久，大地和大地上的一切都给淋烂了，到处充斥着风雨的腥味和腐烂的气息。每走一步，都有踩空或者落入陷阱的感觉。

牛三牛走出病房，刚刚步入雨地，护士小于从后边追上来，特别坚决地说："你的伤没有痊愈，不能到处乱走！"牛三牛只好回到病房，待对方走后，从后窗爬出去，像灰鼠一样沿着墙根走。这次果然没有人发现，只是墙根不好走，遍地碎砖烂瓦、杂草藤蔓，还有屋檐滴水。只一会儿，衣服全湿透了。

不知为什么，生活区变得冷冷清清，除了淅沥的风雨别无声息。牛三牛十分纳闷，不知道发生了什么事。走到女工宿舍前，四处张望着，正不知如何是好，身后响起开门声，一位短辫女工打着雨伞跑出来。牛三牛认识这女工，曾经一起义务劳动过，是袁圆的好姐妹。赶紧迎上去，才想开口说话，短辫女工留下一个奇怪的笑，往宿舍尽头的厕所匆匆跑走了。

从前，牛三牛只跟袁圆去过她爸休息的地方，从未来过女工宿舍，不知道住在哪间，不敢贸然敲门。过了一会儿，短辫女工从厕所回来，看见雨地里的牛三牛，淋得像个落汤鸡，不好意思地说："怎么还在外边，不到屋里去？"

牛三牛支吾着说："我……我找袁圆，她住哪间宿舍？"短辫女工仿佛明白了什么，不无惋惜地说："晚了，你找她也晚了！"此话从何说起，莫非结婚的事已成定局，没有商量的余地了？不禁发急地说："袁圆住在哪间宿舍？我找她有急事！"

短辫女工叹口气，轻声安慰说："急也没用，还是听天由命吧。那么大的事，能是说改就改的？"把房门推开，往里指着说："袁圆就住在这间，要避雨就进来坐会儿，找人可是没有。嘻嘻，她昨天回家了，准备结婚去了！"

牛三牛不敢停留，赶紧辞别短辫女工，往男工宿舍走，准备请大胡子出主意。上次问过白羊之后，还没有见过大胡子。大胡子不相信白羊的话，劝其三思而后行，牛三牛却坚信白羊不会撒谎，尤其不会拿表妹开玩笑，因此闹翻，不欢而散。

走到一个拐角处，他迟疑着停下来，不敢往前走，生怕大胡子不理睬。突然有个声音喊："小牛小牛，快过来快过来！"定睛看时，原来是班长，脸色阴沉，站在宿舍门口，叫魂似的，招着手大声喊。

牛三牛走过去，班长正欲往里引，看见他一身湿衣、两鞋烂泥，赶紧堵在门口，直截了当地问："昨天，老胡跟谁一起喝酒了？"牛三牛心里一沉，不知道大胡子怎么了，慌忙摇头说："不知道。"又问："最近，他经常去哪里？"依然摇头说："不知道。"班长生气了，提高些声音说："你什么都不知道，下着雨往女工宿舍跑什么？还不是想找袁圆替他讲情？告诉你，晚了，找谁讲情都晚了！"牛三牛越发吃惊地问："老胡咋了？我找他还有急事呢！"

班长审视对方一会儿，看他不像撒谎的样子，缓和些语气说："昨天，厂里举办联欢晚会，庆祝全国解放。老胡突然不见了，不知跟谁喝酒去了，到半夜才回来。上班时睡觉，造成重大事故，主机损坏，全厂停产。公安局怀疑他是敌人的特务，一早就给抓走了！"

天啊，大胡子天天盼望全国解放，回家伺候老娘，好不容易盼得全国解放了，却是这样一个结局！他这次喝酒，是邀人举杯同饮，庆祝全国解放，回家的愿望得以实现？还是对影默默独斟，吞咽内心的苦闷，准备与曾经的好友分道扬镳？无论哪一种情况，他都有可能喝醉，无意中惹下大祸，若说是敌人的特务，却是难以置信！于是申辩说：“老胡是好人，不是特务，更不会……”

不待牛三牛说完，班长古怪地笑着说：“你跟我说这些没用，他是不是特务，要等调查之后才知道！对了，听说你和老胡，还有白羊干事，都是从那边一起过来的？”牛三牛顿时张口结舌，不知如何回答才好：“那……那边？”班长点点头，不无启发地说：“是啊，那边！”

仿佛横空飞来一块乌云，笼罩在头顶，令人压抑、恐惧。牛三牛不安地看着班长，想做些解释，班长已经转身走了。他在门口傻站一会儿，只好回到雨地，沿着甬道往前走。这时一个压低的声音喊：“三牛！”他起初以为听错了，没在意，继续往前走。那个声音又喊：“三牛！”确实有人喊，只是声音太低，又经过风雨的摇曳，若有若无。牛三牛纳闷地停下来，四处张望着，那个声音说：“我在这里呢！”

原来是白羊，站在厂办窗口向外招手。牛三牛正想找人搭救大胡子，此时看见白羊，顿时眼睛一亮，不分泥里水里径直走过去。白羊也曾受过大胡子恩惠，不会看着恩人有难不管。还离几步远，就迫不及待地说：“白羊，老胡出事了你知道吗？”看见白羊摆手，当是办公室有人，说话不方便，赶紧闭上嘴。走近才看清，原来办公室只有白羊一个人。

白羊从窗口探出半个头，无可奈何地说：“出了这样的事，还有什么办法想？举国同庆解放，他却上班睡觉，致使主机损坏，全厂停产，性质十分恶劣。市长震怒，下令必须严惩，弄不好，你我都要受到牵连……”牛三牛想起班长带有暗示的话，不禁吃惊地问：“是因为跟老胡从那边一起过来的吗？”白羊支吾一会儿，忽然恍然地说：“是……是啊，就是因为跟老胡从那边一起过来的，才要受到牵连！”

牛三牛委屈地说：“从那边过来的人多了，哪班都有好几个，为啥光咱受牵连？”话一出口，连自己都觉得愚蠢又多余。白羊绕开对方的话，先入为主地说：“你找到袁圆了，她愿意替老胡求情吗？”牛三牛解释说：“我找袁圆，不是说老胡的事，是说我要回家的事。回来路上遇见班长，才知道老胡出事了……”白羊不无意外地说：“什么！你找袁圆说要回家的事？嘿，真能想得出，回家与妻儿团聚，还要跟恋人说一声！”牛三牛听出其中的讽刺，赶紧分辩说：“无论咋说，总算相好一场，临走不能不打个招呼！”

上次白羊“责骂”牛三牛之后，迟迟不见他行动，还当他舍不得这份富贵荣华呢？正想借大胡子的事做些文章，将其逼走，不意傻小子竟然找袁圆告别去了！心里想笑，面上却故作恼怒地说：“临走打个招呼，你糊弄谁呢？我算彻底看透了，你压根儿就不想走，舍不得厂长的地位和富有，舍不得袁圆的年轻和美貌，把生死未卜的母亲、孤苦伶仃的叶儿、无依无靠的儿子，早已抛到九霄云外了！”

牛三牛顿时愣住，不知此话从何说起，更不知如何解释，急得抓耳挠腮，恨不能把心掏出来给人看。白羊看他这样，越发气恼地说：“你走吧，我不想看到你，永远不想看到你！”牛三牛几近哀求地说：“白羊，看在咱是同乡，叶儿是你表妹的情分上，请帮我出个主意吧，我想回家，想跟家里的亲人团聚，可是又不忍心……”

白羊打断对方，冷冷地说：“你不是找袁圆了吗，跟她商量就行，还用请我出主意？再说了，事已至此，别说我无能为力，即便天王老子来了也是无能为力！”牛三牛不解地问：“这……这是为啥啊？”白羊卖关子说："袁圆没有告诉你？"牛三牛摇头说："袁圆不在宿舍，回家准备结婚去了。"

白羊心里一块石头落了地，越发有底气地说："明白了吧？这就是袁圆的回答！"牛三牛如堕五里雾中，支吾着说："袁圆的……回答？"白羊提示说："你想啊，嫁妆都准备了，结婚请柬都散发了，这时候再说不想结婚，想回家与妻儿团聚，她能答应吗？别说袁圆不会答应，就是厂长和你表叔也不会答应！一位厂长的千金大小姐，竟然给一个家里有妻儿的小小锅炉工抛弃了，保媒人还是知根知底的表叔，市里赫赫有名的仇局长，传扬出去，这些人的脸面往哪搁，袁厂长怎么看你表叔？还要临走打个招呼，也不动脑子想想，打完招呼还能走得了吗？除非你不想走！"

牛三牛听这么一说，不禁吓出一身冷汗。到底白羊知书达理，见多识广，把事情看得透彻。幸好没有找到袁圆，不然胡乱说出去，还真是麻烦了！他往前靠近一些，想给白羊说些感激的话，请求出主意想办法，忽然发现隔着一面窗，只好停下来，觍着笑脸说："白羊，谢谢你提醒，要不还真走不了！"白羊摇摆着双手，十分排斥地说："别、别，千万别这样说，我可没有提醒你，只是拿你的话简单分析了一下而已。再说还是那句话，事已至此，别说我无能为力，即便天王老子来了也是无能为力，何去何从还是你自己拿主意！"

牛三牛明白了，白羊是怕落抱怨，于是信誓旦旦地说："白羊你放心，回家是我的主意，是我舍不下母亲和叶儿母子。这一步走出去，是福我在心里感谢你，是祸绝对不会抱怨你！"白羊看他这样，认真地说："你想好了，真要走啊？"牛三牛坚决地说："想好了，这一面就是告别！我走之后，老胡的事全靠你了……"

白羊苦笑一下，难为情地说："说实话，我现在不能答应你，一是事故重大，惊动了市长，我怕没有说话的机会；二是自身难保，不定什么时候就给牵连进去。不过你放心，只要有机会替老胡说话，我当竭尽全力！"牛三牛鼻尖一酸，哽咽着说："好兄弟，有你这句话，老胡大叔就值了！"

牛三牛辞别白羊，匆匆往宿舍走。走几步停下来，想起宿舍里没有自己的东西了：一身工作服已经穿在身上，几个月的工资已经带在身上；一床被子是工厂发的，应该留给工厂；当劳模时领的一个玻璃镜框奖状，那是意外所得，身外之物，带着不方便不说，也没有用，更该留给工厂……

走出工厂大门，面前出现两条路：一条宽阔大道通往市区，一条阡陌小路伸向田野。牛三牛不敢走大道，生怕给人发现，匆匆迈上小路。小路弯曲而坎坷，又走得慌张，突然一脚踩空，摔倒了……

这天上午，牛三牛行至一个集镇。赶集的人大都是当地居民，不大的街面上熙熙攘攘，十分热闹。往里走不多远，坐北朝南敞开两扇大门，门口竖一块白地红字的大牌子。两个年轻人守在门口，身背长枪十分英武。

大院用新土垫过，平平展展，格外光洁。一排正房和两排厢房，也都修缮过，不少门旁挂着小牌子，上边写着字。牛三牛不识字，不知道写的是什么，只见出出进进的人很精神，一个个兴高采烈志得意满。正看得出神，忽听"咯咯"一串笑声，一位背药箱的漂亮姑娘，与一位挎匣枪的英武男子，从大街那端风风火火地走过来，说笑着往大院里走去了。

牛三牛心里一动，觉得两个人有些面熟，堂皇大院也似曾相识，只是记不起啥时候见过了。对面墙脚下有个剃头摊子，剃头匠是位瘦小的老头儿，手里拿一把剃头刀，肩上搭一条白毛巾，满面堆笑地跟人打招呼。有善解人意的人，含笑地回敬说："等会儿，办完事来剃头！"老头儿立即承诺说："您先忙，我候着！"

牛三牛走过去，坐在一只凳子上，想一边剃头一边打听些事情。刚坐下，老头儿禁不住喊："啊呀！这不是牛家孩子吗？"牛三牛不禁一惊，差点跳起来。老头儿按住他的肩，一边披围裙，一边安慰说："放心吧，眼下是新社会，人人平等，没人欺负人了！"

牛三牛回头看时，原来是田家守门人老吕，不由纳闷地问："大爷，您不在田家守门了吗？"老吕哈哈笑着说："田家大院充公了，大厅房改作农会部，我白天剃头挣钱糊口——官话叫自食其力——夜里看守农会部！"

牛三牛指一下对面的大门，好奇地说："这地方，看上去好面熟？"老吕端来一盆水，一边给客人洗头，一边像拉家常似的说："你赶过大庄集不？看过红枪会练武不？对面这座大院，就是当年龚家的老宅院，眼下改作镇政府了。"

"大庄""龚家"，这些字眼有如开道锣响，"咣！咣！咣！"一直把牛三牛带进那个惨绝的夜晚。难怪似曾相识？原来侵入过此地，糟蹋过此地，毁灭过此地！牛三牛不敢久留，那个夜晚令人心惊胆战不寒而栗，恨不能立即剃完头，离开这个是非之地！

老吕却是极有耐心，甚至为了兜揽生意，故意提高嗓门，夸大动作，引得不少人围观。有人起哄说："老吕，来个飞刀看看！"老吕真把剃刀抛向半空，待落至头顶那一瞬，顺势接在手里，剃下一缕头发。

其动作娴熟，不慌不忙，看的人无不喝彩。

牛三牛如坐针毡，急出一身汗，不时地胡乱扭动。老吕故弄玄虚地说：“别动，一动这刀就没准了，万一掉到脖子上割断大筋，你的命没有了，我还要跟着吃官司！”忽然发现脖子里有汗水，禁不住“哈哈”笑着说：“看把你吓的，出这么多汗？放心吧，大爷说笑话呢，不是吹，这飞刀玩几十年了，从没失过手！”

剃完头，牛三牛沿大街往前走。两边有卖布匹成衣针头线脑的，有卖青菜蛋肉黄河鲤鱼的，有卖煎包壮馍烧饼丸子汤的，有卖条编苇编鸡鸭猪羊的……无论是买是卖，所有人都很快乐，讨价还价面带笑容。前边人群中，忽然闪出一个熟悉的背影，微驼的脊背和稍垂的发髻很像母亲，而且越看越像。啊，她就是母亲！牛三牛赶紧追上去，才想开口喊娘，却发现不对了，一个年龄相仿的年轻人先行一步，亲亲热热地把娘搀住了。

他失望地站在那里，眼看着母子俩走远，融入人群之中。可是那位母亲头上戴的一块蓝色印花方巾，却一直没有消失，不停地在人头堆儿上晃动。他心里不由一动，觉得那样的印花方巾很好看，也想买一块送给母亲。还有叶儿和孩子，也应该送点东西。几年不见，总要表达点心意！

摊主是位老生意人，很会做生意，一眼就看出买主来意，不待对方站稳，拿一块蓝色印花方巾递过来，热情而恭敬地说：“兄弟，如果我没有猜错的话，你要买这块方巾送给母亲！”见对方点头，立即竖起拇指说：“就凭兄弟这份孝心，三块钱的东西我两块钱卖了！”其实只值一块五。

牛三牛觉得捡了大便宜，站在摊子前不肯走，两眼盯住花色鲜艳的货物，却不好意思问价。摊主故意吊胃口，大声鼓动说："兄弟看看这几件，花钱不多，货真价实！"听到花钱不多，牛三牛心里有了底，鼓起勇气说："您捡合适的，给我选两件，一件大人用，一件孩子用！"摊主答应一声："好嘞！"便麻利地拿出一件碎花汗衫，一件小孩背心，用纸包好交与买主，大大方方地说："该六块的，兄弟拿五块就行！"

转过街口，是一家卖绿豆丸子汤的，老字号了，很多人围在那里吃。牛三牛小时候跟父亲赶集，曾经吃过一次，很好吃，绿豆丸子煮得绒绒球似的，到嘴里就散。这几天光顾赶路了，没有好好吃饭，还真有些饿了，想坐下吃一碗，可是年轻轻的，又怕人看见笑话，迟疑良久没敢坐。

突然响起一声吼："滚远点！"一个红鼻头男人用力一推，把一个讨饭的疯女人推出几步远。疯女人趔趄几步，仰面摔倒地上。对面的瓦刀脸男人看着红鼻头，意味深长地说："咋？夜里没伺候好你？"红鼻头气呼呼地说："谁知她跟哪个龟孙王八蛋了！"

瓦刀脸迟疑片刻，走向疯女人，用力踢着说："起来起来，我有半碗汤给你！"疯女人躺着没有动。不知是饿得起不来了，还是摔得重了？瓦刀脸在脚上加些力，一边踢一边说："再不起来，我把汤喂狗了！"

疯女人爬起来，接过半碗丸子汤，大口吃起来。吃相很贪婪，像一条饿疯的狗。瓦刀脸捏一下挂着汤汁的下巴儿，淫笑着说："跟我走吧，到家管你吃个饱！"疯女人迟疑一会儿，慢慢移动脚步，还是跟着走了。

丸子汤掌柜鄙夷地说："老二，积点德吧！"瓦刀脸反驳说："刘掌柜，你啥意思？我是看她可怜，才想给她一顿饱饭吃！要不，你把锅里的丸子汤舀一碗给她，叫她跟你走？”刘掌柜冷哼一声，果然舀了一碗丸子汤，送给疯女人，随后提醒一句：“小心烫！”

疯女人不管不顾，甚至没有离开原地，接过去就吃了。她还很年轻，或许还很漂亮，只是饥饿和苦难，吞食了灵魂和肉体，剩下的只是一具活尸了。脸色像晒过的白菜叶子，苍白萎缩，眼睛像被烟火熏过，暗淡无光，头发像打翻的谷茬，沾满泥土，衣服根本分不出颜色，袖口和裤腿已经撕裂，半遮半掩着两截枯瘦如柴的小腿和手臂……

仿佛意识到有人看她，慢慢抬起头，迎向对面的目光。那看人的样子很特别，一双僵直而空洞的眸子好似远古遗留的万丈深渊，里边容纳的东西根本无法描绘；苦难和狂愤，期待和幻灭，给时间的巨轮辗轧成仇恨的碎片，融化成屈辱的泪水，最终凝成两缕如是严冬井口散发的淡淡气体……天啊！她眼睛里流露的已不是光芒，而是令人不寒而栗心胆俱裂的淡淡气体！

牛三牛没有勇气再看下去，或是没有勇气再被看下去，惶恐不安地转回身子，匆匆走开了。刚走两步，禁不住再回头看一眼，仿佛那身上有什么东西，深深地吸引着他！恍惚之间，他看见了一个熟悉的人影儿，定睛细看却又没有了……

大庄距田家庄九里路。随着路程缩短，牛三牛的心却越提越高。离家几年，不知道家变成啥样了，母亲变成啥样了，叶儿变成啥样了？还有从未见过面的孩子，他长得啥模样？一定像他母亲一样，漂亮又温柔，十分讨人喜爱！

正值中午，村街上没有人，甚至连小鸡小狗都没有。尽管如此，牛三牛还是加快了脚步，生怕给人看见。街道、房屋依旧，看不出多少变化。只是白家偌大的一片瓦舍不见了，变成荒草萋萋的废墟，裸露着烟火烧黑的断墙、破碎的瓦砾。对面一个不大的院落，应该就是记忆中的家了。院墙、门楼、房屋都修缮过，新添的柴草、新糊的泥巴十分招摇，给人一种似是而非、恍若隔世的感觉。牛三牛茫然四顾，怀疑走错误了地方。

门口蹲着一个小男孩，胖乎乎的，四五岁的样子，在看蚂蚁搬家。牛三牛走过去，试探地问："孩子，这是你家吗？"小男孩不理对方，只是专心致志地为蚂蚁设置着一道又一道障碍，以此来取乐。来人提高些声音，再问："孩子，这是你家吗？"小男孩不耐烦了，大声反驳说："不是我家，还是你家？"

正不知如何对答，院里响起一个女人的声音："如意，跟谁说话呀？"小男孩硬生生地说："不认识！"院门开处，走出一位少妇，愣愣地打量着来者。她稍嫌丰满，与那个苗条秀丽、纯洁迷人的掐花儿姑娘相去甚远，甚至没有前者的一点影子。看的人退开一些，再看左邻右舍，此处就是记忆中的家！于是试探地说："我是三牛，你……"

她就是叶儿，面对来人，已经不认识了！那时候匆匆一面，无情的岁月早已把一切淡忘成过眼云烟。不过"三牛"这个名字，她依然记忆犹新，就像那场血腥杀戮，永远不能忘记！她害怕那场杀戮，也害怕这个名字！因此，当来人这样奇突地说出它时，不禁惊骇得浑身颤抖，仿佛头顶压来满天乌云，雷电即将交作！

迟疑片刻，牛三牛收拾出一些笑容，轻声说："叶儿，我回来了，回家说话吧。"一边往里走，一边急切地问："娘呢，娘在家吗？"

第十三章　情路多乖劫

十分明显，这个家与牛三牛产了很厚的隔膜，不能像从前那样无拘无束地融入了。它失却了一种氛围，一种感觉，一种像核一样的东西，已经变成一个空壳，一个神去之后的空壳。母亲就是这个家里的神，母亲不在了，神就没有了，这个家就变成空壳了！

陌生感更使他与叶儿拉开了距离，记忆中的叶儿已经不复存在，甚至怀疑当初是否见过那个女孩。那个令人迷恋，看一眼就刻骨铭心，甚至心甘情愿为其牺牲一切的女孩，此时竟然战战兢兢、如临大敌一般站在面前，眼里充满惊奇与绝望。叫如意的男孩更像一头没有经过任何驯训的初生之犊，瞪着一对疑惑的大眼睛，十分警惕地注视着这个侵入到他领地的不速之客。

空洞、冷清的感觉一阵阵袭来，仿佛一只无形的巨手，凶残地掏空人的五脏六腑，把人变成单薄的躯壳；又仿佛堕落无边的冰窟，寒冷凝固了一切，呼吸困难，血液停止了流动。牛三牛强打精神，试图打破这样的僵局，缓和一下气氛，把在集上买的礼品，一遍又一遍地送给叶儿和如意。

起初，叶儿不敢收，怕烫似的摇摆着双手往后退。如意想要小背心，却看着娘的脸色直摇头。后来，叶儿大概看出没有马上动手的意思，渐渐放心一些，接过碎花汗衫和小背心，随手放在桌面上，试探地问："你还没有吃饭吧？"牛三牛迟疑一会儿，故作轻松地说："有现成的，就给我拿一点。"叶儿便不说话了，转身走进厨房，如意寸步不离地跟在后边。

厨房里，如意好奇地问："娘，他是谁呀？"

叶儿轻声说："奶奶的儿子。"

如意不解地问："奶奶死了，他还来找谁？"

叶儿解释说："这是他家。"

如意反驳说："不对，这是咱家！"

……

牛三牛听清了，叶儿说的奶奶就是母亲，如意曾经管母亲叫奶奶！心里如是刮过一缕春风，顿时舒缓许多，熨帖许多。叶儿端来一碗菜汤，两个窝窝，热气腾腾的。赶紧接在手里，大口吃起来。虽不比工厂的伙食，却也能吃出些许香甜，吃出家的感觉。

吃完饭，叶儿收走碗筷，站在门口说："娘病了，俺过去看看，晚了就不回来了。"牛三牛提议说："我也去，几年不见，回来了总得打个照面。"叶儿迟疑一会儿，搪塞地说："改日吧，俺先去说一声。"不待对方回答，便拉上如意匆匆走了。

牛三牛独坐一会儿，孑然走到院里。小时候栽种的一棵石榴树已经长大，团团的一墩，葱茏墨绿，花骨朵儿鲜红，顶端一个凹腰儿，像是宝葫芦。南墙下那棵楝子树，也长高了长粗了，树干挺拔枝叶繁茂，像伞一样撑在院子上空……

忽然，半空响起一个声音：“是三牛回来了吗？”听上去十分熟悉，十分亲切，像是母亲。是母亲在天有灵，看望儿子来了？他不禁一阵惊喜，赶紧向四周张望，恨不能一眼看到母亲，扑进母亲怀里。却没有母亲的身影，莫非阴阳两界，只能闻其声不能见其形？失望的心隐隐作痛，仿佛给一只大手紧紧搦住，搦得喘不出气儿。

那个声音又说：“在这里呢！”寻声望去，矮墙上露出一蓬灰白的头发，半张核桃皮样的面孔，一双昏花的老眼，一眨不眨地看着这边。牛三牛认出来了，她是邻居二婶。二婶不无惋惜地说：“三牛啊，我的孩子，你可回来了！你娘天天盼你回来，眼睛都哭瞎了。要是早回来几天，你娘儿俩见一面多好？”

牛三牛鼻尖一酸，呛出两眼泪，哽咽着问：“二婶，俺娘咋老了？得的啥病啊？”二婶口无遮拦地说：“哪里是有病？是想你想的！起初，村里人都知道你给乱枪打死了，就你娘不知道，都瞒着她。分田地的时候，你娘非要分你那一份，说你很快就回来了，不知谁说漏了嘴，你娘一下子就塌架了，躺倒床上再也起不来了……”

叶儿像逃离一个危险境地，带着如意走出家门，一路匆匆而行，还不时地回头看，生怕有人追上来。一进小角门，就看见母亲站在茅屋窗口，一边向里张望，一边窃窃私语，虽然好奇，却也不想多问。如意乐不知愁地跑上去，甜甜地喊：“姥姥！”

叶儿娘赶紧离开窗口，把如意拥进怀里，在腮上亲两口。样子有些慌张，也有些虚假，像用表面的热情掩饰什么。联想到上次踢球的事，越发觉得可疑，于是问：“你跟谁说话？”母亲矢口否认说：“我没跟谁说话，路过这里随便看看。”显然有事不说，刻意隐瞒。

走进厢房，母亲从箱底翻出一把小干枣，叫如意在院里吃，回头问叶儿："你有事？"叶儿直截了当，甚至有些幸灾乐祸地说："他回来了！"然后看着母亲，意思好像说："大难临头了，你看咋办吧？"母亲不禁一惊，尽管猜到是谁回来了，还是禁不住问："谁回来了？"叶儿冷冷一笑，硬生生地说："还能有谁？欠债还钱，杀人偿命，都是迟早的事！"

沉默一会儿，母亲试探地问："他说啥了？"叶儿摇头说："啥都没说！"母亲越发不安了，吃惊地问："啥都没说？"叶儿解释说："好像没顾得，进家就找娘，看见娘没有了就哭……"母亲颓然坐在床边，几近绝望地说："悲愈痛仇愈深，哭完就该动手了。你爹那个老东西，作下孽留给咱娘儿俩替他顶罪！"

她从箱底翻出一只银镯子，交与叶儿，急不可待地说："快带上如意逃走吧，逃得远远的，逃到一个没有人认识的地方，永远不要回来了！"怕叶儿不放心，随后安慰说："不用担心我，他来了我就躲进农会部，农会长不会看着杀人不管！"

叶儿心里舍不得娘，嘴上却说："我不走，要走当年早走了，还用惹下这些事？"把银镯子还给娘，指住一个空地说："在这搭张床，我和如意住下了。农会长能保护你，也能保护我们娘儿俩！"随后补一句："对了，听说你有病，他要来探望。我先打个招呼，说不定啥时候就到了，免得手忙脚乱！"说着，搬东西搭床铺。

母亲怔愣片刻，忽然惊喜地问："他真说了，要来看我？"叶儿不无讥讽地说："咋，怕了？你不是有农会长保护吗！"母亲不搭女儿的话，只是急切地问："你快说，他到底说没说过这句话？"叶儿爱答不理地说："说了咋样，不说咋样，有啥区别吗？"母亲越发急切地说："当然有区别，区别可大了，他要是真能来，我就放心了！"见叶儿不解，赶紧解释说："你想啊，他要是真能来，就说明还不知道从前的事，或者知道了假装不知道……"

不待母亲说完，叶儿挥手打断说："我当啥锦囊妙计呢？原来是大白天说梦话！那么大的事，人家还能不知道，还能知道了假装不知道？老祖宗，千万别忘了，那可是杀父之仇！"母亲慌忙摆手，示意叶儿小声，从窗口探出身子，看墙外是否有耳。院里除了如意别无他人，小家伙只顾吃干枣，根本不理别的事。

母亲压低声音，十分肯定地说："白、牛两家一墙之隔，三牛那孩子从小在我眼皮子底下长大，啥脾性我知道。只要他能来，就是没有动手的意思，起码没有马上动手的意思；他不来，再啥话都不说，反倒不好了。"叶儿不搭母亲的话，冷笑着说："老祖宗，省省吧，别大白天做梦了！人都是会变的，他在丑鬼窝里这么多年，早变成杀人恶魔了，要真是知道了假装不知道，还不如挑明痛快呢，明枪易躲暗箭难防，哪天施计把人杀了，街坊邻居还当睡着呢！"

其实，这正是母亲的担忧之处，为了安慰女儿，却刻意不挑明，只是避重就轻地说："要真是那样，无外两个目的，一是正在犹豫，权衡进退利弊，或者等待合适的机会下手；二是放弃了冤冤相报，化干戈为玉帛，假戏真做，往后和你一起过日子。"叶儿差点跳起来喊："我的天啊，亏你想得出？化干戈为玉帛，假戏真做？反正我是做不来，别说一起过日子，就是一起说话，都能吓个半死！"

母亲努力吞咽一口干涩的唾沫，仿佛努力吞咽一杯自酿的苦酒，无可奈何地说："事到如今，还有别的出路吗？"叶儿怔愣良久，突然大声质问说："这就是你的主意吗？这就是你给我的出路吗？这么多年了，你一点都没有变，还是只顾自己不管别人！当初为了掩盖偷情丑事，昧着良心嫁祸于人，结果把亲生女儿和娘家侄子送上一条不归路；眼下为了保全性命安度晚年，再逼迫女儿厚颜无耻地去迎合一个仇人，假戏真做一起过日子！我到底是你的亲生女儿，还是野地里捡来的猪狗？我到底是一个活生生的人，还是一块没有尊严、没有血肉的木头？”

说着，已是泣不成声。母亲不认识似的看着对方，连连后退，退到床边停下来，举起双手往脸上“啪啪”猛打，一边打一边骂：“我不配做母亲，我黑心烂肠子，我狼心狗肺，害得亲生女儿变成孤魂野鬼，飘零无定，寄人篱下，害得娘家家破人亡，绝子绝孙……”声音渐渐细绝，烂泥一般瘫软在地上。

叶儿看母亲这样，不禁心如刀绞，知道把话说重了，却又不想认错，给母亲说些安慰的话。正欲转身走开，忽听一声钝响，母亲瘫倒在地，脸色蜡黄，嘴唇青紫。她赶紧扑上去，连喊几声没有反应，伸手一试，气息微弱，顿时吓得号啕大哭……

夜幕徐徐拉开，天地间变得一片模糊。牛三牛一个人站在院子里，先数邻家的烟囱，待炊烟渐渐熄灭，再数天上的星星……记得小时候父母回家晚了，就一个人站在院子里数星星，常是孤独、寂寞得快要哭时，父母恰巧回来了，一声呼唤，一个亲吻，顿时换了心情，笑逐颜开。现在父母不在了，还在院子里等谁呢？

天上没有月亮，远星在穹隆中闪烁。村人的说话声，器物的撞击声，牲畜虫鸟的鸣叫声，仿佛在另一个世界，缥缈又遥远。渐渐地，一个喧腾而热烈的声音从远方传来，由远及近，由弱到强。紧接着，一座富丽堂皇的大厅出现在眼前，彩灯辉煌，铺张炫目。大厅里音乐悠扬，众多男女踩着节拍翩翩起舞。其中一对新婚夫妇，出现在大厅中央，聚光灯随后而至，照亮两张幸福的脸庞。

看见那两张面孔，牛三牛不禁一惊，觉得不可思议。明明离开工厂回到老家，怎么还跟袁圆在一起？那是举办新婚舞会吗？袁圆曾经说过，结婚时要把所有亲朋好友请到，举办一个隆重的新婚舞会，把市劳模介绍给大家。时间过得真快，已经到了结婚的日子！

那么，站在院子里数星星的人是谁呢？正自纳闷，忽然响起一个声音："还在院里，不进屋去？"定睛看时，原来是叶儿，手里牵着如意，从虚掩的大门走进来，声音沙哑，好像刚哭过。牛三牛不相信地眨动着眼睛，迎上去细看，果然是叶儿。再看远方，大厅、舞会不见了。

叶儿疑惑地问："你找啥呢？"牛三牛仿佛没听见，意外地看着叶儿，答非所问地说："你咋回来了？"忽然意识到不妥，赶紧补上一句："大娘的病好些了吗？"这样的称呼有些突然，听上去很别扭。叶儿怔愣良久，支吾着说："好……好多了……"便率先走进屋里，点燃一盏油灯。

牛三牛随后跟进屋，却不知道自己的位置在哪里。看见如意爬上床，搭讪着走过去。本来闹着要听故事的人，看见不速之客走来，立即把脸扭向一边，"呼呼"装睡。牛三牛尴尬地退开，靠油灯坐在桌边，借着昏黄的灯光，两眼盯视着叶儿，试图找回从前的影子。叶儿看见那样的目光，慌忙避开，端油灯向外间走去。

外间一张小床，是生孩子时赵婶用来休息的地方，上边堆放着一些杂物。叶儿把油灯搁在床边方凳上，将杂物分门别类地收到一起。牛三牛想过去帮一把，叶儿赶紧躲到一边，准备随时逃跑的样子。牛三牛只好停住，站在一边看。收拾完杂物，叶儿拿来被褥，铺在小床上，以商量的口吻说："你睡小床吧，我和如意睡大床惯了，还是睡大床。"顿一顿，又补充说："坐月子落下的病，不能和男人同床！"

牛三牛点点头，算是答应了，却站着迟迟没有动。叶儿端油灯回到大床前，随手拿出一只针线笸，侧身坐在床边，低头缝补一件兜兜裤，眼睛却不时地瞟一下站在外间的人。本来用不到大剪刀，却从笸里翻出来，放在唾手可得的地方，以防意外发生。

世道真是变了，田家大小姐也要缝补衣裳了！牛三牛心里一动，从怀里掏出一个油布包，里边是几个月的工资，除了在路上吃饭和在集市上买东西，已经所剩无几。也不数一下，拿着向叶儿走过去。

叶儿伸手抓住大剪刀，吃惊地问："你……你要干啥？"牛三牛在两步远的地方站住，把钱包往前杵一下，努力笑着说："钱不多，你拿着吧。"叶儿仿佛没听懂，木然地问："钱，啥钱？"牛三牛解释说："你放心，这钱不是偷的也不是抢的，是我当工人时挣的！"叶儿仿佛明白了，却又摇头说："我不会花，不要钱，你自己拿着吧！"

牛三牛再把钱包杵一下，诚心诚意地说："我才不会花，拿着没有用。你持家过日子，带孩子，手里没钱咋行？"叶儿迟疑一会儿，还是接下了，随手放在桌面上。看见对方没有走，不解地问："你当过工人，咋不当了？"牛三牛不好意思地说："还不都是为了你？"

记得很久以前，叶儿似曾听到过这样的话，她吃惊地说："为……为了俺……"牛三牛反倒镇定下来，不无得意地说："说来真是天意！要不那么巧呢，漫山遍野都是人，叫我偏偏遇上了他？"听的人已经猜出"他"是谁了，可是还是禁不住问："你遇上谁了？"

牛三牛怕对方着急，开门见山地说："还能有谁？你表哥呗！"叶儿立即跳起来，就要出门迎接，忽然意识到不妥，重新坐在床边，急切地问："他人呢，他在哪里？"看对方急成那样，牛三牛便把白羊在工厂受器重当宣传干事的事简明扼要述说一遍，却只字未提给粗壮莽汉打成重伤差点丧命的事。

听的人沉默一会儿，试探地问：“你回家，他知道吗？”牛三牛点头说：“要不是他告诉我，你爹答应下咱俩的婚事，你搬来跟俺娘住在一起，给我生下一个儿子，我还不会回来呢！厂长的女儿袁圆跟我相好，表叔催我结婚……”

不待牛三牛说完，叶儿突然跳起来，几近发疯地喊：“你瞎说！我不相信他会说出那样的话？”牛三牛不知道这是为什么，怔愣良久，小心地申辩说：“我没有瞎说！起初我也是不相信，后来大胡子和我一起问过他……”听的人越发像个输红眼的赌徒，蛮横无理地喊：“别说了，我不相信，我不相信他会说出那样的话！”其实，她心里已经明白，自己给人出卖了……

休息一夜，牛三牛双脚肿得像馍馍，一按一个坑，不能下床走路了。叶儿请来白先生，原来是烫伤未愈劳累所致，并无大碍，开几服草药煎汤擦洗，保证五六日即愈。

叶儿娘不放心女儿，一早赶来看究竟，正好与白先生相遇，问清情况，赶紧走到床前，嘘寒问暖关怀备至。几年不见，昔日的田家大奶奶，不但变得苍老而且变得随和。牛三牛疑惑又感激，正欲起身让座，叶儿连忙制止说：“你别动！”然后转向母亲，冷冷地说：“你来得真是时候，我正要送如意过去呢！”

母亲听出言外之意，赶紧知趣地告辞。走到院里，想嘱咐女儿几句，却不见跟出来。叶儿在门旁支起一口小砂锅，开始点火煎药，柴草有些湿，几次没点着，烟熏火燎的，顾不上往外看一眼。母亲站了一会儿，觉得多余，失望地收回目光，带上如意走了。临出门一个趔趄，差点摔倒。

叶儿煎好药，搬一只矮凳坐在床前，把牛三牛肿胀的双脚搬过来，放在自己大腿上，拿棉球蘸着药水轻轻地擦。牛三牛不好意思地说：“你熬好就行，我自己擦吧。”叶儿不说话，只是一下一下地擦，那小心谨慎的样子，犹如刚刚谋到职位的下等佣人，生怕做不好遭受责罚。

棉球擦在脚面上，仿佛擦在心尖上，痒痒的，每一根神经，每一个细胞，都给那奇妙的接触震撼了。神秘的活力和冲动，奇妙的感想和话语，迅速在牛三牛胸中汹涌、激荡，迫不及待地就要爆发，就要倾泻，可是喉咙里却有个软木塞样的东西堵住了，一句话说不出。情急之中，他伸出一双粗壮有力的手，紧紧抓住那双柔软细小的手，越抓越紧，越抓越紧，大概这就是无声和最好的倾诉了。

叶儿神情木然，一动不动，任由那双手抓着。两行浑浊的泪水，从绝望的眼底流出，沿下巴滴落到药汤里，浸渍到棉球上。父辈造下的罪孽，理应由子女偿还，更何况祸起自身，自作自受，无论结局如何，都只能默默地承受！从今往后，她就是他的俘虏、他的奴隶、他砧板上的鱼肉……

到第五天时，牛三牛肿胀的双脚果然好了，在感叹白先生医术高明的同时，也不无关心地对叶儿说：“你的病，也请白先生治治吧！”叶儿支吾一会儿，掩饰地说：“不用治，过些日子或许就好了。”

然后他们说着闲话，有一搭无一搭的。说到救命恩人小雨，叶儿吃惊地问：“你说的小雨，是不是一个女孩啊？十七八岁的样子，蛋圆脸大眼睛……”见对方点头，十分肯定地说：“她来过，说是爷爷死了，无依无靠来投你。随后追来两个人，说她爷爷欠下很多医药费，要拿回去抵债。”

牛三牛发急地问：“后来呢？后来还有她的消息吗？”叶儿摇头说：“没听说。”顿一顿又说：“对了，听二婶说过一次，在集上看见个疯子，很像那个女孩。后来我带如意去了，想把她找回来，找半天没找到，回来再问二婶，她又不敢肯定了，说是看花眼了。”牛三牛不禁惊呼：“啊呀，我想起来了，就是她！”从床上爬起来，就要往外跑。叶儿上前拦住，耐心地说：“你脚刚好，不能走远路。再说了，不是集日，去了也没处找……”

好不容易等到集日，村里却要召开大会，不许请假。牛三牛无奈，只好硬着头皮坐在会场。农会长讲了很多，他一句没听清，更没往心里记，散会之后，一路小跑直奔大庄集。正值中午，吃丸子汤的人很多，却不见那个疯女人。

刘掌柜回忆说：“有两个集没来了，听说跟骟猪的一把刀走了。”牛三牛迫不及待地问：“一把刀家住哪里？”刘掌柜摇头说：“干他那一行，踩百家门吃百家饭，哪有个准地方！”

走到十字路口，突然潮水般涌来一群人。两个背长枪、穿制服的人，押着一个红脸汉子沿大街走过来。看热闹的人跟在后边，指指戳戳议论纷纷。有人喊：“快看哪，一把刀给抓了！”有人说：“活该，谁叫他不好好骟猪，跟个疯子鬼混？”

牛三牛赶紧跑过去，想问小雨在哪里？不意撞到一个黑脸汉子，那人瞪圆眼睛，凶凶地骂：“没长眼啊！”他顾不得理会，跑上去拉住一把刀，正欲问个清楚，忽然看见后边跟着一个瘦小的人儿，正是要找的小雨！几天不见，小雨面颊泛起少许红润，眸子闪现几缕亮光。是骟猪人给予的滋养？还是被围观带来的羞愧？

小雨扯住一把刀的衣襟，趺趺撞撞跟在后边，有几次差点摔倒。每当这时，一把刀就停下来，等待小雨站稳，于是招来严厉的呵斥：“快走！”牛三牛拦住穿制服的人，几近哀求地说：“你……你们，不……不能抓她，她……她是好人，是……是苦人啊！”

其中一个中年人不耐烦地说：“天下还有玩弄妇女的好人吗？”牛三牛知道对方误会了，赶紧解释说：“我……我说的不是他，是……是说她！”中年人忽然恍然，缓和些语气说：“我们不是抓她，是叫她出庭做证！”顿一顿又问：“你是她什么人？”牛三牛毫不含糊地说：“我是她哥！”

走进镇政府，中年人叫牛三牛在一间厢房门口等，他们带小雨进去录口供。不到吃顿饭的工夫，中年人把小雨送出来，郑重交代说：“我把她交给你，你要好好关心她、照顾她，不许歧视，更不许打骂！”牛三牛答应说：“记住了！”

走到大街上，小雨突然不走了。牛三牛发急地喊：“小雨，你不认识我了？我是三牛，你仔细看看，我是你的三牛哥，你的三牛哥回来了！”任凭他怎么喊，怎么劝，小雨依然充耳不闻，努力挣脱出来，丧家犬似的沿着墙根走。

牛三牛跟在后边，一遍又一遍地说：“小雨，你仔细看看，我是你的三牛哥，你的三牛哥回来了！”说到动情时，恍惚看见那双僵直而空洞的眸子里，闪过一道流星般的亮光，羸弱的身子仿佛给劲风吹动一下，差点摔倒。她分明听懂了那些话，分明知道了他是谁，为什么不认呢？

小雨活像一个觅食的牲灵，转来转去，又转回到卖豆丸子汤的地方。刘掌柜看见小雨，向一个正在埋头吃丸子汤的人喊：“那位客人，你不是要找闺女吗？快看啊，她回来了！”转眼看见牛三牛，不由“哈哈”笑着说：“今天真是个好日子，两个找人的和一个被找的都到了！”

那个找闺女的人，正是牛三牛不小心撞到的黑脸汉子。众目睽睽之下，黑脸汉子显得很窘促，大胖脸涨得像猪肝，脑门上沁出一层汗。先是顺着眼看一下小雨，再顺着眼看一下牛三牛，最后把目光落在牛三牛身上，大声质问说：“你是她什么人？”

听口音不是本地人，而那张黝黑的脸，正是湖里人风吹日晒的结果。牛三牛由此断定，他就是小雨的父亲，于是恭恭敬敬地说：“我是她哥，她和爷爷救过我的命！”黑脸汉子把脸一翻，大声呵斥说：“看你干的什么事？丢下救命恩人不管，叫她受人欺负，还有良心吗你？”然后转向众人，言之凿凿地说：“我不认识这个疯子，她不是我闺女！不过我认为，这个年轻人应该照顾她，救命恩人再生父母，大家说对不对啊？”

牛三牛愣在那里，不相信地看着对方。黑脸汉子仿佛意识到什么，顾不得把丸子汤吃完，转身就走。眼看就要融入人群消失不见了，牛三牛如梦方醒，快步追上去，几近哀求地说：“大叔，她是您闺女，您认下吧？只要叫她知道还有父亲，还有亲人就行了，别的事不用您操心！”黑脸汉子退开一些，竭力分辩说：“我不认识她，她也不认识我，我干吗认她做闺女？”绕开对方，逃也似跑走了。

回头再看小雨，已经不见了。问谁都说不知道，刚才只顾看热闹，没有人注意一个疯子。牛三牛又气又急，沿大街小巷找几遍，也没有找到。眼看集市散尽，太阳沉入西山，只好一个人快快地回家了。

第二天清早，叶儿开门时，发现门槛下一个花布包，包里一对银耳环，禁不住大声喊：“快看哪，谁放在门口的？”牛三牛看了，顿时惊得目瞪口呆，颤抖着声音说：“啊呀！是小雨，小雨来过了……”他追到大街上，却不见小雨，只有三五成群的人在议论：“大庄集上的疯子咋淹死在咱村水塘里了？”“会不会跟牛家三牛有关啊？”

赶到水塘时，村人已经把小雨的尸体捞上岸，头朝下放在斜坡上，控着肚里的水。一些看热闹的人，添枝加叶地渲染着小雨的生前，猜想着与牛三牛的关系。牛三牛不管不顾，扑上去抱住小雨的尸体，放声哭喊：“小雨，你醒醒，你醒醒啊！”从早晨哭喊到中午，小雨也没有醒……

不知从什么时候起，又开始下雨了。那是一种细微得让人无从辨别点滴，缓慢得使人打不起精神的雨。自从下雨的那天起，牛三牛就开始了对母亲和小雨的回忆，那些湿漉漉似梦非梦的回忆，像蛇一样缠绕在脑际，难以排解，挥之不去。

恍惚中，他看见母亲仰躺在病床上，呼唤着儿子的乳名溘然长逝；看见小雨漂浮在水塘中，一边挣扎一边呼喊：“三牛哥！”无论母亲的每一根乱发、每一个绝望的眼神，还是小雨伸出水面的小手、急切无助的抓取，都清清楚楚，纤毫毕见，如在眼前！

有时候，他觉得母亲和小雨都没有死，还和从前一样生活着。母亲还是那样节俭，小雨还是那样纯情，现在的一切都是假象，甚至自己的存在也是假象，真实的自己和他们，正在一个未知的地方做着与现在截然不同的事。牛三牛真想尽快找到那个地方，找到真实的自己和她们……

叶儿害怕对方出神独坐的样子，那样子和难耐的阴雨缠绕在一起，使人心烦意乱，惶恐不安。有时候，真想出去找人聊天，或者把如意接来解闷，结果都给满地的烂泥和黏稠的雨丝拦住了，当然还有不放心牛三牛，怕他一个人在家憋出毛病，生出事端，只好像困兽一样关在牢笼似的屋子里，陪伴着一个木雕泥塑般的人。

后来她实在忍不住了，挑衅地喊：“你就不会动一动，把床挪开扫一扫，霉味熏死人了！”对方一声不响地去做了。又喊：“还有桌子底下，橱子底下，就不会自己想着收拾吗？”对方依然一声不响地去做了。于是懒得再说了，觉得无话可说了。

牛三牛把尘土扫到门旁，就地摊开，用脚踩一踩，蹲在上边继续想心事。灰褐色的潮虫从尘土中爬出来，爬到脚面上，钻进裤筒里，依然浑然不知。叶儿觉得恶心，却赌气不提醒，假装没看见，心里恨恨地想：“厂长的女儿能够看上他，真是瞎了眼了！”不相信地问：“哎，说说厂长的女儿呗，她长啥样儿？”看对方不作声，当是没听见，正欲再问，却有干涩的声音发出来：“圆圆脸。”又问：“还有呢？”又是良久之后，支吾着说：“还……还有……”

听的人等不及了，不耐烦地说：“难道厂长的千金，还不如一个打鱼的小雨？小雨都变成那样了还能一眼认出来，离开厂长的千金才几天，就不记得了！”牛三牛难为情地说：“不是不记得，是说不出，就像你那会掐花的模样儿，至今还记得清清楚楚，一闭眼就在眼前，要说也是说不出！”叶儿心里一动，试探地问：“那会的模样儿，你还记得清清楚楚，那会的事情，你还记得清清楚楚吗？”

牛三牛点点头，又摇摇头，无可奈何地说：“有些事情，记得清清楚楚，就像刚发生一样，有些事情，不知咋回事儿，却记不清了，模模糊糊的，就像做梦一样。”叶儿不解地问：“咋就记不清了呢？”这样的问题，牛三牛也曾不止一次地问过自己，结果不得而知，于是不解地说："谁知呢？从扳倒石碑那时起，我在苇地里等你，一回一回的，就像做梦一样……"

叶儿不放心地问："最后那一回，就是给抓住那一回，你总该记得吧？"牛三牛毫不犹豫地说："那一回，一辈子都忘不了！我扳倒石碑，感召了你，却没有能力保护你，叫你跟着受那些苦……"顿一顿又补充说："那些苦都是我欠你的，我要用这辈子对你好，还给你！"

本想寻开心，不意却寻出个放心来！叶儿深感意外，不解地看着对方。牛三牛越发兴奋起来，脸上洋溢着难以抑制的满足和喜悦，继续回忆说："自从看见你掐花儿，那模样就一下子刻在我心里了，永远不能忘记了。白天正好好地干着活，你就出现在眼前了……"不待对方说完，听的人发急地问："那是第一次看见我吗，以前就没有看见过？"牛三牛肯定地说："没有，从来没有！"听的人打个寒战，仿佛给人打了一棍子，不禁失声惊呼："我的天哪！"

牛三牛不管不顾，依然接着说："为了你，我不怕神灵的惩罚，不怕千刀万剐，冒着滔天大罪扳倒石碑……"听的人追悔莫及，几近哀求地喊："别说了，你别说了！都是我的错……"牛三牛着魔一般，"呼呼"喘着粗气，猛扑上去，紧紧抱住叶儿，语无伦次地说："为了你，我这辈子都是为了你！"

叶儿料定末日已来临，也不反抗，任凭对方处置。自从决定返回牛家那时起，她就做好了随时偿命的准备。然而那双粗壮有力的大手没有掐住她的脖子，也没有打击她的要害，而是……她渐渐回过神来，定定地看着对方。他腮边尽是尘土，脖颈里仿佛有潮虫子爬。她一阵恶心，挣扎着爬起来，逃也似跳下床。牛三牛不依不饶，抱住再往床上放。叶儿苦苦哀求说："你……你不能！我……我又有了……"

牛三牛停下来，不解地问："有……有啥了？"听的人皱起眉，没好气地说："还能有啥？"牛三牛忽然恍然，却又不知如何表达，想抱住亲一口，又怕不小心弄坏了，想说些感激的话，嗫嚅良久不知说什么好。急得陀螺似的，在地上转几个圈子，突然冲着漫天阴雨跪倒，又哭又笑地喊："哈哈，老天爷啊，快来看吧，我多有福气啊，摊上这么个好媳妇！呜呜，爹啊娘啊，儿子给您报喜了，咱家又要添丁进口了！"

几天后的傍晚，牛三牛从下地回来，看见村口聚着许多人，样子怪怪的，七嘴八舌议论纷纷，好奇地走过去，听得其中一人说："听说了吗？农会长刚在镇上开的会，可了不得了，老蒋派来的特务带着电钮，就住在咱们十二连洼……"有人不解地问："啥是电钮啊？"那人神神秘秘地说："听说是老蒋花很多钱，在美国买的一个武器，很厉害，上边安着电钮，一按电钮想叫哪国亡就叫哪国亡！"听的人无不惊惧。那人又说："不过不用怕，苏联老大哥给咱们送来一个手电棒，用手电棒一照，电钮就不管用了！"

回到家，牛三牛把听到的话学给叶儿。叶儿冷笑着问："你信吗？"牛三牛看着叶儿，百依百顺地说："你信我就信！"话音未落，忽听农会长在大街上用喇叭筒子喊："喂！农会的人注意了，喝完汤马上到农会部集合，晚上有紧急行动！"连喊几遍，整个村街都震动了，仿佛每个墙旮旯都回荡着农会长的喊声。

很显然，那些人的议论不是空穴来风。牛三牛看着叶儿，惊讶地说："看来那是真的！"不待对方说话，接着又说："咱是农会的人吗？"叶儿阴沉着脸，爱答不理地说："谁知呢？当时你不在家，想去就去呗！"牛三牛看叶儿不高兴，赶紧讨好地说："我才不想去！"

第二天一早，农会长就找上门来了，十分生气地说："好小子！你敢不去配合县里剿匪？才过上几天好日子，就好了伤痕忘了疼，不怕变天了？"牛三牛正欲做些解释，农会长冷"哼"一声扬长而去，留下的尽是鄙夷与不屑。牛三牛觉得脸上火辣辣的，仿佛给人打了一耳光。

其实，配合县里剿匪，就是夜间巡逻。把村民分成两班，扛着抓钩铁锨，轮流在村里村外转。还不敢往田间走太深，生怕不小心在那棵高粱茬上趟出个特务来，给人家轻而易举地按了电钮。

巡逻到第四天，县大队的人下来了。不是直奔田家庄，而是从黄河岸边追击一股匪特而来。就听从西北方向"当！当！"地打着枪，由远及近而至。当时天刚蒙蒙亮，十二连洼的村庄都给惊动了，村民们站在村头，一边敲击抓钩铁锨，一边呐喊："抓特务啊！抓特务啊！"敲击声、呐喊声，此起彼伏，遥相呼应，不难想象，已经陷入人民汪洋大海之中的特务是多么惊慌！

后来，枪声渐渐稀落，变得东一枪西一枪。没有经验的人还以为战斗即将结束，殊不知狡猾的匪特已经化整为零，把战局引向复杂。农会的人辛辛苦苦配合了四五天，到现在连个特务几只眼睛都没有看到，未免有些遗憾。过了良久，依然意犹未尽地站在村口，透过灰褐色的晨曦极目远眺，试图穿过纵深的青纱帐看个究竟。

忽然有人惊呼："啊呀，有人！"

看时，果然有个黑影往村里跑去。大家顿时紧张起来，面面相觑不知如何是好，仿佛这才意识到手中的抓钩铁锨分量太轻，不能与特务的电钮匹敌。情急之中，农会长往前一站，大声喊："大家不要怕！咱人多他人少，咱路熟他路生，用抓钩铁锨照样打败敌人，保卫咱们农会的胜利果实！跟我来——"

追至一个胡同口，看见有人在前边拼命奔跑，歪歪栽栽的，像是受了伤，想必就是特务了。农会长一边追一边喊："他跑不了，快追啊！"喊声未落，特务回手打了一枪，农会长双腿一软，赶紧趴在地上。后边的人跟着效仿，也趴在地上。农会长关心地问："有人伤着没有？"

众人惊魂未定地说："好像没有。"农会长不满意地冷"哼"一声，才想教训大家几句，忽然觉得腮上有东西爬，伸手一摸，黏糊糊的，再一摸，耳朵少了半边，不禁气得大骂："日他娘，敢打我耳朵！"

这时候，村口"当！当！"响了两枪。紧接着一个声音喊："同志们！我们是县剿匪大队的，刚才是不是敌人打枪？"随着喊声跑来三个人。其中一个瘦高个儿是小组长，姓魏。魏组长拉一下农会长的手，问过伤情和敌情，留下一位同志为伤员包扎，带领另一位同志追赶匪特去了。农会长看见农会的人站着不动，发急地喊："都愣着干啥？还不赶快配合县里同志剿匪去！"大家如梦方醒，慌忙尾随而去。

不知怎么回事儿，特务转来转去，又转回到刚才的胡同口。魏组长一边鸣枪示警，一边喊话威慑："你跑不了了，赶快放下武器投降，不然只有死路一条！"特务果然把枪扔下。扔下枪跑得更快了，也不钻胡同了，顺着大街直跑。魏组长捡起手枪，原来没有子弹了，是空枪。

特务没有了枪，农会的人胆子大起来，一个比一个跑得快。在魏组长率领下，前呼后拥，沿大街潮水般追赶。特务歪歪栽栽，越跑越慢，眼看就跑不动了。跑到一个十字路口，稍稍迟疑片刻，突然往右一拐，直往田家过去的老宅院、现在的农会部跑去。左边一路之隔，是偌大一片水塘和苇地，苇地连着无边无际的青纱帐，钻进青纱帐就像鱼游大海鸟飞丛林，再想抓捕就难了。特务不钻苇地而进农会部，岂不是晕头转向自投罗网？

魏组长大声喊：“同志们，把大院紧紧围住，咱们来个瓮中捉鳖！”此时天已大亮，特务的足迹清晰可辨，可是进去小角门之后，足迹却奇怪地消失了，满地只有露水洒下的潮湿。魏组长迅速登上屋顶，居高临下地监视四周，却没有任何收获。真是奇了怪了，难道特务会从人间蒸发不成？

农会长包扎完伤口随后赶来，洁白的纱布像光荣花一样增添着斗志和豪气，令人把田家老少全部赶到院子里，逐一辨认和盘问。其实田家已经没有多少人：田子鹏逃亡在外，至今下落不明；老二夫妇胆小如鼠，看见农会的人就磕头；老三被正法后，媳妇带领三岁的女儿改嫁他乡；叶儿娘搂着外孙刚睡醒，不知道特务的事；柱子一家三口走娘家没回来……

看看问不出什么，农会长把人分成两拨，一拨负责站岗放哨，把整个大院包围得水泄不通，一拨像拉大网一样，从院子这边往另一边找，一间茅房都不放过。农会长信誓旦旦地说：“挖地三尺，也要把他挖出来！”

牛三牛看见茅草屋，不禁触景生情，想起当年与五叔相处的朝朝暮暮，农会长的话一句没有听进去，木桩般站着不动。农会长气得大骂：“你小子愣着干啥，是不是不想剿匪啊？”他如梦方醒，答应一声，撒腿就跑。经过茅草屋窗口时，忽然看见一对惊恐的红眼睛，料定那就是特务了，禁不住大声喊：“啊呀，有特务！”

魏组长闻声冲进去，眨眼之间就把人揪出来，快得如囊中取物一般。那人蓬头垢面，衣衫褴褛，身上沾满草屑，却没有露水打湿的痕迹，也没有受伤，显然不是刚才逃跑的特务。定睛看时，他不是别人，而是逃亡已久的田子鹏！原来他没有逃出去，而是藏在了摇摇欲坠的茅屋里。不用问，供其吃喝的同伙肯定是叶儿娘……

叶儿娘竭力申辩：心里没有想到茅屋里能住人，有一次看见外甥进去捡球还怕有危险，想存放杂物在窗口看半天没敢往里搬。魏组长、农会长半信半疑，决定带回镇里审问。眼看就走出大门了，守门人老吕突然追上来，苦苦哀求说："求你们放开大奶奶，给大老爷送饭的人是我不是她！"

众人无不意外。这个身材瘦小的穷苦人，先是在批斗大会的前夜帮助田子鹏逃过一劫，再借口无家可归留在田家庄，一边剃头挣钱养活老主人，一边联络逃亡的地主、兵痞准备东山再起。按说，能为主人做到这些也算是尽忠了，只可惜他善恶不分好心用错了地方！

第十四章　孰料暗潮涌

大厅里张灯结彩。袁厂长夫妇披红戴花站在门前，笑迎来宾。来宾多是机关、厂矿的领导，大部分不认识。他们起初当是走错了，小心地上前询问，来宾解释说：“听说仇局长的侄子结婚，我们特来祝贺！”

袁厂长觉得很体面，满口应承说：“谢谢！谢谢！”忽又觉得不踏实，生怕来了不该来的人，招惹是非。临近中午，来宾到齐。袁圆穿着专门准备的新衣，由短辫姑娘等人陪伴着穿越大厅，走进休息室，一路牵动着所有人的目光，引得阵阵喝彩。

丑鬼老大端坐在休息室，单等新郎新娘到齐出面主持婚礼。这时候有人来说：“新郎不见了！”听的人心里一沉，知道大事不好，傻小子的不辞而别将会带来意想不到的麻烦！袁厂长不相信地冲着来人喊：“你胡说，一剪梅的阮师傅昨天还去试过新衣呢！”

话音未落，白羊走进休息室，先向丑鬼老大深施一礼，恭恭敬敬地说：“表叔好，请多关照！”再向袁厂长深施一礼，恭恭敬敬地说：“请岳父息怒，恕女婿事先没有告知，昨天试新衣的人是我！”袁厂长如堕五里雾中，不认识似的看着白羊，哭笑不得地喊：“你……你开什么玩笑，谁是你岳父？”

袁圆如梦方醒，指住白羊恼怒地吼：“一定是他捣鬼，他就是个大骗子！”短辫姑娘揭发说：“几天前三牛来宿舍找袁圆，我随后跟出去送雨伞，看见白羊在窗口向三牛招手。我因为闹肚子，没敢停留就走了，他们说的话没有听……”袁厂长相信女儿的判断与短辫姑娘的证词，更相信此番嫁女即将成为人们茶余饭后的笑谈，不禁恼羞成怒地喊：“简直就是疯子，把他轰出去！”

丑鬼老大上前拦住，冷静地说：“你们先出去，我跟这位年轻人谈谈。”待袁厂长他们走后，他回到原来的座位，端起茶杯轻轻抿一口，再轻轻抿一口，然后黑了脸，看定对方，开门见山地问：“你想怎么样？”白羊不慌不忙地说：“我想跟您做笔交易！”

很显然，他是有备而来！如若没有十足的把握，怎敢在大庭广众之下抢亲？何况面对的还都是重要人物？丑鬼老大倒吸一口冷气，慢慢放下杯子，重新审视眼前的年轻人：看上去虽然文弱，甚至就是典型的白面书生，然而那双深邃而明亮的眸子里，却充满与其年龄极不相称的凝重与老成，还有几分难以捉摸的阴险和狡诈。

他心里再次一沉，知道遇上对手了，而且是一个似乎胜券在握的对手！在过去的江湖生涯中，无论叱咤风云快意恩仇，还是身陷囹圄任人宰割，从未像今天这样优柔寡断患得患失过，更不会给一个乳臭未干的小毛孩子扼住咽喉！是顿悟佛心放下了屠刀，还是局长的位置太舒服而难以割舍？

他伸手端起杯子，想喝一口茶水平复心情，结果刚到唇边又放下了。内心深处涌起的鄙夷与嘲笑，很快发酵成怒气和刚毅，恶灵般附在身上。手起刀落只需瞬间，所有往事将尘封于记忆，所有古迹将零落成泥。然而他还是忍住了，太多的牵挂与留恋，不容许鲁莽和草率！

他再次端起茶杯，轻轻抿一口，再轻轻抿一口，随着香茗下滑，渐渐收拾起一片笑容，像拉家常似的问：“你姓白？”白羊坦然自若，甚至几近炫耀地说：“晚辈白羊。几年前一场大火，白家烧得片瓦不留，上下三十余人除我之外无一幸免。”又问：“查到起火原因了吗？”再答：“晚辈进城求助以前当警察局长的武拯姑父，路上给人抓了壮丁，至今不得而知！”

年轻人举止沉稳，谈吐不俗，如若不是对手，还真招人喜欢。丑鬼老大咽下一口唾沫，压住往上翻涌的善意，一针见血地问：“你知道我是谁吗？”对方略一迟疑，不无恭维地说：“从记事起，晚辈经常听到您的传说故事，像听神话一样入迷。在晚辈心目中，您就是顶天立地的英雄，令人崇拜的偶像！”听者差点笑起来，不无讥讽地说：“你真会说话！”

十分显然，这就是对方的制胜法宝了！他年纪轻轻，下手够狠，正好抓住要害，不费吹灰之力即能把人置于死地！却也没有表现出来，面对强敌，无外两种选择：一是敢于亮剑，狭路相逢勇者胜；二是上兵伐谋，不战而屈人之兵。丑鬼老大决定选择后者，于是含笑地问：“你打算拿什么跟我做交易？”对方信誓旦旦地说：“拿性命！我写好一份材料，放在一个秘密的地方，性命在，交易在，性命结束，材料暴露！”

言辞之间充满恐吓，实在欺人太甚！丑鬼老大忍无可忍，把茶杯重重地放在桌面上，“砰”一声钝响，语气生硬地问：“你想要我干什么？”对方反倒笑了，以胜利的口吻说：“很简单，只要您帮我证明牛三牛家里有妻子就行！”花那么大本钱，却开出如此简单的条件，听者不相信地问：“就这些？”对方肯定地说：“就这些！”又问：“你有把握充当今天的新郎？”回答：“事在人为！”

袁厂长父女回来了，白羊先发制人地说：“三牛逃婚是我的主意，我爱袁圆，不能看着她上当受骗，因为三牛老家有妻子和孩子！”然后转向丑鬼老大，等待他出示强有力的证据。尽管心里不痛快，丑鬼老大还是兑现了承诺。袁圆首先跳起来，声嘶力竭地喊：“我不相信，你们骗人，你们都是骗子！”

可见她的一片痴情，丝毫不因牛三牛的不辞而别而改变！丑鬼老大相信这是真的，正如相信自己跟亡妻的感情，多少女人都不能代替，多少时光都不能掩埋。爱情犹如跟鬼魅签订的生死契约，一旦生效即不能更改，肉体消失灵魂还在！

这正是丑鬼老大希望看到的，只要袁圆痴情不改，三牛家里有妻子又有何妨？退一万步想，即使袁圆因三牛家里有妻子分了手，也不见得就嫁给他白羊，到时候他还能怎么样？这样想着，便把挑衅的目光投向白羊，看不知深浅的狂徒如何收场！

白羊不慌不忙，再次向表叔、岳父深深施礼，十分自信地说：“来宾等待多时，婚礼不能再拖，今天的新郎非我莫属！”其实，袁厂长并不中意牛三牛做女婿，怎奈女儿执意要嫁，仇局长出面撮合，只好顺水推舟答应下来，谁知婚礼将至，半路杀出个程咬金呢？相比之下，白羊略胜一筹，却也有许多不尽如人意之处，给人的感觉城府太深，捉摸不透，不像牛三牛实在单纯，一眼能看到心底！

袁厂长思忖再三，还是觉得很为难，于是试探地问：“仇局长，要不要通知来宾，婚礼暂停，另选日子？”不待仇局长做出反应，袁圆冲着白羊发疯般地喊：“你滚，我就是老死娘家，也不会嫁给你！”

女儿的表态，坚定了袁厂长的立场，马上改口说：“我去通知来宾！”说着往外走去。白羊冲着即将消失的背影喊：“岳父留步，请稍等五分钟！”然后转向丑鬼老大，几近哀求地说：“请给我五分钟时间！”丑鬼老大心里一动，爽快答应说：“好，我给你五分钟时间！”拉着袁厂长走了，留下白羊和袁圆在休息室，看他五分钟怎么把一个痴情女子说得移情别恋！

众人看见仇局长，气氛顿时活跃起来。丑鬼老大一改往日的威严，微笑着走下舞台，走入人群，又握手又寒暄，还不时地抱拳大声喊：“谢谢大家、谢谢大家啊！大家的这份情谊我仇某人记下了！”大厅里越发活跃起来，鼓掌声、欢笑声此起彼伏，接连不断。

这番造势，正是为下一幕悲剧作铺垫。毫无疑问，狂妄的白羊即将败下阵来，他将在袁圆的驱赶下，在众位来宾的嘲笑中，灰溜溜地逃出大厅。一个人羞愧难当地走在大街上，恰巧一辆大卡车飞驰而至，将其撞得血肉横飞；或者绝望之中爬上一座摩天大楼，从高空坠落下来摔得血肉模糊……总之，意外多种多样，随时都有可能发生，既然兑现了承诺，就没有人再为意外负责！

“小兔崽子，敢跟老子斗，你还嫩了点！”这样想着，丑鬼老大道谢的声音越发响亮，感激的笑容越发灿烂，整个大厅，已经容不下太多的欢声和笑语，震得门窗玻璃嗡嗡作响！这时候，突然一个声音喊：“表叔！”大厅里顿时安静下来。回头看时，袁圆含羞带笑地站在台上，白羊走到台前，招着手向丑鬼老大喊：“表叔！”

真是不可思议了！丑鬼老大不相信地眨动几下眼睛，定睛细看，果然是白羊和袁圆站在台上，看上去婚礼马上就要开始了。一时间，他很难适应这样的变化，只觉得头晕目眩，于是赶紧扶住一把椅背，咬牙挺住，稍稍平定片刻，大步走向台前。

白羊伸出一只手，想扶“表叔”一把。丑鬼老大假装没看见，自己按住边沿，纵身一跃跳上舞台，落地时一脚踩空差点摔倒，毕竟岁数大了不比当年。这样做的目的，一是显示年富力强，还有很长的路子要走；二是告诉白羊较量刚刚开始，不会与其握手言欢！

一向小心谨慎的丑鬼老大，竟然败得如此惨痛，而且败在一个小毛孩子的“示弱”上，大意失荆州啊！如果不是心里一动爽快答应“我给你五分钟时间”，或许就不是现在的样子了。吃一堑长一智，同样的错误不能再犯第二次。或许假戏真做、握手言欢能平安度过一生，但那份“材料”将永远像利刃一样高悬于头顶，不能直腰喘气。

丑鬼的秉性即天马行空，为所欲为，宁肯鱼死网破也绝不委曲求全，更何况丑鬼老大呢？“等着吧，小兔崽子，这碗饭老子给你备下了，早晚叫你吃下去，吃相一定很难看！”只是袁圆的转变令人百思不解，短短五分钟时间里，到底发生了什么？是什么办法使一个痴情女子，在那么短的时间内改变心态移情别恋？

抓住田子鹏，叶儿非但没有埋怨牛三牛，反倒安慰说：“这不能怪你，你又不知道他在里边。再说了，你不看见，别人也会看见！”见牛三牛扭着脸不说话，她便把身子靠近一些，将细长的胳膊绕到前边，在胸口轻轻一抚，对方立即像通了电，整个儿膨胀起来，紧接着一个鲤鱼打挺，就要往上扑。

叶儿迅速一滚，留下一片空地，撒娇地说：“不是不理我吗？给你说话都不应！”牛三牛并不因为扑空而气馁，反倒像个馋嘴的孩子，觍着笑脸说：“不是不理你，我是在想那是咋回事儿？你说怪不怪，一个受伤的人，歪歪栽栽的，眼看就跑不动了，却一眨眼不见了！谁都没想到茅屋里会有人，都去大院里寻找了，偏偏叫我经过窗口时看见一对红眼睛……”

不待叶儿说话，接着又说：“你知道村里人说啥吗？都说那特务不是人，是瘸腿老五的阴魂，歪歪栽栽的，专门引人去抓你爹的。当年瘸腿老五跟赵婶相好，给你爹发现后杀害了，因念瘸腿老五在田家有功，买一口薄皮棺材装殓起来。”说着，禁不住“嘿嘿”笑起来，心里说：“村里人真会编，说得跟真的似的！”

叶儿把脸扭向一边，醋意十足地说：“看把你高兴的？我就知道你高兴！”牛三牛得意地说：“当年，他杀死俺爹，逼我离家出走当丑鬼，我恨他，从心里恨他，恨不能抓住亲手杀了他。可是我喜欢你，从心里喜欢你……”正说着，忽听叶儿哭起来，哽哽咽咽的，赶紧把话停住，自责地说：“我怕你心里难过，不敢笑出来，可是管不住自己，不知不觉就笑了，我……我保证，往后再不笑了！”

越是这样，叶儿哭得越痛，声音渐渐大起来。牛三牛害怕邻居听到，又不知如何劝说，干脆用手去堵她的嘴。叶儿把脸扭向一边，赌气地说：“谁不叫你笑了？想笑就大声笑去，上大街人多的地方笑去，没人拦着你！”仿佛觉得不妥，又缓和些语气说：“想想他做的那些事，枪毙了活该，都是老天爷报应。可不知咋回事儿，我就是不忍心……”

她顿一顿，又说：“咋这么难呢？心里七上八下的，全乱了，全都乱了！”牛三牛安慰说：“做儿女的，都是这样。当年……”叶儿打断对方，竭力分辩说：“咋会一样呢？当年你爹给杀了，只要想着报仇就行，这会儿俺爹给杀了，当儿女的不但不敢想报仇，还在人前抬不起头。我咋这么苦命呢，摊上一个这样的爹？”

不待对方说话，接着又说：“就这样，心里还放不下，还想着去救他……”牛三牛分明听清了，却还是吃惊地问：“你……你说啥？去救他，你疯了！”叶儿哽咽着说：“作为女儿，除此之外还有啥办法，总不能眼睁睁地看着他给枪毙了吧？即便救不出，也算尽了心意，不枉父女一场！”牛三牛坚决地说：“不行！你怀着孩子，万一摔着碰着，后悔就晚了！”

叶儿认真地说：“正因为怀着孩子，我才要告诉你。你是好人，我不能瞒着你，孩子是你的，万一有个好歹，也算是个交代！”牛三牛看她那样，知道去意已决，不能说转，只好赌气地说：“你不能去，要是非去不可，我替你去！”叶儿怔愣良久，冷笑着说：“你替我去，替我去救一个杀父仇人？你想我能答应吗，我答应了我还是人吗？”

牛三牛固执地说：“当年为了你，我不怕神灵的惩罚，不怕千刀万剐，冒着滔天大罪扳倒石碑。这会为了你和孩子，去救杀父仇人，要是父母在天有灵，也会理解我、原谅我！”类似的话，叶儿已经听过不止一次，可是从未像今天这样沉重，一字一句犹如千斤大石，重重地压在心上……良久之后，她挣扎着爬起来，半跪半抱着对方，不无埋怨地说：“你真傻！你咋这么傻呢？”

这一夜，叶儿极尽温柔，给牛三牛亲个够。第二天吃过早饭，两个人穿戴一新，上大庄赶集去了。正是大集，人很多，大姑娘小媳妇都穿戴整齐，三五成群有说有笑，阳光下十分鲜活，但在牛三牛看来，却没有一个人能比叶儿。上次买的碎花汗衫，穿在身上是那样合体，不但勾勒得曲线柔美，而且映衬得面若桃花。

前边的成衣摊主，正是上次卖碎花汗衫的人。刚看一眼，他就认出来了，热情洋溢地喊：“兄弟来了！刚进的新货，快来看看……”然后转向叶儿，越发夸张地说：“哎哟，这位就是弟妹呀？兄弟真有福气，娶这么好的媳妇，不是穿这身衣裳，大哥还当遇上仙女了呢！常言说得好，好马配好鞍，好媳妇穿罗衫——”说着，拿一件女上衣扔给牛三牛。

牛三牛不问价钱，接过来就往叶儿身上比试。叶儿夺下扔在摊子上，拉起牛三牛头也不回地走了。牛三牛有些尴尬，不好意思地向摊主笑着说：“下次再买，下次再买！”叶儿没好气地说：“买啥买？不知道那时花言巧语，都是骗人的吗？！”转过十字路口后，叶儿却不往前走了，非要回家不可，发狠地说：“不管了，枪毙就枪毙吧，他死了活该！”

正好好儿的，这是怎么了？牛三牛十分纳闷，不知火气因何而起。走出集市，叶儿越发生硬地说：“你走吧，不要跟着我，我和你没有任何关系，从前说的那些话，做的那些事，都是骗你的！”这就更没有道理了，夫妻间咋能说出这样的话？不待发问，叶儿已经走下大路，沿垓子墙往另一边走了。牛三牛忽然恍然，绕过垓子墙，就是镇政府大院。几年前的那个夜晚，就是从这里经过的。

“显然，她是不想连累我，才说出那样绝情的话，真是一个善良、体贴的好女人！”牛三牛心里一热，差点掉下眼泪，于是赶紧追上去，拦在前边，几近哀求地说：“为了孩子，你听我一句劝吧？咱们是夫妻，是一家人，是最亲的亲人，你的事就是我的事，你去我去都一样，总之是把人救出来……”不待对方说完，叶儿用力推开，几近发疯地说：“谁跟你是夫妻？谁跟你是一家人？赶快省省吧，我是骗你的，从前都是骗你的！”

牛三牛扑上去，紧紧抱住叶儿，声泪俱下地说：“别说了，快别说了！你的心思我懂，你就是心疼我，不想连累我，才说出这样绝情的话。也不替我想想，这样的事男人不出头，舍着一个女人上，我还算是男人吗，以后还有脸面见你吗？”叶儿推不开对方，只能用力捶打着，无可奈何地哭起来……

临近中午，走到镇政府门前，叶儿叫牛三牛在门口等，自己一个人走进去。西厢房有三间铁棂门，想必就是关押犯人的地方了。正欲走过去，突然有人喊：“站住！干什么的？”叶儿停下来，支吾着说：“赶……赶集的，想……想找水喝。”一个背枪的年轻人走过来，上下打量一会儿，指住食堂的方向说：“想喝水，去那边！”

叶儿转身走时，忽听铁棂门“叮当”一响。回头看时，中间那扇门上，露出一个蓬头垢面的人，双手扒着铁棂，瞪着一对血红的眼睛，贪婪地向外张望着，想必就是父亲了。这个曾经称霸一方、为所欲为的人，应该早就料到会有这一天，种瓜得瓜，种豆得豆，谁都绕不过天理轮回！

太阳当头，强光照得人睁不开眼睛。叶儿不敢多看，也不想多看。自从经历那场杀戮后，父亲已经变得十分陌生，甚至令人惧怕，那个像大山一样给人温暖和依靠的父亲，瞬间消失得踪影全无。这次营救若能成功，是他自己的造化，说明罪孽虽重却不致死，倘若失败，儿女孝道已尽，了无遗憾。无论成功与否，从此各奔东西，再不相见！

从镇政府大院出来，他们绕着围墙走。围墙很高，一色青砖砌成，白灰抹缝，根本没有可供攀越的地方。当年那次抢劫，牛三牛是丑鬼老大用绳子吊着进去的，这次由谁吊着进去呢？进去之后还能像上次那样，制服赵镇长从大门出来吗？

前边拐角处出现一截断墙，塌坏几庹长，不知什么原因尚未修复，只用旧砖临时垒在那里，看上去尽是可供攀登的脚窝儿。叶儿一阵欣喜，赶紧指给牛三牛看，牛三牛反倒摇头说：“你不懂，那墙不好攀！”叶儿不解地问：“为啥？”牛三牛不接对方的话，绕过一圈之后，无可奈何地说：“也只有那个地方了！”

吃过晚饭，二人躺在床上休息，等到夜深行动。叶儿没话找话地说：“那墙尽是脚窝儿，为啥说不好攀？”牛三牛怕叶儿担心，依然不肯说出原因。一只手搭在她身上，身子不禁一颤，立即有了冲动。叶儿劝解说：“你还有事，别太累了，回来吧，我等你！”

牛三牛只好停下来，听话地忍耐着。就像动物园里驯顺的猴子，表演完规定的动作才能领到赏食。夜深人静之后，叶儿把牛三牛送出家门，再次交代说：“柱子哥在村头路口等你。”顿一顿又补了一句：“不要勉强，实在不行就回来！”

随着门板“吖吖”闭合，牛三牛心里“咯噔”一沉，仿佛有什么东西丢失了，想回去寻找，大门已经关闭，把所有希望关在里边。现在不能回去，希望还没有长大，活像萌芽的种子正在孕育，只有付出艰辛去施肥浇水，才能开花结果，得到收获；希望还没有成熟，犹如一锅肥肉，要等待足够的柴火烧煮，只有不辞劳苦，砍来足够的柴火，才能炖出美味，吃到美食！

夜幕被一道道拉开，仿佛进入陌生的领地，充满神秘，不知前边是鲜花还是陷阱？又仿佛进入一个漫长的隧道，不知尽头是天堂还是地狱？牛三牛顾不得多想，快步走到村头路口，却没有柱子哥，是找错了地方，还是没有来？正自纳闷，路边草丛中响起一个虫鸣般的声音：“是三牛吗？”

随后走出一个人，两臂交叉抱在胸前，寒冷似的抖着双肩，本来就瘦小的身材，如此一蜷缩越发显得瘦小。牛三牛冷哼一声，没好气地说："你别去了，在家等着吧！"柱子哥迟疑片刻，坚决地说："那可使不得，救我家老人，叫你一个人去，我在家等着，咋能说得过去？"顿一顿，不无埋怨地说："依着我，就不该去，听天由命。叶儿非要尽孝道，尽啥孝道？他对儿女尽啥了，管过啥事了？"

牛三牛不搭话，在前边带头走了。走到白天看好的断墙下，静听一会儿，大院里除了小虫梦呓般的吟唱，别无声息。他叫柱子哥在外边接应，自己翻墙进去。鼓足一口气，纵身一跃，登上墙顶，再脚尖一点就跳进院里了，轻捷得如是一只野猫，连他自己都感到惊奇和不可思议！

沿墙根走到前院，走上回廊。西厢房中间的铁棂门，即是关押田子鹏的地方。木杆上一盏吊灯，把大院照得通明。铁棂门青幽幽的，像是一张死人的面孔。牛三牛不禁打个寒噤，赶紧蹲在灯影里。仔细观察一会儿，发现牢房前没有人站岗，院子里也没有人巡逻。是料定没有人敢来劫狱，还是关押的犯人无关紧要？

待紧张的心情平定下来，牛三牛从腰里抽出一根耙钉，牢牢握在手里，迅速向那个铁棂门走过去。眼看就要走到门口，将耙钉插进锁孔，对面突然响起一声吼："站住！干什么的？"紧接着从屋里冲出来两个人，一边对天"当！当！"鸣枪，一边大声喊："有人劫狱，别叫他跑了！"

牛三牛丢下耙钉，撒腿就跑，再次跃上那截断墙时，追的人已至近前。慌乱之中，还不忘提醒外边的柱子哥："快走！"其实，里边枪声一响，外边的人早已逃之夭夭。停顿之间，觉得脚下一动，整个身子飘飞起来，尚未明白怎么回事儿，"轰隆"一声巨响，断墙倒塌，人随砖块一起摔落，全身骨骼剧烈地挤压挫动，发出一连串清脆的断裂声……

不知过了多久，牛三牛苏醒过来，看见自己躺在一间宽敞的屋子里，身下一块门板；里面桌上点燃一盏小马灯，桌边站着一位中年人，神色凝重而威严；另一边坐着个年轻人，手握蘸水笔等待记录。中年人盯视良久，突然开口问：“你叫什么名字？”声音不高，却是掷地有声，令人心悸。

牛三牛想坐起来说话，可是胳膊、腿不听使唤了，挣扎几次未能如愿，只好躺着说：“三牛。”中年人仿佛早有预料，冷笑一下，提高些声音说：“你爹不是给田子鹏杀害的？难道血债未讨反倒认贼作父了吗？你这个混蛋！”不待对方缓过劲来，猛拍一下桌子，大声说：“老实交代，来的目的，同伙是谁，主谋是谁？”

不难看出，营救田子鹏绝非儿戏，这次把祸闯大了！牛三牛把来的目的如实交代了，却咬死不说同伙是柱子哥。心想自己给抓了，就把柱子哥保住吧，日后对叶儿母子也好有个照应。中年人不相信地说：“没有同伙，你喊谁快走？”牛三牛狡辩说：“想催促自己快走，心里一急就喊出来了。”

中年人蹲下身子，近距离地审视着对方，不无讥讽地说：“总不能主谋也是你吧？”牛三牛肯定地说：“就是我的主意！我看见叶儿急得哭，就跑来替她救人……”不待对方说完，中年人气得破口大骂：“简直就是个混蛋啊！”说着忍不住想踹牛三牛一脚。

恰在这时，背药箱的姑娘走进来，上前拦住中年人，和言劝解说：“赵镇长，对这种好坏不分的糊涂虫犯不着生气，您先回去休息一会儿，等我把他的断胳膊断腿捆绑好，接着再审！我不信，国民党大军都给打败了，还审不了一个小小的劫狱犯？”

牛三牛一侧的胳膊腿都断了，背药箱姑娘拿来一些木板和绷带，把断胳膊断腿夹紧缠起来，把摔破的头皮用纱布包扎好，再给牛三牛服下几粒药，临走时提醒说："好好想想吧，别太糊涂了！爹娘都因人而死，你就把仇恨忘记了？"

牛三牛看见背药箱的姑娘，起初觉得面熟，后来忽然想起来了，她就是在战场上给白羊治过病的卫生员，同时也记起来了，被称作赵镇长的中年人就是登上高坡给俘虏讲话的赵营长，难怪看着那么面熟！

天啊，这是巧合吗？分明就是老天爷的安排！大千世界，人海茫茫，若非如此，怎么会在偏远的穷乡僻壤再次相遇？怎么会鬼使神差地再次犯到他们手里？可见这条小命就该绝于他们之手，战场上不能如愿，追到老家也要补上这一枪！

天刚蒙蒙亮，叶儿就来了。显然一夜没睡好，两眼红肿脸色苍白。不知是汗水还是露水，打湿了头发，一绺乱发沾在嘴角上，与唾沫连在一起。还是昨天穿的那身衣服，却没有昨天的光鲜了，一片片汗渍、污渍清晰可见。鞋和裤腿都给露水打湿了，沾着草屑和泥土，一只受伤的青虫在鞋面上挣扎着……

牛三牛心里一阵酸楚，昨天此时，二人还在床上缱绻缠绵难舍难分，一夜之隔忽如数年。他没有替叶儿救出父亲，自然就得不到那份报偿了，大概永远也不会得到了。虽然与叶儿的情缘已经实现，并且喜出望外地有了两个孩子，然而还是觉得太短暂太仓促，仿佛一杯美酒刚刚品出滋味，一出好戏刚刚拉开序幕，就突然结束了，未免让人留恋和遗憾。

叶儿吃惊地看着牛三牛，良久说不出一句话。他脸色蜡黄眼窝青肿，头上身上缠满绷带和纱布，像作茧自缚的虫子一样不能动。她想用手抚摸一下，又怕不小心碰坏了，伸到半截停下来，转而捂住脸"呜呜”起来，愧悔难当地说：“都是我害了你……”

牛三牛打断对方，大包大揽地说：“这事不能怪你，都是我情愿的！你报养育之恩尽孝道，我还夫妻之情来替你，都是天经地义的事。一人做事一人当，跟任何人没关系。你回家养好身子，把孩子生下来，安心过日子，有事就请柱子哥帮忙……”叶儿听得清清楚楚，牛三牛把事情都揽到自己身上了。越发愧悔难当，禁不住大声哭喊：“不，我不能再害你，这件事是我的主意，躺在这里的人应该是我，我要找政府说清楚，把我抓起来，把你放出去！”不管对方怎么急，怎么示意制止，她转身跑走了。

背药箱姑娘看见叶儿，悄悄跟在后边，想听些有价值的信息，为下次审讯提供帮助，岂知这对看似没有任何感情基础的夫妻，竟然如此情深意切，说出这番话，真是令她百思不得其解。正欲走开，叶儿从房间跑出来，正好撞个满怀，将药箱撞翻，药物撒满一地。她没好气地喊：“跑什么？假惺惺！”

叶儿惊呆在那里，不知如何是好。背药箱姑娘一边收拾药物，一边故弄玄虚地说：“看你弄的，还怎么用？犯人摔成重伤，耽误了治疗，有生命危险怎么办？落下终生残疾怎么办？”说完偷偷看对方一眼，只见叶儿吓得蹲在地上，双手抱头“呜呜”哭，她不由一乐。

牛三牛听到叶儿的哭声，十分焦急地喊：“叶儿，你咋了，谁欺负你了？听话，赶快回家吧……”说着，已是泣不成声。家，多么温暖的字眼？曾几何时，她就是一个避风的港湾，无论春夏秋冬、风雨阴晴，都充满母亲的关爱；她就是一盏心中的明灯，无论身在何处、多么艰险，都能指引人走向理想的彼岸。然而现在，家又是什么呢，跟自己还有关系吗？

叶儿听到牛三牛的哭声，越发不能自已，“啪啪”抽打着自己的脸，发疯般地喊：“你别说了，我求求你，你别说了！”背药箱姑娘越发纳闷，不知对方演的哪一出？如若是双簧，双簧可没有这般精彩！甚至怀疑自己的认识有问题，开始同情对方了。她上前拦住叶儿，启发地说：“你一大早跑来，不只是来哭的吧？”一句话点醒梦中人，叶儿立即停住哭，急不可待地说：“我要找政府，政府在哪里？”背药箱姑娘微微一笑，缓和些语气说：“跟我来！”

赵镇长也想听叶儿说些有价值的东西，谁知听来听去，竟与牛三牛的供词大同小异：一个执意尽孝道，一个为爱做牺牲。万般无奈，他只好挥挥手说：“你先回去吧，事实到底怎么样，还要进一步调查，等调查清楚再说！”叶儿走两步，突然一个转身，跪倒在赵镇长脚下，苦苦哀求地说：“政府，我求您把他放了吧，他是好人，受了那么多苦，不能再受苦了。是我要救人，把我抓起来吧，我换他出去！”

见多识广的赵镇长，也给眼前这一幕感动了。若非夫妻真情，谁愿意代人受过？可是“亲不亲阶级分”怎么解释？贾府上的焦大到底爱不爱林妹妹？他百思不得其解，末了只好向背药箱姑娘示意说：“小龚，送她走吧！”叶儿执意不走，非要替牛三牛坐牢不可。赵镇长生气地说：“再不走，就是无理取闹，我把你们都抓起来！”

送走叶儿，小龚自告奋勇地说：“我去田家庄找群众座谈，看看这对夫妻到底是真情还是假意？”赵镇长不放心小姑娘一个人去，要派人陪同。小龚执意不肯，撒娇地说：“领导看不起人！”赵镇长只好作罢。小龚找到农会长，说明来意，农会长把亲眼看到的捉奸那一幕，还有给牛家修缮房屋，叶儿在牛家生孩子这诸多事情，都绘声绘色地述说了一遍，最后肯定地说：“他们是真相好，不然一个大小姐咋会跟一个穷帮工钻进苇地？咋会未婚先孕来牛家生孩子？”

邻居二婶更是把叶儿夸成一朵花儿，说她既善良又孝顺，尤其三牛娘临终前那些日子，寸步不离，一直守到咽下最后一口气，还为搭救外乡人小雨，跟两个大男人讲理，带领农会的人去追赶。牛三牛更是有情有义，宁肯得罪在市里当局长的表叔，也不娶厂长的女儿，非要回家吃苦受累跟叶儿母子团聚……

小龚本想以没有爱情基础为突破口，揭开牛三牛受骗上当给人利用的真相，揪出幕后主使，岂知座谈结果竟是这般出人意料，简直把他们说成天造地设的一对恩爱夫妻！这下她心乱如麻，全是说不清的沮丧和失意。回到镇政府，她不向赵镇长作汇报，也不去食堂吃饭，把自己关在屋子里，蒙头大睡。

赵镇长端来一碗葱花香油手擀面，半开玩笑地说：“你今天的座谈就像这碗面，不仅内容丰富而且还有意想不到的收获，只是没有理出头绪而已！”小龚不解地看着赵镇长，赵镇长拿筷子在碗里轻轻一翻，翻出一只荷包蛋，饶有兴趣地说：“怎么样，没有想到吧？其实很简单，无论什么事情，只要翻底一看就明白了！”

小龚叹口气，无可奈何地说：“田家庄的人都是亲眼看到，亲耳听到，还有什么底可翻？”赵镇长摇摇头，不以为然地说：“亲眼看到、亲耳听到的事情，未必都是事实！”小龚纳闷地问：“此话怎讲？”赵镇长启发地说：“农会长看到的、听到的是不是事实，咱们暂且不论，单说邻居二婶那番话，其中包含的信息就够多了，你这一趟没白跑！”

小龚半信半疑地问：“什么信息？”赵镇长扳着手指，如数家珍似的说：“第一，那个外乡人小雨是谁，牛三牛跟她什么关系？第二，牛三牛怎么认识的厂长女儿，为什么不愿意娶她？第三……”不待赵镇长说完，小龚眼睛一亮，不禁插话说："第三，那个在市里当局长的表叔是谁？"

赵镇长点点头，十分肯定地说："如果没有猜错的话，那个表叔就是我们要找的人！尽管以前国民党警察局遗留的布告上写着丑鬼都给打死了，这一带的老百姓也是这样说，可是我有种直觉，丑鬼老大没有死，牛三牛回家之后，更证明了我的这种直觉！"

一个月后，公判大会在大庄镇如期召开。正值立秋时节，田间管理业已结束，庄稼尚未成熟，休闲的庄稼人无事还到集上走三遭，此时听说召开大会枪毙人，谁不赶来看热闹？无论男女老少，十里八乡的人都来了，把偌大一个广场围得人山人海、水泄不通。

牛三牛虽然走南闯北，打过大仗，可是面对这么多人，尤其面对这么多的父老乡亲，还是第一次。觉得所有人的目光都像钢针一样，刺破头皮直抵灵魂，所有人的话语都像寒风一样，穿心蚀骨无处躲藏。

"快来看哪，那家伙就是劫狱犯！"

"呸呸呸，认贼作父的东西啊！"

公判大会之后，牛三牛将被押往县城，接受长达八年的监禁生活。也就是说，从今天起又要离开家了。每一次离家都是这样惊心动魄、轰轰烈烈，第一次是父亲用鲜血和生命为其送行，历尽千难万险、九死一生回到家乡，这一次则是用处决仇人的枪声为其开道，然后披挂着仇人的影子接受改造！

牛三牛万万没有想到，与仇人的结局会是这样！本来可以持刀将仇人杀死，为父亲报仇，或者登上台，指着仇人的额头为父亲申冤。然而今天，却与仇人一起跪倒在众位乡亲面前，接受审判。他不知道，此次离家失去的将是什么，也不知道将来如何返回家园，只想举起双手在自己脸上狠狠地抽打，然而双手已经给绳索捆住，没有自由了，想抽打自己的脸都没有自由了。

昂首挺胸站立在他身边，牵着犯人的，即是县里派来的公安。尽管小龚事先交代过，其伤势尚未痊愈，可是还是被捆了个结实。台上的人说些什么，台下的人说些什么，牛三牛一句没有听清，只听得耳朵里“嗡嗡”响，如狂风呼啸，山崩地裂，直觉头晕目眩，五脏翻涌，眼看就要坚持不住了。这时候，台下一阵骚动，传来一个女人尖利的喊声：“孩子！我的孩子！”

牛三牛心里一动，听出是母亲的声音！可是母亲已经去世，怎么还会出现在这里？纵然老人家在天有灵，此时也只能躲在暗处偷偷饮泣，不敢在大庭广众之下公然呼喊。母亲已经没有脸面呼喊儿子，儿子把她的脸面丢尽了！也许是叶儿，叶儿带领如意看他来了。她是怎么来到台前的？是从后边挤过来的？还是一大早就在前边等着了？这样想着，慢慢抬起头，想看一眼叶儿和如意。突然一只手把他的头按了下去。于是他明白了，他的头怎么还能抬起来呢？现在不能抬起来，将来也不能抬起来，一辈子都不能抬起来……

当台下再次出现骚动时，牛三牛给公安提起来，连同田子鹏一起押上一辆大卡车。这时候，他有片刻机会看到了田子鹏，他背上插着一块白色大牌子，上面打着一个又大又红的“×”。于是联想到自己，小心地活动一下身子，看看背上是否也插着那样的大牌子。刚动一下，立即招来一声喝：“老实点！”同时一个硬物重重地砸在脊背上。硬物是直接砸在脊背上的，脊背上没有插着大牌子！

大卡车停在一个堤脚下，公安架着田子鹏走下车。老东西已经吓屙了，从身边经过时，有一股很浓的臊臭味。“哈哈！他吓屙了！老东西吓屙了！”牛三牛想大声笑，大声喊，可是不敢，甚至出口大气都不敢。“天哪！枪毙仇人，连出口大气都不敢，我还是人吗？”

“我还是人吗？”牛三牛情不自禁，狂吼一声，发疯般向车厢撞去。公安用力拖住他，大声警告：“老实点！”已经无济于事，他又喊又跳，完全失控：“我要看看田子鹏是咋死的！我要亲眼看着他死！看看他的血也能喷出一丈高吗？我要叫他的血喷出一丈高！老天爷啊，快来看吧，都来看吧，田子鹏老狗就要死了，他的血就要喷出一丈高了，哈哈哈哈！”

这时候枪响了，“砰！”一声，如打在一堆棉花套子上。田子鹏软绵绵地往前一栽，躺倒不动了，甚至没有多少血液流出来。牛三牛木呆呆地看了一会儿，觉得不过瘾，十分失望地喊：“不行，不能叫他这样死，这样死太便宜了！还得再打一枪，叫我打他一枪！”

第十五章　可是苍天指迷津

事后，丑鬼老大不解地问："在那么短的时间内，你是怎么叫一个痴情女子移情别恋的？"白羊爽朗一笑，轻描淡写地说："一句话，不答应嫁给我，就把三牛当丑鬼的事报告给公安局，把袁厂长嫁女受贿的事报告给市领导！"丑鬼老大牙疼似的倒吸一口气，冷冷丢下两个字："够狠！"转身走了。

不难断定，白羊绝非等闲之辈，想克敌制胜全身而退，必须有更胜一筹的计谋。然而，更胜一筹的计谋在哪里呢？丑鬼老大十分迷茫，甚至不知道前边的路怎么走，一种从未有过的困惑和压力油然而生！

"小兔崽子，等着吧，老子有办法收拾你！"他这样想着，从机关大楼出来，沿小路往市中广场走。广场边上有几家小吃，其中一家狗肉火锅店，风味独特，香而不腻，大饼烤得也好，焦黄焦黄的，抹糖稀撒芝麻，酥脆香甜，他已经吃过几次了。当然这不是主要目的，主要是有两个年轻人，也喜欢那里的小吃。

距离狗肉火锅店不远，有一家卖翅中翅的，生意特别好，顾客多是年轻人。所谓翅中翅，就是腌鸡翅裹蛋汁放在油锅里炸，炸出的蛋汁薄如蝉翼，外酥里嫩，既好看又好吃。有一次路过，忽然看见两个年轻人在里边。他随后观察了几天，渐渐发现了规律，两个年轻人多是周六来，吃完小吃再在广场里玩。

无须赘言，聪明的读者已经知道那两个年轻人是谁，也已经知道丑鬼老大的真正目的。只是广场人多眼杂，没有机会下手。于是他决定沿小路观察，从广场到家，两点一线，不信没有合适的地方！前面一个十字路口，行人不多车辆稀少。左边一个蔬菜市场，从早到晚散发着鱼腥肉臭和青菜腐味，充斥着招揽生意的叫喊声。右边偌大一片居民区，老建筑新建筑错落，本地人外地人混杂，时有争斗发生，如若在此发生意外，倒是合情合理。

丑鬼老大走到对面，准备换一个角度观察，以便做得滴水不漏天衣无缝。忽然响起一个声音，热情洋溢地喊："啊呀，这不是仇局长吗？真是巧了，我们几个兄弟聚会，有幸遇到您，请赏光喝几杯！"随后伸出一双手，抓得牢牢的，生怕他不答应。

抬头看时，走到一家酒店门口了，红脸汉子似曾相识，只是想不起在哪里见过。正不知如何推辞，白羊追着袁圆从广场那边跑过来。丑鬼老大把脸扭向一边，生怕给人看见。红脸汉子讨好地喊："仇局长，那不是您家侄儿和侄媳妇吗？好像发生点不愉快，要不叫他们来一起吃饭，帮他们调解调解？"

丑鬼老大拍一下红脸汉子的肩，以过来人的口吻说："年轻人的事，咱们长辈少掺和。"红脸汉子给一个"咱们"激动得差点跳起来，赶紧附和说："对对对，仇局长说得对，年轻人的事长辈少掺和！"

酒店不大，却整洁幽雅。老板娘三十几岁，描眉涂脂，看上去十分精明。她看见客人，赶紧迎上来，笑容可掬地喊："几位来了，里边请！”转眼看见丑鬼老大，不禁惊喜地喊：“我的天神哪，这不是仇局长吗？快通知后厨拿出看家本领，做几道东北大菜给仇局长和几位大哥尝尝，今天我请客！”

十分显然，即将发生的意外已经泡汤！且不说白羊是否发现，单凭老板娘和红脸汉子这几双眼睛，也不能在此发生意外了。丑鬼老大十分沮丧，无心喝酒，往里没走几步，突然像想起什么，一拍脑门说：“哎呀，我还忘了，有份文件市长等着看呢，要马上送去！”

红脸汉子不知就里，继续挽留说：“正是饭时，市长也得吃饭啊？吃完饭再送不迟！”老板娘一眼看出眉眼高低，上前解围说：“这位大哥忒实在，仇局长说市长等着看文件你就信？说不定是市长等着仇局长吃饭呢！”红脸汉子只好作罢，不无遗憾地说：“真是不巧！”

丑鬼老大走出酒店，忽觉胳膊给人碰了一下，回头看时，原来是老板娘，从酒店跟出来，很有话说的样子。丑鬼老大好奇地问：“你有事？”老板娘嫣然一笑，不无嗔怪地说：“真是贵人好忘事，才几天，就把我忘了？您还拉过我的手呢！”不待对方说话，随后补充说：“也难怪，大厅里那么多人，哪能都记得？不过，我可记得您仇大局长，还有您侄子白羊，侄媳妇袁圆。嘻嘻，真是无巧不成书，幸亏我多个心眼，没有把实底说出去！”

丑鬼老大纳闷地问：“什么实底？”老板娘环顾四周，压低声音说：“大胡子出事后，公安局来调查，我没有说出白羊往他酒里下药的事……”丑鬼老大吃惊地问：“下药，下什么药？”这正是对方想要的效果，不无得意地说：“哎哟，我的仇大局长哎，看把您急的？其实没啥大不了的，就是几粒安眠药，再说了，案子都已经结了，我不说就永远没有人知道了！”

事情就是如此奇妙，眼看无路可走了，转个弯却是柳暗花明！丑鬼老大心里想笑，面上却故作严肃地说：“你这是包庇，是犯罪，知道吗？”老板娘见多识广，知道对方说这话的目的，无外封口而已，便越发得意地笑着说：“要不是参加那个婚礼，我还不知道白羊是您侄子呢？当初，白羊来找我，说大胡子老是欺负他，让他在人前抬不起头，于是想出一个办法，往他酒里下安眠药，叫他上班时睡觉，狠狠挨一顿批，颜面扫地。谁知闹出那么大的事？白羊求我保密，许诺介绍几个熟人来吃饭。我想大胡子已经进去了，何必再搭上白羊呢？”

把话说到这个份上，已经够明白了。丑鬼老大故作糊涂地问：“你想叫我介绍几个熟人来吃饭？”老板娘飞一个媚眼，扭捏着说：“哎哟，我的仇大局长哎，我哪敢劳您大驾啊？我是想，仇大局长工作不忙的时候，经常到我小店里来坐坐，吃一口小妹亲手炒的东北菜，喝一壶小妹珍藏多年的老烧酒……”丑鬼老大一阵恶心，赶紧摆手说：“我有事先走了，得空再聊！”

丑鬼老大找到护士小于，问及安眠药的事。护士小于正因被白羊抛弃怀恨在心，想报复没有机会，经此一问，竹筒倒豆子全说了，并保证出庭做证。回到办公室，他泡一杯浓浓的雨前龙井，待芽叶展开，一旗一枪簇立杯中，出征勇士般集结待命，慢慢移至面前，吹散缭绕的雾气，轻轻抿一口，微眯双眼仰靠在椅背上，一边品味满口的清香，一边思谋下一步行动。

可以想见，有了护士小于和酒店老板娘的揭发，白羊就像网中之鱼、瓮中之鳖，该是多么惊慌，此时无论发生意外还是畏罪自杀，都在情理之中，最好的选择是畏罪自杀，一个人死了干净！

突然响起敲门声：“砰！砰砰！”有些急促和沉重，不像本机关的人。丑鬼老大坐正身子，回应一声：“请进！”却不起身迎接。进来两位公安人员，径直走到写字台前，一左一右站在身边。随后进来一位大高个儿，是公安局副局长，曾经有过一面之识。

一种不祥的预感袭上丑鬼老大心头，他假借起身迎接，以试来者何意，乘机逃走。两位公安人员从两边按住，他一点动弹不得。丑鬼老大知道反抗无益，只好故作镇定地问：“你们要干什么？是不是误会了？”大高个儿示出逮捕令，一字一顿地说：“我们没有误会，你是丑鬼老大，龚家的后人已经指认了！”

丑鬼老大顿时像撒气的皮球瘫软在椅子上，无一句话可说。自从拿起牛耳尖刀踏上丑鬼之路那天起，这样的结局就已经注定。后来的只身炸碉堡、孤胆闯关卡、转业当局长，都是垂死之际的幻象，或者老天爷故意的安排，先让人登上美好的顶峰，品尝到优越的滋味，再突然跌落下来，经历一场巨变，以此惩罚罪孽深重的人。只是这惩罚来得突然，一杯香茗尚未品完，心头之恨尚未解决，就降落到头上了！

显然，加速这场巨变的人不是白羊，这个富有心计的年轻人，正准备凭借“表叔”的地位捞取资本，不会自毁前程半途而废，无疑是那个憨厚善良的牛三牛，他的不辞而别已经告诉世人，丑鬼老大还活着。曾经血里火里救过他两次性命，曾经为其编织美好的未来，准备将晚年托付与他，结果却在无意之中被他出卖了。大概这就是老天爷的高明之处，祸福相依，善恶相生，总是给人一些意想不到的希望和遗憾！

不久，丑鬼老大被押解到郊外小河边执行死刑，流水潺潺绿草茵茵，倒是一个不错的去处。三个罪名严重的犯人陪伴，大胡子即是其中之一。当行刑人喊举枪、瞄准时，丑鬼老大向身边的大胡子微微一笑，轻声提醒说：“伙计，你给人涮了！回去找护士小于和酒店老板娘……”话没说完枪就响了。人倒在地上还看着大胡子，眼神里尽是希望和鼓励。

大胡子如梦方醒，枪声未落即跳起来大声喊：“我给人涮了！我给人……”公安当他吓疯了，将其紧紧按住。副局长看出其中端倪，令人将护士小于和酒店老板娘带来审问，方知大胡子不是特务，而是真被人涮了，遂将他无罪释放，交由本单位严肃处理。白羊的作案动机只是为了报复大胡子，跟事故没有直接关系，被拘留半月，也交由本单位严肃处理。

袁厂长一直提心吊胆，生怕女儿给白羊骗了，正苦于无计将其分开，此时机会来了。厂办主任与白羊有过交往，袁厂长不满其为人秉性，便以家属应该回避为由，委托厂办主任全权负责，并再三叮咛：“一定秉公处理！”

起初，厂办主任吃不准“秉公处理”的真正含义，不敢贸然行事。思忖再三，决定成立一个由厂办、治安、工人代表组成的重大事故处理小组，既表现得公开、公平、公正，又避免了自己当恶人。经过反复讨论，最后决定给予白羊、大胡子开除处分。厂办主任拿着这样的结果去汇报，试探地问：“袁厂长，您看合适吗？如有不妥，我再组织大家讨论！”袁厂长满意地说：“我相信大家！”很快，厂里传开，袁厂长铁面无私、大义灭亲！

不巧得很，当袁厂长准备把担心说与女儿时，女儿突然呕吐起来。到医院一检查，原来怀孕了。袁圆既不愿意遭受流产之苦，又不忍心孩子将来没有父亲，只好听从命运的安排，嫁鸡随鸡嫁狗随狗。就在白羊收拾行李，准备带领妻子回农村老家时，袁厂长因嫁女收受贿赂被处分：退赔全部赃款，降为普通工人。

父女俩在车站挥泪相别，眼看女儿就要走下站台了，袁厂长突然一个转身抱住女儿，言之恳切地说："爸爸有句话，你千万要记住，养育孩子，那是母亲的担当；学会放下，才是做人的智慧！"从始至终，袁厂长没跟白羊说一句话，甚至都没看他一眼。

到县城下车，距离田家庄二十几里路全靠步行。白羊提一只大箱子，走至一个堤口，已是气喘吁吁汗流浃背。火红的太阳，热鏊子似的悬挂在头顶。路边一棵歪脖子柳树，枝杈枯秃，叶影婆娑。白羊引袁圆走到树下，尚未站定，迎面一辆卡车呼啸而过，扬起的尘土弥漫半边天空。

待尘埃落定，吐净口中泥沙，正欲冲着远去的卡车怒骂，忽然看见堤坝下一个黄色庞然大物，"呼哧！呼哧！"喘着粗气直奔过来，吓得他拉起袁圆落荒而逃。跑几步回头看时，原来是一头黄牛拉着一辆拖车，沿小路匆匆走来。拖车上一块门板，席片下一具尸体。柱子哥牵牛走在前边，叶儿扶席片紧随其后。单薄的身子跌跌撞撞，几次险些摔倒。

白羊已经看明白了，却还是禁不住问："这……这是怎么了？"柱子哥看了白羊一眼，只是摇头叹息一声，没有说话。白羊转向叶儿，不无生气地说："三牛呢，他怎么没有来？是记仇不来还是你不叫他来？"叶儿仿佛没听见，头也不抬地从身边走过去。

埋葬完父亲，叶儿回到家中，带着满身的泥土和汗水，还有满心的愧疚与怨恨，仰躺在床上，透过窗口看灰色的天际。一只蜘蛛从右上角滑下来，落在第三根窗棂上，接着返回右上角，再滑落到第四根窗棂上，如此反复几次，一张网就结成了……不知不觉中，夜幕已经拉开，房间里影影绰绰，仿佛鬼魂游动。忽然响起脚步声，若有若无，若即若离。“莫非真有鬼魂？”这样想时，果然有一个细长的身影，飘飘荡荡走到床前。

叶儿惊呼一声：“啊呀！”本能地跳起来，从针线筐摸出大剪刀，紧紧握在手里。细长的身影停住，轻声说：“叶儿，是我！”叶儿已经听出是谁，却还是大声喊：“你滚！滚出去！”对方上前一步，发急地说：“是我，白羊！”叶儿不管不顾，依然声嘶力竭地喊：“快滚，滚得远远的！”

白羊怔愣片刻，无奈地退开一些，试着解释说：“家里发生的事情，我都听说了。果然不出所料，牛三牛真不知道从前的事！往后由我带来的女人遮挡着，还真像赵婶当年预料的那样，咱俩不用离家出走，也能做长久夫妻了！”他不待对方做出反应，一个箭步冲上去，抱住叶儿疯狂亲吻。

叶儿拼命挣扎，怎奈力不从心，对方的双臂像蛇一样缠绕得紧紧地，令她不能动弹，双唇像蚌壳一样扣得紧紧地，让她不能发声。她几次试图把大剪刀从背后刺入对方心脏，结果举起来又放下，最后无力地滑落，“当啷”掉在地上。心里还想坚持，身子却不听使唤了，像蜡烛一样迅速熔化、瘫软。爱情犹如神秘莫测的蛊毒，一旦浸入肌体即失去自我，无可救药！

牛三牛双手抱头蹲在指定的位置，接受同室狱友的见面之礼。先是每人三拳，如果表现得不好再加五拳。十几个人仿佛输红眼的赌徒，非要把老本捞回来不可。发狠地打完一轮，看新人没有反抗或不耐烦之举，表现得还算可以，开始准备下一个节目。下一个节目是“躲猫猫”，令新人脱下裤子套在头上，凭经验或感觉躲避从四面八方飞来的拳脚，连躲三次算赢，节目就此结束，否则将一直玩下去，直玩到口吐鲜血昏倒在地。

脱裤子指令已经下达，新人却没有反应，依然双手抱头蹲在那里。瘦小的皮皮虾走上去，用力踢一脚，人像泥巴一样瘫在地上。他不禁吃惊地喊：“老大，这小子怕是不行了！”

被称作老大的人不过二十几岁，看上去眉清目秀，却因失恋杀人判处无期徒刑，脾气特别暴躁，同室犯人无不惧怕，因此被尊为老大。老大从台阶上跳下来，仔细观察一会儿，还真是不行了，不无鄙夷地骂：“熊包！”然后下令：“拖到墙角去！”

皮皮虾抓住牛三牛两条腿，吃力地往墙角拖。突然像给炭火烫住了，吃惊地喊：“啊呀，好烫！”再摸额头，越发吃惊地喊：“啊呀，好烫！”喊声惊动了狱警，令其将病号拖到门外，叫来临室的秃脑门犯人诊治。皮皮虾假装帮忙，偷偷告诉秃脑门：“伙计，仔细点，他可是小雨的相好！”秃脑门怔愣片刻，仔细地检查一遍，开出几样药交与狱警。

狱警看也不看，随手递给皮皮虾，示意去取药。皮皮虾因介绍刺猬老婆卖淫，从中牟利，被刺猬举报，判刑三年六个月。这家伙为人随和，能说会道，与狱警打得火热，得到不少好处。取药回来，顺便给狱警一包烟。狱警明明看见他怀里还有东西，却假装没看见。

怀里还是香烟，献给老大的。老大接过香烟，看一眼昏迷的新人，十分不屑地说：“在边上给他个地吧！”皮皮虾谢过老大，将新人拖到地铺边上。其他犯人听话地往里挪，腾出一席之地。三天之后，牛三牛奇迹般地苏醒了，并且认出曾经敲诈勒索，现在又救人性命的皮皮虾，一时无语，不知该感恩还是该仇恨。

入冬以后，犯人在城北修建水库，卡车押送。一次下车时，牛三牛不小心撞到秃脑门，知道又要挨揍了。谁知等了半天，对方非但没有动手，反而像老鼠见猫一样，灰溜溜地逃走了。正自纳闷，皮皮虾古怪地笑着说："知道他是谁吗？"不待回答，意味深长地说："他是医生，给你治过病，因强奸致死人命判处无期徒刑！"

牛三牛顿时恍然，难怪看着面熟，原来他是逼疯小雨的仇人！被撞不敢反抗，一定是害怕了。为了叶儿和孩子，他放弃了替父亲报仇，落得认贼作父的可耻下场，一辈子无颜面对父老乡亲。为了小雨和爷爷，他决定放弃改造，放弃重新做人的机会，亲手杀了这个人面兽心的东西。此仇如若不报，不但辜负了爷爷的救命之恩，辜负了小雨的一片真情，也辜负了自己来世一趟的缘分，真正成了猪狗不如、忘恩负义的小人！

天空灰蒙蒙的，犹如一块没有洗净的抹布。西北风越刮越大，树梢发出尖利而刺耳的呼号。草屑、沙尘随风飞扬，直往人的脸上身上扑打。牛三牛与皮皮虾共用一根木杠，从斜坡下往堤坝上抬石块。秃脑门就在上边用石块砌堤坝。水库里结了冰，往年的藕叶冻在冰面上，像被丢弃的破尿布。

要报仇很简单，只要爬上堤坝轻轻一推，秃脑门就能一头栽下去，不是摔个粉身碎骨一命呜呼，就是落进冰窟窒息而死。牛三牛觉得那样太简单，不过瘾，最好将其砸成重伤，叫他痛不欲生、生不如死！

皮皮虾仿佛看穿对方的心思，一边往前移动吊环，减少自己的压力，一边抱怨这鬼天气。接着话锋一转，饶有兴趣地问："兄弟，后来见过相好吗？听说她疯了，在大庄集上讨饭，经常受人欺负……"牛三牛假装没听见，抬着石块往秃脑门那边走。

不能再等了！此仇一天不报，他便被满腔怒火烧灼一天，撕心裂肺痛苦一天。眼看爬上斜坡，就要走到秃脑门近前了，突然一脚踩空，摔得满嘴啃泥。石块往下滚落，压在皮皮虾脚趾上。其实并不重，他却双手抱脚滚倒在地，杀猪般嚎叫，借此休息。引得狱警和犯人都看。

秃脑门也想看，刚一直腰，迎面刮来一阵风，沙尘迷住眼睛，抬手擦眼，紧接又刮来一阵风，身子失去平衡，双手胡乱地抓取着，惊恐地呼叫着，摇摇晃晃跌进水库。冰面砸破一个洞，秃脑门从洞口钻进去，往上一顶一顶，起初还能顶出些许破裂声，后来越顶越无力，渐渐浮在冰下不动了。他气绝的那一瞬，不知是否体会到了血液倒流、痛入骨髓的感觉？

狱警、犯人围在大坝上，急得大呼小叫团团乱转，却不知如何施救。皮皮虾看准时机，顾不得脚疼，趁乱溜下斜坡，沿一条壕沟仓皇而逃。牛三牛觉得不对劲，回头看时，那家伙已经跑出几丈远，瘦小的身影即将消失在壕沟中。

狱警看见逃跑的皮皮虾，一边鸣枪示警一边大声喊："抓住他，别叫他跑了！"牛三牛仿佛得到指令，叫他抓住逃跑的犯人！分木杠时领导交代过，一条木杠的人要互相关心、互相监督，于是他拖着一条没接好，或许当时接好后来又错位的腿，一瘸一拐连蹦带跳地追过去。狱警在后边喊："快回来，再跑就开枪了！"依然不管不顾，穷追不舍。

追到壕沟尽头，眼看皮皮虾就要钻进杂树林子里，牛三牛发急地喊一声："别跑！"一个饿虎扑食，扑向皮皮虾。皮皮虾回手一拳，打在牛三牛鼻梁上，牛三牛顿时天旋地转，鲜血淋漓而下。他像陀螺似的转个圈子，抹一把鼻血，再次扑上去，紧紧抱住对方不放。皮皮虾不敢恋战，用力挣脱出来，转身往壕沟上爬，瘦小的身子十分敏捷，壁虎般爬得飞快。

牛三牛拖着一条腿，连跳几次都没有爬上去。最后抓住对方一只脚，任凭怎么踹就是不松开。皮皮虾发急地说：“好兄弟，赶快放开我……”牛三牛固执地说：“咱俩一条杠，放你走我咋交差？”皮皮虾苦苦哀求说：“亲爹哎，你真糊涂，我逃走跟一条杠没关系！”

狱警随后赶到，将逃犯捉住，戴上手铐脚镣，押回去关小号。牛三牛追得太猛，一时脑供血不足，脸色煞白晕厥过去，再加上满脸、满身鼻血，伤得不重却十分吓人。狱警特别感动，给上级打报告为其记功一次，减刑三年。

忽忽几个春秋，又到农闲时节。牛三牛走出高墙铁门，迎面一片阳光，照得他睁不开眼睛。路边一棵梧桐树，叶子很大很稠，像伞一样撑在半空。他迟疑着走过去，看看无人驱赶，放心地坐在地上，慢慢靠向树干。一只小蚂蚁离开搬运的队伍，爬到来客身上，左看看右转转，十分顽皮的样子。

“它是偷懒离开搬运的队伍呢，还是代表大家欢迎我来了？看它高兴的样子，一定是欢迎我来了！”牛三牛咧嘴笑一下，轻声咕哝说，“今天我刑满释放，你很高兴是吗？”小蚂蚁点点头，兴高采烈地说：“是呀是呀，我很高兴！说实话，我对每一位刑满释放的客人，都由衷地感到高兴，因为从现在开始，您就可以自由自在地生活了！人生在世，最大的追求就是自由自在，最大的幸福也是自由自在……”忽然把话停住，纳闷地问：“哎，客人，您怎么了，看上去好像不高兴？”

牛三牛不解地问：“客人？我是你的客人？”小蚂蚁爽快地说：“是呀是呀，您是我的客人！说实话，这是我对您的尊称，也是我的习惯，请不要介意，反过来，您这样称呼我，我也不介意。从某种意义上说，您是我的客人，我也是您的客人，咱们都是客人！”听的人糊里糊涂，不及细问，小蚂蚁接着又说：“您还没有回答，为什么不高兴？对了，人家刑满释放都有人来接，您怎么没有人来接，是家里没有人了吗？”

牛三牛叹口气，难为情地说：“不是我家里没有人，是我没有通知他们……”小蚂蚁释然地说：“噢，我明白了，您曾经伤害过他们，现在没有勇气面对他们！其实没有什么大不了的，曾经不代表现在，现在不代表将来，嘻嘻，人这一辈子，就跟切香肠差不多，日子久了，切掉的那一截一截，就变成了故事或传说……”

不知不觉中，太阳已经偏西。身上的小蚂蚁更多了，嘁嘁喳喳问个不停。牛三牛疲于应对，赶紧提起铺盖卷，逃也似的跑走了。那一瘸一拐的样子，跟当年的瘸腿老五差不多！

二十几里路走完，夜幕尚未拉开，还不是进村的时候。村头一片沙土岗子，沟壑纵横，野草丛生，常有毒蛇、青蛙出没。斜坡上一棵红柳墩子，枝叶茂密，顶端开满紫色的小花。牛三牛走过去，蹲在红柳下，此处既可清晰地看到村庄，又不致给人看见。不小心撞在红柳上，细小而尖硬的叶子撒落下来，从脖子钻进去，浑身刺痒。

忽然刮起一阵风，扬起的沙尘迷住眼睛，用手轻轻一揉，竟然揉出两眼泪。朦胧中，看见有人从村里走出来，站在高坡上张望。单薄的身影很像叶儿，尤其打眼罩的姿势更像。心里不由一动，料定那就是叶儿了。身边还有一个孩子，不，是两个，一大一小。大的肯定是如意，那么小的呢？一定就是老二了。还没有见过面，不知道是男是女，也不知道叫啥名字？

真是难为叶儿了，这几年一个人在家带孩子。她是怎么知道我出狱的？是猜到的还是有预感？一定是预感，夫妻在一起生活久了，心灵就相通了。不能叫他们久等，要赶紧走过去，和他们会面，和他们团聚。如意生性腼腆，见了面不敢叫爹，老二怎么样，也是那样腼腆吗？

见了面叶儿还哭吗？当年哭成那样，想起来就心疼。当着两个孩子的面，不能再哭了，再说那是分别，现在是团聚，应该高兴才对！他从地上爬起来，拍打掉身上的沙尘和红柳叶子，提起铺盖卷，快步向村口走去。刚走两步，忽然觉得不对了。定睛细看，站在高坡上的不是叶儿和孩子，而是一棵枯秃的柳树和两棵新生的毛柳条子。

牛三牛回到原地，重新蹲在红柳下，两眼直直地看天，等待夜幕降落，等待星星出现。炊烟渐渐消失，村庄沉入灰色的烟雾中。隐约传来母亲呼喊孩子吃饭的声音，还有鸡鸣狗吠的声音。从中午到现在，他还没有吃饭，有些饿了，肚里响起“吱哟吱哟”的声音……

不知过了多久，夜幕一道道拉开，把村庄厚厚地包裹起来。人声、畜声没有了，村庄已经沉睡，进入梦乡。牛三牛从红柳下走出来，提着铺盖卷，小心翼翼地走进村子。一弯月亮穿行在云隙中，时隐时现，投下片片阴影。沿着墙脚，借助阴影的掩护，一路匆匆而行，很快走到家门口。

牛三牛稍稍喘息片刻，正准备抬手敲门，两扇门板轻轻敞开了。一个人从里边走出来，差点撞个满怀。牛三牛慌忙躲到一边，定睛细时，原来是白羊！“他啥时候回来的？这么晚了咋在这里？”一连串的问题突然涌现，像小蚂蚁一样喊喊喳喳问个不停。白羊看见来人，不无意外地说：“你咋回来了？”

牛三牛想说抓逃犯立功提前释放了，却没有说出来。他满脑子都是疑问，都是小蚂蚁的声音。白羊等了一会儿，不见有回应，冷哼一声走了，样子有些不屑。牛三牛越发纳闷，甚至怀疑是在梦中，看到的只是幻象，不然这个男人大晚上从我家出来，咋还这样蛮横？小蚂蚁的声音还在，脖子里的红柳叶子还在，显然不是做梦。心里一阵别扭，想追上去问个明白，叶儿从后边拉住，轻声说："回家吧。"

走进院子，叶儿指一下厨房，不容置疑地说："先放那里吧！"牛三牛迟疑良久，方明白对方的话，是叫把铺盖卷放进厨房。走进堂屋时，叶儿端着油灯从里间走出来，放在小床边方凳上。床头一堆陀螺小石子，床尾一件露裆小裤衩，被单皱皱巴巴，显然有人睡过。

叶儿一边收拾玩具，一边解释说："都是二狗、飞飞玩的东西。对了，还没有告诉你，又是个男孩，他姥姥取的名，叫二狗，说是贱名好养。你要是觉得不好听，就再改。"说着扯起被单，揉成一团扔到门后，随手拿起小裤衩，也扔到门后，换上一床新被单。

听说又是男孩，牛三牛赶紧收拾起散乱的心绪，满口答应说："叫二狗好听，就叫二狗，不用改！"又十分急切地问："二狗呢？他在哪里，我看看！"叶儿不说话，向里间轻轻一努嘴。

里间床铺焕然一新，与小床截然不同。大红的被褥十分炫目，一对绣花枕头更是招摇。瘦小的二狗躺在上边，睡得正香。黝黑的皮肤，露出一根根肋骨，看了令人疼爱。牛三牛紧走几步，准备俯身看个仔细，或者弄醒说几句话。一只手刚刚触到床铺，忽然觉得不妥，赶紧停下来。起伏之间，掉落几片红柳叶子，还有一些细小的沙尘，正欲伸手去捡，叶儿拿来一把笤帚，轻轻一扫，清洁如初。

他回到外间，坐在小床上，叶儿随后跟来，轻声问："还没有吃饭吧？"牛三牛点点头，又摇摇头，轻声咕哝说："不饿。"叶儿不说话，倒来一碗红糖水，放在方凳上，再拿一个黑窝窝，递给牛三牛，小心地说："这几天身子不好，老是心口疼，表哥送来一包红糖，说话说得久了……"

叶儿比走时胖了，也红润了，一身衣裳洗熨得平平整整、干干净净，领口的纽扣没有系，露出一截白脖颈。叶儿意识到对方在看，掩饰地抚一下，却不重新系起来，只是催促说："快吃吧，不够再拿！"还是那样小心翼翼，生怕做错事情遭受责罚，还是那样低眉顺眼，尽显大家闺秀的矜持与温柔。

烦乱的心情渐渐平静下来，他迟疑一会儿，像是解释般地说："我不是不叫他来，你们是亲戚，亲戚能不走动？我是看不惯他那熊样儿！"叶儿叹口气，不无责怪地说："你还知道我们是亲戚？有你那样对待亲戚的吗，人家给你说话都不应！"牛三牛无言以对，端起碗"汩汩"喝两口。不知是糖水的滋润，还是对方的话语暖人，不禁咧嘴一笑。

牛三牛很久没有笑过，脸上的皮肉都僵硬了，笑出来的模样比哭还难看。叶儿心里一动，像被一只无形的大手紧紧搦住，一口气良久没有喘出来。等喝完水，她把碗接过去，再倒一碗，却没有加糖，站在不远的地方，没话找话地说："你的腿到底还是落下残疾了？"不待回话，接着又说："都是我害了你……"

牛三牛停下咀嚼，含一块窝窝在嘴里，动情地看着对方，像是申辩又像是安慰地说："你不要这样说，以后再不要这样说！我那样做，都是为了你和孩子！小蚂蚁说得对，人这一辈子，跟切香肠差不多，日子久了，切掉的那一截一截，就变成了故事或传说！"叶儿听得似懂非懂，却也没有问。

第二天一早，牛三牛起了床，准备打扫完院子，再修缮破损的院墙和房屋。既然回来了，就要好好持家过日子，承担起一个男人的责任。去南墙下拿铁锹、扫帚时，看见粪坑里有包东西，捡起来看时，原来是红糖。正自纳闷，叶儿出现在门口，发急地喊："扔了，快扔了！"他听话地扔了，却又捡起来，纳闷地说："好好的东西，咋扔了？"对方迟疑片刻，搪塞地说："不小心，撒上灯油了！"他闻一下，并没有灯油味，但看到对方严肃的样子，最后还是扔了。

二狗听到说话声，光着屁股走出来，一只手扶着门框，一只脚蹬在门槛上，瞪圆一对乌溜溜的小眼睛，好奇地打量着蓬头垢面、衣衫褴褛、木呆呆站在粪坑里的人，禁不住问："娘，这个人，咋跑咱家来了？"叶儿咽下一口唾沫，极不情愿地说："他是你爹！"

小家伙怔愣一会儿，突然惊喜地喊："啊，我爹，我有爹了？"于是跑到粪坑前，近距离地打量一会儿，竖起两根大拇指，不无夸张地说："爹，好样的！"又顿一顿，像煞有介事地说："快上来，我带你上街走走，叫他们认识认识！"

牛三牛不好意思地低下头，上下打量着自己，以商量的口吻说："明天行不？我洗洗衣裳刮刮脸……"不等说完，二狗摇摆着双手说："不用不用，这样就行，这样他们才害怕！"叶儿走过来，大声呵斥说："二狗，别胡闹！"小家伙不敢违抗母亲，却向父亲救援，可怜巴巴地说："爹，快说话呀？"牛三牛立即心软了，赶紧求情说："随他吧，孩子高兴就好！"

走到门口，二狗停下来，不放心地问："爹，你都是会啥呀？"这还真把他问住了，到底会啥呢？想半天，也不知如何回答。情急之中，只好搪塞地说："会打仗。"小家伙眼睛顿时一亮，审视着对方，不相信地问："打真仗？"牛三牛点头说："嗯，打真仗！"看孩子高兴，接着补一句："打大仗！"为了增加说服力，指着天"呜呜！呜呜！"学飞机，指着地"咕咚！咕咚！"学大炮，双手端在胸前"嗒嗒嗒！嗒嗒嗒！"学机枪扫射。

小家伙乐得前合后仰，扑上去抱住父亲一条腿，十分崇拜地说："爹，真是好样的，你太厉害了！"牛三牛把孩子抱起来，喜爱地说："咱们上街走走去？"二狗爽快地答应："上街走走去！"刚走两步，忽然停下来："等等！"从门后找出一根白蜡杆，叫父亲扛上，看了又觉得不合适，好像会打真仗、打大仗的人，扛一根白蜡杆不威武，寻找半天，终于在茅房找到一把粪杈子，杈齿锋利，很是吓人，交与父亲扛着，自己扛一根白蜡杆，在前边带路出发了。

叶儿看他们这样，想笑，鼻尖一酸却呛出两眼泪……

父子俩走到大街上，孩子们还没有集合。二狗有些失望，但很快有了办法：去敲人家的门！把门敲开，等人家孩子出来，二狗炫耀地说："看看吧，这就是我爹！会打仗，打真仗，打大仗，飞机、大炮、机枪都有！"牛三牛赶紧配合，向人家孩子做鬼脸，或者学飞机、大炮、机枪响，直到把人家孩子吓得仓皇而逃，才肯罢休。

如此炮制几家，小家伙越发得意，非要把所有孩子的家门敲遍不可。牛三牛耐心开导说："有几个人知道厉害就行了。"小家伙虽然不情愿，到底还是同意了，但提出条件说："放过别人行，放过秤砣不行，他尽骂我没爹！"父亲同意惩罚秤砣。敲开秤砣家，如此演练一番，直把对方吓得低下头，才收兵回家！

秋收后，农业社兴修水利。白羊有文化有心计，能说会写还能画，直把田家庄农田规划得跟棋盘一样，路林沟渠，几纵几横，旱能浇，涝能排，成为全镇学习的榜样。当年农会长升任副镇长时，提议由白羊担任田家庄的农业社社长，曾引来不少非议，甚至有人断言在不久的将来，田家庄农业社将葬送在四季不分的前白家阔少手里。现在看来，那些担心都是多余的！

社员们看到美好前景，一个个干劲十足，星不落即敲钟集合，星出齐才收工回家，一天三顿饭在田间吃，恨不能一下子把高低不平的沙土岗改造成长金生银的聚宝盆！牛三牛自然不甘落后，怎奈身体不争气，一天到晚拖拉着一条瘸腿，拉车跑不动，推车跟不上，抡镐头刨土，只几下伤胳膊就疼得举不起来。心里不由灰灰的，知道自己残废了、没用了。

一天收工时，白羊召开社员大会，总结几天来的工作，先是表扬了几个人，争先恐后不怕出力流汗，号召大家向他们学习。突然话锋一转，提高声音说："可是有的人……"很显然，接着要批评落后分子了。牛三牛的心立即提起来，猜想第一个挨批的人肯定是自己。果然，白羊把头转过来，两道犀利的目光像探照灯一样明亮刺眼，他慌忙把头低下，不敢对视。初冬的晚风尽管很凉了，瞬间还是吓出一身汗。

白羊铿锵有力地说："可是有的人，虽然很努力，不甘心落后，由于身体等方面的原因，却不能胜任这项工作。我提议，从明天起，调牛三牛到饲养队工作，如果大家没意见就这样执行，有意见提出来再作调整。散会！"牛三牛以为听错了，始终不敢相信自己的耳朵。平时听人们私下里议论，饲养队就像南清宫，出力不多挣工分不少，没想到这样的美差竟然落到自己头上了！

他回到家，把刚才的经历讲给叶儿听，言辞间透露出对白羊的感激之情。叶儿良久没反应，末了像是自言自语地说："他真要逼人往绝路上走了？"牛三牛看那出神的样子，听那没头没脑的话语，不知这是为什么。忽然，叶儿古怪地笑一下，盯视着对方问："你再回工厂人家还要不？"不待对方回答，随后补充说："我也去，带着二狗去！"

牛三牛越发糊涂了，正好好儿的，咋说出这样的话？于是试探地问："你咋了？"叶儿差点跳起来，脾气暴躁地说："我在这里待够了！一天到晚就见这几个人，就做这几件事，啥时候是个头啊？"牛三牛耐心地说："在哪里都一样，待常了都是见那几个人，做那几件事。白羊带着袁圆和孩子回家，就是因为袁厂长被撤职了，这时候再去找人家，我看不合适。再说，我现在这样子，干啥啥不行，人家谁要啊？"

叶儿恨铁不成钢地说："那就遭人白眼喂牛去吧，住在牛棚永远别回来了！"然后扑倒床上，"呜呜"哭起来。牛三牛跟过去，小心地说："你要是觉得喂牛不合适，怕人家说闲说话，说我是托关系走后门进的饲养队，明天我找白羊辞了去！"

第二天他跟白羊说时，白羊冷冷地说："你以为你是谁，还是市里劳模啊，挑三拣四的？你是当过丑鬼的刑满释放人员，要老老实实地接受改造，没有讨价还价的资格！"成命难收，牛三牛只好搬到饲养队喂牛去了。饲养队就在小角门里边，是当年瘸腿老五喂牛的地方。名曰饲养队，其实只有三四个人，八九头牛。除了铡草、垫圈，一天没有多少活，闲下来可以谈古论今、赶集观景，还可以回家做家务。只要一天三顿不耽误喂牛，晚上看着牛好好睡觉就行了。

渐渐地，牛三牛不但感受到饲养队的自由自在，还发现了饲养队的诸多实惠。单说明的，就有牛吃剩的草梗棒，一天一筐往家拿，还有铡草时落在地上的粮食粒，一天半斤二三两的捡回家。有了这些补贴，家里吃的烧的就宽裕许多。暗的更不用说了，只要愿意昧良心，反正牲口不会说话，一天该吃三斤的给它吃一斤，也不会说出去。

起初，牛三牛不忍心那样做，后来有了那个饥馑的春天，草根都给人挖着吃光了，树皮都给人剥着吃光了，饿得人走路扶着墙，就顾不得良心了，开始从牛嘴里夺粮了。只是此时的饲料，已不似从前那样多，也不如从前那样精，多是些豆饼、地瓜干，上级还盯得特别紧，生怕把牲口饿死了。

牛三牛就是隔三差五地偷了一些豆饼、地瓜干，才使得叶儿和孩子没有饿得扶着墙根走，这份情应该记在白羊身上，一辈子忘不了！苦春渐渐过去，夏粮业已收获，按说不用偷饲料糊口了，可是那天晚上，偏偏炒了两袋豆饼放在床头，阵阵香味扑鼻而来，那个贪得无厌的伙计按捺不住，非要偷一些送回家，并且为了堵住对方的嘴，非要与牛三牛合伙作案不可。

那是一个风雨交加、电闪雷鸣的夜晚，牛三牛怀揣半袋豆饼，披一件高粱叶编织的蓑衣，匆匆往家走去。村街上除了翻卷怒号的风雨，什么都没有，他如入无人之境，心里的慌张和不安顿时烟消云散，贼胆和贪欲悄然滋生漫延。伸手按一下腋下的口袋，足有二十斤，不由一阵窃喜。财富来得太容易了，只需举手之劳，即可据为己有！

这半袋豆饼，如若掺上野菜，可供一个四口之家食用半月，如果一月有上两次，即可保证一家人的口粮，如果一月有上三次、四次呢？吃饱肚子还能把节余的口粮囤积起来，换成木料建房子！

那个贪得无厌的伙计，一月何止三次、四次呢？这黑心烂肠子，几乎天天往家偷饲料，早已经发大了！牛三牛既嫉恨又自责，仿佛本该属于自己的那一份都给别人抢走了，不禁暗自发誓，今后再不那样实在了，实在是傻瓜的大号，该要东西不要白不要！两个儿子马上长大成人，要盖屋子娶媳妇，如果按每月三次、四次计算，盖屋子娶媳妇并不难。两个儿子两房儿媳，东厢房一个西厢房一个，老两口住在中间的大堂屋，一早起来，这边喊爹那边叫娘，再过个三年五载，有了孙子，左一个爷爷右一个奶奶……

这样想着，已经走到家门口。为了不惊动邻居，不惊动叶儿，轻轻拨开门闩，走进院里。窗口透出一片灯光，风雨中摇曳不定。这时候咋还点灯？是屋子漏雨了，还是叶儿害怕风雨和雷声？不久前刚刚修缮过屋子，不会漏雨，一定是叶儿害怕风雨和雷声，一个女人在家带孩子，遇到这样的天气能不害怕吗？赶紧走到门口，正欲叫门，屋里的哭喊声，突然扑面而来，犹如凛冽的寒风，迅速把人冻僵！

“我求求你，别再这样了！他是实在人，为我付出那么多，我不想对不起他……”“他为你付出，那也算付出？就他那傻熊样，能把人救出来才怪？他蹲监狱活该，蹲一辈子死在里边才好！我为你牺牲了青春，牺牲了一生的前程，牺牲了全家上下三十多口人的性命，即便在战场上奄奄一息之际，还不忘记你和孩子，还想办法托人照顾……你怕对不起他，就不怕对不起我吗？”

叶儿恼怒地喊：“你那是利用人家，从一开始就是利用人家！”白羊反驳说：“还不都是因为你，当初要是跟赵婶去堕胎，还会发生后边的事？”叶儿冷笑着说：“哈哈，你总算把心里话说出来了，丑恶嘴脸总算彻底暴露了，你就是一个彻头彻尾的自私鬼！为了掩盖偷情丑事，把莫须有的罪名强加到人家头上，害得人家家破人亡；在战场上还恩将仇报，欺骗人家回家替你养育情人和儿子；为了做厂长的女婿，施阴谋拆散人家的婚姻；事情败露之后，再带着本该属于人家的妻子回家来给你会情人打掩护，你伤天害理，迟早会遭到报应！”

牛三牛摇摇头，不敢相信自己的耳朵，屋里是人在说话，还是鬼怪在胡言乱语？眼见为实，耳听为虚，要进屋看个究竟！才一抬腿，突然一个趔趄，断木一样摔倒在地，摔出“噼啪”一声钝响。叶儿打开房门，衣衫不整地出现在门口。一道闪电划破夜空，照亮眼前的一切。惊雷随之炸响，大地为之震颤！

苍天啊！你究竟是有情还是无情，是呵护弱者还是打击弱者？倘若有情，为什么不早早指点迷津，令其抓住那一次次擦身而过的爱情和幸福？倘若无情，为什么又雷电交加将黑夜照亮，将一切大白于天下？假如没有这个夜晚，假如没有这道闪电，他将在理想的梦境中继续沉睡，将在美好的憧憬中继续陶醉……

牛三牛挣扎着从泥水里爬起来，跌跌撞撞地走进屋。白羊端坐在油灯前，开门见山地说：“既然你都听到了、看到了，也就没有必要再隐瞒了。摆在你面前的路有两条，一是睁只眼闭只眼，相安无事地过下去；二是去村里声张，或者到镇上、县上告发。不过我要提醒你：我和叶儿是姑表兄妹，这样的事情说出去也不会有人信；你偷饲料被我抓获，人赃俱在，我不费吹灰之力就能把你送进监狱，叫你在里边蹲一辈子。你糟蹋了叶儿的身子，我看见你就恶心，真想把你送进去，叫你死在监狱里！”

牛三牛不说一句话，甚至看对方一眼都没有，仿佛他们说的、做的都跟自己毫无关系。他一瘸一拐地走到小床前，抱起还在睡梦中的二狗，用蓑衣包裹起来，紧紧抱在怀里，返身走进风雨、走进无边的黑暗……

第十六章　生死由谁定

饲养队不但是饲养员的南清宫，更是孩子们的游乐场。垫圈用的沙土松软细腻，孩子们可以在上边滚爬嬉戏，还可以在上边塑造各种各样的小动物，建造各式各样的小房子。铡细的饲草堆得山岸似的，可以爬上去玩打仗，还可以钻进去捉迷藏……牛三牛守候在不远的地方，专注地看着二狗。二狗玩得开心就跟着笑，稍有磕碰就跑上去看究竟。

如果有人冒犯了二狗，他先是不分青红皂白地训斥人家一顿，再是少分给两粒烤黄豆，以此惩罚引以为戒。铡完豆萁之后，地上常常掉落一些黄豆，捡起来用火一烧，酥脆香甜，孩子们都爱吃。牛三牛很会烤黄豆，把又大又圆的豆粒铺在地上，拿明火一烧，“叭叭”炸裂，吹去浮灰，一地金灿灿的，不煳不焦恰到好处。孩子们为了吃烤黄豆，都众星捧月般捧着二狗。

白羊的女儿飞飞比二狗小八天，脸蛋儿胖鼓鼓的，很像她母亲；柔长的发束系着一对蝴蝶结，动起来一飘一飘，鲜鲜活活特别惹眼；穿着一件鹅黄色的毛线衣，一走一跩如同一只小鸭子，童趣横生十分可爱。二狗便以哥哥自居，向飞飞发号施令，当然更像哥哥一样保护她。

飞飞最喜欢玩的游戏就是过家家和垒瓜园。找三块瓦片支一个锅，灶间放几根草梗棒，就能一起做饭生活了。瓜园里的瓜成熟之后，二狗摘下来先给飞飞吃，飞飞认真地吃一口，不无夸张地喊：“哇，真甜哪！”双手捧着给“二哥哥”吃，像煞有介事地问：“二哥哥，甜吗？”二狗认真地点头说：“甜，真甜！”牛三牛看在眼里乐在心里，情不自禁地生出自豪和满足。

星期天，如意也来玩。还像从前一样，看见牛三牛低着头，不喊爹。于是想出一个办法，大声鼓动说：“二狗，爹有事，叫大哥过来！”二狗听话地喊：“大哥，爹有事找你！”如意走过去，腼腆地问：“啥事？”牛三牛把脸扭向一边，假装没听见。如意迟疑一会儿，只好鼓起勇气问：“爹，啥事？”牛三牛立即笑了，甜甜地应一声，掏出四粒烤黄豆，一粒一粒放到如意手里，郑重交代说：“给二狗你俩吃，一人两粒；慢慢嚼，嚼细了再咽！”然后挥挥手，得意地说：“玩去吧，爹没事了！”心里却恨恨地骂：“有本事尽管造吧，无论造多少，都得喊我爹！”

这天，二狗、飞飞在玩过家家。一个人在下边烧火，一边续柴一边拉风箱，忙得不亦乐乎；一个人在上边掌锅，拿勺子不断地搅动，配合默契十分投入。忽然，锅里多出四粒烤黄豆。飞飞又惊又喜，回头看见牛三牛，礼貌地喊：“叔叔好！”牛三牛装模作样地问：“你们做的啥饭呀？”飞飞机敏地说：“我和二哥哥做的烤黄豆饭。”拿起烤黄豆，与二狗一人二粒分吃了。

牛三牛环顾四周，看没有人注意，轻声问：“飞飞，爸爸对妈妈好吗？”飞飞不无埋怨地说：“爸爸经常不回家，回家也不理妈妈！”正欲再问，忽听饲草垛“哗啦”一声，垛顶坍塌下来。牛三牛赶紧跑去看究竟。原来有个人依在饲草垛上，依得太紧了，把饲草垛依塌了。好在饲草蓬松，砸在身上并无大碍。他搬开饲草，把人拉起来，原来是袁圆，早已哭成个泪人儿！

袁圆看着牛三牛，痴痴地说："你还没有忘记我是吗？刚才听到你问飞飞，我就知道还没有忘记我！"牛三牛躲避着对方的目光，良久说不出一句话。对方愤愤不平地说："白羊就是一个大骗子，他欺骗了你，也欺骗了我！三牛，你不能这样任人摆布，要大胆地站起来，维护自己。他把你调到饲养队，就是为了霸占你妻子，叫你给他腾地方。你去告吧，告倒这个大骗子，我给你做证！"

牛三牛摇摇头，无可奈何地说："我……我不告，就……就这样，很……很好！"袁圆恨铁不成钢地说："三牛，你真傻！妻子给人霸占了，就能心甘情愿当王八？"话音未落，白羊出现在面前，理直气壮地说："是啊，三牛，你真傻，老婆给人霸占了，为什么不去告呢？不就是偷了饲养队的饲料吗，大不了判个十年二十年，就是死在监狱里，也比当一辈子王八好受啊？你去告吧，有人给你做证！"

然后转向袁圆，颐指气使地说："小保姆，主人我需要一件换洗衣服，赶快回家给主人我拿！"袁圆怒不可遏，大声反抗说："白羊，你不要欺人太甚，狗急了还会跳墙呢！"白羊冷冷一笑，郑重警告说："不知廉耻的狗男女，大白天敢钻进草垛里偷情？把我惹急了，马上叫民兵把你们抓起来，召开村民大会批斗！"

此后一连十几天，飞飞没有来找二狗玩。牛三牛开始不安起来，猜想一定出事了！是那天回家后白羊打袁圆了，打得不能出门了？还是飞飞或袁圆生病了，病得不能下床了？他越想越担心，趁晌午村里人少，带着二狗沿小路走进白羊家。当年白家因为一场大火化为灰烬，白羊由巨富变为赤贫，住在土改时白先生家的后花园里。

庭院不大，却是凉亭假山，花草树木，应有尽有，布置得恰到好处，只是多处破损。三间茶室，经过多年风雨剥蚀，门窗已经糟朽，屋檐倾塌，看上去灰兮兮的，早已没有了当年的华丽和风雅。地上一层墨绿色的苔藓，散落着干枯的树叶和黑白相间的鸟屎。

院门虚掩，轻轻一推就开了。牛三牛走到茶室前，压低声音喊："飞飞，飞飞，飞飞！"连喊三声，飞飞从茶室走出来。几天不见，胖鼓鼓的脸腮也消瘦许多，柔长的发丝凌乱不堪。看见来人迟疑片刻，依然礼貌地喊："叔叔好！"牛三牛不见袁圆出来，赶紧试探地问："飞飞，妈妈在家吗？"飞飞差点哭出来，哽咽着说："叔叔，妈妈生病了……"

袁圆脸色蜡黄，眼窝深陷，瘫软在床上，一动就"咻咻"地喘，浑身出虚汗。牛三牛心疼地问："那天回家，白羊打你了？"袁圆摇头说："没有。"又问："跟你吵架了？"依然摇头说："没有。"然后解释说："那天回来，有些口渴，从壶里倒一碗水喝了，去凉亭下乘凉，忽然头皮发麻，两鬓生疼，越疼越厉害。白羊请来白先生诊治，开了几服药，头疼止住了，身子却是软得不行了，一点力气都没有，连说话的力气都没有，怕是不行了。"

牛三牛安慰说："年纪轻轻的，得点病咋会不行呢？别瞎说！"袁圆想说什么，转眼看见飞飞和二狗，话到唇边又停住，吩咐说："飞飞，带二哥哥去院里玩，看院门关紧没有，别叫野狗进来。"待飞飞、二狗走出去，压低声音说："三牛，我怀疑他们在害我！要不正好好儿的，喝点水怎么会头疼？吃了药怎么会不能动？"

牛三牛知道袁圆说的"他们"是谁。那天袁圆口口声声要替牛三牛做证，白羊生出害人之心极有可能。只是小白先生——老白先生已经作古，小白先生子承父业——医道虽不如老白先生精湛，却也是受其父真传，能够药到病除，不会越治越重，况且医家有个不成文的规矩：三服药不轻，调调方再三服，再不轻就不给治了，拱拱手叫你另请高明。小白先生已经治疗了十几天，病情不见好转，怎么不拱手叫人另请高明呢？莫非真是袁圆怀疑的那样，他们在联手害人？

如若真是那样，实在太可怕了。医家杀人向来不见血，单是利用阴阳五行相生相克之理即能置人于死地！牛三牛发急地问："药呢？药在哪里？"袁圆不假思索地说："在锅里。"话一出口又后悔了，赶紧制止说："你……你不要……"已经晚了，牛三牛端起一碗药，一气喝完。袁圆急得哭起来："三牛，你真傻！你要是再躺倒，连个申冤的人都没有了……"

很快，牛三牛出了一身汗，淋淋漓漓，仿佛每个毛孔都变成一口小泉眼，涓涓流淌不止。汗水淘尽浑身的污浊，驱散委顿之气，他顿觉神清气爽，不由惊喜地喊："是好药，是好药啊！"袁圆放下心来，轻轻舒出一口气，嗔怪地说："你呀，还是那样，单纯得像个孩子！"忽然想起什么，禁不住笑着说："当初，姐妹们都说你傻，劝我不要跟你谈恋爱，可是我就喜欢你这傻劲……"话音未落，哽哽咽咽地哭起来。

牛三牛心急火燎，却不知如何劝说，木呆呆站在床前，一迭声地说："别哭，别哭……"袁圆越哭越痛，"呜呜"哭出声。无奈之下，牛三牛只好坐在床边，抓住她一只手，用力摇晃着说："别哭，别哭……"忽然看见被褥上，有一片暗红的血渍，沾着一块像肉皮一样的东西。伸手一摸，硬邦邦的。掀开被单，看见一片未干的地方，果然是血和肉皮。再看袁圆身上，一片片水疱，一片片溃烂，尤其肩胛、脊椎那些隆突的地方，一片连着一片……

袁圆停住哭，把牛三牛的手拉到胸前，不无惋惜地说："三牛，我的身体不行了，我的心没有变，还是那颗心！你摸摸，它还在跳动，它是为你跳动……"牛三牛没有犹豫，紧紧地按在上边。良久之后，抬起那只手，发誓般地说："袁圆，我要报仇！为你、为我报仇！"袁圆叹口气，无可奈何地说："三牛，你不是他的对手……你要是心疼我，舍得那个家，就带领我和孩子走吧，走得远远的！"

牛三牛固执地说："不，不能这样走了，这样走忒便宜那个狗东西了！还有那个浪娘们，当面是人背后是鬼，我要叫街坊邻居看清楚，她到底是一个啥东西！"说完他烧一锅热水替袁圆擦洗身子，再把床上的被褥换下来，洗干净晒到院子里。袁圆不再劝，知道说什么都是多余，只是眼巴巴地看着他：他一条腿拖拉着一瘸一拐，一只胳膊弯曲着不能伸直，就这样一个半残的人，要力量没力量，要计谋没计谋，凭什么报仇呢？

一连几天，牛三牛不说一句话，只是机械地重复上述动作：烧热水替袁圆擦洗身子，换被褥洗干净晒到院子里……直到一个彩霞满天的傍晚，牛三牛去水塘担水时，忽然看见水塘里爬出一只巨龟，才灵光一闪有了报仇的办法！

巨龟盘踞在整个水塘，龟甲乌亮波光粼粼波光粼粼，大嘴巴伸向苇地深处，贪婪地吸吮着万物之灵大地之气。牛三牛顿时惊得目瞪口呆，扁担从肩头滑落，水筲滚进水塘，击起的浪花幻化出无比绚烂的光彩。毋庸置疑，这是正义之神点化他来了，使其醍醐灌顶，幡然醒悟，借助神灵的力量惩治恶人，保护自己！

第二天，牛三牛往淘草缸里担满水，提前来到袁圆家，一边替她擦洗身子，一边神秘而兴奋地说："我有报仇的办法了！"袁圆显然很激动，压低声音说："快说说什么办法，我帮你参谋参谋！"听完之后，袁圆不禁愣住了，像看一个疯子似的看着对方，良久不说一句话，末了，犹如身陷樊笼的小兽，失望而无助地"呦呦"哭起来。

牛三牛像煞有介事地说："小时候，我亲眼看见过，有人缝制一个布娃娃，把钢针扎在布娃娃心口，被诅咒的人就心口疼得在地上打滚，十分灵验！"袁圆指一下床头柜，无可奈何地说："他的衣服都在柜子里，要是有用你就拿走吧。"从几件衣服中，挑选出一件内衣，内衣贴着身子，气味自然浓重！

待到夜深人静，牛三牛悄悄溜出牛棚，走到水塘前。在离巨龟十几步远的地方，扑倒在地，像一个虔诚的佛教徒，磕长头向芦苇纵横、泥泞遍地的水塘爬行。每爬行一步，便祷告一声："苍天啊，为我们主持公道吧！"再爬行一步，再祷告一声："神灵啊，替我们惩罚恶人吧！"满天的繁星睁大眼睛，注视着这个奇怪的举动；浓重的夜风屏住呼吸，聆听着这个哀切的心声。

曾几何时，一个病弱青年避开父母的监视溜出家门，冒着滔天大罪扳倒石碑，在苇丛深处辟出一席之地，热切地等待着心上人。那颗心是多么纯洁、多么鲜活，"砰砰！砰砰！"节奏明快清脆有力，不像现在"扑通！扑通！"犹如一面破鼓，急促而紊乱，有种气不够用的感觉。

巨龟现出原形，时隐时现在水面，大嘴巴伸向苇丛深处。牛三牛像当年一样，把茂密的芦苇一把一把按倒，只是不再用脚踩实，而是用身体压平。往年刈剩的苇茬划破手掌，雨水冲刷的沟壑拦阻去路，他根本不管不顾……终于磕长头磕到巨龟面前，看见一对如电的眼睛，一张血红的大口。他双手捧着白羊的内衣送到巨龟口中，待慢慢吞吃下去，才放心地离开苇地。

三天之后，估计巨龟已经记住白羊的气味，牛三牛找来三根钢针，待要往那脖颈上扎时，忽然觉得不妥，那么细小的钢针，扎在那么粗壮的脖颈上，恐怕连蚊子咬一口都不及，更不要说将其激怒了！正不知如何是好，一盘耙从门后走出来，十几根耙钉又粗又长，争先恐后地排列在面前，像准备出征的勇士，等待着首长的挑选。

牛三牛从中选出三根，揣在怀里，躲避着伙计和二狗，悄悄溜出牛棚，沿着上次开辟的小路走进苇地深处，走到巨龟脖颈前，乘其不备将三根耙钉"噗！噗！噗！"扎进去。巨龟疼痛难忍地扭动着身子，掀起层层巨浪，几近腾空而起。逃也似离开苇地跑回牛棚，二狗、伙计还没有醒。一个鼾声如雷，一个吧唧嘴吃着东西。他稍稍平息片刻，躺在二狗身边，却没有一点睡意，大睁着两眼等待天亮，等待巨龟显灵！

第二天临近中午，牛三牛走出袁圆家，准备回饲养队喂牛，忽然看见几个社员抬着白羊，惊慌失措地从田间跑进小白先生家。说是白羊搬运东西时，不小心给棍子砸在头上了，血流不止，昏迷不醒。哈哈，这哪是给棍子砸了？分明是巨龟显灵，开始惩治恶人了！

牛三牛心花怒放，赶紧返回袁圆家，一迭声地说："显灵了，显灵了！"袁圆纳闷地问："什么显灵了？"牛三牛兴奋地说："神龟显灵了！就是上次给你说的……"袁圆半信半疑地问："那个计划，真能成功？"牛三牛肯定地说："我亲眼看到的还能有假，狗东西半死不活地给人抬到小白先生家去了！"

一不做二不休，牛三牛要彻底激怒神龟，不给白羊留下喘息的机会！待到夜深人静时，他再取六根耙钉，准备去扎巨龟的脖颈。正"叮叮当当"往怀里收拾耙钉时，不小心把二狗聒醒了。二狗惊讶地问：

“爹，又去打仗啊？”牛三牛迟疑片刻，胡乱地搪塞说：“爹去打老猫！”小家伙从床上跳起来，好奇地说：“老猫长啥样儿，我也去！”为了阻止二狗，他赶紧做鬼脸恐吓说：“老猫大嘴巴红眼睛，专门吃小孩，小孩不能去，快躺下睡觉，爹一会儿就回来。”

二狗刚刚闭上眼睛，一只大嘴巴红眼睛的老猫就来了，吓得不敢再睡，悄悄溜下床，跟在爹后边。小孩子乍然走进深夜，如同走进梦幻般的世界。白天所熟悉的街道、房舍、树木，都恍恍惚惚变了形状。月牙儿红彤彤的，挂在遥远的天际，如同吃剩的一块烧饼；星稀稀落落，半天不眨动一下，一副无精打采的样子……

牛三牛惦记着二狗，不敢磨蹭，匆匆走到巨龟脖颈前，拿耙钉用力扎下去。扎到第五根时，水塘“哗啦”一声巨响，紧接着响起无数怪异的声音。巨龟狂怒地跃出水面，腾入半空，发一声龙吟虎啸般的咆哮，迅速沉入水底。顿时大水四溢，惊涛拍岸……他赶紧把第六根耙钉扎进去，头也不回地跑进牛棚，躺在床上装睡，思绪却是潮水般汹涌！

不难想象，如此狂怒的巨龟再次扑向白羊，绝不会像上次那样只是砸个头破血流，一定会被扒皮抽筋喝血吃肉！最好叫狗东西死在浪娘们怀里，一觉醒来吓她个半死，待到日上三竿，街坊邻居们看完热闹，即把袁圆和飞飞接到家中，把浪娘们连同姘夫的尸体一脚踢出家门，让她尝尝冷落与孤苦的滋味，尝尝爱与恨的滋味……

牛三牛兴奋不已，甚至承受不了如此巨大的喜悦，胜利的浪潮冲击得他阵阵晕眩，犹如走进酩酊销魂的神奇世界，飘然昏然不知所以然……不知过了多久，他忽然发现二狗不见了，后悔不该说出打老猫的话，不知把二狗吓得跑到哪去了？

天亮之后，牛三牛在水塘里找到二狗。小家伙飘飘然仰躺在既不透明又不见底像玻璃一样的水面上，乳白色的水雾缭绕在身边，如梦如幻，看上去像是睡着了，憨态十足令人疼爱。牛三牛小心地走过去，轻轻把二狗抱在怀里，一边往岸上走，一边纳闷地说："这孩子，咋睡在这里了？"

村里人闻讯赶来，有人指点着说："快放在斜坡上，头朝下控控肚里的水！"牛三牛假装没听见，不理那些无聊的人，抱着二狗往岸上走，心里恨恨地说："咋不把你家孩子放在斜坡上，头朝下控控肚里的水？敢情不是自己的骨肉不心疼！"迎面传来凄厉的哭喊声："二狗，我的孩子啊！"风吹破竹一般，尖利而刺耳。

定睛看时，原来是叶儿头发散乱、衣衫不整地跑来了。"浪娘们！不在家跟狗东西快活，又哭又喊得跑来干啥？"这样想着，故意把脸扭向一边，张望远处的风景。湛蓝湛蓝的天幕上，挂着一片洁白洁白的云，像是小孩子胡乱画上的，显得既天真又虚假。突然"啪嗒"一声，有重物摔倒在脚下，一片烂泥溅在裤腿上。

牛三牛厌恶地抖动几下，将烂泥抖落，后退几步，方才看清是叶儿摔倒在地上，无力地张着双手，想把二狗抱住。"哼！少在人前装可怜……"他大骂一声，很男人地昂起头，抱着二狗一瘸一拐地走了。走很远了，还听得浪娘们在后边失声断气地喊："二狗，我可怜的孩子啊！"

"哭吧，哭死她！"他紧走几步，甩开追赶的人，突然一个大转弯，不去饲养队，直往家走去。"有本事找去吧，找到饲养队跟牛哭去吧！畜生不如的东西，跟牛哭都不配……"院门、屋门大敞四开，一只母鸡带领两只小鸡正在桌上啄食一碗剩米饭，看见有人走进来，吓得惊呼一声，抖落一地鸡毛，呼唤着小鸡仓皇而逃。慌乱中被蹬落的饭碗，摔得粉碎。

二狗依然酣然入睡，丝毫没有受到惊扰。牛三牛放心地笑笑，轻声嘀咕说：“臭小子，真能睡！”走到小床前，准备把二狗放上去，发现席片破了一个洞，露出又粗又硬的秫秸箔。小孩子细皮嫩肉的，放上去还不扎坏了？

浪娘们的大床平整而暄腾，犹如融融春日下的松软土地，可以想见狗男女在上边是怎样寻欢作乐的。牛三牛把二狗放上去，自己再顺势躺上去，报复似的打个滚儿，把一身泥水沾在被褥上。他轻轻拍打着二狗，不无得意地说：“睡吧，咱爷俩都睡，睡个七七四十九天！”

叶儿很快追来，从床上抱起二狗，瘫坐在地上，沙哑着嗓子哭喊：“二狗，我可怜的孩子啊！”随后跟来一群人，乱哄哄地挤满一屋子。二婶情真意切地说：“如意他娘，你别哭了，没有二狗不是还有如意吗？依我说，赶快把二狗忘了吧，他就是个坑人鬼，专门跑来坑你和三牛的……”叶儿申辩说：“如意、二狗都是从我身上掉下来的肉，哪能说忘就忘了？”

牛三牛听得不耐烦了，跳起来喊：“都别吵吵了，孩子还要睡觉呢！”扑上去夺过二狗，小心地抱在怀里，重新躺在床上，轻轻拍打着说：“孩子别怕，想睡就睡吧，爹陪着你……”白羊走上来，气呼呼地说：“三牛，你省省吧！二狗已经死了，大热的天放在床上干什么，快送乱死岗子埋了吧？”

话音未落，叶儿从地上爬起来，发疯似的冲向白羊，一头将其撞个趔趄，声嘶力竭地喊：“你滚！我家的事不用你管……”白羊顿时愣住，张口而嗫嚅，绷带下露出半张嘴巴一只眼，滑稽又狰狞。二婶等人不知就里，想劝无从开口，只好缄默。屋里顿时安静下来，能听到人的喘息声、心跳声。

叶儿转身跪在床前，一边嘶哑着声音喊："三牛，我对不起你！"一边举起两只手，抡圆了往脸上打。本来那么俊俏的一个人，此时却是如此丑陋：一对杏子眼瞪得溜圆，像是塞上的两只琉璃球；鼻子、嘴巴歪斜到腮上，挂着黏稠的鼻涕和唾液……牛三牛看了一会儿，禁不住"嘿嘿"笑起来，笑声空洞而阴冷，仿佛来自遥远的苍穹，来自无底的冰窟。

在这样的笑声中，叶儿感到了从未有过的绝望和寒冷，颤抖着从地上爬起来，跌跌撞撞地跑走了。白羊仿佛意识到什么，随后跟出去。二婶他们迟疑片刻，也都走了，屋里只留下空寂和冷清。

初升的阳光泼洒在大街上，有种恍惚迷离步入异域的感觉。叶儿单薄的身子趔趄着，越走越快，急匆匆的样子，仿佛赶赴一个盛会。村人好奇地站在一边，让开一条路，目送一前一后两个人走远……

前边的人走到歪脖子枣树下，看风景似的看一会儿，再绕树一遭，突然直奔水塘，一头栽下去。后边的人正不解其意，忽然看见人影一闪，击起一片浪花，紧跟着跳下去，却没有要找的人。良久之后，叶儿漂浮在对岸的水面上，衣服没有了，白晃晃的身子，犹如死鱼翻起的白肚皮。

真是不可思议，一头栽下去，竟然游出这么远？肚子滚圆，已经没有了气息。白羊把她拖到岸边苇丛中，放在斜坡上……慌乱之中，突然一个趔趄，一头栽倒在往年刈剩的苇茬上，扎得额头鲜血直流。他解下头上的纱布，胡乱地擦几下，随手一扔，正好搭在兀立的石柱上。石柱圆溜溜的，半隐半现在水陆之间。

白羊怦然心动，猜想那就是传说中的石碑了。其貌不扬的一个东西，竟然那么神奇，令人敬畏到无以复加的程度，生发出那么多的故事和灾难。刚才就是不小心，一脚绊在上边，摔得头破血流……

不知过了多久，牛三牛听得一声鸡叫。一只母鸡带领两只小鸡走进屋里，挠开踩入泥土的米饭，一边贪婪地吞食，一边“喔喔”叫喊小鸡分享。两只小鸡跑过去，“叽叽”应和着，吃得很开心。牛三牛十分羡慕，想把二狗叫醒，像母鸡和小鸡一样玩耍。用手指在鼻尖上轻轻点一下，再轻轻点一下……要是以往二狗早醒了，会惊喜地喊：“爹！”先是扑进他怀里撒娇，待清醒之后再穿衣服。今天连点几次都不醒，这是咋了，没带去打老猫生气了？

再看母鸡和小鸡，却是那样欢快祥和，牛三牛心里一阵酸楚，由羡慕变为嫉恨。拿一只绣花枕头气恼地打过去。母鸡惊呼一声，带领两只小鸡夺路而逃。逃到门口，拉一泡屎尿，发现没有危险，又试探着返回来，“喔喔喔！叽叽叽！”很快恢复如初。再拿一只枕头打过去，母鸡只是跳开一些，却没有逃走的意思……他心里虽恨，却奈何不得，只好抱起二狗走了。

大街上一片浑黄，像是起风了。所有景物全然失去原有的模样，犹如画在幕布上的画儿，随风飘动。偶有一二行人，也是影影绰绰，薄如纸片。牛三牛觉得稀奇，索性坐在开阔的街面，与二狗一起看风景。用手指指点点，生怕二狗看少了。二狗不管不顾，只是沉睡放臭屁，臭气熏天。

“臭小子！”牛三牛这样骂着，把头埋下去，在圆鼓鼓的腮上亲吻，亲吻得啧啧有声，忘情而陶醉。忽然觉得衣襟给人扯动一下，回头看时，原来是飞飞。飞飞两眼红肿，发束上系着一只白纸花，手里拿着一块玉米饼。牛三牛纳闷地问："你咋来了？"飞飞哽咽着说："妈妈叫我给叔叔送点吃的，陪叔叔送走二哥哥……"

牛三牛点点头，算是答应了。他接过玉米饼，掰一块塞进二狗嘴里，再掰一块塞进自己嘴里，将剩下的还给飞飞，抱着二狗往村前义地里走了。晚风扬起沙尘，弥漫半边天空，夕阳下金灿灿的，仿佛进入童话世界。出村不远，就看见小雨站在沙土岗子上，无数金星在身边飞扬。飞飞紧走几步，拉住二狗一只手，按照母亲的嘱咐，一边走一边喊："二哥哥，一路走好！妈妈有病不能来送你，飞飞妹妹来送你了……"

在小雨的带领下，牛三牛很快找到一座坟。旁边一棵茂密的红柳墩子。每逢清明时节，牛三牛都往坟上添土，添得又圆又大。扒开新土，小雨就在门口等候了。看见牛三牛，喊一声："三牛哥！"亲切地迎上来。

牛三牛迟疑一会儿，脱下汗衫，披在二狗身上，双手抱着送给小雨，郑重交代说："小雨妹妹，我把二狗给你送来了。这孩子乖，讨人喜欢，一早一晚能陪你说话儿……"小雨接在怀里，一边亲吻一边说："三牛哥放心吧，我会好好照顾他，他是你的孩子，也是我的孩子！"飞飞拿出两颗小石子，放在二狗手里，哽咽着说："二哥哥，往后没有人陪我玩过家家、垒瓜园了，我会很想你的。你一定也会很想我，这两颗小石子送给你，想我时就拿出来看看吧。"

回到家，已是掌灯时分，喧嚣了一天的村庄平息下来，不知人的烦恼和伤痛是否也能平息下来？袁圆不说话，挣扎着爬下床，从锅里拿出一碗饭给牛三牛。牛三牛听话地接过去，蹲在地上吞吃了。往回送碗时，看见桌上一个花包袱，系得好好的，像是打发人出门的样子，却也不去问。袁圆爬回床上，“咻咻”地喘着说：“休息一会儿，咱们就上路！”

牛三牛不说话，只是听话地点点头。休息一会儿后，他把包袱挎在腋下，一手牵着飞飞，背起袁圆上路了。从前胖墩墩的一个人，现在瘦成干棒儿，背着并不重，只是飞飞人小没常力，走不多远就吵闹着不走了。袁圆商量说：“要不，找个地方住下吧？”

前边一片空场，有个黑乎乎的东西，像是看场人住的庵屋子，走近了才看清是个麦秸垛。靠垛底薅出一些麦秸，厚厚地铺在地上，牛三牛把袁圆、飞飞放上去。飞飞很快睡着了，袁圆却兴奋得睡不着，如是出笼的小鸟儿，叽叽喳喳说个不停：“三牛，你也不问问，这是要去哪里啊？”

牛三牛仿佛没听见，只是抬头看天：天空阴沉沉的，没有星星和月亮。不待对方回答，袁圆忍不住“咯咯”笑起来，像小孩子恶作剧似的说：“其实，我也不知道去哪里，就是想离开田家庄，离开这个是非之地！谁能想到，当初那么固执的一个人，现在竟然温顺得像只小绵羊；当初放着精心布置的新房不住，现在竟然跟着个瘫子来钻麦秸窝了？”

说着说着，她哽哽咽咽地哭起来：“难道这就是命运吗？这样的命运太不公平了！不是说忍一时风平浪静，退一步海阔天空吗？我忍了也退了，结果怎么样，给人逼到绝路上了！不是说善有善报，恶有恶报吗？事实呢，善良的人给害得家破人亡，恶毒的人却是人前显贵逍遥快乐。老天爷啊，原来这些道理都是骗人的！”

第二天一早，他们上路了。牛三牛腋下挎着包袱，一手牵着飞飞，背上背着袁圆，在茫茫原野上，一走一瘸，比蜗牛爬得还慢。好在他们并不急于赶路，累了随便找个地方休息，渴了、饿了就进村要碗水、讨口饭。

一天傍晚，行至一个小村，不过十几户人家的样子。村前一片阔大的水塘，无苇无树，水平如镜。牛三牛停在水塘边，正迟疑是走是留，突然跑来一位中年妇人，惊喜地喊："啊呀，这不是虎儿回来了！"上前抱起飞飞，拉住牛三牛就走。水塘边一座院落，院墙业已坍塌，散落几块砖头，是曾经的院门。一间茅屋，墙基潮湿半截，透着几个鼠洞，不抵风雨摇摇欲坠。走进屋里，中年妇人冲着当门小床喊："大姐啊，你的虎儿回来了，还娶了一个俊媳妇，生了一个胖孙女！"

床上躺着的瞎眼老妇人，非但不为"虎儿回来了"而高兴，反倒气呼呼地说："别说了，我不想再听了，这样的话都听得我耳朵起茧了，也不见俺虎儿回来。他回不来了，我梦见好几回，打仗打死了，头上打了一个血窟窿……"中年妇人把飞飞抱过去，恳切地说："大姐，这回真是虎儿回来了，不信你摸摸，这是孙女菊菊！"

袁圆纠正说："是飞飞！"赶紧叫飞飞喊奶奶。飞飞甜甜地喊："奶奶！"再趴在牛三牛耳朵上叫喊娘。牛三牛触景生情，早已不能自已，双腿一软跪在床前，放声哭喊："娘！"如此一来，瞎眼老妇人就躺不住了，挣扎着坐起来，颤抖着两手摸牛三牛，从眼睛摸到鼻子，从嘴巴摸到耳朵……突然"啊呀"一声，往后躺倒没气了。

牛三牛把袁圆放到里间大床上，拿汤匙喂瞎眼老妇人几口水。瞎眼老妇人慢慢缓出一口气，惊喜地喊："我的天哪，还真是俺虎儿回来了，俺虎儿到底回来了！"喊着喊着，突然号啕大哭，仿佛要把多年的思念和伤痛哭出来，怎奈力不从心，刚哭几声往后躺倒又没气了。牛三牛也想跟着大哭一场，把多年的委屈和积怨哭出来，看见老人家命悬一线，赶紧止住，拿汤匙灌水救人。

待瞎眼老妇人苏醒过来，中年妇人责怪地说："虎儿带着媳妇、孩子回来了，你不跟他们好好说话，老是哭啥？"瞎眼老妇人像个不服软的孩子，大声反驳说："谁哭了？你才好哭呢，你从小就好哭！我没哭，我是高兴的……"然后张着两手喊："孙女呢？媳妇呢？快过来叫我摸摸！"摸到袁圆时，禁不住吃惊地喊："啊呀！我的儿，这是咋了？"

袁圆解释说："瘫痪几个月了，是您虎儿背我回来的！"瞎眼老妇人心疼地说："我的儿，这一路拖家带口的，可遭了大罪了！"她抓住袁圆的手指，一根一根地捏一遍，很有把握地说："还软活，还好治。这是邪风入体，虎儿姥爷传下个偏方，单治这种病，明日叫你二姨把药配齐，不出十天半月准好！"

第二天，中年妇人送来一些草叶树根样的东西，叫"虎儿"放在锅里加水熬，熬一碗汤给袁圆喝了，将剩下的药渣再加水烧开洗身子。如此几次之后，袁圆竟然奇迹般地扶着床沿能站了，再几次之后，就能拄着拐杖在院里散步晒太阳了，真是偏方胜似名医！

瞎眼老妇人却是越来越虚弱，有时一句话没说完，一口气跟不上就昏过去。牛三牛请过几次医生，喝过几服汤药，也无济于事。在一个朔风凛冽的傍晚，老人家带着几分欣慰离开了人间。

中年妇人十分感激，一边收拾大姐的遗物，一边诚心诚意地说："大姐一辈子守寡，就守一个虎儿。好些年前虎儿就给国民党抓了去当兵，大姐天天哭，眼睛都哭瞎了，几天不吃一顿饭，剩下一口气单等虎儿回家。为了圆大姐的心愿，我把你们留下来，耽误了赶路。大姐没有值钱的东西，就这两间破屋，你们要是不嫌弃就住下，我也没有亲人，权当有门子亲戚！"

牛三牛忽然醒来，觉得寒意袭人，如坠冰窟。朔风从墙缝灌进来，房梁“叭叭”作响，不时发出冻裂声。窗口一缕灰蓝色的薄明，仿佛已经凝固。他轻轻翻身下床，把棉被盖在飞飞、袁圆身上。一个人走到院里，看见偌大一口水塘，玉石般的冰面像一只倒扣的鏊子，看上去十分荒诞，令人诧异。天空阴沉沉的，云层沉重、厚实得透不出气。四周静悄悄，万籁俱寂！

突然，寂静中传来一个奇怪的声音，若即若离不可捉摸，仿佛相距遥远又近在咫尺，声势宏大又极其细微，既像春蚕食桑，又像野马奔腾。天空犹如一面筛子，筛下无数米粒大小的雪霰，“叮叮当当”地砸落在地面上，随风疾走。牛三牛不管不顾，依然极目仰望，以期更大更猛烈的暴风雪来临！

过了许久，期待中的暴风雪才像一位历尽沧桑的老人，话语迟缓，步履蹒跚，带着隐忍和无奈，带着好奇与敬畏，颤颤巍巍、飘飘摇摇地走来。那些鹅毛般的雪片，不紧不慢地打着旋儿，充填在天地之间，与人和物融合一起，变成混沌的一片、模糊的一团。唯呼吸和心灵，感受着生命的存在，体验着世间的悲欢。

不知什么时候，袁圆走到牛三牛身边，把一件棉衣披在他身上，轻声说：“想好就去吧，我不拦你。我知道，一个人决定的事情，谁也拦不住！”牛三牛转回头，仿佛要说什么，结果什么都没说，迎着风雪一瘸一拐地走了。在路口趔趄一下，却没有倒下去……

走到田家庄时，已经是深夜。村街上没有一个人，甚至连一只小猫小狗都没有，唯风雪漫天飞舞。这样的夜晚很好，多日等待的就是这样一个夜晚！牛三牛如入无人之境，十分顺利甚至十分从容地走进通往家的胡同。快到家门时，突然停住了。心想不能这样进去，这样进去太草率了，万一狗东西不与浪娘们在一起，不是白来了吗？一不做二不休，要杀就把狗东西和浪娘们都杀死，并且杀死在一起。只有这样，才能将丑恶大白于天下，才能消解心头之恨！

他返身走进另一条胡同，走到白羊家门前。伸手一摸，门板紧紧关闭，上边挂着一把锁。毋庸置疑，白羊家已经没人了，狗东西又与浪娘们一起鬼混了！机不可失，时不再来，牛三牛像急于完成一项神圣的使命，匆匆离开白羊家，直奔复仇目标而去。

院门虚掩，轻轻一推就开了。可见狗男女多么迫不及待，顾不得关门就交合在一起，也说明他们胆大妄为，到了明目张胆的地步！牛三牛踏着积雪，蹑手蹑脚地走到窗下。屋里没有灯光，却有狗男女弄出的声响：浪娘们“吃吃”的笑声仿佛毒蛇喷吐的阴风迎面扑来，狗东西弄出的响动犹如箭镞穿心难以忍受。“狗东西，乐吧，今天就叫你们乐个够！”

牛三牛恨不能冲进屋里，将狗男女砸个稀烂剁成肉泥。结果还是忍住了，经历了那么多磨难和痛苦，他已经不再冲动，学会了忍耐和权衡。他一个人不是他们两个人的对手，甚至不是他们任何一个人的对方。千万不能蛮干，要按照事先拟定的方案有条不紊地进行……

厨房前一堆柴草，是平时捡来的树叶和草梗棒，经过风吹日晒遇火即燃。为了确保万无一失，他先把门环挂起来，再用树枝插牢。然后在风雪的掩护下，将柴草搬过去，高高地堆在门板上，划一根火柴点燃了。那么大的风雪，人都站立不稳，划一根火柴就把柴草点燃了，可见苍天有眼，在暗中相助！

大火熊熊燃烧，引燃门板蹿上屋顶，整个屋子陷入火海之中。牛三牛真切地看到，狗男女赤身裸体、惊慌失措地跳下床，施尽浑身解数却不能把门打开；清楚地听到，狗男女在浓烟烈火中惊恐万状的呼救，在死神面前哀求无望的悲鸣。

“哈哈哈哈！这就是作恶多端的下场！”牛三牛面带胜利的微笑，离开火海，离开生于斯长于斯的家——不，它已经不是家，它是复仇的代价！从此，他将失去家园，也将没有了仇人，成为无根的浮萍。他走到村口，伫立在狂怒的风雪中，神情凝重地回望一眼，看见直冲夜空的火柱，就像当年父亲喷出的血柱一样壮烈，一样惊心动魄！

狂风依然怒号，大雪依然纷飞。浓厚的夜色和破棉絮似的雪片，将行人挤压在咫尺之间，有种不辨东西南北的感觉。好在路边有一条小河、一段堤坝、几棵枯树，他可以沿着这些标志物往前走……当视野渐渐开阔，黎明再次降临，天地间已是白茫茫的一片！

水塘边的茅屋不见了，突起圆圆的一堆，像一座白色的坟墓。牛三牛惊得目瞪口呆，一边声嘶力竭地喊：“袁圆！飞飞！”一边奔跑过去。突然一脚踩空，重重地摔倒在地。挣扎着爬起来，准备再吼喊、再奔跑时，忽然看见路口有个白色的物体，定睛细看，原来是袁圆和飞飞站在那里。大雪将她们厚厚地包裹着，只露出眼睛和鼻子。

“袁圆！飞飞！”他这样吼喊着、奔跑着。不远的路程，却吼喊了那么久，奔跑了那么久。袁圆、飞飞已经冻僵，良久不能活动，发不出声音。牛三牛将她们拥进怀里，用身体的余热温暖，用嘴里的气息呵护。渐渐地，袁圆哭出声音，断断续续的，像游丝一样细微：“三牛，你回来了？你终于回来了……”

飞飞拿出一块玉米饼，双手捧着说：“叔叔，这是妈妈给你留的。妈妈说，我们都吃饱了，叫叔叔一个人吃，叔叔吃饱了才有力气带我们走！”牛三牛接过玉米饼，一掰三瓣，分给袁圆和飞飞。飞飞显然饿极了，接过去吞吃了。袁圆舍不得吃，推让一会儿，只好掰一口放进嘴里，将剩下的给飞飞。

白雪皑皑，一望无垠。光秃的沙土岗子不见了，纵横的溪流沟壑不见了，甚至村落、道路也不见了，唯有几棵枯秃的老树，似乎还在讲述着曾经的村落，曾经的道路……终于，他们走出雪地，走出严寒，走出危险的地带，在一个春暖花开的季节，走到大山的腹地。

此处没有道路，人迹罕至，却有花、有草、有溪水，还有一片向阳的土地。牛三牛欣喜若狂，仿佛漂泊多年的游子突然寻找到人生归处，顾不得旅途的疲惫和身心的伤痛，跳进溪水里洗掉脸上、身上的污垢，掐来各色花朵编成花环，戴在袁圆、飞飞头上，再在地上插一根细长的树枝，把衣服高高地挑起来，像旗帜一样迎风飘扬，然后大声宣布："从今往后，这里就是我们的家了！"

袁圆、飞飞围上来，一边欢呼一边跳跃："噢——我们有家了，我们有家了！"牛三牛越发神气，挥舞着拳头喊："从今往后，我们再不会受人欺负了！"袁圆、飞飞跟着喊："我们再不会受人欺负了，我们再不会受人欺负了！"喊声未落，忽然看见不远的树林里，有个熟悉的身影一闪。

身影跑走的山坡上，有一间石块垒成的小屋，屋顶炊烟袅绕。白羊枯瘦如柴，拄一根树枝，摇摇晃晃地走出小屋，在门口迎上叶儿，拥进怀里。叶儿丢掉手里的干柴，想推开白羊，看他站立不稳，赶紧扶住了。

那天，白羊从水塘救出叶儿，一直守护在身边，发誓如果叶儿不醒，将陪伴她死在苇地以祭石碑。守到深夜，叶儿有了气息，渐渐苏醒过来，于是趁着夜色，他们离开田家庄，辗转来到大山腹地。不知是旅途劳顿还是老天爷的惩罚，落脚不久，白羊即患上一种怪病：夜间干咳，日渐消瘦，将不久于人世了。

袁圆疑惑地看着牛三牛，好像在问："你不是把他们烧死了吗？"牛三牛不禁打个寒战，颤抖着声音说："我明明看见……"一句话没说完，突然觉得喉头一紧，什么都说不出来了。周身的血液迅速涌向心底，脚下一片虚空，大山在沉没，遍地污泥浊水。

牛三牛看见自己的尸体，漂泊在无边的浊水之中！